SV

HERMANN BROCH
Ein Lesebuch

Herausgegeben und
eingeleitet von
Paul Michael Lützeler

Suhrkamp Verlag

Erste Auflage 1987

Quellennachweise am Schluß des Bandes
Druck: Wilhelm Röck, Weinsberg
Printed in Germany

Inhalt

Einleitung

Als Broch am 1. November 1886 in Wien geboren wurde, hatte sein Vater für ihn bereits einen Lebensplan entworfen: der Erstgeborene des jüdischen Textilgroßhändlers Josef Broch und seiner Frau Johanna soll in die väterlichen Fußstapfen treten, das Textilfach erlernen, die Familienfirma übernehmen und zu einem Konzern ausbauen. An diesem Plan hält Josef Broch, der Vater, der es vom Laufburschen bis zum respektierten Geschäftsmann im Wiener Textilviertel gebracht hat, über die Jahrzehnte hin fest. Der Sohn möchte, seinen Neigungen folgend, lieber ein humanistisches Gymnasium besuchen – der Vater meldet ihn bei der Realschule an; Hermann Broch würde nach der Matura, die er 1904 erlangt, gerne an der Universität Philosophie studieren – der Vater besteht auf dem Ingenieur-Studium, das Broch 1907 abschließt. Danach tritt er als Assistenzdirektor in die ›Spinnfabrik Teesdorf‹ in Teesdorf bei Wien ein, die der Vater für ihn und Brochs drei Jahre jüngeren Bruder Fritz gekauft hat. 1909, als Broch Franziska von Rothermann, die Tocher eines ungarischen Zuckerfabrikanten deutscher Abstammung, heiratet, unterscheidet er sich auf den ersten Blick kaum von zahllosen anderen jungen bürgerlichen Geschäftsleuten, bei denen sich alles ums Kommerzielle dreht.

Broch hat sich aber nur äußerlich den väterlichen Wünschen unterworfen. Seine philosophischen und literarischen Interessen pflegt er stets weiter. Schon 1909 hält er seinen durch Karl Kraus beeinflußten Kulturpessimismus in den Notizen »Kultur 1908/1909« fest. 1913 verfaßt er kleinere Beiträge über Thomas Mann, Karl Kraus und Kant für den *Brenner* in Innsbruck. Während des Ersten Weltkriegs entdeckt Franz Blei im Café Central Brochs kritische Begabung, und nun schreibt er Beiträge für Bleis Zeitschrift *Summa*. Das ist 1917/18. Inzwischen hat Broch ein umfassendes autodidaktisches philosophisches Studium hinter sich, das sich mit den Namen Schopenhauer, Nietzsche und Kant umreißen läßt. Er wird nach 1916 zu einem ausgesprochenen Anhänger des Neukan-

tianismus; besonders beeinflussen ihn die Schriften von Heinrich Rickert. Zu den Kaffeehausfreundschaften dieser Zeit zählen Milena Jesenská und Ea von Allesch. Letztere wird für ein Jahrzehnt (von 1918 bis 1928) seine Lebensgefährtin. Von seiner Frau läßt er sich 1923 scheiden.
1925 kann Broch seinen seit Jahren gehegten Wunsch erfüllen: die Fabrik verkaufen und ein reguläres Studium der Philosophie und Mathematik an der Universität beginnen. Der Verkauf ist 1927 perfekt, und für eine Weile genießt Broch das Leben eines ganz seinen persönlichen intellektuellen Neigungen lebenden Studenten. Vor allem beschäftigt er sich mit dem Neopositivismus des Wiener Kreises. Aber schon 1928 erfaßt ihn das, was man heute mit *midlife crisis* umschreibt: Daß der Erlös aus dem Verkauf der Fabrik zum Bestreiten der Lebenskosten nur ein paar Jahre reichen wird, liegt auf der Hand. Zur akademischen Karriere fehlen ihm die Ambitionen und das Große Latinum, und eine Rückkehr in den Kommerz kommt für ihn nicht in Frage. Broch konsultiert die Psychoanalyse. Eine Freud-Schülerin seziert seine zu Tage liegenden Pflichtkomplexe und legt behutsam den Lust- und Lebensnerv ihres Patienten bloß: den der literarischen Kreativität und Produktivität. Broch, der schon 1917 und 1919 experimentell-modernistische Novellen geschrieben hatte (›Eine methodologische Novelle‹ publizierte er 1917 in der *Summa;* ›Ophelia‹ blieb unveröffentlicht), entdeckt erneut seine Liebe zur Dichtung. Dies um so mehr, als sich mit dieser Passion auch eine Berufsvorstellung verbinden läßt, die des freien, des Geld verdienenden Schriftstellers. Mit einer Schaffensfreude, wie Broch sie weder vorher noch nachher an den Tag gelegt hat, entwickelt er aus novellistischen Anfängen heraus den Plan zu einem Roman, der sich zum umfangreichen Projekt der *Schlafwandler-Trilogie* auswächst. 1930 findet er in Daniel Brody, Chef des Rhein-Verlags in München und Inhaber der deutschsprachigen Rechte an den Büchern von James Joyce, einen ihm sympathischen und kooperativen Verleger, der die Trilogie in den folgenden zwei Jahren veröffentlicht. In keinem anderen dichterischen Werk scheint die Folie der theoretischen Konzeption so stark durch

wie in diesem Buch. In den dritten Band der Trilogie hat Broch sogar eine Kurzfassung seines seit Jahren geplanten philosophischen Buches in Form der Essayfolge »Zerfall der Werte« eingebaut. Die Titel der Romanteile »1888. Pasenow oder die Romantik«, »1903. Esch oder die Anarchie«, »1918. Huguenau oder die Sachlichkeit« markieren nach Broch die Stationen eines kulturellen Zerfallsprozesses. Broch exemplifiziert diesen Vorgang an Figuren aus der Wilhelminischen Ära, weil seines Erachtens der europäische Wertzerfall in Deutschland besonders stark hervortrete. Während Musil den Untergang der alten Wertwelt an Wiener Zuständen verdeutlichte, verlegte Broch seine Handlung nach Deutschland. Als Vorbild mag ihm, was die äußere Anlage des Buches betrifft, dabei die *Kaiserreich*-Trilogie Heinrich Manns gedient haben, zu der sich eine Reihe von Parallelen aufweisen lassen. Brochs Stil dagegen ist geschult an avantgardistischen Romanciers wie André Gide, John Dos Passos, Alfred Döblin und vor allem James Joyce. Zum 50. Geburtstag von Joyce hielt Broch im Frühjahr 1932 die Rede »James Joyce und die Gegenwart«, die ein Bekenntnis zum Modernismus darstellt, gleichzeitig aber auch herausstellt, daß Goethe mit *Wilhelm Meisters Wanderjahren* bis zu einem gewissen Grad Vorläufer des modernen Romans wurde. Wie andere neue Romane der zwanziger Jahre ist die Erzähltechnik in den *Schlafwandlern* gekennzeichnet durch Neuerungen wie innerer Monolog, erlebte Rede, Montage, Kollage und Gattungsmischungen. Der Stil der drei Romane paßt sich jeweils der behandelten Ära mit den ihr von Broch zuerkannten Kennzeichen wie Romantik, Anarchie und Sachlichkeit an. Im Lauf der Handlung wird der auf die Krise von 1918 zulaufende Zerfallsprozeß der Werte dargestellt und im Epilog des Buches die Hoffnung auf die Heraufkunft eines neuen Zentralwertes ausgedrückt, der inhaltlich aber nicht benannt wird. Brochs Werttheorie ist – qua neukantianischem Erbe – formal und (etwa im Gegensatz zu Max Schelers Wertphilosophie) nicht material bestimmt.

Nach Abschluß des Monumentalwerks folgen eine Reihe kleinerer Arbeiten: Vorträge und Aufsätze zum modernen

Roman, zur Reportage, zum Kitsch und zum Mythos; das Drama *Die Entsühnung* (es wird im Frühjahr 1934 in Zürich uraufgeführt; der kleine Roman *Die Unbekannte Größe* und eine Reihe zum großen Teil unveröffentlichter Gedichte. In seinem Drama – ebenfalls eine Variation des Wertzerfallthemas – wird ein Querschnitt durch die deutsche Gesellschaft zur Zeit der Weltwirtschaftskrise von 1930 vermittelt. Die Arbeitskämpfe zwischen Fabrikanten und Gewerkschaftlern, die Zusammenhänge von Politik und Kapital werden von Broch realistisch vorgeführt. Das Stück hat gesellschaftskritischen Biß. Mit der Totenklage der Frauen läuft das Stück zudem auf eine radikale Ablehnung der Männergesellschaft hinaus. Im Roman *Die Unbekannte Größe* von 1933 geht es eher um den Bereich von Psychologie und Erkenntnis. Der Protagonist des Buches, ein Mathematik-Assistent an der Universität, gerät in seelische Konflikte, als er Liebe und reines Erkenntnisstreben zu verbinden trachtet.
Kaum hat Broch sich als Schriftsteller einen Namen gemacht, wird seine Dichterkarriere 1933 durch die Machtübernahme Hitlers bereits gefährdet. Im Deutschen Reich verliert er als jüdischer Schriftsteller sein gerade erst gewonnenes Publikum. Die Resonanz auf die *Schlafwandler* in der Presse war groß und sehr positiv, wenngleich das Buch kein Verkaufserfolg war. Jetzt aber wird das Publikum auf Österreich und die Schweiz beschränkt sein. Hinzu kommt, daß der hellsichtige Broch – und diese Tatsache ist gut dokumentiert – von Anfang an weiß, daß Hitlers Regime auf den Polizeistaat, die Rassendiskriminierung und den großen europäischen Krieg hinauslaufen wird. Wie viele antifaschistische Autoren will Broch mit dem Mittel des Romans zur Bekämpfung des Nationalsozialismus beitragen, und er schreibt zwischen 1934 und 1936 den Roman *Die Verzauberung*. Der ist nicht nur aber vor allem ein Anti-Hitler-Buch. Es ist die literarische Parabel auf den Massenwahn, auf die Hörigkeit der Masse gegenüber einem Diktator. Die Handlung spielt in einem Alpendorf um 1930. Der Hitler-Figur Marius Ratti wird antithetisch die Person der Heilkundlerin Mutter Gisson, Verkörperung der Humanität, entgegengesetzt. Der Erzähler

des Buches, ein Landarzt, schwankt zwischen den Positionen von Ratti und Mutter Gisson, entscheidet sich aber schließlich gegen die Partei Rattis.

Worauf es Broch ankommt, ist vor allem die Darstellung des seelischen Wandlungs- und geistigen Erkenntnisprozesses beim erzählenden Landarzt. Idealerweise soll der Leser des Buches an dessen Entwicklung teilhaben und zu ähnlichen Einsichten gelangen. Wie im Drama *Die Entsühnung* ist auch hier der Gegensatz zwischen Männlichem und Weiblichem wichtig, und wieder sind Frauen die Hoffnungsträger. Mutter Gisson trägt Züge der griechischen Demeter-Göttin und der ›Großen Mutter‹. Broch, der Mitte der dreißiger Jahre in verschiedenen Aufsätzen – am deutlichsten im Vortrag »Geist und Zeitgeist« von 1934 – einen künftigen mythischen Roman, ein neues homergleich-naives Erzählen ins Auge faßt, versuchte, sich diesem Ideal mit der *Verzauberung* zu nähern. Anfang 1936 stellte er die erste Fassung des Buches fertig. Noch im gleichen Jahr begann er mit einer zweiten Version, die Fragment blieb, und Anfang 1951 nahm er eine dritte Fassung in Angriff, die ebenfalls nicht abgeschlossen wurde, da er mitten in der Arbeit daran starb.

1936 geriet Broch in eine fundamentale existentielle Krise. Er fragt sich, ob es ethisch noch vertretbar sei, angesichts Hitlers Politik Romane zu schreiben. Die Literatur scheint ihm immer untauglicher als Mittel im Kampf gegen den Nationalsozialismus. Karl Kraus hatte 1934 gesagt, daß es sinnlos sei, Hitler »im Schutz der Metapher die Stirn zu bieten«, und dieser Ansicht ist auch Broch. Die vor allem in seinen Briefen vorgetragenen Argumente gegen das Dichten im Zeitalter des Faschismus summieren sich zu einer ›negativen Ästhetik‹, in der die Unzulänglichkeiten der Literatur im politischen Kampf herausgestellt werden. Broch gibt seine dichterische Existenz in den kommenden Jahren zwar nicht völlig auf, aber von nun an stehen im Mittelpunkt seiner Arbeit politische Theorie, Publizistik und Aktivität. Erstes Resultat seiner Neuorientierung ist die umfangreiche »Völkerbund-Resolution« von 1936/37. Darin attackiert er den Emigrationszwang, die Menschenrechtsverletzungen und die Kriegstreiberei der faschistischen Staaten. Vom Völkerbund erwartet er, daß er Maßnahmen ergreife, um der Aggressivität in diesen Ländern – gemeint ist vor allem Hitler-Deutschland – zu wehren. Er korrespondiert in dieser Angelegenheit mit zahlreichen Intellektuellen von Thomas Mann bis Albert Einstein. Mit ihrer Hilfe sucht er die wichtigsten internationalen Friedensorganisationen für eine Unterschrift unter die Resolution zu gewinnen. Aber zum einen ist Broch in politisch-praktischen Dingen unerfahren, und zum anderen erkennt er immer deutlicher, daß die Genfer Organisation nicht in der Lage sein wird, etwas Wirksames gegen die faschistischen Staaten zu unternehmen. So gibt er Ende 1937 die Aktion auf.

In dem Augenblick, als er die Vergeblichkeit seiner Bemühungen in Sachen »Völkerbund-Resolution« erkennt, kehrt Broch an seinen Dichterschreibtisch zurück. Er verfaßt 1937 eine Erzählung mit dem Titel »Die Heimkehr des Vergil«, und dieses kurze Prosastück wächst sich in den kommenden acht Jahren zu dem Roman *Der Tod des Vergil* aus, zu Brochs zweitem literarischen Hauptwerk. Was Broch in diesem Buch unternimmt, ist etwas in der Literaturgeschichte wohl einmaliges, ist etwas ausgesprochen Paradoxes: Broch schreibt einen Roman vom Standpunkt der negativen Ästhetik: eine Dichtung gegen die Dichtung. Die ethischen, gegen das Romaneschreiben und gegen die ästhetische Existenz gerichteten Bedenken, die sich in eigentlich allen seinen Briefen aus jenen Jahren finden, tauchen hier im Kontext der Romanhandlung wieder auf. Vergil geißelt sich mit Selbstvorwürfen wie: »Ja, das war das Ergebnis: der Erkenntnislose als Erkenntnisbringer für die Erkenntnisunwilligen, der Wortemacher als Spracherwecker für die Stummen, der Pflichtvergessene als Verpflichter der Pflichtunwissenden, der Lahme als Lehrer der Torkelnden.« Den Anstoß zum Aufgreifen des Vergil-Stoffs hatte die antike Legende gegeben, die davon berichtete, daß der sterbende römische Dichter den Befehl zur Vernichtung der nicht vollendeten *Aeneis* gegeben habe. Broch projizierte seine negative Ästhetik auf das Werk und die Intention Vergils, sah in ihm einen Geistesverwandten,

der sich mit ethischen Argumenten gegen die Dichtung gewandt hatte. Hinzu kam, daß Broch eine Parallele zwischen seiner eigenen Epoche und der Zeit des Vergil sah. Die mittelalterliche Vergil-Rezeption hatte den römischen Autor zu einem christlichen Propheten stilisiert aufgrund der vermeintlichen Jesus-Ankündigung in der vierten Ekloge. Hauptfigur der *Eklogen* Vergils ist jener Knabe, dessen Geburt als unmittelbar bevorstehendes Heilsereignis vorausgesagt wird. Diese Geburt markiert den Augenblick einer Weltwende: Ein von Not, Angst und Zwietracht erfülltes Heute schlägt um in sein Gegenteil, in eine Segenszeit, die alle Zeichen der goldenen Urzeit aufweist, in der Überfluß, Glückseligkeit und vor allem Frieden herrschen. Der Anbruch des neuen Heils ist verbürgt durch das Lächeln, mit dem der Knabe nach der Geburt die Mutter begrüßt. Broch erkannte richtig, daß Vergils Werk getragen ist von der Idee der Grenzsituation zwischen den Welten, der Wende vom Schlechten zum Guten. Diese Einsicht paßte in Brochs Schema vom ›Zerfall der Werte‹ in der Gegenwart, von der Hoffnung auf einen kulturellen Neubeginn nach dem Durchgang durch das Nichts der Nullpunktsituation. Das Inferno des Epochenumbruchs wird in die Psyche des Vergil verlegt: in den Sterbestunden geht ihm die Vergeblichkeit der dichterischen Anstrengungen auf, der Krise des Millenniums zu wehren. Es bleiben die Bilder und Metaphern von Hoffnungsträgern wie dem Kind und der Plotia, mit denen Broch seine eigenen positiven Zukunftserwartungen signalisiert.
1937 ist in der Erzählung »Die Heimkehr des Vergil« das Grundkonzept des großen, erst 1945 veröffentlichten Romans *Der Tod des Vergil* bereits erkennbar. Die Arbeit an diesem Buch wird aber immer wieder unterbrochen, nicht zuletzt durch Brochs Emigration im Juli 1938 nach England und dann im Oktober des gleichen Jahres in die USA. Zwischen 1933 und 1938 war Broch im österreichischen Ständestaat zwar ohne Förderung und Resonanz geblieben, doch er hatte sich einen Freiraum erhalten können, in dem Arbeiten wie *Die Verzauberung,* die »Völkerbund-Resolution« und nun das Vergil-Projekt gedeihen konnten. Am Tag

nach dem ›Anschluß‹ Österreichs wird Broch von Nationalsozialisten in Alt Aussee/Steiermark verhaftet. Nach 1933 hatte der Autor sich immer wieder in die Berge zurückgezogen: *Die Verzauberung* schrieb er 1935 in Mösern/Tirol, seine Resolution verfaßte er in Alt Aussee/Steiermark. Nach dreiwöchiger Gefangenschaft in Bad Aussee wird er wieder entlassen. Man hatte Broch als vermeintlichen Kommunisten festgenommen. Daß er Jude war, wußte in dem Dorf niemand. In seinem Paß war unter der Rubrik Religion »Römisch katholisch« angegeben; Broch war 1909 zum Katholizismus konvertiert. Unter unendlichen Mühen gelingt es ihm in Wien, ein Visum nach England zu erhalten. Dabei war James Joyce behilflich. Er wohnt zwei Monate bei dem Schriftstellerehepaar Edwin und Willa Muir (sie hatten die *Schlafwandler* ins Englische übersetzt). Albert Einstein und Thomas Mann bürgen für ihn, und so erhält Broch ein Visum in die USA. Die meiste Arbeit investiert er jetzt in seine politischen, antifaschistischen und demokratie-theoretischen Projekte. 1939 schließt er sich einer Gruppe von amerikanischen Intellektuellen der Ostküste und emigrierten europäischen Schriftstellern an, die unter der Federführung von Antonio Giuseppe Borgese ein Buch unter dem Titel *The City of Man* schreiben, das 1940 veröffentlicht wird. Broch wird dabei der engste Mitarbeiter Borgeses und steuert wichtige Thesen zum Buch bei. Der Gruppe geht es darum, mit ihrer Publikation dem globalen Unterwerfungs-, Versklavungs- und Kriegskonzept Hitlers und der übrigen faschistischen Diktatoren die Vision einer Weltdemokratie entgegenzusetzen, die auf den Menschenrechten und der Idee des Friedens basiert. Broch erhält dabei wichtige Anregungen für seine weiteren politologischen, juristischen, edukatorischen und massenpsychologischen Studien in den vierziger Jahren. Im Hinblick auf die Gründung der UNO arbeitet er an der Theorie des Internationalen Menschenrechts; für die Zeit nach dem Krieg schreibt er ein umfangreiches Buch mit dem Titel *Massenwahntheorie,* in dem es um die Bekehrung der (ehemals) faschistischen Länder zur Demokratie geht (weshalb die Untersuchung auch eine Theorie der Demokratie enthält); für die UNESCO verfaßt er eine Denkschrift über die Erziehung der Jugend zu Internationalität und Humanität, und für das Nachkriegsdeutschland eine Resolution zum Thema Re-Education. Interdisziplinäres Arbeiten stand damals noch nicht so hoch im Kurs wie heute, und es war für Broch, der nur als Dichter bekannt war, äußerst schwierig, von den Fachdisziplinen Politologie, Jura, Psychologie und Erziehungswissenschaften wahrgenommen zu werden. Die Resonanz auf alle seine nichtliterarischen Arbeiten blieb zunächst aus, und die Massenwahntheorie hinterließ er als unveröffentlichtes Fragment.

Broch hätte viel lieber seine ganze Arbeitskraft in den Dienst des Kampfes gegen Hitler und für die Demokratie gestellt – in vielen Briefen hat er das auch immer wieder behauptet –, aber schon der Wille zum schieren Überleben gebot, die dichterische Existenz nicht aufzugeben. Seine massenwahntheoretisch-politischen Arbeiten wurden zwischen 1940 und 1947 von so renommierten amerikanischen Stiftungen wie Guggenheim, Rockefeller und Bollingen unterstützt. Als diese Förderung aufhörte, knüpfte er mit Aufsätzen und Vorträgen zu den Themen Kitsch und Mythos und mit dichterischen Arbeiten wie den *Schuldlosen* an alte, aus der Vorkriegszeit stammende Projekte an. Neu ist lediglich die seit 1947 entstehende groß angelegte kulturhistorische Studie »Hofmannsthal und seine Zeit«. Eigentlich sollte Broch nur einen kleinen Artikel zu Hofmannsthals Prosaarbeiten abliefern, der als Vorwort zu einer englischsprachigen Auswahlausgabe in der amerikanischen Bollingen Series gedacht war. Dieses Vorwort mit dem Titel »Hugo von Hofmannsthals Prosaschriften« lieferte er mit jahrelanger Verspätung erst Ende 1950 ab. Woran er in der Zwischenzeit arbeitete, war ein Buch, für das er keinen Vertrag hatte, dessen Thema ihn aber derart packte, daß er alle ökonomischen Erwägungen zurückstellte. Broch hatte zeitlebens eine Scheu, seine Autobiographie zu schreiben. Mit dem Hofmannsthal-Buch sah er eine Möglichkeit, die eigene Kindheit und Jugend, das Wien des Fin-de-Siècle aufzuarbeiten. So trägt die Studie auch autobiographische Züge und ist eine stark subjektiv gefärbte

Wertung jener Epoche. Broch war im Juli 1947 mit einem Hüftbruch ins Princeton Hospital eingeliefert worden. (In Princeton hatte er seit 1942 im Haus seines Freundes Erich von Kahler, dem Philosophen und Kulturhistoriker, gewohnt.) Was an Brochs neuer Studie besticht, ist wieder der interdisziplinäre Ansatz, der synthetische Blick, mit dem gleichzeitig Historisches, Soziologisches, Kunst und Literatur erfaßt werden. Freilich ist »Hofmannsthal und seine Zeit« weit davon entfernt, ein vollständiges Bild der Situation in Kunst und Gesellschaft zur Zeit der Jahrhundertwende zu vermitteln. Bei der Skizzierung des europäischen Panoramas hat er vornehmlich jene soziale Klasse im Auge, die er seiner Herkunft nach am besten kennt: nämlich das Bürgertum. Von den Kunstrichtungen werden ausführlicher nur die Oper in der Musik (Wagner), der Symbolismus in der Dichtung (Beaudelaire) und der Impressionismus in der Malerei (Cézanne) analysiert. Diese Auswahl ist allerdings sinnvoll, da sie wesentliche Aspekte beiträgt und man von ihnen zu zentralen Problemen jener Ära vordringen kann. Bereits die ersten Sätze der Studie machen Brochs Abneigung und kritische Distanz dem Bürgertum und seiner Kultur gegenüber deutlich: »Die Periode, in die Hofmannsthals Geburt fällt, [war] wohl eine der erbärmlichsten der Weltgeschichte; es war die Periode des Eklektizismus, der falschen Gotik. Wo immer damals der abendländische Mensch den Lebensstil bestimmte, da wurde dieser zu bürgerlicher Einengung und zugleich zum bürgerlichen Pomp, zu einer Solidität, die ebensowohl Stickigkeit wie Sicherheit bedeutete. Wenn je Armut durch Reichtum überdeckt wurde, hier geschah es.« Das Wiener Fin-de-Siècle erscheint Broch im Rückblick als die Zeit der »fröhlichen Apokalypse«, und dieser Begriff ist bereits in die *langue* der internationalen Kulturgeschichtsschreibung übernommen worden. Auch bei dieser Arbeit denkt Broch in den Kategorien seiner Wertphilosophie, und Wien – das hier stellvertretend für Europa steht – erscheint ihm als Inkarnation des »Wert-Vakuums der Epoche«.

1933 hatte Broch einige Novellen veröffentlicht. Die bekanntesten davon sind »Die Heimkehr« und »Eine leichte Enttäuschung«, die beide in der *Neuen Rundschau* erschienen waren. Schon damals trug er sich mit dem Gedanken, das halbe Dutzend Kurzgeschichten zu einem Romanganzen zusammenzufügen, aber er konnte für das Buch keinen Verleger gewinnen, und so führte er den Plan nicht aus. Im Frühjahr 1949 will der Münchner Verleger Willi Weismann die alten Novellen veröffentlichen, und nun entschließt sich Broch, das alte, längst vergessene Projekt zu realisieren. Es entsteht innerhalb eines Jahres der Roman *Die Schuldlosen*, in den die alten Novellen in überarbeiteter Form integriert werden. Der Titel ist ironisch gemeint. Enttäuscht von der Entwicklung im Nachkriegsdeutschland, in dem er Besinnung, Wandlung und Sühne vermißt, will er den Deutschen einen Spiegel vorhalten. Zur Intention seines Buches schreibt Broch in einem Selbstkommentar: »Der Roman schildert deutsche Zustände und Typen der Vor-Hitlerperiode. Die hierfür gewählten Gestalten sind durchaus ›unpolitisch‹; soweit sie überhaupt politische Ideen haben, schweben sie damit im Vagen und Nebelhaften. Keiner von ihnen ist an der Hitler-Katastrophe unmittelbar ›schuldig‹. Trotzdem ist gerade das der Geistes- und Seelenzustand, aus dem – und so geschah es ja – das Nazitum seine eigentlichen Kräfte gewonnen hat. Politische Gleichgültigkeit nämlich ist ethischer Perversion recht nahe verwandt. Kurzum, die politisch Schuldlosen befinden sich zumeist ziemlich tief im Bereich ethischer Schuld.«

Die Schuldlosen schrieb Broch in New Haven/Connecticut. Dorthin war er nach seinem Krankenhausaufenthalt im Frühjahr 1949 übersiedelt. Die Yale University hatte ihn zum Lektor für deutsche Literatur (allerdings ohne Gehalt) ernannt. Ende 1949 heiratete er in zweiter Ehe die Malerin Annemarie Meier-Graefe. Durch den zehnmonatigen Krankenhausaufenthalt stark geschwächt, starb Broch an Herzversagen im Alter von 64 Jahren am 30. Mai 1951 in New Haven.

In Deutschland verlief nach Kriegsende die Rezeption von Brochs Werk ganz anders als in den USA. Während in Amerika *Der Tod des Vergil* große Beachtung fand (er erschien in der ausgezeichneten Übersetzung von Jean Starr Untermeyer parallel zur deutschen Ausgabe), blieb das Echo auf diesen Roman in Deutschland aus. Auch *Die Schuldlosen* wurden 1950 bei ihrem Erscheinen nicht beachtet. Während man aber in den USA den politischen Theoretiker Broch kaum zur Kenntnis nahm, wurde man auf diesen 1950 in Deutschland aufmerksam, als Anfang des Jahres sein Aufsatz »Trotzdem: Humane Politik. Verwirklichung einer Utopie« erschien. Hier faßte Broch seine demokratietheoretischen und menschenrechtlichen Überlegungen zusammen. Der Aufsatz trug ihm die Einladung zu dem damals stark beachteten Kongreß für kulturelle Freiheit ein, der Mitte 1950 in Berlin stattfand. Broch konnte der Einladung zwar nicht folgen, schickte aber eine Adresse mit dem Titel »Die Intellektuellen und der Kampf um die Menschenrechte«, in dem er die Aufgaben des kritischen, im Sinne der Menschenrechte engagierten und parteilich nicht gebundenen Intellektuellen umreißt.

Erst nach seinem Tode wurde Broch während der fünfziger und frühen sechziger Jahre international bekannt. Wie berühmt er inzwischen ist, zeigte sich erneut 1986, dem Jahr seines hundertsten Geburtstages. Nicht nur hierzulande wurde eindringlich und vehement an das Vermächtnis dieses modernen Romanciers und Verfechters der Menschenrechte erinnert, auch in den USA und in den meisten europäischen Ländern wurde mit Artikeln und Sondernummern von Zeitschriften des Autors gedacht. Die Wissenschaft demonstrierte die Aktualität von Brochs Schriften durch die Veranstaltung von internationalen und interdisziplinären Symposien in Wien, Budapest, Warschau, Stuttgart, Paris, New Haven und New York.

Die hier zusammengestellten Texte sind für jene Leser gedacht, die mit dem Werk Hermann Brochs nicht vertraut sind, die es aber kennenlernen möchten. Die Auswahl ist repräsentativ: mit Teilen aus den wichtigsten Romanen, mit den besten Novellen und Gedichten sowie maßgeblichen politischen, ästhetischen und kulturhistorischen Aufsätzen bzw. Buchkapiteln wird ein Zugang zu dem ebenso vielfälti-

gen wie umfangreichen Œuvre des Schriftstellers ermöglicht. Der Anfang des ›Pasenow‹ aus den ›Schlafwandlern‹, das Schlußkapitel im ›Tod des Vergil‹, die ›Barbara‹-Novelle aus der ›Verzauberung‹, die ›Magd Zerline‹ aus den ›Schuldlosen‹, ›Die Heimkehr des Vergil‹ sind Glanzleistungen modernen Erzählens. Dem dichterischen Werk steht das theoretische und kulturkritische gleichrangig zur Seite. Die hier aufgenommenen Beiträge zu den Themen Kitsch, Mythos, Kultur der Jahrhundertwende, den Menschenrechten und zu den Aufgaben des Intellektuellen haben seit ihrer Niederschrift nichts an Brisanz verloren, sie besitzen unvermindert Aktualität.
Als einem weiteren Zugang zu Brochs Leben und Werk sei hier verwiesen auf mein Buch ›Hermann Broch. Eine Biographie‹, das 1985 in diesem Verlag erschien.

Paul Michael Lützeler

Aus dem dichterischen Werk

Romane

Die Schlafwandler: Pasenow

Im Jahre 1888 war Herr v. Pasenow siebzig Jahre alt, und es gab Menschen, die ein merkwürdiges und unerklärliches Gefühl der Abneigung verspürten, wenn sie ihn über die Straßen Berlins daherkommen sahen, ja, die in ihrer Abneigung sogar behaupteten, daß dies ein böser alter Mann sein müsse. Klein, aber von richtigen Proportionen, kein hagerer Greis, aber auch kein Fettwanst: er war sehr richtig proportioniert, und der Zylinder, den er in Berlin aufzusetzen pflegte, wirkte durchaus nicht lächerlich. Er trug den Bart Kaiser Wilhelms I., doch kürzer geschoren, und an seinen Wangen war nichts von der weißen Wolle zu bemerken, die dem Herrscher das leutselige Aussehen verlieh; sogar das Haupthaar, kaum gelichtet, wies bloß einige weiße Fäden auf; trotz seiner siebzig Jahre hatte es sich die Blondheit seiner Jugend erhalten, jenes rötliche Blond, das an faulendes Stroh erinnert und einem alten Manne, den man sich lieber mit würdigerer Behaarung dächte, eigentlich nicht ansteht. Aber Herr v. Pasenow war an seine Haarfarbe gewöhnt, und auch das Einglas erschien ihm keineswegs zu jugendlich. Sah er in den Spiegel, so erkannte er jenes Gesicht wieder, das ihm dort vor fünfzig Jahren entgegengeblickt hatte. Und war Herr v. Pasenow solcherart mit sich nicht unzufrieden, so gibt es eben doch Menschen, denen das Äußere dieses alten Mannes mißfällt und die es auch nicht begreifen, daß je eine Frau sich gefunden hatte, die diesen Mann mit begehrenden Augen betrachtet haben sollte, ihn begehrend umfing, und sie werden ihm höchstens die polnischen Mägde auf seinem Gute zugestehen und daß er sich ihnen mit jener etwas hysterischen und doch herrischen Aggression genähert haben dürfte, die kleinen Männern öfters eigentümlich ist. Mochte dies stimmen oder nicht, es war jedenfalls die Meinung seiner beiden Söhne, und es versteht sich, daß er diese Meinung nicht geteilt hätte. Auch ist die Meinung von Söhnen oft subjektiv, und es wäre leicht, ihnen Ungerechtigkeit und

Befangenheit vorzuwerfen, trotz des etwas unbehaglichen Gefühles, das einen selber beim Anblick des Herrn v. Pasenow überkommen mag, merkwürdiges Unbehagen, das sich noch steigert, wenn Herr v. Pasenow vorbeigegangen ist und man ihm zufällig nachschaut. Vielleicht liegt es daran, weil einem dann das Alter des Mannes völlig ungewiß wird, denn er bewegt sich weder greisenhaft noch wie ein Jüngling, noch wie ein Mann in guten Jahren. Und weil Zweifel Unmut erzeugt, ist es nicht unmöglich, daß einer der Passanten diese Fortbewegungsart als würdelos empfindet, und wenn er sie dann als überheblich und kommun beschimpft, als schwächlich draufgängerisch und aufgetrumpft korrekt, so ist es kein Wunder. Das ist natürlich Temperamentsache; doch man kann sich ganz gut vorstellen, daß ein vom Haß verblendeter junger Mensch zurückeilen möchte, um dem, der so geht, einen Stock zwischen die Beine zu stecken, ihn irgendwie zu Fall zu bringen, ihm die Beine zu brechen, solche Gangart für immer zu vernichten. Jener aber geht sehr raschen Schrittes und geradlinig, den Kopf trägt er hoch, wie kleine Leute es zu tun pflegen, und da er sich eben auch sehr gerade hält, streckt er seinen kleinen Bauch ein wenig vor, man könnte fast sagen, daß er ihn vor sich hertrage, ja daß er damit seine ganze Person irgendwohin trage, ein häßliches Geschenk, das niemand will. Allein da mit einem Gleichnis noch nichts erklärt ist, bleiben solche Beschimpfungen haltlos, und vielleicht schämt man sich ihrer, bis man den Spazierstock neben den Beinen entdeckt. Der Stock geht taktmäßig, hebt sich fast bis zur Kniehöhe, verweilt mit einem kleinen harten Aufschlag am Boden und hebt sich wieder, und die Füße gehen daneben. Und auch diese heben sich mehr als sonst üblich, die Fußspitze geht etwas zu weit nach aufwärts, als wollte sie in Verachtung der Entgegenkommenden ihnen die Schuhsohle zeigen, und der Absatz wird mit einem kleinen harten Aufschlag auf das Pflaster gesetzt. So gehen Beine und Stock nebeneinander, und nun taucht die Vorstellung auf, daß der Mann, wäre er als Pferd zur Welt gekommen, ein Paßgänger geworden wäre; aber das Schrecklichste und Abscheulichste daran ist, daß es ein dreibeiniger Paßgang ist, ein Dreifuß, der sich in Bewegung gesetzt hat. Und furchtbar der Gedanke, daß diese dreibeinige Zielgerichtetheit so falsch sein muß wie diese Geradlinigkeit und dieses Vorwärtsstreben: auf das Nichts gerichtet! Denn so geht keiner, der Ernsthaftes beabsichtigt, und wenn man auch einen Augenblick an einen Wucherer denken muß, der zur harten Schuldeintreibung in die Wohnung des Armen sich trägt, so weiß man doch sogleich, daß dies viel zu wenig und viel zu irdisch wäre, entsetzt von der Erkenntnis, daß so der Teufel schlendert, ein Hund, der auf drei Beinen hinkt, daß dies ein geradliniges Zickzackgehen ist, ... genug; dies alles kann man nämlich herausfinden, wenn man den Gang des Herrn v. Pasenow mit liebevollem Haß zergliedert. Aber schließlich kann man solches bei den meisten Menschen versuchen. Immer stimmt irgend etwas. Und wenn Herr v. Pasenow auch keine gehetzte Lebensweise führte, vielmehr reichlich Zeit zur Erfüllung der dekorativen und sonstigen Verpflichtungen verwendete, die ein ruhig-gesichertes Vermögen mit sich bringt, so war er – und dies entspricht auch seiner Wesensart – in alledem geschäftig, und eigentliches Schlendern lag ihm ferne. Und kam er zweimal des Jahres nach Berlin, so hatte er vollauf zu schaffen. Jetzt befand er sich auf dem Wege zu seinem jüngeren Sohn, dem Premierleutnant Joachim v. Pasenow.

Immer wenn Joachim v. Pasenow mit seinem Vater zusammentraf, stiegen Jugenderinnerungen auf, das verstand sich nur von selbst, doch vor allem wurden die Ereignisse wieder lebendig, die seinem Eintritt in die Kadettenanstalt Culm vorangegangen waren. Es waren allerdings nur Bruchstücke von Erinnerungen, die da flüchtig emportauchten, und regellos floß Wichtiges und Unwichtiges durcheinander. So ist es wohl völlig unwichtig und überflüssig, den Schaffer Jan zu erwähnen, dessen Bild, obwohl er doch eine ganz nebensächliche Figur war, sich vor alle anderen Bilder schob. Dies mag daher rühren, daß Jan eigentlich kein Mensch, sondern ein Bart war. Stundenlang konnte man ihm zuschauen und darüber nachdenken, ob hinter der struppigen Landschaft voll undurchdringlichen, wenn auch weichen Gebüsches ein menschliches Wesen hause. Selbst wenn Jan sprach – aber er sprach nicht viel –, war man dessen nicht sicher, denn die Worte entstanden hinter dem Barte wie hinter einem Vorhang, und ebensowohl hätte es ein anderer sein können, der sie sprach. Am spannendsten war es, wenn Jan gähnte: dann klaffte die haarige Fläche an einer vorbestimmten Stelle auf, dartuend, daß dies auch der Ort sei, wo Jan Speise in sich einzuführen pflegte. Als Joachim zu ihm gelaufen kam, um ihm seinen bevorstehenden Eintritt in die Kadettenanstalt zu erzählen, war er gerade beim Essen, saß dort, schnitt Brotwürfel und hörte schweigend zu. Endlich sagte er: »Nun ist der Jungherr wohl recht froh?« Und da war es Joachim zu Bewußtsein gekommen, daß er gar nicht froh war; gerne hätte er sogar geweint, aber da kein unmittelbarer Anlaß dazu vorlag, hatte er bloß genickt und hatte gesagt, daß er sich freue.

Dann gab es noch das Eiserne Kreuz, das im großen Salon unter Glas und Rahmen hing. Es stammte von einem Pasenow, der anno 13 an kommandierender Stelle gestanden hatte. Da es ohnehin an der Wand hing, so war es etwas unbegreiflich, daß man so viel Aufhebens machte, als Onkel Bernhard auch eines erhielt. Joachim schämte sich noch heute, daß er damals so dumm hatte sein können. Doch vielleicht war er damals bloß erbittert gewesen, weil man ihm die Kadettenanstalt mit der Aussicht auf das Eiserne Kreuz schmackhafter machen wollte. Jedenfalls hätte sein Bruder Helmuth besser für die Anstalt getaugt, und trotz der langen Zeit, die seitdem verflossen war, nannte Joachim es eine lächerliche Einrichtung, daß der Erstgeborene zum Landwirt, der Jüngere aber zum Offizier bestimmt werden mußte. Ihm war das Eiserne Kreuz gleichgültig, aber Helmuth war in tolle Begeisterung geraten, als Onkel Bernhard mit der Division Goeben an der Erstürmung Kissingens teilgenommen hatte. Übrigens war es nicht einmal ein richtiger Onkel, sondern ein Vetter des Vaters.

Die Mutter war größer als der Vater, und alles auf dem Hofe gehorchte ihr. Merkwürdig war es, wie wenig Helmuth und er auf sie hören wollten; das hatten sie eigentlich mit dem

Vater gemein. Sie überhörten ihr zähes und lässiges »Nicht doch« und ärgerten sich bloß, wenn sie dann hinzufügte: »Seht euch bloß vor, daß Vater euch nicht dahinter kommt.« Und sie fürchteten sich nicht, wenn sie zu ihrem letzten Mittel griff: »Nun aber will ich es wirklich Vater sagen«, fürchteten sich auch kaum, wenn sie Ernst machte, denn der Vater warf ihnen dann bloß einen bösen Blick zu und ging mit seinen steifen geradlinigen Schritten seines Weges. Es war wie eine gerechte Strafe für die Mutter, weil sie mit einem gemeinsamen Feind Partei zu machen versuchte.

Zu jener Zeit war noch der Vorgänger des jetzigen Pastors im Amte. Er hatte einen gelblich-weißen Backenbart, der sich von der Farbe der Haut kaum abhob, und wenn er an den Festtagen zu Tische kam, so pflegte er die Mutter mit der Königin Luise inmitten ihrer Kinderschar zu vergleichen. Das war ein wenig lächerlich, machte einen aber trotzdem stolz. Nun hatte der Pastor auch noch die neue Gewohnheit angenommen, die Hand auf Joachims Kopf zu legen und »Junger Krieger« zu sagen, denn alle, und sogar das polnische Küchenmädchen, sprachen schon von der Kadettenanstalt in Culm. Trotzdem wartete Joachim noch immer auf eine richtige Entscheidung. Bei Tische hatte die Mutter einmal gesagt, sie sähe die Notwendigkeit nicht ein, Joachim wegzugeben; er könnte ja später als Avantageur eintreten; so sei es doch stets gewesen und so habe man es doch immer gehalten. Onkel Bernhard aber hatte erwidert, daß die neue Armee tüchtige Leute brauche, und in Culm könne es einem richtigen Jungen schon gefallen. Der Vater hatte unangenehm geschwiegen – wie immer, wenn die Mutter etwas sagte. Er hörte nicht auf sie. Bloß zu Mutters Geburtstag, wenn er ans Glas klopfte, entlehnte er das Gleichnis des Pastors und nannte sie seine Königin Luise. Vielleicht war die Mutter wirklich dagegen, daß er nach Culm kommen sollte, aber auf sie war kein Verlaß, sie machte schließlich doch Partei mit dem Vater. Die Mutter war sehr pünktlich. Niemals fehlte sie zur Melkzeit im Stalle, beim Eierausheben im Hühnerhof, vormittags konnte man sie in der Küche aufsuchen und nachmittags in der Wäschekammer, wo sie mit den Mägden das steife Leinen zählte. Damals hatte er es eigentlich erst erfahren. Er war mit der Mutter im Kuhstall gewesen, seine Nase war voll von dem schweren Stallgeruch, da sie in die kalte Winterluft hinaustraten, und Onkel Bernhard kam ihnen über den Hof entgegen. Onkel Bernhard trug noch immer einen Stock; nach einer Verwundung durfte man einen Stock tragen, alle Rekonvaleszenten tragen Stöcke, auch wenn sie nicht mehr so arg hinken. Die Mutter war stehengeblieben, und Joachim hielt sich an dem Stock Onkel Bernhards fest. Noch heute erinnerte er sich deutlich der wappengeschmückten Elfenbeinkrücke. Onkel Bernhard sagte: »Gratulieren Sie mir, Cousine, soeben bin ich Major geworden.« Joachim blickte zum Major hinauf; der war sogar größer als die Mutter, hatte sich einen kleinen, gleichsam stolzen und doch vorschriftsmäßigen Ruck gegeben, schien noch ritterlicher und noch strammer als sonst und war vielleicht auch jetzt noch gewachsen, jedenfalls paßte er besser zu ihr als der Vater. Er hatte einen kurzen Vollbart, aber man konnte den Mund sehen, Joachim überlegte, ob es eine große Ehre sei, den Stock eines Majors halten zu dürfen, und dann entschloß er sich, ein wenig stolz zu sein. »Ja«, sagte Onkel Bernhard weiter, »aber nun ist es mit den schönen Tagen auf Stolpin auch wieder zu Ende.« Die Mutter sagte, daß dies eine gute und eine schlechte Nachricht zugleich sei, und das war eine komplizierte Antwort, die Joachim nicht völlig klar wurde. Sie standen im Schnee; die Mutter hatte ihre braune Pelzjacke an, die ebenso weich war wie sie selber, und unter ihrer Pelzmütze sahen ihre blonden Haare hervor. Joachim freute sich stets, daß er die gleichen blonden Haare hatte wie die Mutter; er würde also auch größer als der Vater werden, vielleicht so groß wie Onkel Bernhard, und als dieser auf ihn wies: »Nun werden wir ja bald Kameraden in des Königs Rock sein«, so war er für einen Augenblick ganz einverstanden. Doch da die Mutter bloß seufzte und keinen Einwand äußerte, sich unterwarf, genauso als stünde sie dem Vater gegenüber, ließ er den Stock los und lief zu Jan.

Mit Helmuth ließ sich die Sache nicht besprechen; der

beneidete ihn und redete wie die Erwachsenen, die alle sagten, daß ein künftiger Soldat froh und stolz sein müsse. Jan war der einzige, der kein Heuchler und Verräter war; der hatte bloß gefragt, ob der Jungherr froh wäre, und stellte sich nicht so, als ob er daran glaubte. Natürlich mochten die anderen und auch Helmuth es nett gemeint haben, wollten ihn bloß trösten. Niemals hatte Joachim es verwunden, daß er damals im stillen von dem Verrätertum und der Heuchelei Helmuths überzeugt gewesen war; denn hatte er es auch sofort gut machen wollen und ihm all seine Spielsachen geschenkt, so hätte er sie ohnehin nicht in die Kadettenanstalt mitnehmen dürfen, und es war keine Entschuldigung. Auch die Hälfte des Ponys, das den Knaben gemeinsam gehörte, hatte er ihm geschenkt, so daß Helmuth nun ein ganz eigenes Pferd besaß. Diese Wochen waren eine unheilschwangere und doch eine gute Zeit; niemals, weder früher noch später, war er mit dem Bruder je so befreundet gewesen. Dann allerdings kam das Unglück mit dem Pony: Helmuth hatte für diese Zeit auf seine neuen Anrechte verzichtet, und Joachim durfte über das Pony allein verfügen. Zwar war es kein sehr bedeutender Verzicht, denn der Boden war in diesen Wochen aufgeweicht und tief, und es bestand ein strenges Verbot, bei solchem Boden auf die Felder zu reiten. Joachim aber fühlte das bessere Recht des Scheidenden, und da überdies Helmuth einverstanden war, ritt er unter dem Vorwand, dem Pony in der Koppel Bewegung zu machen, auf den Acker hinaus. Nur zu einem ganz kurzen Galopp hatte er angesetzt, als schon das Unglück geschehen war; das Pony geriet mit dem Vorderbein in eine tiefe Grube, überschlug sich und konnte nicht mehr aufstehen. Helmuth kam herbeigelaufen, dann kam auch der Kutscher. Das Pony lag dort, den struppigen Kopf in den Schollen des Ackers, und ließ die Zunge seitwärts aus dem Maule hängen. Joachim sah noch, wie er und Helmuth dort knieten und den Kopf des Tieres streichelten, aber er vermochte sich nicht mehr zu entsinnen, wie sie heimgekommen waren, wußte bloß, daß er in der Küche stand, in der es mit einem Male ganz still geworden war, und daß alle ihn anschauten, als wäre er ein Verbrecher. Dann hatte er die

Stimme der Mutter gehört: »Man muß es Vater sagen.« Und nun stand er plötzlich im Arbeitszimmer des Vaters, und es war, als ob das Strafgericht, das die Mutter ihnen so oft mit dem verhaßten Satze angedroht hatte, nunmehr aufgestapelt und angesammelt, über ihn hereinbrechen müßte. Doch es erfolgte nichts. Der Vater ging bloß stumm und geradlinig in dem Raume auf und ab, und Joachim versuchte stramm zu stehen, blickte auf die Geweihe an der Wand. Als noch immer nichts erfolgte, begannen seine Blicke zu schweifen und blieben an dem blauen Sand in der Papierkrause des braunpolierten sechseckigen Spucknapfes neben dem Ofen hängen. Fast hatte er vergessen, warum er hergekommen war; bloß der Raum schien noch weiter als sonst zu sein, und in der Brust lastete etwas Eisiges. Endlich klemmte der Vater das Einglas ins Auge: »Es ist die höchste Zeit, daß du aus dem Hause kommst«, und nun wußte Joachim, daß sie alle geheuchelt hatten, sogar Helmuth, und in diesem Augenblikke war es Joachim sogar recht, daß das Pony sich das Bein gebrochen hatte, und auch die Mutter hatte ihn immerzu verklatscht, damit er aus dem Hause käme. Dann sah er noch, wie der Vater die Pistole aus dem Kasten nahm. Ja, und dann erbrach er sich. Am nächsten Tag erfuhr er von dem Arzte, daß er eine Gehirnerschütterung erlitten hätte, und er war stolz darauf. Helmuth saß an seinem Bette, und obwohl Joachim wußte, daß das Pony vom Vater erschossen worden war, sprachen sie nicht ein Wort davon, und es war wieder eine gute Zeit, sonderbar geborgen und abgerückt von allen Menschen. Trotzdem nahm sie ein Ende, und mit einer Verspätung von einigen Wochen wurde er nach Culm in die Anstalt eingeliefert. Doch wenn er dort vor seinem schmalen Bett stand, das so ferne und weit abgerückt war von seinem Krankenbette in Stolpin, da schien es fast, als hätte er jene Abgerücktheit mit herübergenommen, und dies machte ihm den Aufenthalt fürs erste erträglich.

Natürlich gab es in jener Zeit noch allerhand, das er vergessen hatte, aber es war trotzdem ein beunruhigender Rest geblieben, und in seinen Träumen glaubte er manchmal, polnisch zu sprechen. Als er Premierleutnant geworden war, schenkte er Helmuth ein Pferd, das er selber lange geritten hatte. Dennoch ließ ihn das Gefühl nicht los, als wäre er ihm etwas schuldig geblieben, ja als wäre Helmuth ein unbequemer Gläubiger. Das war alles sinnlos, und er dachte nur selten daran. Nur wenn der Vater nach Berlin kam, wachte es wieder auf, und wenn dann Joachim nach der Mutter und nach Helmuth fragte, so vergaß er nie, sich auch nach dem Befinden des Gaules zu erkundigen.

Nun da Joachim v. Pasenow seinen Zivilgehrock angetan hatte und sein Kinn in ungewohnter Freiheit zwischen den beiden Ecken des offenen Stehkragens sich bewegte, da er den geschweiften Zylinder aufgesetzt und einen Stock mit spitz zulaufender Elfenbeinkrücke zur Hand genommen hatte, nun auf dem Wege ins Hotel, um den Vater zu dem obligaten Bummelabend abzuholen, tauchte plötzlich Eduard v. Bertrands Bild vor ihm auf, und es war ihm angenehm, daß die Zivilkleider keineswegs mit solcher Selbstverständlichkeit an ihm saßen wie an diesem Menschen, den er im stillen manchmal einen Verräter nannte. Leider war es ja vorauszusehen und zu befürchten, daß er Bertrand in den Lokalen der Lebewelt, die er heute mit dem Vater besuchen mußte, antreffen werde, und schon während der Vorstellung im Wintergarten hielt er Ausschau nach ihm und war sehr mit der Frage beschäftigt, ob er einen solchen Menschen mit dem Vater bekannt machen dürfe.
Das Problem hielt ihn auch noch gefangen, als sie in einer Droschke durch die Friedrichstraße zum Jägerkasino fuhren. Sie saßen steif, ihre Stöcke zwischen den Knien, stumm auf den schwarzledernen brüchigen Sitzen, und wenn ihnen eines der vorüberstreifenden Mädchen etwas zurief, so schaute Joachim v. Pasenow gerade vor sich hin, während sein Vater, das Einglas starr im Auge, »toll« sagte. Ja, seit Herr v. Pasenow nach Berlin kam, hatte sich vieles verändert, und wenn man es auch hinnahm, so durfte man sich doch nicht der Einsicht verschließen, daß die neuerungssüchtige Politik des Reichsgründers höchst unerfreuliche Blüten gezeitigt hat. Herr v. Pasenow sagte, was er alljährlich sagte: »In Paris

kann es auch nicht ärger zugehen«, und es erregte auch sein Mißfallen, daß eine Reihe greller Gasflammen die Aufmerksamkeit der Passanten auf den Eingang des Jägerkasinos lenkte, vor dem sie nun hielten.
Eine schmale Holztreppe führte zum ersten Stockwerk, in dem die Lokalitäten sich befanden, und Herr v. Pasenow erstieg sie mit der geschäftigen Geradlinigkeit, die ihm eigentümlich war. Ein schwarzhaariges Mädchen kam ihnen entgegen, drückte sich in den Stiegenwinkel, um die Besucher vorbeizulassen, und da sie offenbar über die Geschäftigkeit des alten Herrn lachen mußte, machte Joachim eine etwas verlegene und entschuldigende Geste. Von neuem war der Zwang da, sich Bertrand vorzustellen, sei es als den Liebhaber dieses Mädchens, sei es als dessen Zuhälter, sei es als sonst irgend etwas Phantastisches, und kaum im Saale, blickte er suchend umher. Aber natürlich war Bertrand nicht da, hingegen zwei Herren vom Regiment, und nun fiel es Joachim erst ein, daß er sie doch selber zu dem Kasinobesuch animiert hatte, um nicht mit dem Vater oder gar noch dazu mit Bertrand allein sein zu müssen.
Herr v. Pasenow wurde, Alter und Stellung gemäß, wie ein Vorgesetzter mit schmal-steifer Verbeugung und Zusammenschlagen der Hacken begrüßt, und gleich einem kommandierenden General erkundigte er sich, ob die Herren sich amüsierten; wenn die Herren nun auch ein Glas Sekt mit ihm trinken wollten, würde es ihm zur Ehre gereichen, worauf die Herren ihre Zustimmung wieder mit den Füßen bekanntgaben. Es wurde frischer Sekt gebracht. Die Herren saßen schweigend und steif auf ihren Stühlen, tranken einander stumm zu und betrachteten den Saal, die weißgoldenen Dekorationen, die Gasflammen, die von Tabaksrauch umzogen im großen Kreise des Lüsters surrten, und betrachteten die Tanzenden, die sich in der Mitte des Saales drehten. Endlich Herr v. Pasenow: »Nun, meine Herren, ich will nicht hoffen, daß Sie meinetwegen auf holde Weiblichkeit verzichtet haben!« Verbeugungen und Lächeln – »sind doch niedliche Mädchen hier –; als ich heraufkam, begegnete ich einem durchaus ansprechenden Ding, schwarzhaarig und mit Au-

gen, die euch jungen Herren nicht gleichgültig bleiben können.« Joachim v. Pasenow hätte vor Scham dem Alten die Kehle zupressen mögen, um solche geile Rede zurückzuhalten, aber schon antwortete einer der Kameraden, daß dies offenbar Ruzena gewesen sei, wirklich ein ausnehmend hübsches Mädchen, dem man auch eine gewisse Vornehmheit nicht abstreiten könne, wie überhaupt die Damen hier zum großen Teil nicht das seien, was man von ihnen halte, vielmehr werde mit einiger Strenge von seiten der Direktion eine Auslese getroffen und auf die Wahrung eines feinen Tones geachtet. Mittlerweile aber war Ruzena wieder im Saale erschienen: sie hatte ihren Arm unter den eines blonden Mädchens geschoben, und wie sie mit ihren hohen Tournüren und spitzen Taillen an den Tischen und Logen entlangstrichen, machten sie tatsächlich einen vornehmen Eindruck. Als sie bei dem Tische Pasenows vorbeikamen, wurde die scherzhafte Meinung geäußert, ob nicht Fräulein Ruzena soeben die Ohren geklungen hätten, und Herr v. Pasenow fügte hinzu, daß, dem Namen nach zu schließen, er wohl eine schöne Polin, also fast eine Landsmännin, vor sich sähe. Nein, sie sei keine Polin, sagte Ruzena, sondern eine Böhmin, hierzulande sage man wohl Tschechin, aber Böhmin sei richtiger, weil auch das Land richtig Böhmen heiße. »Um so besser«, sagte Herr v. Pasenow, »die Polen taugen nichts... sind unzuverlässig... Na, ist ja egal.«

Indessen hatten sich die beiden Mädchen gesetzt, und Ruzena sprach mit einer tiefen Stimme und lachte über sich selbst, weil sie noch immer nicht Deutsch erlernt hatte. Joachim ärgerte sich, weil der Alte die Erinnerung an die Polinnen heraufbeschwor, mußte aber selber an eine Erntearbeiterin denken, von der er als kleiner Junge auf den Wagen mit den Garben gehoben worden war. Aber wenn sie auch mit hart stakkatiertem Tonfall alle Artikel durcheinanderwarf und von die Direktor und das Stadt sprach, so war sie doch eine junge Dame, die in steifem Korsett und guter Haltung das Sektglas zum Munde führte, und war etwas anderes als eine polnische Erntearbeiterin; mochte das Gerede über den Vater und die Mägde wahr sein oder nicht, Joachim hatte damit nichts zu schaffen, aber mit dem zarten Mädchen hier sollte der Alte nicht wagen, ebenso zu verfahren, wie er es vielleicht gewohnt war. Trotzdem wollte sich das Leben eines böhmischen Mädchens nicht anders vorstellen lassen als das der Polinnen – schien es doch schon bei deutschen Zivilisten unmöglich, ein Lebendiges hinter der Marionette des Bewegten sich vorzustellen –, und wenn er versuchte, um Ruzena eine gute Stube zu denken, eine gute matronenhafte Mutter, einen guten Freier mit Handschuhen, so stimmte dies nicht, und Joachim kam von dem Gefühl nicht los, daß dort alles wild, geduckt, tartarisch vor sich gehen müsse: Ruzena tut ihm leid, obwohl sie sicherlich etwas von einem kleinen geduckten Raubtier spüren läßt, in dessen Kehle der dunkle Schrei steckt, dunkel wie die böhmischen Wälder, und er möchte wissen, ob man mit ihr reden kann wie mit einer Dame, denn all dies ist erschreckend und doch verlockend und gibt dem Vater und seinen schmutzigen Absichten irgendwie recht. Er fürchtet, daß auch Ruzena dies durchschauen könne, und er sucht in ihrem Gesicht nach Antwort; sie merkt es und lächelt ihm zu, doch ihre Hand, die weich über die Tischkante hängt, läßt sie von dem Alten tätscheln, und der tut es in aller Öffentlichkeit und versucht dabei, seine polnischen Brocken anzubringen, eine sprachliche Hecke um sich und das Mädchen zu errichten. Natürlich dürfte sie ihn nicht gewähren lassen, und wenn es in Stolpin immer hieß, daß die polnischen Mägde unzuverlässig seien, so hatte man vielleicht recht. Aber vielleicht ist sie bloß zu schwach, und die Ehre würde es verlangen, daß man sie vor dem Alten schütze. Solches allerdings wäre das Amt ihres Liebhabers; besäße Bertrand eine Spur von Ritterlichkeit, so hätte er nachgerade die Pflicht, endlich aufzutauchen, um dies alles mit leichter Hand in Ordnung zu bringen. Unvermittelt beginnt Joachim mit den Kameraden von Bertrand zu sprechen, ob sie schon lange nichts von Bertrand gehört hätten, was er wohl treibe, ja, ein merkwürdiger verschlossener Mensch sei Eduard v. Bertrand. Aber die Kameraden haben schon viel Sekt getrunken, geben verkehrte Antworten und wundern sich über nichts mehr, nicht einmal über die Beharrlichkeit, mit der Joachim am Thema Bertrand hängenbleibt, und so listig er den Namen immer wieder besonders laut und deutlich ausspricht, auch die beiden Mädchen zucken mit keiner Wimper, und der Verdacht keimt in ihm auf, Bertrand könne schon so tief gesunken sein, daß er hier unter falschem Namen verkehre; also wendet er sich direkt an Ruzena, ob sie nicht doch v. Bertrand kenne..., bis der Alte, hellhörig und geschäftig trotz allen Sektes, fragt, was denn Joachim jetzt mit diesem v. Bertrand wolle: »Suchst ihn ja, als ob er hier sichtbarlich versteckt wäre.« Joachim verneint errötend, aber der Alte ist im Schwatzen: ja, er habe den Vater, den alten Oberst v. Bertrand gut gekannt, der habe das Zeitliche gesegnet, schon möglich, daß ihn dieser Eduard ins Grab gebracht hat. Er hätte es sich ja, hieß es, so sehr zu Herzen genommen, daß der Schlingel ausgesprungen sei, kein Mensch wisse warum und ob nicht etwas Schmutziges dahinter gesteckt habe. Joachim lehnte sich auf: »Ich bitte um Verzeihung, das sind haltlose Ausstreuungen – am allerwenigsten ist Bertrand ein Schlingel zu nennen.« – »Nur sachte«, meint der Alte und wendet sich wieder der Hand Ruzenas zu, auf die er nun einen langen Kuß drückt; Ruzena läßt es gleichmütig geschehen und betrachtet Joachim, dessen weiches helles Haar sie an die Kinder in ihrer Heimatschule erinnert. »Will ich nicht Ihnen Hof machen«, stakkatiert sie zu dem Alten, »aber hat liebe Haare der Sohn«, dann packt sie den Kopf der Freundin, hält ihn neben den Joachims und ist befriedigt, daß die Haarfarbe übereinstimmt: »Möchtet scheenes Paar sein«, erklärt sie den beiden Köpfen und fährt ihnen beiden in die Haare. Das Mädchen kreischt, weil sie ihr die Frisur zerzaust, Joachim spürt die weiche Hand am Hinterkopf, es ist ein kleines Schwindelgefühl, er wirft den Kopf zurück, als wolle er die Hand zwischen Kopf und Nacken einfangen, zum Verweilen zwingen, doch da geht die Hand ganz von selbst zum Nacken hinunter, streicht rasch und behutsam darüber hin. »Sachte, sachte!« hört er wieder die trockene Stimme des Vaters und dann bemerkt er, wie jener die Brieftasche zieht, zwei große Scheine herausnimmt und sich anschickt, sie den beiden Mädchen zuzustecken. Ja, so wirft der Alte, wenn er guter Laune ist, den Erntearbeiterinnen Markstücke zu, und obwohl Joachim dazwischenfahren möchte, kann er nicht verhindern, daß Ruzena ihre fünfzig Mark in die Hand gedrückt bekommt und sie sogar fröhlich einsteckt: »Danke, Pappa«, sagt sie, »Schwiegerpappa«, bessert sie sich aus und zwinkert zu Joachim. Joachim ist blaß vor Zorn; soll ihm der Alte ein Mädchen für fünfzig Mark kaufen? Der Alte, hellhörig, merkt den Verstoß Ruzenas und unterstreicht: »Na, mir kommt vor, daß dir mein Bengel gefällt..., an meinem Segen soll's nicht fehlen...« Hund, denkt Joachim. Aber der Alte hat jetzt Oberwasser: »Ruzena, schönes Kind, morgen komme ich als Brautwerber zu dir, wie es sich gehört, tipptopp; was soll ich dir als Morgengabe mitbringen... aber du mußt mir sagen, wo dein Schloß steht...« Joachim schaut weg, wie einer, der bei einer Hinrichtung nicht das Beil fallen sehen will, aber da wird Ruzena plötzlich steif, ihre Augen werden blind, die Lippen werden hilflos, sie stößt eine Hand fort, die helfend oder zärtlich nach ihr greifen will, und läuft davon, um sich bei der Toilettenfrau auszuweinen.

»Na, egal«, sagt Herr v. Pasenow, »aber es ist auch spät geworden. Ich glaube, wir gehen, meine Herren.« In der Droschke saßen Vater und Sohn nebeneinander, steif, die Stöcke zwischen den Knien, feindlich. Endlich sagt der Alte: »Na, die fünfzig hat sie doch genommen. Dann ist leicht weglaufen.« Der Elende, denkt Joachim.

Bertrand könnte zum Thema der Uniform etwa sagen: Einstens war es bloß die Kirche, die als Richterin über den Menschen thronte, und ein jeglicher wußte, daß er ein Sünder war. Jetzt muß der Sünder über den Sünder richten, auf daß nicht alle Werte der Anarchie verfallen, und statt mit ihm zu weinen, muß der Bruder dem Bruder sagen: »Du hast unrecht gehandelt.« Und war es einst die bloße Tracht des Klerikers, die sich als etwas Unmenschliches von der der anderen abhob, und schimmerte damals selbst in der Uniform und in der Amtstracht noch das Zivilistische durch, so mußte, da die große Unduldsamkeit des Glaubens verloren ward, die irdi-

sche Amtstracht an die Stelle der himmlischen gesetzt werden, und die Gesellschaft mußte sich in irdische Hierarchien und Uniformen scheiden und diese an der Stelle des Glaubens ins Absolute erheben. Und weil es immer Romantik ist, wenn Irdisches zu Absolutem erhoben wird, so ist die strenge und eigentliche Romantik dieses Zeitalters die der Uniform, gleichsam als gäbe es eine überweltliche und überzeitliche Idee der Uniform, eine Idee, die es nicht gibt und die dennoch so heftig ist, daß sie den Menschen viel stärker ergreift, als irgendein irdischer Beruf es vermöchte, nicht vorhandene und dennoch so heftige Idee, die den Uniformierten wohl zum Besessenen der Uniform macht, niemals aber zum Berufsmenschen im Sinne des Zivilistischen, vielleicht eben weil der Mensch, der die Uniform trägt, von dem Bewußtsein gesättigt ist, die eigentliche Lebensform seiner Zeit und damit auch die Sicherheit seines eigenen Lebens zu erfüllen.
So mochte Bertrand sprechen; aber wenn dies auch sicherlich nicht jedem Uniformträger bewußt wird, so mag immerhin feststehen, daß ein jeder, der viele Jahre die Uniform trägt, in ihr eine bessere Ordnung der Dinge findet als der Mensch, der bloß das Zivilgewand der Nacht gegen das des Tages vertauscht. Gewiß braucht er über diese Dinge nicht eigens nachzudenken, denn eine richtige Uniform gibt ihrem Träger eine deutliche Abgrenzung seiner Person gegenüber der Umwelt; sie ist wie ein hartes Futteral, an dem Welt und Person scharf und deutlich aneinanderstoßen und voneinander sich unterscheiden; ist es ja der Uniform wahre Aufgabe, die Ordnung in der Welt zu zeigen und zu statuieren und das Verschwimmende und Verfließende des Lebens aufzuheben, so wie sie das Weichliche und Verschwimmende des Menschenkörpers verbirgt, seine Wäsche, seine Haut überdeckt, und der Posten auf Wache hat die weißen Handschuhe überzuziehen. So wird dem Mann, der des Morgens seine Uniform bis zum letzten Knopf geschlossen hat, tatsächlich eine zweite und dichtere Haut gegeben, und es ist, als ob er in sein eigentliches und festeres Leben zurückkehre. Abgeschlossen in seinem härteren Futteral, verschlossen mit Riemen und Klammern, beginnt er seines eigenen Untergewan-

des zu vergessen und die Unsicherheit des Lebens, ja das Leben selbst rückt fernab. Wenn er dann noch am untern Saume des Uniformrockes gezogen hat, damit er glatt und faltenlos über Brust und Rücken sich spanne, dann ist sogar das Kind, das der Mann doch liebt, ist die Frau, in deren Kuß er dieses Kind gezeugt hat, in so weite und zivilistische Ferne gerückt, daß er den Mund, den sie zum Abschied ihm reicht, kaum mehr erkennt, und sein Heim wird zu etwas Fremdem, das man in Uniform nicht besuchen darf. Geht er dann in seiner Uniform zur Kaserne oder ins Amt, so ist es nicht Stolz, wenn er den anders Gekleideten übersieht; er kann bloß nicht mehr begreifen, daß unter dem anderen und barbarischen Kleide sich etwas befindet, das mit eigentlicher Menschheit, wie er sie an sich erlebt, auch nur das Geringste gemein haben könnte. Doch deshalb ist der Mann in der Uniform nicht blind geworden und auch nicht von blindem Vorurteil erfüllt, wie so oft angenommen wird; er ist noch immer ein Mensch wie du und ich, denkt an Essen und Beischlaf, liest auch seine Zeitung beim Frühstück; aber er ist mit den Dingen nicht mehr verbunden, und da sie ihn kaum mehr etwas angehen, vermag er jetzt, sie nach gut und böse zu unterscheiden, denn auf Unduldsamkeit und Unverständnis ist die Sicherheit des Lebens gegründet.
Immer wenn Joachim v. Pasenow gezwungen war, Zivil anzulegen, kam ihm Eduard v. Bertrand in den Sinn, immer war er dann froh, daß die Zivilkleider nicht mit solcher Selbstverständlichkeit an ihm saßen wie an diesem Menschen, und eigentlich war er immer neugierig zu erfahren, wie Bertrand über die Frage der Uniform dachte. Denn Eduard v. Bertrand hätte natürlich alle Ursache, über diese Probleme nachzudenken, hatte er doch ein für alle Male die Uniform abgelegt und sich für das Zivilkleid entschieden. Das war verwunderlich genug gewesen. Er hatte die Kadettenanstalt in Culm zwei Jahrgänge vor Pasenow absolviert und hatte sich dort von den anderen in nichts unterschieden, trug im Sommer weite weiße Hosen wie die anderen, hatte mit den anderen am gleichen Tische gegessen, hatte Prüfungen abgelegt wie die anderen und dennoch, als er Sekondeleutnant

geworden war, geschah das Unbegreifliche: ohne äußeren Anlaß hatte er den Dienst quittiert und war in einem fremdartigen Leben verschwunden, im Dunkel der Großstadt verschwunden, wie man so sagt, in einer Dunkelheit, aus der er bloß hin und wieder auftauchte. Traf man ihn auf der Straße, so war man immer ein wenig unsicher, ob man ihn grüßen dürfe, denn in dem Gefühl, einem Verräter gegenüberzustehen, der etwas, das ihrer aller gemeinsamer Besitz gewesen war, hinüber auf die andere Seite des Lebens getragen und es dort preisgegeben hatte, fühlte man sich auch irgendwie schamlos und nackt drüben ausgestellt, während Bertrand selber von seinen Motiven und seinem Leben nichts preisgab und von der stets gleichen freundlichen Verschlossenheit blieb. Vielleicht aber lag das Beunruhigende bloß in Bertrands Zivilgewand, aus dessen Westenausschnitt die weiße Stärkbrust schaute, so daß man sich eigentlich für ihn schämen mußte. Dabei hatte Bertrand selber einstens in Culm erklärt, daß ein richtiger Soldat die Manschetten seines Hemdes nicht aus den Rockärmeln hervorlugen lasse, weil alles Geborenwerden, Schlafen, Lieben, Sterben, kurzum alles Zivilistische eine Angelegenheit der Wäsche sei; und wenn auch solche Paradoxien stets zu Bertrands Gewohnheiten gehört hatten, nicht minder wie die leichte Handbewegung, mit der er lässig und wegwerfend das Gesagte hinterher wieder abzutun pflegte, so mußte er sich offenbar doch schon damals mit dem Problem der Uniform befaßt haben. Mit der Wäsche und den Manschetten allerdings mochte er zum Teil recht haben; soferne man nämlich bedachte – immer erweckte Bertrand solch unangenehme Gedanken –, daß alle Männer, die Zivilisten und der Vater nicht ausgenommen, das Hemd in die Hose gesteckt trugen. Joachim liebte es daher auch nicht, im Mannschaftszimmer Leute mit offenem Rock anzutreffen; es war irgend etwas Unanständiges dabei, das zwar nicht ganz durchsichtig, dennoch begreiflich zu der Vorschrift führte, daß für den Besuch gewisser Lokale und für andere erotische Konstellationen Zivil angelegt werden mußte, ja darüber hinaus, es geradezu als einen Verstoß gegen die Vorschrift erscheinen ließ, daß es verheiratete Offiziere und

Unteroffiziere gab. Wenn der verheiratete Wachtmeister zum Morgendienst sich meldete und zwei Knöpfe des Rockes öffnete, um aus dem Spalt, in dem das karierte Hemd sichtbar wurde, das große rote Lederbuch hervorzuholen, dann griff Joachim meistens auch nach den eigenen Rockknöpfen und fühlte sich erst geborgen, da er sich vergewissert hatte, daß sie alle verschlossen waren. Fast hätte er wünschen mögen, daß die Uniform wie eine direkte Emanation der Haut wäre, und manchmal dachte er auch, daß dies die eigentliche Aufgabe einer Uniform sei, oder daß wenigstens die Unterkleidung durch Abzeichen und Distinktion zu einem Teil der Uniform gemacht werden müßte. Denn unheimlich war es, daß jeder das Anarchische, das allen gemeinsam ist, unter dem Rocke mit sich herumträgt. Vielleicht wäre die Welt völlig aus den Fugen geraten, wäre nicht im letzten Augenblick die steife Wäsche, die das Hemd in ein weißes Brett verwandelt und einer Unterkleidung unähnlich macht, für die Zivilisten erfunden worden. Joachim entsann sich des Erstaunens seiner Kindheit, als er auf dem Porträt des Großvaters feststellen mußte, daß der kein Stärkhemd, sondern ein Spitzenjabot getragen hatte. Allerdings haben die Menschen damals einen innigeren und tieferen Christenglauben besessen, und sie mußten den Schutz vor der Anarchie nicht anderwärts suchen. Das waren wohl alles sinnlose Überlegungen, und sicherlich waren sie auch nur Ausfluß der ungereimten Äußerungen eines Bertrand; Pasenow schämte sich fast, vor dem Wachtmeister solche Gedanken zu hegen, und wenn sie sich aufdrängten, so schob er sie beiseite und begab sich mit einem Ruck in eine dienstlich stramme Haltung.

Aber wenn er auch diese Gedanken als sinnlos beiseite schob und die Uniform als das Naturgegebene hinnahm, es steckte doch mehr dahinter als eine bloße Bekleidungsfrage, mehr als etwas, das seinem Leben zwar keinen Inhalt, wohl aber Haltung gab. Oft glaubte er die ganze Frage und auch Bertrand mit dem Wort: »Kameraden in des Königs Rock« abtun zu können, obzwar er weit davon entfernt war, damit eine außerordentliche Hochachtung vor dem Rock des Königs ausdrücken zu wollen oder einer besonderen Eitelkeit zu frönen, war er doch sogar darauf bedacht, daß seine Eleganz über eine genau eingehaltene vorschriftsmäßige Korrektheit nicht hinausginge oder von ihr abwiche, und er hörte es auch nicht ungern, als einmal im Kreise der Damen die begründete Ansicht ausgesprochen ward, daß des Uniformstückes hölzern langer Schnitt und die aufdringlichen Farben des bunten Tuches ihm schlecht genug zu Gesichte stünden, ja, daß ein braunsamtener Künstlerrock und ein loser Schlips ihn weit besser kleiden würden. Daß ihm trotzdem die Uniform weit mehr bedeutete, läßt sich teilweise durch die von der Mutter ererbte Beharrlichkeit erklären, die dem einmal Gewohnten unbewegt anzuhängen pflegte. Und manchmal schien es ihm selber, als dürfe es auch für ihn keine andere Haltung geben, obgleich er noch immer voller Groll gegen die Mutter war, welche sich damals den Bestimmungen Onkel Bernhards ohne Widerspruch untergeordnet hatte. Aber nun war es schon einmal geschehen, und wenn einer seit seinem zehnten Lebensjahr daran gewöhnt ist, eine Uniform zu tragen, dem ist das Kleid schon wie ein Nessushemd eingewachsen, und keiner, am allerwenigsten Joachim v. Pasenow, vermag dann noch anzugeben, wo die Grenze zwischen seinem Ich und der Uniform liegt. Und doch war es mehr als Gewohnheit. Denn wenn es auch nicht sein militärischer Beruf gewesen ist, der in ihn hineingewachsen war oder er in ihn, so war ihm die Uniform Symbol für mancherlei geworden; und er hatte sie im Laufe der Jahre mit so vielen Vorstellungen ausgefüttert und ausgepolstert, daß er, in ihr geborgen und abgeschlossen, sie nicht mehr hätte missen können, abgeschlossen gegen die Welt und gegen das Vaterhaus, in solcher Sicherheit und Geborgenheit sich bescheidend oder kaum mehr bemerkend, daß die Uniform ihm nur einen schmalen Streifen persönlicher und menschlicher Freiheit ließ, nicht breiter als der schmale Streifen der Stärkmanschette, den die Uniform den Offizieren gestattet. Er liebte es nicht, Zivil anzulegen, und es war ihm recht, daß ihn die Uniform von dem Besuche anrüchiger Lokale abhielt, in denen er den Zivilisten Bertrand in Begleitung lockerer

Frauenzimmer vermutete. Denn oft überkam ihn unheimliche Angst, auch er könne in das unerklärliche Schicksal Bertrands hineingleiten. Deshalb verdachte er es auch seinem Vater, daß er ihn bei dem obligaten Bummel durch das Berliner Nachtleben, mit dem der Besuch in der Reichshauptstadt traditionsgemäß abgeschlossen wurde, begleiten und eben in Zivil begleiten mußte.

Als Joachim am nächsten Tage den Vater zur Bahn brachte, meinte dieser »Nun, wenn du jetzt Rittmeister wirst, werden wir wohl auch ans Heiraten denken müssen. Wie wäre es mit Elisabeth? Sind schließlich ein paar hundert Morgen, die die Baddensen in Lestow drüben haben, und das Mädel wird das Ganze einmal erben.« Joachim schwieg. Gestern hätte er ihm beinahe um fünfzig Mark ein Mädchen gekauft, und heute versucht er es mit einer legitimen Verbindung. Oder hatte der alte Mann vielleicht auch noch Gelüste auf Elisabeth wie auf das Mädchen, dessen Hand Joachim jetzt wieder im Nacken fühlte! Aber unvorstellbar war es, daß einer überhaupt wagen könnte, Elisabeth zu begehren, und noch weniger vorstellbar, daß jemand eine Heilige durch den eigenen Sohn vergewaltigen lassen wolle, weil er es selber nicht besorgen kann. Fast möchte er dem Vater den ungeheuerlichen Verdacht abbitten; freilich ist dem Alten alles zuzutrauen. Ja, man müßte alle Frauen der Welt vor diesem Greis schützen, denkt Joachim, während sie den Bahnsteig entlang gehen und auch noch, als er dem Zug salutierend nachblickt, denkt er dies. Doch als der Zug verschwunden war, denkt er an Ruzena.

Auch abends denkt er noch an Ruzena. Es gibt Frühlingsabende, deren Dämmerung viel länger währt, als es astronomisch vorgeschrieben ist. Dann senkt sich rauchiger, dünner Nebel über die Stadt und gibt ihr jene etwas gespannte Gedämpftheit des Feierabends, der einem Festtag vorangeht. Und es ist auch, als hätte sich das Licht in diesem gedämpften lichtgrauen Nebel so sehr verfangen, daß es immer noch helle Fäden in ihm gibt, wenn er auch schon schwarz und samtig geworden ist. So dauert diese Dämmerung sehr lange, so

lange, daß die Inhaber der Geschäfte vergessen, die Läden zu schließen; plaudernd stehen sie mit den Kundinnen vor der Tür, bis der Schutzmann vorbeikommt und sie auf die Überschreitung der Sperrstunde lächelnd aufmerksam macht. Auch dann blinkt noch Licht aus vielen Läden, denn rückwärts hinter dem Lokale sitzt die Familie beim Abendbrot; sie haben den Balken nicht wie sonst vor den Eingang gezogen, sondern bloß einen Stuhl davorgelegt, um zu zeigen, daß die Kunden nicht mehr bedient werden, und wenn sie fertig gegessen haben, werden sie herauskommen, werden ihre Stühle mitbringen und vor der Ladentüre ausruhen. Sie sind zu beneiden, die kleinen Geschäftsleute und Handwerker, die ihre Wohnung hinter dem Verkaufsraum haben, beneidenswert im Winter, wenn sie die schweren Balken vorlegen, um doppelt geschützt und warm die lichte Stube zu besitzen, aus deren Glastür zur Weihnachtszeit der geschmückte Baum ins Geschäftslokal lächelt, beneidenswert an den milden Frühjahrs- und Herbstabenden, wenn sie, die Katze auf dem Schoße oder die kraulende Hand auf des Hundes weichem Nacken, vor ihrer Türe sitzen wie auf der Terrasse ihres Gartens.
Joachim, von der Kaserne kommend, geht durch die Vorstadtstraße. Es ist nicht standesgemäß, dies zu tun, und die Offiziere fahren sonst stets im Regimentswagen in ihre Wohnungen. Niemand geht hier spazieren, sogar Bertrand täte es nicht, und daß er nun selber hier geht, ist Joachim so unheimlich, als ob er irgendwo ins Gleiten geraten wäre. Aber ist es nicht fast so, als wollte er sich damit für Ruzena erniedrigen? Oder soll es gar eine Erniedrigung Ruzenas sein? Denn seine Vorstellung beheimatet sie nun ganz deutlich in einer Vorstadtwohnung, vielleicht sogar in jenem Kellerlokal, vor dessen dunklem Eingang Grünzeug und Gemüse zum Verkaufe liegt, ,während Ruzenas Mutter strickend davor hockt und die dunkle fremde Sprache redet. Er spürt den blakigen Geruch von Petroleumlampen. In dem geduckten Kellergewölbe blinkt ein Licht auf. Es ist eine Lampe, die hinten an der schmutzigen Mauer befestigt ist. Fast könnte er selbst mit Ruzena dort vor dem Gewölbe sitzen, ihre Hand

kraulend auf seinem Nacken. Doch er erschrickt, als er sich dieses Bildes bewußt wird, und es wegzuzwingen, versucht er daran zu denken, wie über Lestow die gleiche lichtgraue Abenddämmerung ruht. Und in dem nebelstummen Park, der schon nach feuchtem Grase riecht, findet er Elisabeth; sie geht langsam zum Hause hin, aus dessen Fenstern die milden Petroleumlampen durch die steigende Dämmerung blinken, und auch ihr kleiner Hund ist bei ihr, als ob auch der schon müde wäre. Doch wie er näher und schärfer hindenkt, sieht er sich und Ruzena auf der Terrasse vor dem Hause, und Ruzena hat die Hand kraulend auf seinen Nacken gelegt.

Es verstand sich von selbst, daß man bei diesem schönen Frühlingswetter in guter Stimmung war und daß die Geschäfte sich gut anließen. So dachte auch Bertrand, der sich seit einigen Tagen in Berlin aufhielt. Aber im Grunde wußte er, daß seine gute Laune doch bloß von den Erfolgen herrührte, die er nun schon seit Jahren bei allen seinen Aktionen hatte und daß er andererseits diese gute Laune brauchte, um Erfolg zu haben. Es war ein freundliches Gleiten, beinahe so, als müßte er sich nicht zu den Dingen hinbewegen, sondern als kämen sie entgegengeschwebt. Vielleicht war auch dies einer der Gründe gewesen, um derentwillen er das Regiment verlassen hatte: so viele Dinge gab es, die ringsum sich anboten und von denen man damals ausgeschlossen war. Was sagten ihm einstens die Firmenschilder der Banken, der Rechtsanwälte, der Spediteure? es waren tote Worte, die man übersah oder von denen man gestört wurde. Jetzt wußte er vielerlei von den Banken, wußte, was hinter den Schaltern geschah, ja, er verstand nicht nur die Aufschriften der Schalter, Eskompte, Valuten, Giroverkehr, Wechselkassa, sondern er wußte auch, was in den Büros der Direktion vor sich ging, wußte eine Bank nach ihren Einlagen und ihren Reserven zu beurteilen, und ein Kurszettel gab ihm lebendigen Aufschluß. Er verstand Ausdrücke wie Transit und Zollfreilager bei den Spediteuren und all dies war sehr natürlich in sein Wesen eingeflossen, ihm so selbstverständlich wie jene messingene Tafel am Steinweg in Hamburg

»Eduard v. Bertrand, Baumwollimporte«. Und daß nunmehr eine ebensolche Tafel in der Rolandstraße in Bremen und beim Cotton Exchange in Liverpool zu sehen war, machte ihn geradezu stolz.
Als er Pasenow Unter den Linden begegnete, eckig im langen Uniformrock mit den Epauletten, eckig die Schultern, während er die seinen bequem in dem englischen Tuch bewegte, wurde ihm besonders fröhlich zumute und er begrüßte ihn so vertraut und leicht wie immer, wenn er einen der alten Kameraden traf, ja er fragte ihn ohne weiteres, ob er schon zu Mittag gespeist habe und ob er nicht mit ihm bei Dressel frühstücken wolle.
Pasenow vergaß angesichts des plötzlichen Zusammentreffens und der raschen Herzlichkeit, wie sehr er in den letzten Tagen an Bertrand gedacht hatte; wieder schämte er sich, daß er, schön gekleidet in seiner Uniform, mit einem sprach, der sozusagen nackt in Zivil vor ihm stehen mußte, und am liebsten wäre er dem Antrag, gemeinsam zu speisen, ausgewichen. Aber er fand sich bloß zu der Konstatierung zurecht, daß er Bertrand doch schon außerordentlich lange nicht gesehen habe. Ja, das sei bei dem gleichförmigen, seßhaften Leben, das Pasenow führe, kein Wunder, meinte Bertrand. Ihm dagegen, in seiner Unruhe und Gejagtheit, schiene es, als wäre es gestern gewesen, daß sie gemeinsam ihre ersten Portepees über die Linden getragen und zum ersten Male bei Dressel soupiert hätten – indessen waren sie eingetreten –, und dabei sei man doch älter geworden. Pasenow dachte: er spricht zu viel – aber weil es ihm angenehm war, daß Bertrand eine häßliche Eigenschaft besaß, oder weil er spürte, daß die bisherige Schweigsamkeit des einstigen Freundes ihn immer gekränkt hatte, fragte er trotz seines Widerwillens gegen jede Indiskretion, wo Bertrand denn überall gewesen sei; der machte eine leicht wegwerfende Handbewegung, als schiebe er etwas Nebensächliches fort: »Nun, mancherorts, zuletzt in Amerika.« Ja, Amerika – Amerika war für Joachim stets das Land der ungeratenen, verstoßenen und verkommenen Söhne gewesen und der alte v. Bertrand ist wohl doch vor Kummer gestorben! Aber dies wieder verband sich schlecht

mit dem artigen Manne, der leicht und durchaus wohlsituiert ihm gegenübersaß. Pasenow hatte allerdings schon von solchen Ungeratenen gehört, die drüben als Farmer zu Wohlstand gekommen waren, dann nach Deutschland heimkamen, um eine deutsche Braut zu suchen, und dieser holte jetzt vielleicht Ruzena; doch nein, sie ist keine Deutsche, sondern eine Tschechin, oder, wie man richtiger zu sagen hat, eine Böhmin. Dennoch dem Gedanken verhaftet, fragte er weiter: »Und Sie gehen wieder zurück?« »Nein, vorerst nicht, vorerst muß ich nach Indien.« Also ein Abenteurer! Und Pasenow sah sich in dem Lokale um, betreten, mit dem Abenteurer beim Mahle zu sitzen; indes, nun galt es durchzuhalten: »So sind Sie also stets auf Reisen.« »Mein Gott, so weit es eben die Geschäfte verlangen – aber ich reise gerne. Man soll bekanntlich immer das tun, wozu einen der Dämon treibt.« Damit war es also heraus; nun wußte er es: Bertrand hatte den Dienst quittiert, um Geschäfte zu machen, aus Profitgier, aus Habsucht. Doch Bertrand, dickhäutig wie diese Profitjäger schon sind, fühlte nicht die Verachtung, sondern sprach unbefangen weiter: »Sehen Sie Pasenow, das wird mir ja immer unbegreiflicher, daß Ihr es hier überhaupt aushaltet. Warum melden Sie sich nicht wenigstens zum Kolonialdienst, da Ihnen das Reich schon den Spaß eingerichtet hat?« Pasenow und seine Kameraden hatten sich über das Kolonienproblem nie den Kopf zerbrochen; das war ein Reservatum der Marine; aber trotzdem war er empört: »Spaß?« Bertrand hatte jetzt wieder diesen ironischen Zug um den Mund: »Nun ja, was soll dabei heraussehen? Ein bißchen privater Kriegsspaß und Kriegsruhm für die unmittelbar Beteiligten. Natürlich alle Achtung für Dr. Peters, und wäre er früher gekommen, ich hätte wahrhaftig mitgetan, aber was soll sonst wirklich dabei heraussehen, außer Romantik? Ist ja doch alles Romantik – mit Ausnahme der katholischen und evangelischen Missionstätigkeit natürlich, die nüchterne, zweckdienliche Arbeit besorgt. Aber alles andere – Spaß, nichts als Spaß.« Er sprach so wegwerfend, daß Pasenow ehrlich aufgebracht ward, doch klang es eher gekränkt: »Warum sollen wir Deutschen vor andern Völkern zurückstehen?« »Ich will Ihnen etwas sagen, Pasenow, erstens, England ist England, zweitens ist auch für England nicht aller Tage Abend, drittens lege ich überflüssige Kapitalien immer noch lieber in englischen Kolonialpapieren an als in deutschen, so daß man also sogar von einer wirtschaftlichen Kolonialromantik sprechen kann, und viertens, ich sagte es bereits, ist es immer nur die Kirche, die an Kolonialexpansion ein wahres nüchternes Interesse hat.« Die gekränkte Verwunderung Joachim v. Pasenows wuchs und auch das Mißtrauen, dieser Bertrand wolle ihn durch undurchsichtige und pfauenhafte Reden blenden und irgendwohin verführen und hinabziehen. Irgendwie hing das mit den so durchaus unmilitärischen, fast gelockten Haaren Bertrands zusammen. Irgendwie war es schauspielerhaft. Joachim fiel das Wort Pfuhl ein und Höllenpfuhl; warum redete jener immer vom Glauben und von der Kirche? Aber bevor er sich noch zur Antwort zurechtfand, hatte Bertrand wohl schon sein Erstaunen gemerkt: »Ja, sehen Sie, Europa ist für die Kirche doch schon ein recht dubioser Posten geworden. Afrika hingegen! Hunderte von Millionen Seelen als Rohmaterial für den Glauben. Und Sie können überzeugt sein, daß ein getaufter Neger ein besserer Christ ist als zwanzig Europäer. Wenn sich Katholizismus und Protestantismus bei diesen Fanatisierten den Rang ablaufen wollen, so ist dies mehr als verständlich; dort liegt ja die Zukunft des Glaubens, dort sind jene künftigen Glaubensstreiter, die einmal gegen das heidnisch versunkene und verpfuhlte Europa im Namen Christi sengend und brennend losziehen sollen, um schließlich einen schwarzen Papst inmitten der rauchenden Trümmer Roms auf den Stuhl Petri zu setzen...« Das ist die Apokalypse Johannis, dachte Pasenow; er lästert. Und was will er mit den Seelen der Neger? Sklavenhändler gibt es doch nicht mehr, obwohl einem, der von der Profitgier besessen ist, auch das zuzutrauen wäre. Er hat doch eben von seinem Dämon gesprochen. Aber vielleicht spaßt er bloß; schon in der Schule wußte man nie, wie Bertrand es meinte. »Sie scherzen! Und was die Spahis und Turkos betrifft, so sind wir mit ihnen schon einmal fertig geworden.« Bertrand mußte lächeln und er lächelte so freundlich und gewinnend, daß auch Joachim nicht umhin konnte zu lächeln. So lächelten sie sich freundlich an und ihre Seelen nickten sich durch die Fenster ihrer Augen zu, eben für einen Augenblick, wie zwei Nachbarn, die sich nie gegrüßt und nun zufällig zu gleicher Zeit aus ihren Fenstern sich lehnen, erfreut und beschämt ob dieses unvermuteten Grußes und seiner Gleichzeitigkeit. Aus ihrer Beschämung retteten sie sich in die Konvention und Bertrand sagte, sein Glas erhebend: »Pupille, Pasenow«, und Pasenow sagte: »Pupille, Bertrand«, worauf sie beide nochmals lächeln mußten.

Als sie das Lokal verließen und Unter den Linden standen, vor diesen etwas welken, bewegungslosen Bäumen im heißen Licht der Nachmittagssonne, erinnerte sich Pasenow dessen, was während des Frühstücks zu sagen er sich gescheut hatte: »Ich begreife eigentlich nicht, was Sie gegen die Gläubigkeit von uns Europäern einzuwenden haben. Ich meine, daß Sie als Großstädter doch nicht den richtigen Einblick besitzen. Wenn man, wie ich, auf dem Lande aufgewachsen ist, so steht man zu diesen Dingen doch anders. Auch unser Volk draußen ist dem Christlichen viel enger verbunden, als Sie anzunehmen scheinen.« Irgendwie fühlte er sich kühn, weil er Bertrand dies so geradeaus ins Gesicht sagte, ein Troupier, der einem Generalstabsoffizier strategische Ausstellungen machen wollte, und er fürchtete ein wenig, daß Bertrand böse sein könnte. Aber der sagte bloß heiter: »Na, dann mag ja doch noch alles in schönste Ordnung kommen.« Und dann tauschten sie ihre Adressen und versprachen einander, daß sie in Verbindung bleiben wollten.

Pasenow nahm eine Droschke, um nach Westend zum Rennen zu fahren. Der Rheinwein, die Hitze des Nachmittags und wohl auch die Sonderbarkeit dieses Zusammentreffens ließen hinter der Stirn und unter dem Schädelknochen – gerne hätte er die steife Mütze abgenommen – ein dunkles und brüchiges Gefühl zurück, nicht viel anders als das Leder des Sitzes, das er durch den weißen Handschuh hindurch mit den Fingerspitzen fühlte, ein wenig klebrig sogar, so sehr brannte die Sonne darauf. Es tat ihm leid, daß er Bertrand nicht eingeladen hatte mitzufahren und er war froh, daß wenigstens der Vater nicht mehr in Berlin weilte, denn der wäre sonst sicherlich hier neben ihm gesessen. Andererseits war er doch recht froh, daß Bertrand im Zivilanzug ihn nicht begleitet hatte. Aber vielleicht will ihn Bertrand überraschen, holt Ruzena ab und sie alle werden sich draußen auf dem Rennplatz treffen. Wie eine Familie. Aber das ist ja alles Unsinn. Mit so einem Mädchen würde sich nicht einmal Bertrand auf dem Rennplatz zeigen.

Als wenige Tage darauf Kamerad Leindorff Besuch seines alten Herrn empfing, war es für Pasenow wie ein Befehl des Himmels, das Jägerkasino aufzusuchen, damit er dem alten Leindorff, den er schon mit geradlinigem, geschäftigem Schritt die schmale Treppe dort hinaufsteigen sah, zuvorkomme. Er fuhr im Regimentswagen nach Hause und bekleidete sich mit dem Zivilgehrock. Dann machte er sich auf den Weg. An der Ecke begegnete er zwei Soldaten; er wollte schon lässig zum Mützenrand greifen, um ihren Gruß zu erwidern, da merkte er, daß sie ihn gar nicht gegrüßt hatten und daß er statt der Mütze den Zylinder trug; das alles war irgendwie ungereimt und er mußte sogar lächeln, weil es so absurd war, daß der alte halbgelähmte Graf Leindorff, der an nichts anderes als an seine ärztlichen Konsultationen dachte, sich heute ins Jägerkasino begeben sollte. Am klügsten wäre es wohl, einfach umzukehren, aber da er dies jeden Augenblick tun konnte, hatte er ein kleines Freiheitsgefühl und ging weiter. Allerdings wäre er lieber in die Vorstadt hinausgewandert, um den Gemüsekeller mit der rauchigen Petroleumlampe an der Mauer wiederzusehen; aber er konnte doch nicht in Gehrock und Zylinder im Norden draußen promenieren. Da draußen war der Abend wohl auch heute so zauberhaft verdämmert wie damals, doch hier im eigentlichen Zentrum der Stadt schien alles der Natur feindlich zu sein, über dem lärmenden Licht und über den vielen Schaufenstern und dem bewegten Leben der Straße waren selbst der Himmel und seine Luft so sehr städtisch und so heimatsferne, daß es zu einem beglückenden und beruhigenden, dennoch beunruhigenden Heimfinden wurde, als er ein kleines Weißwarengeschäft entdeckte, das in schmalen Fensterchen Spitzen, Rüschen, angefangene Handarbeiten mit blauem Vordruck ausstellte, und als er die Glastüre sah, die im Hintergrund des Ladens offenbar in einen Wohnraum führte. Hinter dem Verkaufstisch saß eine weißhaarige Frau, beinahe damenhaft, neben ihr ein junges Mädchen, dessen Gesicht er nicht sehen konnte, beide mit Handarbeiten beschäftigt. Er betrachtete die Waren in der Auslage und überlegte, ob man Ruzena mit solchen Spitzentüchlein nicht eine herzliche Freude bereiten könnte. Allein auch dies dünkte ihn wieder absurd und er ging weiter; bei der nächsten Querstraße aber kehrte er zu dem Laden zurück, getrieben von dem Wunsche, das abgewandte Gesicht des Mädchens zu sehen; er erstand drei zarte Tücher, ohne sie eigentlich für Ruzena zu bestimmen, so aufs Geratewohl und beglückt, auch der alten Dame mit dem Einkauf Freude zu machen. Das Mädchen aber hatte ein gleichgültiges Gesicht, ja es schaute fast böse drein. Dann ging er nach Hause.

Im Winter, zur Zeit der Hoffestlichkeiten, die eine uneingestandene Hoffnung der Baronin waren, im Frühling, zur Zeit der Rennen und der Sommereinkäufe, bewohnte die Familie Baddensen ein schmuckes Haus im Westend, und an einem Sonntagvormittag stattete Joachim v. Pasenow den Damen seinen Besuch ab. Selten kam er in diese entlegene Villengegend, die nach dem Muster der englischen Cottages sich rasch hier ausdehnte, obwohl bloß begüterte Familien, die eine ständige Equipage ihr eigen nannten, hier wohnen konnten, ohne des Nachteils der großen Entfernung zur Stadt allzusehr gewahr zu werden. Aber für jene Bevorzugten, die den räumlichen Nachteil solcherart sich mildern durften, war der Aufenthalt ein kleines ländliches Paradies, und Pasenow, die gepflegten Straßen zwischen den Villen durchschreitend, war von der Vorzüglichkeit dieser Wohngegend angenehm und herzlich durchdrungen. Manches war in den letzten Tagen unsicher geworden und dies hing auf eine unerklärliche Weise mit Bertrand zusammen: es war irgendein Pfeiler des Lebens brüchig geworden, und wenn auch noch alles an seinem alten Platze stand, weil die Teile sich gegenseitig stützten, so war mit dem vagen Wunsche, daß auch das Gewölbe dieses Gleichgewichts noch bersten und die Stürzenden und Gleitenden unter sich begraben möge, zugleich die Furcht aufgekeimt, daß solches sich erfüllen werde, und es wuchs die Sehnsucht nach Festigkeit, Sicherheit und Ruhe. Nun, diese wohlhabende Villengegend mit ihren schloßartigen Gebäuden in trefflichstem Renaissance-, Barock- oder Schweizerstil, umgeben von wohlgepflegten Gärten, aus denen man das Harken der Gärtner, den Strahl des Gartenschlauches, das Plätschern der Fontänen vernahm, strömte große und insulare Sicherheit aus, so daß man Bertrands Prophezeiung, daß auch für England noch nicht aller Tage Abend sei, wirklich kaum glauben konnte. Aus offenen Fenstern tönten Etüden von Stephen Heller und von Clementi: wohlgeborgen können die Töchter dieser Familien ihren Studien nachgehen; gutes Geschick der Sicherheit und der Sanftheit, von Freundschaft erfüllt, bis Liebe die Freundschaft ablöst und die Liebe wieder in Freundschaft verklingt. Von ferne, nicht von allzu ferne her krähte ein Hahn, als wollte auch er die Ländlichkeit dieses gepflegten Aufenthaltes andeuten: ja, wäre Bertrand auf der Scholle aufgewachsen, so würde er nicht Unsicherheit verbreiten, und hätte man ihn selbst in der Heimat gelassen, so wäre er für die Unsicherheit nicht empfänglich geworden. Schön wäre es, mit Elisabeth durch die Felder zu gehen, das reifende Korn zwischen die prüfenden Finger zu nehmen und abends, wenn der schwere Geruch der Ställe vom Winde herübergetragen wird, den sauber gekehrten Hof zu durchqueren, um nach dem Melken zu sehen. Dann stünde Elisabeth dort zwischen den großen rustikalen Tieren, viel zu schmal für die Gewichtigkeit dieser Umwelt, und was bei der Mutter bloß natürlich und heimatlich war, das wird bei ihr rührend und heimatlich zugleich. Aber zu alldem war es für ihn ja zu spät, für ihn, den man zum Fremdling gemacht hatte, und er ist – nun fiel es ihm ein – heimatlos wie Bertrand.

Nun umfing ihn Geborgenheit des Gartens, dessen Zäune

durch Hecken verdeckt waren. Und die Geborgenheit dieser Natur war noch dadurch erhöht, daß sich die Baronin einen der Plüschfauteuils aus dem Salon in den Garten hatte bringen lassen: der stand da wie etwas Exotisches und Wärmebedürftiges mit seinen gedrechselten Füßen und den beräderten Hufen auf dem Gartenkies und lobte die Freundlichkeit des Klimas und der zivilisierten Natur, die ihm solchen Verbleib gestattete; seine Farbe aber war die einer verwelkenden schwarzroten Rose. Elisabeth und Joachim saßen auf den eisernen Gartenstühlen, deren Blechsitze gleich erstarrten Brüsseler Spitzen mit Sternen durchbrochen waren.

Nachdem man die Vorzüge dieser Wohngegend, die besonders jenen zustatten komme, die das ländliche Leben gewohnt seien und es lieben, genugsam erörtert hatte, wurde Joachim nach seinem Leben in der Residenz befragt, und er konnte nicht umhin, seine Sehnsucht nach dem Lande zu äußern und auch zu begründen. Er fand bei den Damen volle Zustimmung; insbesondere die Baronin beteuerte stets von neuem, daß sie, er möge nicht staunen, oft tage-, ja wochenlang nicht ins Stadtzentrum käme, so sehr ängstige, ja ängstige sie der Trubel, der Lärm und der gigantische Verkehr. Nun, meinte Pasenow, hier hätten sie ja ein wahres Refugium, und das Gespräch bewegte sich wieder einige Zeit im Fahrwasser dieser bevorzugten Wohngegend, bis die Baronin, als wollte sie ihm eine frohe Überraschung bereiten, geheimnisvoll fast, ihm mitteilte, daß ihnen das Häuschen, das sie so liebgewonnen hatten, zum Kaufe angeboten worden sei. Und in der Vorfreude des Besitzes forderte sie ihn auf, das Häuschen doch anzusehen, le tour du propriétaire zu machen, wie sie mit ein wenig Verschämtheit und Ironie hinzufügte.

In üblicher Weise lagen im Erdgeschoß die Gesellschafts-, im Oberstock die Schlafräume der Familie. Ja, sie würden nun an den Speisesaal, der mit seinen geschnitzten altdeutschen Möbeln düstere Behaglichkeit ausströmte, einen Wintergarten mit Springbrunnen anbauen und wohl auch den Salon ausgestalten. Dann stiegen sie die Treppe empor, welche oben und unten mit schön gerafften Samtportieren verhängt war, und die Baronin ließ nicht ab, jede der Türen zu öffnen und bloß die diskreteren wurden ausgelassen. Mit Zögern und einem kleinen Erröten wurde das Zimmer Elisabeths dem männlichen Auge gezeigt, doch mehr noch als dieses Gewölke weißer Spitzen, mit welchem das Bett, die Fenster, Waschtisch und Spiegel verhängt waren, wurde das Schlafzimmer des Ehepaares für Joachim zum schamhaften und peinlichen Erlebnis, ja fast verdachte er es der Baronin, daß sie ihn solcherart zum Vertrauten des Hauses und Mitwisser seiner Schande gemacht und gezwungen hatte. Denn nun stand vor seinem Auge, hier vor aller Augen, unverborgen vor Elisabeth, die er von solchem Wissen belastet und vergewaltigt fühlte, Bett an Bett, bereit zur Sexualfunktion der Baronin, die er nun zwar nicht nackt, aber undamenhaft und wie aufgerissen vor sich sah, stand dieses Schlafzimmer und dies Zimmer erschien ihm nun plötzlich als der Mittelpunkt des Hauses, als sein versteckter und doch öffentlich sichtbarer Altar, um den alles andere herumgebaut war. Und ebenso plötzlich wurde ihm klar, daß in jedem der Häuser der langen Villenreihe, die er durchschritten hatte, ein ebensolches Schlafzimmer Mittelpunkt ist und daß die Sonatinen und Etüden, hinausgesendet aus den geöffneten Fenstern, hinter denen der Frühlingswind die weißen Spitzenvorhänge sanft bewegt, bloß den wahren Sachverhalt verschleiern sollen. So werden abends überall die Betten für die Herrschaft gerichtet mit den Laken, die so heuchlerisch glatt in der Wäschekammer gefaltet werden, und das Gesinde und die Kinder wissen, wofür dies geschieht; überall schlafen Dienerschaft und Kinder keusch und ungepaart um den gepaarten Mittelpunkt des Hauses herum, sie keusch und fromm, dennoch im Dienst und Befehl der Unkeuschen und Schamlosen. Wie hatte die Baronin es wagen können, da sie die Vorzüge der Gegend pries, die Nähe der Kirche in dieses Lob einzuschließen: müßte sie nicht als Letzte, sozusagen barfuß die Kirche betreten? Vielleicht hatte Bertrand dies gemeint, als er von der Unchristlichkeit sprach, und es wollte Joachim einleuchten, daß schwarze Gottesstreiter mit Feuer und Schwert über

das Gezücht herfallen werden, um wahre Keuschheit und Christlichkeit wiederherzustellen. Er schaute zu Elisabeth hin und glaubte, in ihren Blicken Einverständnis mit seiner Empörung zu lesen. Und daß sie zu gleicher Entweihung bestimmt sein könnte, ja daß er selbst es sein sollte, der ihr solche Entweihung werde antun müssen, erfüllte ihn mit solcher Rührung, daß er sie hätte rauben mögen, bloß um vor ihrer Tür zu wachen, damit ungestört und ungeschändet in einem Traum von weißen Spitzen ewig sie träume.
Freundlich von den Damen ins Erdgeschoß zurückgeleitet, verabschiedete er sich mit dem Versprechen, bald wiederzukommen. Auf der Straße wurde er sich der Leere dieses Besuches bewußt; er dachte daran, wie die Damen von Bertrands Reden bestürzt wären und er wünschte sogar, sie könnten ihn einmal hören.
Wenn ein Mensch sowohl infolge der kastenmäßigen Abgeschlossenheit seines Lebens, als auch infolge einer gewissen Trägheit des eigenen Gefühls die Gewohnheit angenommen hat, den Nebenmenschen zu übersehen, so muß es ihm selber auffallen und verwunderlich erscheinen, wenn sein Auge von zwei fremden jungen Leuten gefesselt wird, die sich in seiner Nähe unterhalten. Solches widerfuhr Joachim eines Abends im Foyer des Opernhauses. Die beiden Herren waren offenbar Ausländer und hatten die Zwanzig nicht viel überschritten; am ehesten hätte er sie für Italiener gehalten, nicht nur, weil der Schnitt ihrer Anzüge ein wenig außergewöhnlich schien, sondern weil der eine, schwarzäugig und schwarzhaarig, den italienischen Knebelbart trug. Und obwohl es Joachim widerstrebte, auf die Gespräche anderer Leute zu horchen, ward ihm dennoch inne, daß sie einer fremden Mundart sich bedienten, die aber nicht die italienische war, so daß er sich gezwungen fühlte, näher hinzulauschen, bis er mit einem kleinen Schreck zu erkennen glaubte, daß die beiden jungen Leute tschechisch, oder wie es richtiger hieß, böhmisch sprachen. Unbegründet war dieser Schrecken und noch unbegründeter erschien ihm das Gefühl der Untreue gegenüber Elisabeth, das sich dazu einstellte. Natürlich war es möglich, wenn auch nicht wahrscheinlich, daß Ruzena sich

hier im Theater befände und daß die beiden jungen Leute sie ebenso in ihrer Loge aufsuchen würden, wie er selber manchmal Elisabeth in der ihrigen besucht hatte, und vielleicht hatte der junge Mann mit dem schwarzen Bärtchen und dem allzu gelockten schwarzen Scheitel wirklich eine Ähnlichkeit mit Ruzena, nicht bloß der Haarfarbe wegen; es war vielleicht der nämliche etwas zu kleine Mund, dessen Lippen sich zu deutlich von der gelblichen Haut abhoben, diese zu kurz und zu zierlich geratene Nase und das Lächeln, das irgendwie herausfordernd war – ja, herausfordernd war das richtige Wort –, und trotzdem um Verzeihung bat. Dennoch schien solches ungereimt und es mochte auch sein, daß er sich diese Ähnlichkeit nur einbildete; denn wenn er jetzt an Ruzena dachte, so mußte er sich eingestehen, daß ihr Bild völlig verblaßt war, ja daß er sie auf der Straße sicherlich nicht erkennen würde und daß er sie bloß durch die Maske und das Medium jenes jungen Mannes zu sehen vermochte. Das beruhigte ihn und machte die Angelegenheit irgendwie gefahrlos, ohne daß man dessen froh werden konnte, denn gleichzeitig und in einer anderen Schicht fühlte er es als etwas Unsagbares und Furchtbares, daß das Mädchen hinter der Maske eines Mannes verborgen war und dieser Gedanke wollte ihn auch nach der Pause nicht loslassen. Man gab den »Faust« und die süßen Klänge waren nicht minder sinnlos als das opernhafte Geschehen, in dem kein Mensch, und auch Faust selber nicht, es bemerkte, daß in den geliebten Zügen Margaretens das Antlitz Valentins verborgen liegt und daß Margarete dafür und für nichts anderes zu büßen hat. Vielleicht wußte es Mephisto, und Joachim war froh, daß Elisabeth keinen Bruder hatte. Als er dem Bruder Ruzenas nach der Vorstellung nochmals begegnete, fühlte er dankbar, daß damit auch die Schwester ihm verboten war, und er fühlte sich so sicher, daß er trotz seiner Uniform den Weg in die Jägerstraße einschlug. Und auch das Gefühl der Untreue war verflogen.

Allein, als er in die Friedrichstraße einbog, wußte er, daß er das Lokal doch nicht in Uniform betreten könnte. Er war enttäuscht und ging die Jägerstraße weiter. Was sollte er tun?

Er bog um den nächsten Häuserblock, kam zur Jägerstraße zurück, ertappte sich dabei, wie er den vorübergehenden Mädchen unter den Hut schaute, oftmals in der Erwartung, italienische Worte zu hören. Als er aber wieder in die Nähe der Lokale kam, klang es nicht italienisch, sondern hartsingend stakkatiert: »Aber wollen S' mich gar nicht mehr kennen?« Pasenow sagte wider Willen »Ruzena« und dachte gleichzeitig: wie peinlich. Er stand in Uniform auf offener Straße mit so einem Mädchen, er, der sich noch vor wenigen Tagen Bertrands und seines Zivilanzuges auf der Straße fast geschämt hatte, und statt sich zu entfernen, war er, alle Haltung vergessend, geradezu glücklich, war sogar glücklich, daß dieses Mädchen Anstalten machte, weiterzuplaudern: »Wo ist heut' Pappa? Kommt heut' nicht?« An den Vater hätte sie ihn nicht erinnern dürfen: »Nein, heute geht es nicht, kleine Ruzena; auch ...«, wie nennt sie ihn doch? – »auch der alte Herr kommt heute nicht ins Lokal ...« Ja, und er müsse nun eilen. Ruzena sah ihn fassungslos an: »So lange haben mich warten lassen und jetzt ist nicht ...«, aber, und ihr Gesicht hellte sich auf, er müsse sie besuchen. Er blickte in dieses ängstlich fragende Gesicht, als wollte er es endgültig sich einprägen, dennoch suchend, ob nicht das des südländischen Bruders mit dem Spitzbart darin verborgen wäre. Es war irgendeine Ähnlichkeit vorhanden; aber während er darüber nachdachte, ob ein Mädchen, das seinen Bruder im Antlitz trägt, ihm etwas anhaben könnte, fiel ihm sein eigener Bruder ein, der mit seinem kurzen Vollbart blond und männlich war, und das brachte ihn zur Wirklichkeit zurück. Natürlich war es etwas anderes; Helmuth gehörte aufs Land, er war ein Weidmann, hatte mit diesen weichlich südländischen Städtern nichts gemein, und es war trotzdem wie eine Beruhigung. Noch forschte sein Blick, aber seine Abneigung erlosch und er hatte das Bedürfnis, ihr etwas Liebes zu tun, etwas Gutes zu sagen, damit sie eine gute Erinnerung an ihn behalte; er zögerte noch: nein, kleine Ruzena, er werde sie nicht besuchen, aber ... »Aber?« klang es ängstlich und erwartungsvoll ..., Joachim wußte erst nicht, was sich an das Aber anschließen sollte, und da wußte er es auch schon: »Wir könnten uns ja draußen treffen, gemeinsam frühstücken.« Ja, ja, ja, ja, sie kenne ein kleines Gasthaus: morgen! Nein, morgen ginge es noch nicht, aber Mittwoch sei er dienstfrei, und sie machten aus, sich Mittwoch zu treffen. Dann stellte sie sich auf die Zehenspitzen und flüsterte ihm ins Ohr: »Bist lieb und gut, du«, und lief davon, verschwand in der Türe, über welcher die Gasflammen brannten. Pasenow sah seinen Vater raschen und zielstrebigen Schrittes die Treppe hinaufsteigen und sein Herz zog sich deutlich und sehr schmerzlich zusammen.

Ruzena war von der steifen Konvention entzückt, mit der Joachim sie im Restaurant behandelt hatte, und sie vergaß darüber sogar die Enttäuschung, daß er in Zivil gekommen war. Der Tag war regnerisch und kühl; dennoch hatte sie auf ihr Programm nicht verzichten wollen und so waren sie nach dem Mittagessen nach Charlottenburg und an die Havel gefahren. Schon in der Droschke hatte Ruzena Joachims Handschuh abgestreift, aber jetzt, da sie den Uferweg entlanggingen, hatte sie seinen Arm genommen und unter den ihren geschoben. Sie gingen langsam, schritten in einer Landschaft, die erwartungsvoll war vor Stille, und dennoch nichts anderes erwarten konnte als den Regen und den Abend. Der Himmel lag weich darüber, oftmals durch Regenstriche mit der Erde wie zu innigerer Einheit verbunden, und auch für sie, wandelnd in der Stille, war es so, als ob ihnen nichts zurückgeblieben wäre denn Erwartung, als wäre alles, was in ihnen lebendig gewesen, in ihre Finger geflossen, die ineinandergelegt und ineinandergefaltet ruhten wie die Blätter einer geschlossenen Knospe. Schulter an Schulter gelehnt, von weitem einem Dreieck gleichend, gingen sie den Uferweg, stumm, denn sie wußten beide nicht, was sie zueinandergeweht hatte. Doch unversehens, während sie gingen, hatte Ruzena sich über seine Hand gebeugt, die in der ihren gefesselt lag, und hatte sie geküßt, noch ehe er sich freimachen konnte. Er schaute in Augen, die voll Tränen standen, auf einen Mund, der zum Weinen schon zuckte, doch noch sagte: »Wie bist mir auf Stiegen entgegen, hab' ich gesagt,

Ruzena, hab' ich gesagt, ist nicht für dich, ist nie für dich. Und jetzt bist da...« Aber sie gab ihm die Lippen nicht zum erwarteten Kuß, sondern fiel, gierig fast, nochmals mit dem Gesicht auf seine Hand, und als er es nicht dulden wollte, biß sie sich fest, nicht arg, sondern so vorsichtig und zart wie ein kleiner Hund, der spielt; dann das Mal befriedigt betrachtend, sagte sie: »Jetzt gehme weiter spazieren. Regen schadet nicht.« Sanft sank der Regen in den Fluß, rieselte leise in den Blättern der Weiden. Ein Kahn lag halb ertränkt im Uferwasser; unter einem kleinen Holzsteg mündete ein Rinnsal mit rascherem Gefälle in das ruhige Gewässer des Flusses und Joachim fühlte auch sich fortgeschwemmt, als wäre das Sehnen, das ihn erfüllte, ein weiches, lindes Fließen seines Herzens, ein atmendes Gewässer, bangend danach, im Atem geliebten Mundes aufzugehen und zu vergehen wie in einem See unermeßlicher Stille. Es war, als taute der Sommer, so wurde das Wasser erst lind, rieselte es von den Blättern, Tautropfen die Gräser behangen. Ein sanfter Nebelschleier stand in der Ferne, und wandten sie sich um, so hatte er sich auch hinter ihnen geschlossen, so daß ihr Schreiten wie ein Ruhen war; setzte der Regen stärker ein, suchten sie Schutz bei den Bäumen, unter denen der Boden noch trocken lag, ein Fleckchen trockenen unerlösten Sommerstaubes, fast armselig in all der Gelöstheit ringsum; Ruzena zog die Nadeln aus dem Hut, nicht bloß weil der städtische Zwang sie störte, sondern auch um Joachim vor den scharfen Spitzen zu bewahren, nahm den Hut ab und lehnte sich mit dem Rücken an Joachim, als wäre er der schützende Baum. Ihren Kopf hatte sie zurückgebeugt, und senkte er sein Gesicht, so berührten seine Lippen ihre Stirn und die Locken, die schwarz sie rahmten. Er sah nicht die dünnen und ein wenig dummen Querfalten auf der Stirn, vielleicht weil er zu nahe war, um sie zu unterscheiden, vielleicht weil alles Schauen zu Fühlen aufgetaut war. Sie aber fühlte seine Arme um sie geschlungen, seine Hände in den ihren, fühlte sie sich wie im Geäst des Baumes, und sein Atem auf ihrer Stirn war wie das Rieseln des Regens in den Blättern; so unbewegt standen sie, und der graue Himmel wurde so eins mit der Wasserfläche, daß die Weiden der Insel drüben wie in einem grauen See schwebten, aufgehängt oben oder ruhend unten, man wußte es nicht. Doch dann betrachtete sie die nassen Ärmel ihrer Jacke und bedeutete leise, daß sie umkehren müßten. Nun schlug ihnen wohl die Nässe ins Gesicht, aber sie durften nicht eilen, denn es hätte den Zauber zerbrochen und sie wurden seiner erst wieder sicher, als sie in der kleinen Schenke Kaffee tranken. An den Scheiben der ländlichen Glasveranda rann der Regen nun immer dichter herab und von der Dachrinne plätscherte es dünn. Ging die Wirtin aus dem Raum, setzte Ruzena ihre Tasse hin, nahm ihm die seine aus der Hand und packte seinen Kopf, zog ihn herüber, ganz nahe zu ihren Augen, so nahe und doch immer noch kußlos, daß ihrer beider Blicke schmolzen und die Spannung schier unerträglich war in ihrer Süße. Als sie aber in der Droschke unter dem aufgestellten Dach mit der heruntergelassenen Regenklappe wie in einer dunklen Höhle saßen, leises, sanftes Trommeln der Tropfen auf dem gespannten Leder über sich, nichts sahen als den Pelerinenrand des Kutschers und von der Welt nicht mehr als die zwei grauen nassen Streifen des Fahrdammes in den Ausschnitten links und rechts und bald auch dies nicht mehr sahen, da beugten sich ihre Antlitze ineinander, mündeten und vergingen ineinander, ruhend und fließend wie der Fluß, verloren und uneinbringlich, immer wieder gefunden und im Zeitlosen untergetaucht. Es war ein Kuß, der eine Stunde und vierzehn Minuten währte. Dann hielt der Wagen vor Ruzenas Haus. Doch als er mit ihr eintreten wollte, schüttelte sie den Kopf und er wandte sich zum Gehen: aber der Schmerz dieses Abschiedes war so groß, daß schon nach wenigen Schritten er umkehrte und die Hand ergriff, die unbewegt sehnend noch ausgestreckt war, gezogen von der eigenen Bangigkeit und hingezogen von der ihren, wie im Traume schon beide, schlafwandelnd sie hinaufstiegen, die dunkle Treppe, die unter den Füßen knarrte, dunklen Vorraum durchquerten und in dem Zimmer, das im Schatten früher Regendämmerung lag, hinsanken auf den rauhen Teppich, der das Bett dunkel bedeckte, den Kuß wieder suchten, aus dem sie gerissen worden waren, ihre

Gesichter feucht von Regen oder von Tränen, sie wußten es nicht. Ruzena aber machte sich frei, führte seine Hand zu den Haften, die ihre Taille am Rücken verschlossen und ihre singende Stimme war dunkel: »Mach auf das«, flüsterte Ruzena, riß zugleich an seiner Krawatte und den Knöpfen seiner Weste. Und wie in plötzlich jäher Demut, sei es vor ihm, sei es in Dankbarkeit vor Gott, fiel sie auf die Knie, den Kopf an der Bettkante, riß sie die Knöpfe seiner Schuhe auf. Oh, wie war dies fürchterlich, warum nicht hinsinken, unerinnert an die Futterale, in denen sie steckten, und doch, wie war er ihr dankbar, daß rührend sie es erleichterte: oh, Erlösung ihr Lächeln, mit dem sie das Bett aufschlug, in das sie stürzten. Noch störte das scharfkantige, gestärkte Plastron des Hemdes, das ins Kinn sie stach, und es öffnend und das Gesicht zwischen die scharfen Kanten zwängend, befahl sie: »Gib weg das«, und nun war Gelöstheit und Fühlen, Weichheit des Körpers, Atem, Ersticken in Verströmtheit des Gefühls, Entzücken, das aus der Bangigkeit aufsteigt. Oh, Bangigkeit des Lebens, die aus dem lebendigen Fleisch strömt, mit dem die Knochen überlagert sind. Weichheit der Haut, die darüber gebreitet und gespannt ist, furchtbare Mahnung des Knochengerüstes, des vielrippigen Brustkorbes, den du umfassen kannst und der atmend sich an dich drängt mit dem Herzen, das an dem deinen pocht. Oh, süßer Geruch der Haut, feuchter Duft, weiche Rinne unter den Brüsten, Dunkel der Achselhöhle. Aber noch war Joachim zu verwirrt, waren sie beide zu verwirrt, um das Entzücken zu wissen, wußten bloß, daß sie beisammen waren und sich doch suchen mußten. Im Dunkel sah er Ruzenas Gesicht, doch wie dahingleitend war es, gleitend zwischen den dunkleren Ufergebüschen der Locken, und seine Hand mußte es suchen, sich vergewissern, daß es da sei, fand die Stirn und die Lider, unter denen hart der Augapfel ruht, fand die beglükkende Rundung der Wange und die Linie des Mundes zum Kusse geöffnet. Welle des Sehnens schlug gegen Welle, hingezogen von der Strömung fand sein Kuß den ihren, und während die Weiden des Flusses emporwuchsen und von Ufer zu Ufer sich spannten, sie umschlossen wie eine selige Höhle, in deren befriedeter Ruhe die Stille des ewigen Sees ruht, war es, so leise er es sagte, erstickt und nicht mehr atmend, bloß ihren Atem noch suchend, war es wie ein Schrei, den sie vernahm: »Ich liebe dich«, sie aufschloß, so daß wie eine Muschel im See sie sich aufschloß und er in ihr ertrinkend versank.

Unvermutet traf die Nachricht vom Tode seines Bruders ein. Er war im Duell mit einem polnischen Gutsbesitzer in Posen gefallen. Wäre es einige Wochen früher geschehen, Joachim wäre vielleicht nicht erschüttert gewesen. In den zwanzig Jahren, die er fern vom Hause verbracht hatte, war ihm die Gestalt des Bruders immer mehr verblaßt und wenn er an ihn dachte, so sah er bloß den blonden Jungen im Knabenanzug vor sich – sie waren stets gleich gekleidet gewesen, bis man ihn in die Anstalt gesteckt hatte –, und auch jetzt mußte er zuerst an einen Kindersarg denken. Doch unvermittelt erhob sich daneben Helmuths Bild, blondbärtig und männlich, das gleiche Bild, wie es ihm an jenem Abend in der Jägerstraße aufgetaucht war, als er fürchtete, das Antlitz eines Mädchens nicht mehr als das, was es ist, zu erkennen: ach, damals retteten die klareren Augen des Weidmanns ihn aus den Hirngespinsten, in die ein anderer ihn hatte ziehen und verstricken wollen, und diese Augen, die er ihm damals geliehen, die hatte Helmuth nun für immer geschlossen, vielleicht um sie ihm für immer zu schenken! Hatte er solches von Helmuth verlangt? Er fühlte sich frei von jeder Schuld und doch war es, als wäre dieser Tod für ihn geschehen, ja als hätte er ihn veranlaßt. Merkwürdig, daß Helmuth den Bart wie Onkel Bernhard getragen hatte, den gleichen kurzen Vollbart, der den Mund freiließ, und nun schien es Joachim, als hätte er stets Helmuth und nicht Onkel Bernhard, der doch der eigentlich Schuldige war, für die Kadettenanstalt und die militärische Karriere verantwortlich gemacht. Nun ja, Helmuth hatte zu Hause bleiben dürfen, hatte dazu noch geheuchelt – das mochte vielleicht der Grund sein, aber all dies ging so sonderbar durcheinander, um so sonderbarer, da er längst wußte, daß das Leben des Bruders nicht beneidens-

wert gewesen war. Er sah wieder den Kindersarg vor sich und Erbitterung gegen den Vater stieg auf. So war es also dem alten Manne gelungen, auch diesen Sohn aus dem Hause zu vertreiben. Es war ein erbittertes Gefühl der Befreiung, daß er den Vater für den Tod verantwortlich machen durfte.
Er fuhr zum Begräbnis. Als er in Stolpin anlangte, fand er einen Brief Helmuths vor: »Ich weiß nicht, ob ich aus dieser etwas überflüssigen Angelegenheit lebend herauskomme. Natürlich hoffe ich es, aber mir ist es trotzdem fast gleichgültig. Ich begrüße das Faktum, daß es so etwas wie einen Ehrenkodex gibt, der in diesem so gleichgültigen Leben eine Spur höherer Idee darstellt, der man sich unterordnen darf. Ich hoffe, daß Du in Deinem Leben mehr Werte gefunden hast als ich in dem meinen; manchmal habe ich Dich um die militärische Laufbahn beneidet; sie ist wenigstens ein Dienst an etwas Größerem, als man selber ist. Ich weiß ja nicht, wie Du darüber denkst, aber ich schreibe es Dir, um Dich zu warnen, die militärische Laufbahn (sollte ich fallen) aufzugeben, um das Gut zu übernehmen. Früher oder später wird es ja nötig sein, aber solange Vater lebt, ist es wohl besser, Du bleibst vom Hause ferne, es sei denn, daß die Mutter Dich brauchen sollte. Ich habe viel gute Wünsche für Dich.« Es folgte eine Reihe verschiedener Bestimmungen, über deren Ausführung Joachim zu wachen hätte, und zum Schluß etwas unvermittelt der Wunsch, Joachim möge weniger einsam sein als er.
Die Eltern waren sonderbar gefaßt, auch die Mutter. Der Vater begrüßte ihn mit einem Händedruck und sagte: »Er fiel für die Ehre, für die Ehre seines Namens«, und ging dann schweigend mit harten geradlinigen Schritten im Zimmer hin und her. Bald darauf wiederholte er: »Er fiel für die Ehre« und ging zur Türe hinaus.
Man hatte Helmuth im großen Salon aufgebahrt. Im Vorhaus spürte Joachim den schweren Duft der Blumen und Kränze: zu schwer für einen Kindersarg, ein obstinater und sinnloser Gedanke, und dennoch blieb Joachim zögernd in der schwerdrapierten Türe stehen, wagte nicht hinzuschauen, sah zu Boden. Die Parketten hier, die kannte er, kannte auch

die Dreieckstafeln, die an die Türschwelle anstießen, kannte das Ornament, das sich fortsetzte, und da er es mit seinen Blicken verfolgt, so wie er sich als Kind bemüht hat, kunstvolle Muster darauf zu gehen, gelangt er zum Rande des schwarzen Teppichs, der unter den Katafalk gebreitet ist. Einige Blätter, von Kränzen abgefallen, liegen dort. Er hätte Lust, es wieder mit dem Ornamentweg zu versuchen, macht einige Schritte und sieht den Sarg. Es war kein Kindersarg, das war gut; aber noch schreckte er zurück, mit seinen sehenden Augen in die toten des Mannes zu schauen, in Augen, die sich so sehr erlöscht haben mußten, daß das Gesicht des Knaben darin ertrunken ist, vielleicht den Bruder nach sich ziehend, dem die Augen dennoch sich geschenkt, und die Vorstellung, er selber liege dort, wurde so stark, daß er es wie eine Erlösung und wie ein freundliches Geschick empfand, als er nähertretend erkannte, daß der Sarg geschlossen war. Irgend jemand sagte, daß das Gesicht des Toten durch die Schußwunde entstellt sei. Er hörte es kaum, blieb beim Sarg stehen, hatte die Hand auf den Deckel gelegt. Und in der Unbeholfenheit, die den Menschen vor einer Leiche und dem Schweigen des Todes überkommt, und in der alles Gegebene sich weitet und zerfällt, das Altgewohnte zerbricht und zerfallend erstarrt, die Luft dünn wird und untragfähig, war es, als würde er den Platz am Katafalk nie mehr verlassen können, und nur mit großer Anstrengung vermochte er sich zu erinnern, daß dies der große Salon war und daß der Sarg auf der Stelle stand, die sonst das Klavier einnahm, und daß am rückwärtigen Rande des Teppichs ein Stück Parkett sein mußte, das man noch nie betreten hatte; langsam ging er hin, berührte die schwarzverhängte Wand, spürte unter dem finsteren Tuche die Bilderrahmen und den Rahmen des Eisernen Kreuzes, und das wiedererlangte Stück Wirklichkeit verwandelte den Tod auf eine neuartige und fast spannende Weise in eine Art Tapeziererangelegenheit, fügte es fast mit Heiterkeit, daß man Helmuth mit seinem Sarg, dekoriert mit all seinen Blumen, wie ein neues Möbelstück in dieses Zimmer geschoben hatte, verengte das Unbegreifliche wieder so sehr ins Begreifliche und in die Kraft der Gewißheit, so sehr, daß das Erlebnis dieser Minuten – oder waren es bloß Sekunden gewesen? – in einem guten Gefühl ruhiger Zuversicht mündete. Der Vater erschien in Begleitung einiger Herren und Joachim hörte ihn wieder mehrmals sagen: »Er starb für die Ehre.« Doch als die Herren gegangen waren und Joachim wieder allein zu sein glaubte, hörte er plötzlich neuerdings: »Er starb für die Ehre«, und sah den Vater klein und einsam neben dem Katafalk stehen. Er fühlte sich verpflichtet, auf ihn zuzugehen. »Komm, Vater«, sagte er und geleitete ihn hinaus. In der Tür sah ihn der Vater voll an und sagte: »Er starb für die Ehre«, als wollte er es auswendig lernen und als wünschte er, daß auch Joachim es täte.

Nun kamen viele Leute. Auf dem Hofe stand die Feuerwehr des Ortes. Auch die Kriegervereine der Umgebung hatten sich eingefunden und bildeten eine ausgerichtete Kompanie von Zylindern und schwarzen Gehröcken, auf denen nicht selten das Abzeichen des Eisernen Kreuzes zu sehen war. Die Wagen der Nachbarn fuhren vor und während die Kutschen an einen geeigneten schattigen Platz gewiesen wurden, hatte Joachim mit der Begrüßung der Herrschaften zu tun und vor des Bruders Sarg die Honneurs zu machen. Der Freiherr v. Baddensen war allein eingetroffen, da seine Damen sich noch in Berlin befanden, und als er ihn begrüßte, wurde Joachim von dem zornig abgelehnten Gedanken ergriffen, es könnte dieser Herr den nunmehrigen Alleinerben Stolpins als erwünschten Schwiegersohn betrachten und er schämte sich für Elisabeth. Vom Giebel hing still eine schwarze Fahne und reichte beinahe bis zur Terrasse.

Die Mutter schritt am Arm des Vaters die Treppe herab. Man wunderte sich über ihre Standhaftigkeit, ja bewunderte sie. Aber vielleicht lag das bloß an der Trägheit des Gefühls, die ihr eigentümlich war. Der Trauerzug formierte sich und als die Wagen in die Dorfstraße einbogen und das Gotteshaus vor ihnen lag, freuten sich alle herzlich, daß sie aus der heißen Nachmittagssonne, die sich in das schwere Tuch der Trauergewänder und der Uniformen scharf und staubig eingebrannt hatte, in die kühle weiße Kirche eintreten durften. Der Pastor hatte eine Rede gehalten, in der viel von Ehre vorgekommen war, geschickt verbunden mit Wendungen, die auf die Ehre des Höchsten abzielten; zur Orgel erklang es, daß man vom Liebsten, was man hat, muß scheiden... ja meiden, und Joachim wartete stets auf den Reim, ob er auch eintreffen werde. Zu Fuß ging es sodann auf den Friedhof, über dessen Pforte ein »Ruhe sanft« aus goldenen Blechlettern blinkte, und die Equipagen folgten langsam in einer langgestreckten Staubwolke. Mit purpurnem Blau wölbte sich der durchsonnte Himmel über der trockenen, brüchigen Erde, die darauf wartete, daß man Helmuths Leichnam ihr übergebe, wenn es auch nicht eigentlich Erde war, sondern die Familiengruft, die, ein kleiner geöffneter Keller, gelangweilt dem Ankömmling entgegengähnte. Als Joachim die kleine Schaufel dreimal entleerte, schaute er hinab, sah die Enden der großelterlichen und der Onkelsärge und dachte, daß man einen Platz für den Vater freigehalten und wohl auch deshalb Onkel Bernhard nicht hier beigesetzt hatte. Dann aber, als die hinabgeschüttete Erde auf Helmuths Deckel und auf den Steinfliesen der Gruft verstaubte, mußte er mit seiner Spielzeugschaufel in der Hand an Kindertage im weichen Flußsand denken, sah den Bruder wieder als Knaben vor sich, sah sich selber auf dem Katafalk liegen und es schien, als hätte die Trockenheit dieses Sommertages Helmuth nicht nur um das Altern, sondern auch um den Tod betrogen. Da wünschte sich Joachim für sein eigenes Sterben einen weichen Regentag, an dem der Himmel selbst sich herabsenkt, um die Seele aufzunehmen, damit sie in ihm verfließe wie in den Armen Ruzenas. Das waren unzüchtige Gedanken, unpassend an diesem Orte, doch nicht er allein hatte die Verantwortung dafür zu tragen, sondern auch alle anderen, denen er jetzt den Platz an der Gruftöffnung freigab, und auch der Vater hatte teil an dieser Verantwortung: denn ihrer aller Glaube war heuchlerisch, war brüchig und staubig und war abhängig vom Sonnenschein und Regen. Sollte man nicht die Armeen der Neger herbeiwünschen, damit dies alles weggefegt werde und der Heiland zu neuer Gloria aufsteige und die Menschen in sein Reich zurückführte? Der Christ hing an seinem marmornen Kreuz über der Gruft, angetan bloß mit dem Tuche, das ihm die Scham verhüllte, und mit der Dornenkrone, von der bronzene Tropfen herabbluteten, und auch Joachim fühlte Tropfen auf seiner Wange: vielleicht waren es Tränen, die er nicht gemerkt hatte, vielleicht aber kam es bloß von der lastenden Hitze; er wußte es nicht und drückte die Hände, die sich ihm entgegenstreckten.

Die Kriegervereine und die Feuerwehren hatten dem Toten mit militärischem Parademarsch und scharf links gewandten Köpfen die letzte Ehre erwiesen, scharf klappten die Stiefel auf dem Friedhofkies, stramm marschierten ihre Viererreihen zur Friedhofspforte hinaus, begleitet von den kurzen abgehackten Befehlen der Führer. Auf der Stufe der Gruftkapelle stehend, hatten Herr v. Pasenow, den Hut in der Hand, Joachim die Hand am Helm, zwischen ihnen Frau v. Pasenow, die Parade abgenommen. Auch die anderen anwesenden Militärs standen stramm und die Hand am Helmesrand. Hierauf fuhren die Equipagen vor und Joachim bestieg mit den Eltern das Gefährt, dessen Klinken und sonstige Metallteile ebenso wie das Metall der Pferdegeschirre vom Kutscher sorglich in Flor verpackt worden waren; Joachim stellte fest, daß an der Peitsche gleichfalls eine Florrosette sich befand. Nun weinte die Mutter, und Joachim, der nichts zu ihrem Troste zu sagen wußte, konnte wieder nicht einsehen, warum Helmuth und nicht er von der tödlichen Kugel getroffen worden war. Der Vater aber saß steif auf dem schwarzen Leder des Kissens, das nicht hart und brüchig war wie bei den Berliner Droschken, sondern schmiegsam und mit Lederknöpfen genau abgesteppt. Einige Male schien es, als wollte der Vater etwas sagen, irgend etwas Abschließendes zu einer Gedankenreihe, die ihn offenbar beschäftigte und völlig gefangenhielt, denn er setzte zum Reden an, fiel aber gleich wieder in Starrheit und bewegte bloß stumm die Lippen; endlich sagte er scharf: »Sie haben ihm die letzte Ehre erwiesen«, hob einen Finger, als ob er noch auf etwas wartete oder etwas hinzufügen wollte und legte dann schließlich die Hand wieder flach auf den Schenkel. Zwischen dem Rand des schwarzen Handschuhs und der Manschette mit dem großen schwarzen Knopf war ein Stück Haut mit rötlichen Haaren sichtbar.

Die nächsten Tage verliefen in Schweigen. Die Mutter ging ihren Beschäftigungen nach; sie war beim Melken im Stall, beim Eierausheben im Hühnerhof, in der Wäschekammer. Joachim ritt einige Male auf die Felder hinaus; es war das Pferd, das er Helmuth geschenkt hatte, und das war wie ein Liebesdienst für den Toten. Am Abend war der Hof gekehrt und auf den Bänken vor dem Gesindehaus saßen die Leute und freuten sich des kühlen, milden Windes. Einmal gab es in der Nacht ein Gewitter und Joachim merkte erschrocken, daß er Ruzena fast vergessen hatte. Den Vater hatte er wenig zu Gesicht bekommen; der saß zumeist an seinem Schreibtisch und las die Kondolenzen oder registrierte sie auf einem Bogen. Lediglich der Pastor, der nun täglich zu Besuch kam und oftmals zum Abendessen blieb, sprach von dem Toten, aber da es eine Art Fachsimpelei war, wurde es wenig bemerkt und sein einziger Zuhörer schien Herr v. Pasenow zu sein, denn der nickte manchmal mit dem Kopfe, und es hatte den Anschein, als ob er etwas sagen wollte, das ihm recht am Herzen lag; aber er wiederholte dann meistens bloß eines der letzten Worte des Pastors mit einem bekräftigenden Nicken, etwa: »Ja, ja, Herr Pastor, schwergeprüfte Eltern.«
Dann reiste Joachim ab. Als er sich vom Vater verabschiedete, war der alte Mann wieder auf dem Spaziergang durchs Zimmer begriffen. Joachim erinnerte sich unzähliger gleicher Abschiede in diesem Raume, den er nicht mochte, so sehr er ihm auch vertraut war mit seinen Jagdtrophäen an den Wänden, mit dem Spucknapf in der Ecke neben dem Ofen, mit den Schreibutensilien, die wohl schon beim Großvater so gestanden hatten, mit den vielen Jagdzeitungen auf dem Tische, die zumeist nicht aufgeschnitten waren. Er erwartete, daß der Vater wie immer das Einglas ins Auge klemmen und ihn mit einem kurzen »Na, denn gute Reise, Joachim«, entlassen würde. Aber diesmal sagte der Vater nichts, sondern setzte seinen Spaziergang fort, die Hände auf dem Rücken, so daß Joachim zum zweiten Male anhob. »Ja,

Vater, ich muß also jetzt fahren, es ist Zeit zur Bahn.« »Na, denn gute Reise, Joachim«, war endlich die gewohnte Antwort, »aber was ich noch sagen wollte, ich meine, du wirst nun doch bald zu uns heimkehren. Es ist leer geworden, ja leer geworden...«, er sah sich um, »... aber das begreift nicht jeder... natürlich muß man die Ehre hochhalten...«, er hatte seinen Weg wieder aufgenommen, dann vertraulich: »Und wie steht es mit Elisabeth? Wir sprachen doch davon...?« – »Vater, es ist höchste Zeit«, sagte Joachim, »ich versäume sonst den Zug.« – Der Alte hielt ihm die Hand hin und Joachim nahm sie widerwillig.

Als er durchs Dorf fuhr, sah er auf der Kirchenuhr, daß noch reichlich Zeit zum Zuge war; er hatte es ohnehin gewußt. Die Kirchentüre war zufällig offen und Joachim ließ den Wagen halten. Es galt, eine Schuld abzutragen, eine Schuld gegen die Kirche, die ihm bloß angenehme Kühle gewesen war, gegen den Pastor, dessen gute Rede er nicht gehört, gegen Helmuth, dessen Begräbnis er durch profane Gedanken verunehrt hatte, mit einem Wort eine Schuld gegen Gott. Er trat ein und suchte nach der Stimmung seiner Kindheit und ihrer Kirchenbesuche, da er, Joachim v. Pasenow, stets aufs neue überwältigt, jeden Sonntag vor Gottes eigenem Antlitz hier gestanden hatte. Er hatte damals viele Kirchenlieder gekonnt und sie mit Inbrunst gesungen. Aber es ging doch nicht an, daß er jetzt allein in der Kirche zu singen anhöbe. Er mußte sich bescheiden, seine Gedanken zu sammeln und sie auf Gott und auf seine Sündigkeit vor Gott zu lenken, auf seine Kleinheit und Erbärmlichkeit vor Gott; aber seine Gedanken wollten Gott nicht finden. Nur das Wort Jesajas, das er an dieser Stelle einst gehört hatte, fiel ihm ein: »Ein Ochse kennt seinen Herrn, und ein Esel die Krippe seines Herrn; aber Israel kennt's nicht, und mein Volk vernimmt's nicht.« Ja, Bertrand hatte recht, sie hatten die Christlichkeit verloren; und nun versuchte er das Vaterunser zu beten, mit geschlossenen Augen und achthabend, keine leeren Worte aufzusagen, sondern in jedem Wort den Sinn zu erfassen; und als er zu der Stelle kam, »wie auch wir vergeben unseren Schuldigern«, da stellte sich das weiche, ängstliche und doch vertrauende

Gefühl der Kindheit wieder ein: er erinnerte sich, daß er diese Stelle stets auf den Vater bezogen und aus ihr die Zuversicht geschöpft hatte, dem Vater verzeihen zu können, ja ihm all das Gute noch zu tun, zu dem ein Kind verpflichtet ist; und nun kam ihm ins Ohr, daß der alte Mann von einer Vereinsamung gesprochen hatte, von der er offenbar geängstigt war und die man ihm erleichtern mußte. Joachim verließ die Kirche und es fiel ihm das Wort »erhoben und gestärkt« ein, aber das Wort war ihm nicht leer, sondern hatte einen guten jugendlichen Sinn. Er nahm sich vor, Elisabeth aufzusuchen.

Im Coupé tauchte es wieder auf, wieder sagte es »erhoben und gestärkt«, aber es verband sich nun mit dem Bilde einer gestärkten Hemdbrust und mit einer beglückenden Sehnsucht nach Ruzena.

Die Verzauberung: Barbara

Und ich sehe diese Frau, wie [ich] sie zum ersten Male sah, [wie sie,] aus dem Direktionsgebäude des Spitals kommend, mit langen, etwas schwingenden, beinahe unweiblichen Schritten, einen leichten, nicht mehr ganz tadellosen Handkoffer tragend, durchaus bürgerlich in ihrem Gepräge, dennoch von einem Hauch Über-Bürgerlichkeit umgeben, den Spitalsgarten durchquerend, dem Pavillon der Kinderabteilung zustrebt und, behindert durch das Köfferchen, die schwere, durch den Schließapparat ohnehin etwas gehemmte Pavillonstüre nicht ohne Mühe öffnet. Es war an einem ersten Frühlingstag nach einem schweren grauen Winter gewesen, und als sie hinter der leise zufallenden und schließlich mit einem sanften Knacksen einschnappenden Türe verschwunden war, war in dem Garten das junge Grün des Flieders und der Kastanienbäume geblieben. So sehe ich sie heute vor mir.

Ich hatte sie damals für eine der Mütter gehalten, die ihre Kinder besuchen; bald natürlich stellte es sich heraus, daß sie eine neuaufgenommene Ärztin war.

Als der Primararzt auf Urlaub ging und ich als Nächstrangiger üblicherweise seine Vertretung übernahm, kam ich mit ihr in nähere berufliche Berührung. Ihre fachliche Tüchtigkeit war bemerkenswert; wissensreich, entschlußfähig und von einer fast zornigen Autorität, hatte sie, die jüngste Sekundarärztin, unmerklich die Herrschaft über die Abteilung an sich gezogen – ihre beiden Kollegen bedeuteten allerdings nicht viel und der Leiter, Professor M., war schon zu alt, um nicht froh zu sein, nach den Visiten wieder heimzukommen –, die Schwestern und das Personal gehorchten ihr auf den Wink, aber mehr als dies alles fiel in die Waagschale, daß sie den sehr seltsamen Typ des geborenen Arztes darstellte: hellseherisch sicher in der Diagnose und wohl kraft solcher Intuition von vorneherein mit dem Kranken befreundet, sein innerer Bundesgenosse, und dies so sehr,

daß selbst die Kinder davon ergriffen wurden und sie sich, weit von den üblichen Kindertändeleien entfernt, sondern weit eher zornbereit und immerzu stirnrunzelnd [nur] an ein Bett zu setzen brauchte, um den kleinen Patienten ruhig und glücklich zu machen. Wenn sie prüfend und stirnrunzelnd durch einen Saal ging, schaute ihr eine lange Reihe von Augenpaaren erwartungsvoll nach.
Von den Kindern hatte sie sich Dr. Barbara nennen lassen, und dieser Name war im Wege der Pflegerinnen dann vom ganzen Hause übernommen worden.
Während der Zeit meiner Anstaltsleitung hatte ich manchmal kleine Kontroversen mit ihrem unbändigen Autoritätswillen, kam aber mit ihr im allgemeinen recht gut aus, da sie merkte, daß ich ihr Können und Wissen respektierte; wir hielten eine gute männliche, oder richtiger geschlechtsfreie Arbeitsgemeinschaft, und im Grunde hätte ich, wenn ich mir die Frage überhaupt vorgelegt hätte, diese Frau, die da stirnrunzelnd, nachdenklich, energisch, unkokett in ihrem weißen Mantel sachlich prompte Arbeit verrichtete, eher als männlichen Typus bezeichnet. So blieb es bis zu meinem letzten Inspektionsrundgang; der Urlaub des Primarius war abgelaufen und ich sollte den meinen antreten. Wir hatten eben wieder eine Diskussion über die Operationsreife eines Falles gehabt – denn allzuoft hatte ich die Überflüssigkeit chirurgischer Eingriffe miterlebt –, sie hatte sich diesmal untergeordnet und dem Zuwarten eingewilligt, und ich verabschiedete mich von ihr: »Na, Doctor Barbara, wir brauchen nicht Abschied nehmen; im Laboratorium werden Sie mir ja oft genug Ihre Aufwartung machen.« – »Es wird sich dazu schon Gelegenheit ergeben«, erwiderte sie, mürrisch noch, weil sie nachgegeben hatte, und die schlichtgescheitelten Haare glattstreichend. Warum ich in diesem Augenblick sehe, daß diese Hand eine Frauenhand ist, so sehr weiblich, wie eine Frauenhand nur sein kann, das wird für mich ewig unergründlich bleiben; seitdem mir meine Mutter über die Haare gestrichen hatte, war es die erste wahrhaft weibliche Hand, die ich wieder sah, und dieser Eindruck ist mir seitdem geblieben. Und ich sagte: »Sie sind eine ausgezeichnete Ärztin, Doctor

Barbara, aber Sie wären eine noch bessere Mutter.« – »Das erste fällt unter Ihre Kompetenz und freut mich«, lachte sie und ging weg.

Damals war Frühsommer. Die Kastanien im Spitalsgarten standen noch in Blüte, doch ihre Pracht war schon etwas müde und wartete auf den nächsten Gewitterregen, der sie endgültig vernichten sollte. Als ich an jenem Abend in meiner Wohnung oberhalb des Spitalslaboratoriums am Fenster lehnte, auf die Bäume hinunterschaute und über sie hinweg auf das müdgraue Dächermeer der Stadt, das sich langsam im Abend auflöste, da war dieser Abend bis zu den weiten Höhen am Horizontrande dämmernd von einem Antlitz erfüllt, elfenbeinfarbig, elfenbeinbraun unter teeschwarzen rotbräunlichen Haaren, erlichtet von dämmergrauen zornbereiten Augen, und der Abend war wie eine unendlich weiche, unendliche weibliche Hand, die sich auf den Scheitel der Welt legt.

Es war keine Vision, es war eine zweite Wirklichkeit, die plötzlich in das Sichtbare eingezogen war, schön und stirnrunzelnd, und so unabweisbar, daß ich froh war, am nächsten Tag meinen Urlaub antreten zu können. Ich bin zweiundvierzig, sie achtundzwanzig, dachte ich, ich bin zu alt für sie; sie ist ein Arzt wie ich, ohne Illusionen; das Ärztliche ist Schicksal, nicht Beruf, die Vorstellungswelt des Arztes ist schicksalsmäßig eine andere, vom Vorstellungshaften her wird Beruf zum Schicksal, wir sind von Todesehrfurcht und von Lebensehrfurcht besessen, wir sehen uns und wir sehen den Menschen stets jener Stunde anheimgegeben, in der er das Geschlecht für immerdar abstreift, um in das Land des Landschaftslosen hinüberzugehen; sie ist Doctor Barbara, und es war ein Irrtum, sie als Frau gesehen zu haben, am allerwenigsten kann sie mich als Mann sehen; nach dem Urlaub wird es anders sein, da wird es keine zweite Wirklichkeit mehr geben.

Die zweite Wirklichkeit ist auch während des Urlaubes nicht aus der Welt gewichen. Im Gegenteil, die erste Wirklichkeit, meine Wirklichkeit, an der ich nahezu zweiundvierzig Jahre meines Lebens gebaut und gearbeitet hatte, wurde von jener zweiten immer mehr verdrängt; und diese wuchs, wuchs mit aller Pein eines zweiten Lebens, und zornfunkelnd, haßerfüllt und doch erzengelgleich schön richtete es sich neben dem ersten auf, es zu besiegen. Vielleicht wäre es anders gewesen, wenn ich in den Bergen gewesen wäre, wenn ich mir die Seele aus dem Leib geklettert wäre, wenn ich im Gletscherhauch zu mir zurückgefunden hätte: so aber war ich am südlichen Meer, in einer unjungen, unmännlichen Landschaft, und die doch eine Landschaft der Jugend und der Herbheit ist, grau wie die Ölbäume seiner Abhänge, heiß wie seine Weingärten, schwarzkühl wie seine Eichhänge, elfenbeinfarben wie seine porzellanenen Wolken, unter denen das sternenäugige, sternenglitzernde Meer dahinrollt, das Meer des Südens, das Mittelmeer –; und grauäugig, zürnend, wolkenrunzelnd, strahlend und nachdenklich, mit all der Pein einer Jugend, die ich durchlebt hatte und der ich doch schon nicht mehr angehörte, altersfremd, keinem Vorher, keinem Nachher angehörig erhob sich die neue Wirklichkeit, die Mitte des Lebens, erstarrend in Großartigkeit. Es war kaum Sehnsucht nach jener Frau, denn sie war ja vorhanden, vielfältiger, unbedingter, unerhörter als in ihrer leiblichen Gestalt, es war die Natur so sehr zu ihrem Gleichnis geworden, sie aber zum Gleichnis der Natur, Gleichnis des Gleichnisses, daß die Sehnsucht nach der Frau und die Sehnsucht, einzugehen in das Gleichnis der Einheit und der Einfalt, zu einer einzigen Sehnsucht geworden waren. Wir wechselten nicht einen Brief, nicht einmal einen Kartengruß, aber heimkehrend, war ich fest entschlossen, sie zu lieben, sie zu heiraten, mich in ihre Arme zu flüchten, so schicksalshaft schien sie mir zubestimmt und so sicher war ich beinahe ihrer Liebe.

Wahrscheinlich besteht letzterreichbare Liebe immer darin, ein anderes Wesen restlos und schicksalshaft als gegengeschlechtlich empfinden zu müssen, wahrscheinlich dürfte es sich selbst im Homosexuellen nicht anders verhalten, und wahrscheinlich ist derjenige mit doppelter Vehemenz davon ergriffen, dessen Vorstellungsbahnen lebenslang in einer anderen Wirklichkeit verlaufen sind, um nun plötzlich in jene zweite und vielleicht wirklichere Wirklichkeit abzubiegen;

ebendeshalb aber sah ich der Heimkehr manchmal mit Bangigkeit entgegen, erwartend, fürchtend, daß beim Anblick der Realität, die Dr. Barbara hieß, jene neue Wirklichkeit wieder ins Vorstellungslose zurücksinken könnte. Es geschah nicht. Ich fand alles so vor, wie ich es verlassen, den ungestörten Spitalsbetrieb, das Laboratorium, das ich wie eine heimatliche Stätte begrüßte, ich fand meine beiden Zimmer, wie ich sie verlassen hatte, Flieder und Kastanien im Garten waren abgeblüht und hochsommerlich müde, aber all das Gewohnte und Sichtbare, es wußte um die Anwesenheit jener Frau, die dort drüben wirkte, und als ich sie selber sah, da brauchte ich nicht einmal ihre Hände anzuschauen, und ich wußte um die wehe Nacktheit unseres Seins und um seine geheimnisvolle untergründige Verschleierung, ich wußte darum, wie tief eingeschlossen wir in unserer Seele sind, und daß im Bilde der Vereinigung zweier Wesen friedevoll das Gleichnis unserer Einheit inmitten all unserer Vielfalt gleichnishaft sich auftut, und daß wir, den anderen suchend, unsere eigene nackte Unendlichkeit erahnen. Und vielleicht hatte auch sie dies gefühlt, vielleicht hatte sie die ganze Zeit mein Denken gespürt, und wenn auch das, was sie sagte: »Gut, daß Sie wieder da sind«, sicherlich ebensogut eine leere Höflichkeit hätte sein können, und wenn auch, sachlich und leicht mürrisch, ihr alter Kampfgeist darin mitschwang, so glaubte ich doch daneben so etwas wie eine Beruhigung und eine Vertrautheit heraushören zu können, und ich fragte: »Warum? ist was vorgefallen? haben Sie mich gebraucht?« – »Nein«, meinte sie, »das nicht gerade.« – »Oder sind Sie nur wieder einmal streitsüchtig?« – Sie lachte: »Vielleicht ... das bin ich immer.« – »Dann laden Sie mich einmal zu sich ein; bis ich wieder die Spitalsleitung haben werde, dauert es zu lange.« – Sie blickte mich ein wenig überrascht an, und dann sagte sie: »Schön ... morgen abend, wenn's Ihnen recht ist.« Das war unser Wiedersehen gewesen.

Am darauffolgenden Abend sagte ich ihr kurz und bündig, daß ich von ihr ergriffen sei, und zwar in einer geradezu schicksalsmäßigen Weise ergriffen, in einer, die über die Hochschätzung ihrer ärztlichen, menschlichen und fraulichen Qualität weit hinausgehe, unerklärlich, oder kaum erklärlich, wie es eben jedes Schicksal ist. »Ja«, sagte sie stirnrunzelnd, »ich weiß es.« – »Gewiß müssen Sie es wissen«, sagte ich, »denn erstens weiß jede Frau um solche Dinge, und zweitens glaube ich nicht an einseitige Bindungen von solcher Vehemenz... da gehen Dinge vor sich, die unpersönlich oder überpersönlich sind, und diese Zuversicht hat wahrlich nichts mit männlicher Eitelkeit zu tun...« Sie sah mich lange und fest an, und dann sagte sie sachlich: »Das dürfte vermutlich stimmen...« Sonderbarerweise machte dieses eindeutige und klare Zugeständnis, vielleicht weil es so klar war, den Eindruck einer Abweisung, und anstatt glücklich zu sein, war ich erschüttert. Und richtig setzte sie fort: »Aber legitim oder illegitim, was mir im Augenblick ziemlich gleichgültig wäre, ich kann nicht Ihre Frau werden.« Auf das dumme ›Warum?‹, das mir auf der Zunge lag, verzichtete ich. Es war eines der gewöhnlichen Spitalsärztezimmer, in dem wir saßen, Wände und Möbel weißlackiert, von dem meinen kaum unterschieden, und doch war auch dieses Zimmer durchtränkt von einem andern Sein, von jenem Sein, dem ich [in] mir Einlaß gegeben habe. Vor dem offenen Fenster verwelkte die Luft, getränkt vom Juli, von Nacht, und vom absterbenden Lärm der großen Stadt. Und dann sprach sie weiter: »Ich will nicht bloß Liebe, ich will ein Kind. Ich bin achtundzwanzig. Es wäre Zeit für mich, ein Kind zu haben. Ich könnte ohne Kind nicht lieben. Und eben daran darf ich nicht denken. Es geht nicht.« Sie hatte ihre Hände, diese unsäglich weiblichen Hände ums Knie verschränkt, die grauen Augen schauten weitgeöffnet und still, schmal und weiblich war der düstere Saum der Augenbrauen gezeichnet, weiblich war der teebraune Glanz der Haare, und elfenbeinbraun war ihr Gesicht. »Nein«, wiederholte sie, »es geht nicht... es läßt sich nicht mit dem Beruf vereinbaren...« Ich machte den sicherlich überflüssigen Einwurf: »Es gibt viele verheiratete Ärztinnen, und die Kinder kommen durch den Beruf nicht zu Schaden... außerdem kann man einen Beruf auch aufgeben, wenn es um Wichtigeres geht.« Jetzt lächelte sie, und in diesem unbeschreiblich holden Lächeln, das wie ein Frühlingstag im Winter war, sah ich, daß sogar die Zähne unter ihren Lippen, diese so überaus geschlechtslosen Knochengebilde, bei ihr weiblich waren. »Mit einem Beruf lassen sich Kinder zur Not noch vereinbaren«, sagte sie, »aber nicht mit zweien ... nein, schauen Sie nicht so überrascht ... ich bin Ihnen diese Aufklärung auf jeden Fall schuldig, denn Sie wissen offenbar nicht, daß ich aktive Kommunistin bin ...« Über die politische Tragweite dieser Mitteilung machte ich mir damals keine Gedanken; mir lag anderes am Herzen, und ich sagte: »Auch zwei Berufe lassen sich aufgeben.« – »Nein«, entgegnete sie, »das kann ich nicht ... obwohl ich weiß, daß etwas Unnatürliches darin steckt, obwohl ich mir nichts anderes ersehne als mit einem geliebten Mann ein halbes Dutzend Kinder zu haben und mit denen irgendwo auf dem Lande zu sitzen, obwohl, obwohl, obwohl ... ja, obwohl ich manchmal diese Spitalskinder hasse, weil sie meinen eigenen im Wege stehen, und obwohl ich diese ganze politische Tätigkeit hasse, weil sie mir den letzten Rest freier Menschlichkeit wegnimmt, aber ich fühle, daß ich kein Recht habe, es für mich anders zu beanspruchen, und es muß wohl so sein ...« – »Barbara«, sagte ich, »wir haben jeder nur ein einziges Leben, und das ist kurz ... und wir sind immer bereit, es zu verschleudern ...« – »Auch dies ist mein Leben, und was ich tue, das tue ich nicht aus Edelmut, darüber mache ich mir keine Illusionen ... ich kann nur nicht anders, ich bin besessen ... ich bin von etwas besessen, was man Gerechtigkeit nennen kann, vielleicht, weil ich schon zu viel Elend gesehen und erlebt habe ...« Sie machte eine Pause und zündete mechanisch eine Zigarette an; dann fuhr sie fort: »Warum es so ist, ist schwer zu ergründen, ich will es auch nicht ergründen ... es mag sein, daß es daran liegt, daß ich als Kind eines ungeliebten Mannes geboren wurde ... meine Mutter hat dann nochmals und aus Liebe geheiratet, einen etwas dumpfen und tief eifersüchtigen Menschen, der seinen Haß auf die verflossene Ehe niemals verwinden konnte und auch meine Mutter damit angesteckt hat ... ich war das richtige Stiefkind gegenüber allen Nachgeborenen und hatte all die Ungerechtigkeiten zu erdulden, die eben nur ein Kind empfinden kann ... und dann, halbwegs erwachsen, bin ich einfach durchgebrannt, mitten ins Elend hinein, physisches und psychisches Elend, ich habe mit Männern zu tun gehabt, die ich nicht geliebt habe, und noch allerhand, eigentlich bloß von dem Gedanken gejagt, mein Studium durchzusetzen, Kinderärztin zu werden, bei anderen Kindern das gutzumachen, was an mir an Ungerechtigkeiten verübt worden ist, die Ungerechtigkeiten der Welt zu vernichten.« Sie machte eine Pause, und ihr grauer, ein wenig zorniger Blick schaute in den meinen, unendlich fern, unendlich nah, und dann fuhr sie fort: »... natürlich wußte ich dabei immer, daß dies Chimäre ist, daß dies ein unendliches Menschheitsziel ist, ein Ziel, von dem ich selber kein Jota zu sehen bekomme, doch wir leben eben um diese vage Zukunft der Menschheit und für ihre einstige Gerechtigkeit ... und daß ich bei alledem auch ins kommunistische Fahrwasser geraten bin, ist auch kein Wunder ... davon bin ich besessen, so sehr, daß ich nicht nur mir, sondern auch der ganzen Menschheit jede persönliche Glücksmöglichkeit absprechen und entziehen möchte, ehe sie sich nicht auf die Bahn der Gerechtigkeit begibt ... so, jetzt werden Sie mich verstehen, und da ich annehme, daß Sie als Mann ebenfalls einige Eifersuchtskomponenten besitzen, wird es vielleicht auch genügen, um Ihre etwaigen Heiratsabsichten zu verringern ...« Ihre Stimme war immer härter geworden und nun schwieg sie, mit schmalgewordenen Lippen an ihrer Zigarette ziehend. »Soll ich Ihnen noch einen Tee einschenken?« – »Ich liebe dich«, sagte ich. Da begann sie zu weinen. »Gehen Sie fort«, sagte sie wütend. Ich nahm ihre Hand. Sie entzog sie mir, fuhr mir über die Haare, so leicht und weich, wie ich es seit dreißig Jahren nicht gekannt hatte. »Geh«, sagte sie weich und bittend, »geh!«

Wenn ich sage, daß ich wie im Traume von ihr weggegangen bin, so ist mein damaliger Zustand nur in sehr unvollkommener Weise umrissen, denn mein Fortgehen war ein Bleiben gewesen, und das Leben, das sie mir eröffnet hatte, war die Unendlichkeit, aus dem es herstammte, und es war zu einem Stück meines eigenen Lebens und meiner eigenen Unendlichkeit geworden: da war ein Mensch mit all seinen Wegen und

Irrwegen, ich sah sie mit traumhafter Deutlichkeit, und wenn sie auch vor allem bloß der Erlangung eines Berufes gegolten hatten – freilich war bei dieser Frau weit eher von Berufung denn von Beruf zu sprechen –, so waren sie dennoch, Weg oder Irrweg, von tieferer Bedeutung, waren irdisch-handgreifliches Widerspiel des Weges zu sich selber, Spiegel und Echo des Lebensgrundes und Lebensabgrundes, Wege, die dieser Mensch beschritten hatte, um im Gleichnis des irdischen Tuns zum Ich zu gelangen und dieses seiner unendlichen Dunkelheit zu entlösen und zur Bewußtheit zu erlösen, und die er trotzdem wieder verlassen wollte, weil der Wunsch übergroß geworden war, gleichsam mit einem zweiten und noch dringlicheren Erlösungsakt ins anonym Naturhafte zurückzukehren und große Teile des erarbeiteten Ichs zugunsten eines Kindes wieder auszulöschen; schatten[haft], gleichnishaft, traumhaft hatte sich mir dieses Leben enthüllt, und traumhaft fühlte ich mich in seinen Traum hineingezogen, Traum im Traume, träumend und geträumt, einbezogen in diesen Wunsch nach dem Kinde, gleichfalls bereit, Teile meines Ichs um solchen Kindes willen aufzugeben, einbezogen in die Selbsterlösung dieses anderen Ichs, teilhaftig an seiner Unendlichkeit, und mit einer hoffnungsfreudigen Inbrunst, wie sie bloß der Traum kennt, war in mir die Verheißung einer Gemeinsamkeit und einer gegenseitigen Erlösung in der Gemeinsamkeit aufgekeimt, so stark und unabweislich, daß mir neben der Sicherheit des »Ich bin«, der einzigen Sicherheit, die ich bis dahin gekannt hatte, zum ersten Male die Sicherheit eines »Du bist« inne wurde, die Sicherheit eines ahnenden Wissens, das die Erreichung des Ichs vor sich sieht, weil es sich dem Du zuwenden kann, lauschend auf das Echo des Du, das eigene Echo hörend –, Mensch, der zum Gleichnis des Menschen wird, weil er sich selber aufzugeben vermag, rückkehrend zur Natur und in ihr großes Gleichnis, Natur er selber in der schöpferischen Geschöpflichkeit seines Seins, so sehr es auch aus landschaftsloser Unendlichkeit herstammt. Und in dieser Sicherheit um das Du wußte ich desgleichen, daß ich ebenso darauf warten mußte, warten konnte, warten durfte, wie ich auf

mein eigenes Ich zu warten hatte und auf meine eigene Unendlichkeit, da diese zur gemeinsamen Unendlichkeit geworden war: in der Zeitentbundenheit jener tiefverschleierten Ursphäre, in der das Ich weset, ist das Warten kein zeitliches Warten mehr, sondern nur noch ein zeitloses Reifen, und in dieser zeitlosen Sicherheit, zeitlos wie der Traum, sicher wie ein Traum, und doch wirklicher noch als jeder Traum, hatte ich sie verlassen, ohne sie zu verlassen; indes, so richtig dies gewesen war, und so falsch jugendlich es gewesen wäre, wenn ich damals geblieben wäre und ihren Widerstand gegen ihr eigenes Gefühl überrumpelt hätte, es wäre vielleicht manches anders und leichter geworden, wenn ich damals meine zweiundvierzig Jahre vergessen und so gehandelt hätte, wie es ein schlicht verliebter Mensch zu tun pflegt. Heute werfe ich mir dies schmerzlich vor, und in argen Augenblicken will es mir scheinen, als hätte mich die Erzählung ihres Lebens in meiner Eifersucht getroffen und als wäre ich aus diesem Grunde weggegangen.
Sie hingegen hatte mein Verhalten zweifelsohne als richtig befunden, und die Wochen wachsender Vertrautheit, die nun folgten, waren sicherlich eine Folge meines Verzichtes. Und eines Tages kam sie mit einem großen versiegelten Paket zu mir: »Ich will unfair gegen Sie handeln, unfair, weil Sie meine Bitte nicht abschlagen werden... haben Sie den Mut, verbotene Literatur aufzubewahren? bei Ihnen wird man sie niemals suchen.« Einen Herzschlag lang durchzuckte mich, schneidend und bitter, der Argwohn, es könnte ihre Zuneigung ein bloßes Manöver gewesen sein, mich in den Dienst ihrer politischen Operationen zu stellen, allein, dann sah ich ihre Augen, sah ihre zornig mutige Ruhe und wußte, wie es um sie bestellt war. »Sie sind nicht unfair«, sagte ich, »oder meinen Sie, daß Sie sich jetzt aus Fairness hingeben müssen, um geleistete politische Dienste zu entlohnen... das würde zum Stil passen, Doctor Barbara.« Sie lachte zornig: »Darüber werden keine Witze gemacht, weder über Politik, noch über die Liebe... mir ist nämlich mit beidem verteufelt ernst... ach Gott...« Und sie verstummte. »Nun, warum ach Gott?« – »Wegen meiner Rücksichtslosigkeit... aber mit

Fairness werden eben keine Revolutionen gemacht... das sind nun einmal unsere Methoden...« – »Vor allem sind Sie gegen sich selber rücksichtslos und unfair, Barbara, und ich fürchte, daß sich das rächen wird.« – »Jawohl«, antwortete sie, »es wird sich rächen, aber anders als Sie denken... ich bin bereits eine schlechte Kommunistin... und vielleicht auch eine schlechte Ärztin geworden.« – »Das habe ich noch nicht gemerkt, Barbara.« – »Doch«, sagte sie. Ich verstaute das Paket. Und im Rahmen des geöffneten Fensters hing mit unbewegtem Zittern leuchtend der Augustmorgen.

Kein Mann ist eitelkeitsfrei, und so waren mir die Berufserfolge, die sich gerade in jenem Jahre einstellten, nicht nur eine Ehrgeizbefriedigung, sondern noch außerdem eine gewisse Freude um der geliebten Frau willen. Ebenso war es mir recht, daß ich vom Ärztekongreß zu einem Vortrag über meine Forschungsergebnisse aufgefordert wurde. Als ich hinfuhr, hatte ich mich tagsvorher von ihr verabschiedet und war daher etwas überrascht, sie auf dem Bahnsteig anzutreffen: »Holen Sie jemanden ab?« – »Nein, ich begleite jemanden«; und sie lachte, weil ich nicht begriff, daß dieser Jemand ich war, lachte, weil ich, es endlich begreifend, ein glückliches Gesicht machte, lachte aber nicht mehr, da der Zug aus der Halle fuhr: da stand sie dort mit leicht erhobener Hand, ohne zu winken, und war ernst. Dies war das Bild, das ich von ihr mitnahm, und nach meinem Vortrag schrieb ich ihr einen Brief, denn all meine Zuversicht, Geborgenheit, Seinsgewißheit, all meine Aufnahmebereitschaft hatte sich mitsamt dem herbstlichen Licht jener Tage in Sehnsucht verwandelt.

An dem Nachmittag, an dem ich heimkehrte, ging ich unter einem dienstlichen Vorwand sofort in den Kindertrakt. Ich fand sie im oberen Hauptsaal am Bett eines kleinen Mädels und in einer Aufregung, die nicht nur mit ihrer sonstigen Ruhe in einem auffallenden Widerspruch stand, sondern mir auch angesichts des Falles durchaus überflüssig vorkam: das Kind war am Vortag nach einem Autounfall mit einer Gehirnerschütterung eingeliefert worden, es wies alle Symptome einer solchen auf, den schwachen unregelmäßigen Puls, die herabgesetzte Temperatur, die flache Atmung, die

Somnolenz, die zwar nun schon über vierundzwanzig Stunden andauerte, aber schließlich auch nichts Außergewöhnliches darstellte, die relative Besserung des Zustandes nach erfolgter Blutentziehung, kurzum, es war alles eindeutig gegeben, und sie war trotzdem von dem Gedanken besessen, daß das Kind einen Hirndruck erlitten hätte, also eine Schädigung, die nur durch einen so gewagten Eingriff, wie es eine Trepanation oder eine Lumbalpunktion ist, aufgehoben werden konnte. Während ich das Kind anschaute, sagte sie mit verzweiflungsvoller Düsterkeit: »Ich kann's nicht entscheiden ...« – »Was meinen denn die Kollegen?« Sie zuckte die Achseln: »Gehirnerschütterung ... aber ich habe auf Sie gerechnet ...« Ich war von ihren Zweifeln einigermaßen betroffen: »Hören Sie, ich kenne die Zuverlässigkeit Ihrer diagnostischen Intuition ... ich würde jedoch gleichfalls bloß Gehirnerschütterung annehmen ... oder haben Sie sonst irgendwelche Anhaltspunkte?« Ihr Ton wurde noch verzweifelter: »Meine Zuverlässigkeit ist dahin ... ich habe keinen Blick mehr, nur noch Ahnungen, richtiger Befürchtungen ...« – »Das genügt freilich nicht, um einen so schweren Eingriff vorzunehmen.« – »Nein, das genügt nicht ... das ist es ja eben ... ich kann meinen Beruf nicht mehr ausüben.« Sie war zweifelsohne aufs äußerste überreizt und überarbeitet, und zweifelsohne hatte sie die ganze Nacht durchwacht. »Barbara«, sagte ich, »Sie sehen Gespenster ... das ist ein simpler Fall, so simpel, wie Sie und ich deren schon unzählige behandelt haben ... es ist alles geschehen, was notwendig war, und mit ein bißchen Morphium kommen wir unter allen Umständen durch ... weder Sie, noch ich können die Verantwortung für eine Operation auf uns nehmen ... beruhigen Sie sich ...« Sie preßte ihre Hände, ihre starken weiblichen Hände ans Herz: »Vielleicht haben Sie recht«, sagte sie. »Und wie wäre es, wenn Sie sich jetzt erst einmal ein paar Stunden ausschliefen ... ich übernehme gerne indessen ihren Dienst ...« Sie nickte bestätigend.

Abends ging ich wieder hinauf. Natürlich hatte sie nicht geschlafen, sondern saß noch immer oder aufs neue bei dem Kinde, das mit seinen Eisbeuteln so dalag, wie ich es verlassen hatte, nach wie vor in Bewußtlosigkeit. Nichtsdestoweniger hatte ich den Eindruck einer Besserung, das Herz arbeitete ruhig, die Blässe war weniger wachsig, der Atem tiefer. »Schluß«, sagte ich, »die Sache verläuft normal ...« – »Wenn wir eine Lumbalpunktion machen wollen, müßte es jetzt geschehen«, entgegnete sie mit seltsamer Hartnäckigkeit, »sonst wird es zu spät.« – »Ja, um Himmelswillen, warum denn? – sehen Sie Lähmungsanzeichen?« – »Nein.« Die Art, mit der sie das Kind jetzt betrachtete, war nicht mehr die eines Arztes; eine unwohlwollende fast haßerfüllte zornige Angst lag in ihren Augen. Und dann sagte sie schlaff: »Ich weiß es nicht mehr ...« – »Nun eben, kommen Sie ein bißchen an die Luft, Sie haben jeden Maßstab verloren... so etwas kann geschehen... geben Sie den Fall morgen an einen Kollegen ab, und jetzt kommen Sie ...« Sie schickte sich drein und erhob sich: »Gut, gehen wir.«

Unter den Kastanien war es dumpfig und schwül. Wir gingen bis zum Ende des Gartens hinauf, die Mauern der Pavillons links und rechts schimmerten weiß in der mondlosen Dunkelheit, und als wir oben waren bei dem etwas monumentalen Aussichtspunkt, dessen tempelhafter Halbbogen, geziert mit hygienischen Reliefs, die steinerne Rundbank umgibt, als wir hier oben waren und die Stadt überblickten, den erleuchteten Herbsthimmel darüber, sternenlos vor rötlichem Dunst seine Kuppel, sternverhüllt die Menschenhäuser darunter, da fiel [mir] dasjenige ein, woran ich schon längst hätte denken sollen: »Sagen Sie mal, Barbara, haben Sie seit gestern überhaupt einen Bissen gegessen?« Sei es, weil ich damit unser beklommenes Schweigen unterbrochen hatte, sei es, weil ihr die Rückkehr zur Banalität Spaß machte, sie lachte ein wenig: »Hätten Sie in meiner Lage viel gefuttert?« – »Also dann zurück ... Sie bekommen einen Tee, entweder bei Ihnen oder bei mir ...« Sie dachte ein paar Sekunden nach, und ich war froh, endlich wieder den alten zürnenden Zug in ihrem Gesicht zu finden. »Ich will noch einmal zu dem Kind zurück«, sagte sie, »und dann ... ja, dann werden wir sehen, was sich tun läßt ...« – »Wenn Sie wollen, kann ich mir ja das Mädel auch nochmals anschauen.« – »Nein, gehen Sie nur heim, ich rufe bei Ihnen an und sage, wie es steht.« – »Dann will ich wenigstens mittlerweile den Tee vorbereiten.« – »Lieber«, sagte sie und ging davon.

Es dauerte ziemlich lange, bis sie anrief. Ich hatte inzwischen Tee gekocht und alles, was ich an Eßbarem in meiner Junggesellenwirtschaft besaß, zusammengesucht. »Was macht das Kind?« fragte ich, »Unverändert, vielleicht etwas besser ... ich komme zu Ihnen«, gab sie zur Antwort. »Gut, der Tee ist fertig«, sagte ich noch, aber sie hatte es nicht mehr gehört; sie hatte bereits abgehängt. Nichtsdestoweniger kam sie nicht sofort, und ich war schon im Begriffe, gleichfalls das Kind aufzusuchen, beunruhigt, daß sich doch noch ein Zwischenfall ergeben hätte, als ich endlich ihren raschen Schritt im Korridor vernahm. Als sie eintrat und meine Vorbereitungen bemerkte, blieb sie lächelnd stehen, und als ich ihr entgegenkam, knipste sie den Schalter neben der Türe ab. Ein unsäglicher mütterlicher Friede, tiefverschleiert, erntereif, erinnerungsgroß, kam über mich, als ich ihre Arme um meinen Nacken fühlte.

Ich weiß nicht, ob ich von Glück sprechen darf: was ich erlebt hatte, war das Beseelte schlechthin gewesen; in der Dunkelheit habe ich geschlossenen Auges ihr Antlitz gesehen, und leise stieg es auf aus der unbeschreiblichen Tiefe, Landschaft der Seele im Landschaftslosen, und durchseelt war die Nächtlichkeit des Sichtbaren und Fühlbaren, durchseelt jeder Atemzug und jede Faser ihres Körpers, durchseelt sogar die Knochen des Gerippes, Armspeiche, Fingergelenk, sogar die Zähne, durchseelt von Weiblichkeit, mich aber mit unendlich träumender Weiblichkeit durchtränkend. Es war nicht Glück, und es hätte wohl eines neuen und noch tieferen Auges in dieser letzten Sphäre des Schweigens, Staunens und Schauens bedurft, um zu erkennen, wie weit ich selber noch Glück empfand und wie weit ich bereits in das andere Ich verwandelt war, dessen geheimnisvolle Unendlichkeit mich aufgenommen hatte. Denn nur wer in seinem eigenen Ich verbleibt, vermag glücklich oder unglücklich zu sein, und wahrhaftes Glücksbewußtsein erlebte ich erst am nächsten Morgen, da mit dem Licht des Tages langsam mein eigenes Ich wieder in mich einsickerte, aber wirklich kam es mir eigentlich erst zu Bewußtsein, als ich durch die Krankensäle ging und schließlich an dem Bett jenes Kindes stand: es war aus seiner Ohnmacht erwacht, es lächelte, und es hatte, so dünkte mich, glückhafte Augen.

»Wo ist die Frau Doctor?« fragte ich die Pflegerin. – »Dienstfrei, Herr Doctor.« – »Rufen Sie sie trotzdem, sie wird sich freuen.«

Nach einer Weile kam sie. Ernst, sachlich und weißmantlig, mit zusammengezogenen Brauen schritt sie durch die Bettenreihe, verfolgt von den erwartungsvollen Blicken der Kinder, und ihre Begrüßung für mich war bloß ein sachliches: »Wann ist sie aufgewacht?« – »Schon heute Nacht, Frau Doctor«, antwortete die Schwester an meiner Statt. Sie untersuchte genau, prüfte Herz und Atmung, doch in ihren Zügen blieb etwas besorgt Prüfendes: »Es könnte sein«, sagte sie endlich, »hoffen wir, daß es überstanden ist.« – »Natürlich ist es überstanden«, warf ich ein, und dann setzte ich überflüssigerweise hinzu, »ich bin sehr glücklich.« Sie beachtete es nicht, sondern sagte bloß leise: »Wenn es nur nicht [ein] freies Intervall sein sollte.« Ihr Ernst berührte mich so sehr, daß ich nicht nur das Schicksal des Kindes, sondern auch das meine gefährdet sah; ich fühlte etwas Unheimliches aufdämmern. »Nein«, sagte ich, »nein ... jetzt wird alles gut werden.« – »Legen Sie jedenfalls weiter Eisbeutel auf, Schwester«, sagte sie, »und wenn Sie irgend eine Veränderung bemerken, so rufen Sie mich.« Und sie ging wieder.

Nachmittags rief sie doch an, ich möge zu ihr kommen. »Verzeih«, sagte sie. Ich war ein wenig verblüfft: »Um Himmelswillen, was soll ich verzeihen?« – »Du wirst es [mit] mir nicht leicht haben ... ich habe es selber zu schwer.« Ich umarmte sie und legte ihre Hände auf meine Haare.

Es war an einem Donnerstag. Am Sonnabend zeigte sich bei dem Kinde Lähmungserscheinung, und in der Nacht vom Sonntag zum Montag starb es. Ihre Diagnose des Hirndrukkes und des freien Intervalles hatte gestimmt.

Wahrscheinlich häufte ich von diesem Augenblick an Fehler auf Fehler. Ich war so sehr mit mir und ihr und mit unserer

Zukunft beschäftigt, daß mich der Tod dieses Mädels kaum mehr als der irgend eines andern Patienten beschäftigte, und wenn ich auch wußte, daß es bei ihr sich anders verhielt, so ließ ich mich doch durch die Verbissenheit, mit der sie sich wieder ihrer Arbeit hingab, täuschen, ja, ich rechnete damit, daß sie kraft der Arbeit über den traurigen Fall bald hinwegkommen werde. Oder richtiger, ich hoffte, daß dies kraft der Liebe geschehen werde, und als sie nach etwa drei Wochen meine Hand nahm, um mir mit stiller Sachlichkeit mitzuteilen, daß sie vermutlich das Kind erwarte, nach dem sie gebangt hatte, da war meine Zukunftssicherheit zu einem großen Trost erblüht, und ich sah die Landschaft und das Gleichnis und den Tod und die irdische Ewigkeit in unserem kurzen Dasein, und die Welt war um uns versunken, um in uns zur Ganzheit zu werden. Doch mein Vorschlag die Spitalspraxis aufzugeben, raschestens zu heiraten und aufs Land zu ziehen, wurde von ihr abgelehnt: »Später«, sagte sie bloß, »später ... vielleicht.« Und sie verdoppelte ihre Arbeitsintensität; nicht nur, daß sie neben ihrem normalen Dienst nun auch noch mit serologischen Untersuchungen bei mir im Laboratorium begann, sie stürzte sich auch mit erneuter Heftigkeit ins Politische, und jeden ihrer dienstfreien Abende war sie auswärts beschäftigt: daß dies alles in einer Art Selbstbetäubung vor sich ging, das sah ich nicht, im Gegenteil, ich nahm daran innerlich teil, ebensowohl an ihrer Laboratoriumsarbeit, von der ich beglückt annahm, daß sie damit ihre Tätigkeit der meinen annähern wollte, als an ihren politischen Erfolgen, froh, wenn sie darüber freimütig berichtete, und wenn ich auch selber eine heftige Abneigung gegen jegliches politische Geschehen empfand, so konnte ich mich ihrer mitreißenden Überzeugung, so durchaus unfraulich diese doch eigentlich war, kaum entziehen, ja, ich freute mich mit ihr über jeden Fortschritt der kommunistischen Zellenbildung, die sie im Spital organisiert hatte, und dies ging so weit, daß ich darüber kaum merkte, daß ich trotz dieser Anteilnahme, mit der ich sie begleitete, im wesentlichen keinen Zugang zu ihr besaß, daß das Kind, das sie von mir erwartete, beinahe nicht erwähnt wurde und daß damit

unsere Beziehung auf eine völlig andere Ebene geraten war. Ein einziges Mal wurde ich stutzig, nämlich als sie – gebeugt über den Laboratoriumstisch, eine Eprouvette in der Hand – mit fast gleichgültiger Stimme und nebenbei die Bemerkung hinwarf: »Um meines Kindes willen hat das andere sterben müssen.« Aber ich vergaß dies wieder.
Im Oktober nahm sie einen dreitägigen Urlaub, angeblich um Vermögensangelegenheiten mit ihren Verwandten zu ordnen, denn unsere Heiratspläne wurden ja immer dringlicher. Die Überstürztheit ihrer Abreise war für mich nicht weiter auffallend und störte mich nicht in meinem Gefühl absoluter Sicherheit; wir sagten uns auf Wiedersehen. Damals brachten die Zeitungen versteckte Andeutungen über einen mißglückten kommunistischen Putsch und ein verhütetes Ministerattentat. Da ich ein schlechter Zeitungsleser bin, hatte ich es nicht einmal beachtet; außerdem gab es damals im Spital besonders viel zu tun, und mir war dies recht, denn ich sehnte mich nach ihr und ich freute mich auf ihre Heimkunft. Die Tage vergingen, und sie kehrte nicht heim. Hingegen kam die Nachricht, daß sie sich in einem Hotelzimmer vergiftet hatte. Das Zyankali, das sie verwendet hatte, stammte aus dem Laboratorium.
Was danach und in den folgenden Monaten geschah, weiß ich nicht mehr. Viel später stieß ich einmal zufällig auf das versiegelte Paket, das sie mir einstens übergeben hatte. Erst zögerte ich, es zu öffnen. Als ich es dann doch tat, fand ich zuoberst einen Brief; er enthielt bloß eine Zeile: »Ich habe dich geliebt.« Der Rest des Paketes bestand aus den genauen Putschplänen und aus Direktiven an die Organisation für den Fall des Gelingens. Ich verbrannte alles.

Der Tod des Vergil:
Äther – Die Heimkehr

Murmelte noch etwas? war es noch das gute Murmeln des Plotius, beschützerisch und gut und stark? oh Plotius, oh, daß es andauere, oh, daß es murmelnd andauere, ruhig und ruhend, aufquellend aus der unerschöpflichen Tiefe des Innen und Außen, nun, da die Arbeit getan war, nun, da das Getane genügte, da nichts mehr zu folgen brauchte, oh, daß es ewig andauere! Und wahrlich, es dauerte an, es murmelte und murmelte, weich einherrollend im Unablässigen, weich dahinrollend, Murmelwelle um Murmelwelle, klein eine jede von ihnen, unermeßlich ausgedehnt die Kreise ihrer Gesamtheit; es war einfach vorhanden, keinerlei Horchen war hiezu nötig, keinerlei Anstrengung, um es festzuhalten, ja, es wollte dieses murmelnde Geschehen gar nicht festgehalten werden, denn es strebte vorwärts, einvermengt in das Rieseln der Brunnen, in das Rieseln der Gewässer, einsgeworden mit ihnen zur farblos mächtigen Stärke ruhetragenden Fließens, selber das Tragende, selber die Ruhe, selber das Fließen, leise den Kiel und die Wände des Bootes umspülend, ein gleitendes Schäumen. Unbekannt war das Ziel, unbekannt der Ausgangshafen; von keiner Mole war man abgestoßen, aus Unendlichkeiten kommend, ins Unendliche strebend ging die Fahrt vor sich, dennoch streng und scharf in ihrer Richtung, geleitet von sicherer Hand, und wäre es gestattet gewesen, sich umzuwenden, man hätte den Steuermann am Heck erblicken müssen, den Beistand im Richtungslosen, den Lotsen, der den Ausgang aus dem Hafen kennt. Doch nicht minder als Beistand und Freund war auch der Plotius geblieben, da er, herabgewürdigt und emporgewürdigt, das knechtische Amt der Ruderbank auf sich genommen hatte, verstummt das Murmeln seines Mundes, verstummt und abgegeben an das All, fast unvernehmlich das Keuchen seines Atems in der anstrengungsfreien, schmerzfreien Leichtigkeit des Vorgangs; so ruderte er gebeugten Armes schweigsam über die farblos murmelnde schweigende Wasserfläche dahin, bei weitem nicht so heftig wie es eigentlich von ihm zu erwarten gewesen wäre, vielmehr hoben die Ruder sich kaum, senkten sich kaum zum stillen Einschnitt ins Feuchte: vorne am Bug saß der Lysanias oder vielleicht stand er dort, ein Knabe, der zur Fahrt singen sollte; indes, der Plotius, für den, wie für jeden Irdischen, das Verbot der Umwendung galt, und der daher weder des Knaben noch des Fahrzieles ansichtig werden durfte, der Plotius wandte sich nicht um, er scherte sich nicht um den Knaben, und unentwegt hielt er die Augen geradeaus gerichtet, über den Fahrgast hinwegsehend zu dem Steuermann am Heck, dessen Weisungen er zu befolgen hatte, über den Steuermann hinwegsehend in die Unendlichkeit des Gewesenen, aus der man gekommen war. Die Ufer blieben zurück, und das war wie ein leichtes Abschiednehmen von dem menschlichen Sein und Hausen, das dort vonstatten ging, Abschied im verwandelt Unwandelbaren, Abschied von der Mannigfaltigkeit alles Vertrauten, von den vertrauten Bildern und Gesichtern dort, nicht zuletzt von der im Nebelgrau entschwindenden Gruft, aber auch von dem sehr beständig weiterschreibenden Lucius, der sich mit seinem Tisch nun allerdings so nahe an den Rand der Wirklichkeit geschoben hatte, daß ein Absturz von der hohen Felsküste als beängstigend unvermeidlich drohte, und Abschiednehmen war es von den vielen anderen, welche dort noch wandelten und mitunter, so der Horaz und der Properz, freundlich herüberwinkten; Bilder der Vertrautheit, schmerzlos sacht zurückweichend, wenn auch noch zur Begleitung bereit, und das Gewässer, über das der Nachen dahinglitt, war von allerlei Fahrzeugen bevölkert, zwar von nur ganz wenigen, die in der Gegenrichtung fuhren, heimkehrend zum Ausgangshafen, dem unerinnerbaren, hingegen von ungeheuer vielen, die aus diesem entsandt worden waren, Flotte um Flotte, so zahlreich, daß das unendliche Meer sich zur zweiten Unendlichkeit weiten mußte, um ihnen allen den nötigen Fahrraum zu bieten, so unübersehbar, daß es schier keine Grenze zwischen dem Flüssigen und dem Luftigen mehr gab, und die Schiffe im Lichte selbst zu schwimmen schienen, so unüberschaubar, daß die schiffbedeckte See, daß der Zug der Schiffe nach dem unerforschlichen gemeinsamen Ziel selber schon wie Ziel war: herdengleich war der Zug, und ein mildes Brausen umgab ihn wie eine unsichtbare Wolke; jegliche Art von Fahrzeug war vertreten, Handelsschiffe und Kriegsschiffe, darunter auch goldprangend und purpurselig die Prunkgaleere des Augustus, sehr viele Fischkutter und andere Küstenboote, vor allem aber eine Unmenge winziger Barken, die einmal hier, einmal dort, wie aus dem Wasser geboren auftauchten; sie alle nahmen teil an der unendlichen Fahrt, sonderbarerweise aber auch alle mit der nämlichen Geschwindigkeit, gleichgültig, ob sie, wie die kleinen Barken, von einem einzigen Ruderpaar oder, wie das Augustusschiff, von stockwerkhoher Rudermasse vorwärtsbewegt wurden, sie flogen dahin, als wären sie allesamt ohne Gewicht, als müßten sie eigentlich überhaupt nicht in das Wasser tauchen, als könnten sie darüber hinwegschweben, und ihre Segel waren straff gespannt wie unter dem Druck unfühlbarer Stürme, die aus der Luftleere stammten, denn es herrschte vollkommene Windstille, und das milde Brausen war im Nirgendwo. Die See ging in flachen, sanften, beinahe tafelförmigen Wellen, weich und dämmerungsgrau, und in dieser bleiernen, dennoch hauchzarten Glätte verschwamm das Murmeln, verschwamm unhörbar in dieser dämmerigen Kraft, die auf ihrem Spiegel hauchleicht den Zug der Schiffe trug; perlmuttern, dennoch farblos war darüber die Muschel des Himmels geöffnet, es ruderte Plotius, und zurück blieben die Töne des Lebens, die von den versinkenden Ferngestaden hergeweht worden waren, zurück blieb im Nimmererhaschbaren das Singen der Berge, zurück im Ewigentfliehenden blieb ihr Flötenton, blieb sogar auch des Tönens Echo, das in der eigenen Brust erklungen hatte, zum Niemalserlebten zurückgesunken war das Erlauschbare, niemalserlebt das Murmeln, die murmelnde All-Gewesenheit, und – ein zartgoldenes Schimmern dem Himmel einverwoben – der Gesang des Knaben blieb ungesungen. Als ob das Schweigen noch zu laut gewesen wäre, war eine neue Stille eingetreten, eine zweite Stille, eine höhere Stille auf höherer Ebene, flachwellig, sanft, tafelförmig glatt, gleichsam ein Spiegel des Gewässerspiegels, über dem sie gelagert war; und hatte sich dieser schon zu etwas Neuem verwandelt, zu etwas still Flüssigem, in dem die dahineilenden Schiffe keine Furchen mehr zogen, und das so wenig aus Tropfen mehr bestand, daß auch keiner an den angezogenen Rudern haftete, keiner von ihnen herabtropfte, es war solche Verwandlung nun zur Gemeinsamkeit von Spiegel und Gegenspiegel, von Stille und Gegenstille geworden, zu einem gemeinsamen Zwischenzustand voll neuer Gleichzeitigkeit und Gleichgeschwindigkeit, ja Zugleich-Hörbarkeit, so daß das Sichtbare, das Hörbare, das Fühlbare, obwohl zurückgeblieben in der Unsichtbarkeit, Unhörbarkeit, Unfühlbarkeit längstverlassener, unauffindbarer Unendlichkeit, trotzdem unbeschädigt blieb und, obwohl zurückgefallen ins Unbenennbare, weder seines Namens noch seines Wesens verlustig ging –, es blieb zurück und blieb trotzdem gegenwärtig, zurückbleibend, da es überholt wurde, bleibend kraft solcher Überholung, verändert durch sie zu verwandeltem Bleiben, und nichts war davon ausgenommen, denn es war das All selber, das solcherart überholt wurde, das All in der Mannigfaltigkeitsfülle seiner dinglichen und menschlichen Inhalte: die Schiffe, die da wie zur Begleitung und Begrüßung herdengleich ausgefahren waren, nun aber wohl ihren Auftrag beendet hatten, wurden eines nach dem andern überholt, nicht etwa in einem Wettkampf, nicht in einem Wettlauf, nein, ohne Geschwindigkeitsänderung geschah es, ohne Verlangsamung der wie freiwillig Zurückbleibenden, ohne Beschleunigung des eigenen Bootes, mühelos, und mochte auch die Rudertüchtigkeit des Plotius einiges dazu beigetragen haben, er ruhte nun aus, ruhenden Atems und ruhenden Werkzeugs, vornübergeneigt auf seiner Bank, zur Ruhe befugt, weil das irdische Werkzeug für sie alle, die hier fuhren, nicht mehr vonnöten war, und die Ruder, ob sie [sie] nun aus der Flut gehoben hielten oder sie darin schleifen ließen, alsbald verschwunden waren, die Auflösung beginnend, mit der Gefährt um Gefährt und also auch das Augustusschiff aus dem Seienden genommen wurde und zur Vergessenheit entsank –, einsank in die zurückbleibende Unendlichkeit; der Augustus aber, unter dem Purpurbaldachin seines Prunkschiffes stehend, die kurze Schiffsmeistergeißel in der Hand, ließ diese fallen, als er die Vergeblichkeit jeglichen weiteren Bemühens zur Beschleunigung oder auch nur Fortsetzung der Fahrt einsehen mußte, seine Macht entglitt ihm, sie entglitt ihm mit dem Namen, mit all den Namen, die er bisher getragen und die er allesamt, sogar den des Octavian, jetzt abtun mußte, nicht jedoch entglitt er sich selber, und in dem flüchtigen Blick, den herüberzusenden ihm noch vergönnt war, in diesem Abschiednehmen auf Nimmerwiedersehen und Nimmerwiederkehren, in diesem müdegealterten Abschiednehmen des schönen Gesichtes war zugleich auch für ewig das Bleiben enthalten, das verwandelte Bleiben, unverloren im Verluste, so daß er, plötzlich vergessensstillen Gesichtes, vergessensstill die irdische Gestalt, vergessensstill der irdische Name, zwar sehr rasch – ach so rasch – ins Unerrufbare versank und doch, in neuer und höherer Stille auf höherer Ebene eine neue Errufbarkeit, eine neue Sichtbarkeit gewann. Denn die Verwandlung, die da vor sich gegangen war, sie war die Verwandlung des Außen ins Innen, sie war die Einswerdung von Außengesicht und Innengesicht, sie war eben diese seit jeher erstrebte, niemals gelungene und nun hier doch zur Reife gediehene Vertauschung: mit einem Male, so rasch wie sein Hinabstürzen zur Unendlichkeit, war derjenige, der bisher Augustus geheißen war, jetzt von innen gesehen, in einer Innensicht, wie sie sonst nur dem Träumenden, dem Traumverlorenen verliehen ist, wenn er seine eigene Irdischkeit vergißt und – erkennend durch den Traum – sich im Gleichnis seiner selbst erkennt, wenn er den letzten, den unabtubaren, den kristallenen Grundbestand seiner Eigenschaften als bloße Form, als kristallenes Linienspiel, ja als leere Zahl im letzten Traumsein offenbart sieht; über sich selbst hinausgewachsen war nun diese Innensicht, und sie hatte auch den Entschwindenden dort, den Freund ergriffen – oh, unverlierbar derjenige, der von innen gesehen wird in seiner nacktesten Einheit. Oh Verwandlung des Endes zum Anfang, Rückverwandlung des Sinnbilds zum Urbild, oh Freundschaft! Und obwohl nur weniges je so vertraut gewesen war wie das Antlitz dessen, den man in Freundschaft hatte Octavian nennen dürfen, es verhielt sich nun auch nicht anders mit all den anderen Gestalten, die da auf ätherischen Nachen mitfuhren und eine nach der anderen überholt wurden, ihre Gesichter verschwanden zur Ewigkeit, ohne zu verschwinden; und was immer hier auch mitfuhr, augenblicklang gesehen und im selbigen Augenblick schon zurückschwindend, wie immer sie auch geheißen hatten oder noch hießen – wer waren sie? war dies dort wirklich der Tibull, der schwermutvoll liebende Albius Tibullus in seiner welken Jugend? war dies dort der Lucrez, groß und hart vor gewaltigem Irresein? war dies dort nicht des Sallust fünfzigjährige Männlichkeit in ungewandelt unwandelbarer Reife, war dies nicht er, der Namengeber, entkleidet des eigenen Namens? und war das dort nicht sogar die Ehrwürde des Marcus Terentius Varro, altersgebückt und kleingeworden von Gestalt, doch stark geblieben im mildspöttischen Weisheitslächeln des entschwindenden Greisenantlitzes –? oh, wer immer sie auch waren, die sich da zu der Freundschaft leichten Abschiednehmens versammelt hatten, ein Troß des Beistandes und der Tröstlichkeit, sie allesamt, Gesicht um Gesicht, bärtig oder bartlos, jung oder alt, männlich oder weiblich, schneller oder sachter ihre einstigen Züge verlierend, sie allesamt hatten, da sie bis auf den letzten Namensrest ins Unerrufbare, ins Vergessene zurückzustürzen im Begriffe waren, die endgültige Verwandlung übernommen, es war an ihnen das menschliche Antlitz zum unsäglichen, zum unsäglich klaren Ausdruck ihrer Grundwesenheit geworden, enthoben jeglicher Beziehung, tief wahrhaft im grenzenlosen, namenlosen Selbst, sie bedurften nicht mehr des irdischen Mittlers und des irdischen Namensaufrufs, weil sie allesamt von innen gesehen, von innen sichtbar wurden, von innen her erkannt, eingegangen in den Freundesblick, eingegangen mit dem Freundesblick in das Geschehen einer Selbsterkenntnis, die aus dem tiefsten Ich-Innen, aus der Ich-Tiefe jenseits des Sinnenhaften stammt und nicht mehr die sinnliche Person, nicht mehr das sinnliche Gleichnis sieht, sondern nur mehr das kristallische Urbild, die kristallische Einheit ihrer Wesenseigenschaften, so rein in ihrem Wesensgrunde beruhend, so erinnerungsfrei und ebendarum so endgültig erinnert, daß all die Freundesgestalten in einen neuen Zwischenzustand der Erinnerung versetzt wurden, in einen neuen Zwischenzustand der Erfaßbarkeit, voll lichtstrahlender Schatten im stummen Ertönen ihrer Stille. Sie waren in die zweite Unendlichkeit eingegangen.

Stille innerhalb der Stille – allseits war die Grenze geöffnet, doch so viel auch zurückgelassen wurde und im Nimmeraufündbaren zurückblieb, nichts konnte im Gleichgewicht des All-Kreises verlorengehen; wahrlich, so viel auch zurückgelassen wurde, es war weder Verarmung noch Vereinsamung, ja fast bedeutete es Bereicherung, da das Vergessene aufbewahrt blieb. Der Raum der Nicht-Erinnerung nahm immer weitere Gebiete des Erinnerungsraumes in sich auf und verharrte dennoch in diesem Raum der Erinnerung, ja immer inniger verbanden sich die beiden Räume zu einem zweiten Erinnerungsraum innerhalb des ersten, zu einem Raum höherer Erinnerungsdurchsichtigkeit, höherer Erinnerungsunendlichkeit, so sehr Verdopplung des Seins zu neuer Einheit, daß auch die bleifarben zarte Stille der Gewässer und die, welche als ihr zart goldenes Spiegelbild über sie hingebreitet war, sich zu neuer Einheit fügten – Erinnerung innerhalb der Erinnerung – vereinigt zu jener Stille, die den Sänger empfängt, ehe er in die Saiten greift, und in solcher Stille, unangeschlagen die Leier, erwartungslos das Warten, war auch das Singende und das Hörende, waren auch der Sänger und der Hörer zu neuer Gemeinsamkeit gebracht worden, da des Sphärenliedes gewaltige Stummheit nun aufrauschte, geboren aus der Stummheit, doch ebenso in ihnen beiden geboren, erklingend aus der Stille, doch ebenso in ihnen beiden erklingend, ihrer beider einsgewordene Zweiheit, einsgeworden mit der Stille, mit dem Warten, mit der Leier, die Einswerdung durch das Lied, aufgenommen das Seiende vom Sein der Sphären; nicht gab es mehr den Wartenden und das Erwartete, nicht gab es mehr den Lauschenden und das Erlauschbare, nicht mehr den Atmenden und den Odem, nicht mehr den Dürstenden und den Trank, keinerlei Zweiteilung gab es mehr in der neuen zweihaften Einheit, das Zweigeteilte hatte sich zusammengeschlossen zu nimmermehr scheidbarem Einheitsgeschehen, zum Warten selber, zum Lauschen selber, zum Atmen selber, zum Dürsten selber, und die unendliche Flutung, einbezogen in die Einheit, war das Warten, war das Lauschen, das Atmen, das Dürsten, wurde es mehr und mehr, wurde es immer eindringlicher und dringlicher, unabweislich und unabweislicher, wurde Gebot, wurde Ankündigung, und so auch für den Plotius, denn wie in einem Wissen um die Aufhebung jeglicher Dauer, wie in einem Wissen um die Einheit von Anfang und Ende, doch auch wie im Wissen um das Zweihaftige, dem alle Einheit unterworfen ist und dem er gleichfalls sich zu unterwerfen hatte, entäußerte er sich der Einheit seines Seins, wurde er, wenigstens für eine gewisse Weile, zur Zweiheit, da er in der einen Gestalt ruhig und ruhend auf der Ruderbank sitzenblieb, in der andern jedoch sich erhob und jetzt mit schwankendem Seemannsschritt sich näherte, noch einmal und offenbar zum letzten Male den Becher herbringend, auf daß der Dürstende – oh, dürstete ihn –?! noch einmal daraus trinke: und als es geschah, siehe, da war es nicht Trank, der getrunken wurde, da war es nicht Durst, der gelöscht wurde, nein, es war ein Teilhaftigwerden, es war ein Teilhaben an der Ganzheit des zwiefach verspiegelten Seins, es war ein Einbezogenwerden in das unendliche Fluten der Gewässer, es war ein Durchdrungenwerden von der Innensicht der Unsichtbarkeit, zugleich aber auch das wissenlose Wissen an der Schließungsstelle des Erkenntnisringes, des Nichts-Umfangenden, es war selber das Schließen, es war der Zusammenschluß der zwiefach gerichteten Unbegrenztheit, in der die Zukunft zur Vergangenheit, die Vergangenheit zur Zukunft übergeht, so daß nun – oh Verdoppelung innerhalb der Verdoppelung, Spiegelung innerhalb der Spiegelung, Unsichtbarkeit innerhalb der Unsichtbarkeit – es hier keines Mittlers und keines Gerätes mehr bedurfte, nicht des Bechers, der das Flüssige umschließt, nicht der Hand, die den Becher reicht, kaum mehr des Mundes, der den Trank annimmt, es bedurfte dessen nicht mehr, weil alles Handeln, sei es Trinken oder was immer, mehr noch, weil alles Leben von der Kraft einer Verwobenheit aufgelockert und gelöst

worden war, die jede Unstimmigkeit aufhob und keinerlei Teilung mehr duldete; und siehe, da verwandelte sich des Bechers Elfenbein in braunes festes Horn, um als solches in leichter brauner Wolke zu verschwinden, da war mit dem Becher auch alles Gewesene verschwunden, nicht etwa als ein bloß träumendes Gaukelspiel, sondern als ein Wahrtraum, dem das Bleiben in Nichtvergeblichkeit verliehen ist, und ebendarum war nun auch der Plotius verschwunden, ebendarum hatte er, ergriffen von der gestaltlösenden Zweiwerdung, den nämlichen Weg wie die übrigen Gefährten genommen, versenkt mit ihnen bis auf den letzten Namensrest ins Ewige, ins Nicht-Erinnerte, dennoch bleibend im Erinnerten, bestandhabend als derjenige, der er gewesen war, bestandhabend als der Freund. So geschah dies, während das Flüssige ohne Feuchte, das Trinkbare ohne Geschmack über die Lippen und durch die Kehle rann, ohne daß Lippe, Zunge, Kehle benetzt wurden, es geschah der Abschied von dem Plotius, geschah in der Hilfe seiner Freundschaft; und umstrahlt vom All-Auge, umflort von den Tränen des Alls, von des Alls Vergessenheits-Naß wahrheitsrein der Freundesblick dem Freundesblick zugekehrt, durften sie beide tränenlos bleiben, leidensenthoben, leidensentlöst, so leise, daß es leicht wurde, ein leichtes Abschiednehmen – Stille in der Stille.
Nichts war mehr festzuhalten, nichts mehr brauchte festgehalten zu werden, nichts war mehr unstimmig, und er, der den Trank getrunken hatte, er, Publius Vergilius Maro, auch er bedurfte nun nicht mehr des Namens, er durfte ihn von sich abtun, er durfte ihn zu einem bloßen Wissen verblassen lassen, zu einem zarten, wundersam keuschen Vergessen, denn einsam, wenn auch nicht vereinsamt, ging die Fahrt durch die zweite Unendlichkeit. Keinerlei Bangigkeit verlockte mehr, keinerlei Begegnung brauchte mehr stattzufinden. Einsamer desgleichen wurde das Licht, reiner und keuscher noch als vordem, es hatte zur Dämmerung gewechselt, zu einer seltsamen und wundersamen Dämmerung unbestimmten Dahinwährens, unbestimmbar die Stunde ihres Beginns, unabschätzbar ihre Dauer, da die Sonne, herab-

gesenkt zum unermeßlichen Rande der Fluten, wie in einem zarten Zögern sich nicht entschließen mochte darein zu tauchen, vielmehr sehr unbewegt, gleichsam gebannt von des Skorpionen Bild, das sie gesucht hatte, mattleuchtend im Wolkenlosen hing, umflimmert von der Vollzahl der Sterne. Verlustig ihrer Dauer war die Zeit, und über die leere Stille hin schwebte in ruhendem Gleiten beruhigt die Fahrt; verlustig zwar jeglicher Geschwindigkeit und nur noch erfühlt und ungewiß in ihrem Ziel, hatte die Fahrt doch Richtung, die sich an den Sternen ablesen ließ. Der Knabe stand vorne am Bug, dämmerungsumflossen, obwohl seine Gestalt sich deutlich genug vor dem Firmament abzeichnete, vor einem Firmament, dessen überferne Klarheit bereits über alle Klarheitsgrenzen hinausreichte, und unbestimmt, ob es die Geste eines Wegweisenden oder eines Sehnsüchtigen war, hielt er den Arm vorausdeutend gehoben, nachfolgend mit dem Körper, nachfolgend der hingestreckten Bewegung, die das Ziel herbeiwünscht und doch nicht es zu erhaschen vermag. War dies noch Fahrt zu nennen, dieses Gleiten, das sich keines Segels und keines Ruders mehr bediente? war es nicht Stillstand, zur Scheinbewegung umgetäuscht durch die Gegenbewegung der Sternkuppel? Fahrt oder Nichtfahrt, es war der Zwischenzustand des Wissens, war es noch immer, und ruhig verharrte der Fährmann da hinten auf seinem Posten, seine Anwesenheit ungeschwächt spürbar, nach wie vor kam alle Sicherheit von ihm her und nicht von der viel zu fliehenden, viel zu flüchtigen Knabengestalt, nein, der Fährmann bestimmte die Richtung, er allein, selbst wenn sie in Wahrheit von der Gestirnbewegung abhängen mochte. Tiefer und tiefer senkte sich die Sonne, niederflammend in dunkle Feuerröte; matter noch, trotz der wolkenlosen, nebellosen Sicht wurde ihr Glänzen, so matt, daß die Dämmerungsklarheit mehr und mehr ins Nächtliche spielte, funkelnder der Sternenraum. Nächtlich wurde es, noch nicht Nacht; nächtlicher wurde der schweigende Sphärengesang, nächtlich stiller, nächtlich reicher, durchwirkt von des Sternenlichtes stummem Zimbelschlag, und je voller es ertönte, Klangschleier um Klangschleier zerteilend, desto sichtbarer wurde der Knabe, desto deutlicher löste er sich aus der Dunkelheit, und zugleich zeigte sich, daß diese Sichtbarkeit von einem stillen Leuchten bewirkt war, das von der weisend ausgestreckten Hand des Knaben ausging und mit sacht zunehmender Stärke zum Mittelpunkt des Geschehens wurde: es war der Ring, es war der dem Lysanias zugedachte und von ihm nun wie im Stolz emporgehaltene Ring, der solches Strahlen ausschickte, ein Leuchtmantel um des Lysanias Schultern, und glich sein Licht anfangs nur dem Blinken eines Sternes in grauer Morgen- oder Abenddämmerung, am Rande des Verstrahlens oder Aufstrahlens, so war es jetzt wie ein wegweisendes Schimmern, das voranschwebt, wegweisend ein Sternlächeln, emporgehalten von der Hand des Knaben, emporgehoben, daß es leuchte, war hergehaucht wie beglückende Erinnerung aus dem innersten Innern des irdischen Vergessenheitsraumes, der von Breite, Höhe und Tiefe durchflutet gewesen war, durchflutet von Zeit, durchflutet vom Schmerz des Feurigen und des Eisigen; selber erinnerungsdurchflutet ward es hergehaucht von des Ringes Leuchten, hergebracht sanft wie Echo, kindlich wie Echo, zugehörig wie Echo in wehspielend beglückender Aufgetanheit. Denn nichts trug mehr Namen, bloß der Knabe Lysanias trug noch den seinen, und die Erinnerung, welche unerhaschbar beglückend das erinnerungslose Jetzt hier durchdrang, diese Erinnerung im Zwischenzustand entsinnlichter Sinnlichkeit, dieser vergessensbereite Nachschimmer einstiger Verdoppelung und Zweiteilung, an deren Echoruf der Knabe Lysanias vermöge seines Namens noch teilhatte, sie verging im Rufe, da sie auf höherer Ebene in das wissenlose Wissen der zweiten Unendlichkeit einging, sie verging dorthin, wo jegliches andere Wissen zerfällt, sie verging als des Ringes Ausstrahlung, bleibend aber in der Strahlung, eingeflutet in das Lächeln des Lysanias, in seine Stimme, die nicht mehr sprechen wollte, in seinen Blick, der nicht mehr herblickte, eingeflutet in ihn als Musik ohne Töne, zurückgeflutet als Innensicht des Knaben, als wissenloses Wissen um Ferne und Nähe in einem, überflutend in das Leuchten der Dämmerung, in das Leuchten eines dämmernden Strömens, das fernelos, nähelos alle Zweiheit zur Einheit schließt, der Schauende zugleich der Durchstrahlte. Oh Dämmerung, oh Zwischenreich, fließend und verflossen im Einst, strömend und verströmend die Seele! Indes, so wenig es wirklich Nacht wurde, die eigentliche Dämmerung war vorbei, das Zwischenreich aufgehoben; unter den zu voller Helligkeit aufgeglommenen Sternschwärmen ruhte der Sonnenball in kaltdunkler Röte tief unten auf dem golden bleiernen, bleiern goldenen Fluthorizont, ja fast hätte man meinen können, er sei schon hinabgetaucht und werde infolge einer ungewohnten Brechung des Lichtes wieder heraufgespiegelt, denn wie verhaftet der unteren Sphäre, wie in einem Spiegelbild seines unterozeanischen Weges begann er den Horizont entlang sachte hinzurollen und, ein Sternbild nach dem andern dort durchquerend, dem Ostpunkt zuzustreben, von dem aus er morgenbringend sich aufs neue erheben sollte, Sonne, im Nachtsein verbleibend, ihr Spiegelbild oder sie selber, in Spiegel- oder Eigenbewegung, in irdischer Verkerkerung oder in ätherischer Freiheit, es ließ sich nicht feststellen, und die Kreise des Oben und Unten verschränkten sich zu Nichtwissen, endgültig und groß in des kreisenden Sternendomes Herrlichkeit: als zielte die Fahrt zur Sonne hin, als sei dies das Ziel, als gelte der Sonne die Sehnsuchtsgebärde des Knaben, folgte der Fährmann dem Wege des rotglühenden Bildes, und die Spitze des Nachens in überaus langsamer Drehung blieb stets dem Gestirn zugekehrt, war nachgezogen von diesem zu echter Drehung oder Scheindrehung, zu echter Bewegung oder Scheinbewegung, das eine vom andern nun erst recht ununterscheidbar, da im Verlauf des nächtlich-unnächtlichen Geschehens sich der Nachen ganz außerordentlich verlängert hatte und unzweifelhaft sich fortwährend weiter verlängerte, merklich an der wachsenden Entfernung zu dem Knaben am Bug dort, spürbar an dem Wegsinken des Steuermannes hinten, Verlängerung des Schiffes vorwärts und rückwärts, ein Wachstum, das einen Teil der Fahrgeschwindigkeit für sich in Anspruch nahm und in sich aufnahm, Geschwindigkeit in Wachstum verwandelnd, in ein so unwiderstehlich alles umfassendes Wachstum, daß es, dauerte es nur an, zuletzt auch die Fahrt und sogar die Nacht selber zu vollkommenem Stillstand bringen, ja das kreisend Veränderliche ringsum zum Unveränderbaren wandeln mußte; unendlich war die Fahrt verlangsamt, und in nämlicher Ruhe war das Rund des Oben und Unten, spiegelnd im Glanz der Gestirne, um den gleitenden Stillstand herum gebreitet, der stille Sphärenblick, der in sich selbst sich spiegelt, das graue Auge des Gewässers und das dunklere Grau des Himmelsauges darüber, sie beide ineinandergeweitet, sie beide geweitet zur Helligkeitsnacht, geweitet zu dem Zwielicht, in dem es keine Dauer und kein Geschehen mehr gibt, keinen Namen, keinen Zufall, keine Erinnerung, kein Schicksal. Schon war das Liegen längst kein Liegen mehr, und es gab auch nicht mehr Stehen oder Sitzen, es gab nichts als ein körperfreies Schauen und Dahingetriebenwerden, zwar noch immer an die Mitte des Nachens gebunden, aber diesem schon so sehr entbunden und entlöst, daß es wie Abstreifen letzter Fesseln schien, wie endliche Erfüllung einer längst vergessenen, längst nicht mehr erinnerbaren Ahnung, wie hauchende Erinnerungsrückkehr eines freien Schwebens, das er ahnte; immer stärker wurde da der Wunsch daran teilzuhaben, die schwebende Ahnung zu verwirklichen, selber in sie hineinzuschweben, in das Unerinnerte, das zugleich das geahnt Künftige ist, hinzuschweben zu dem Lichtschein des Ringes, frei hinzuschweben zu dem Lysanias, der allein noch Namen, Schicksal und Erinnerung trug, ach, hinschweben zu dürfen zu dem Strahlenumflossenen, der vielleicht noch ein Bauernjunge, vielleicht aber auch schon, von septemberkühlen Schwingen umbreitet und ätherhaft von ihnen bewegt, ein Engel war, ach, hinschweben zu dürfen, um diese Schwingen zu berühren und noch einmal das wiedervertraute Antlitz zu erforschen, des Antlitzes enthüllte Tiefe im freundguten Scheine des Sternenringes, Tiefe um Tiefe erfühlend, ach, immer stärker wurde der Wunsch, wurde die Sehnsucht nach dem Sehnsuchtweisenden, wurde die Sehnsucht nach dem milden Brausen einstigen Strömens, nach dem weichgrauen Rieseln, in dem das Einst geweilt hatte –, schmerz-schmerzlicher Wunsch, der alle Angst vor dem Abschied enthält und das letzte Gesicht behalten will, schmerz-schmerzliche Sehnsucht, die sich des letzten Wissens erwehrt, bebend in Abschiedsangst, denn sosehr die Seele in Zukunftsahnung nach ihrem letztbefreiten Schweben dürstet, es fällt ihr schwer, den Zwischenzustand der Fahrt zu verlassen und in die zweite Unendlichkeit einzugehen, schwer lastet auf ihr das Verbot, sich nach der vertraut-gebundenen Unendlichkeit des Einst umzuwenden, schwerer noch der Befehl, zugunsten der künftigen Eindeutigkeit endgültig auf das vieldeutig Gewesene zu verzichten: mochte der Knabe noch so eindeutig und so sehnsüchtig nach dem Kommenden weisen, vieldeutig blieb es trotzdem, vieldeutig das Leuchten um ihn in Spiegelung und Widerspiegelung, rotglühend das Sonnenbild, flimmernd die Gestirne, goldmatt die Mondscheibe, richtungslos die Strahlung des Ringes, so daß das Gewesene und das Zukünftige sich zu einem einzigen Schimmern verwob, das Leuchten der dunkelschimmernden Meere und Himmel vielfältig und vieldeutig versponnen mit dem des weisenden Genienbildes, und mochte dieses in sich selbst auch beständig bleiben, beständig in seiner zukunftweisenden Geste, es war von schimmernder Unbeständigkeit erfüllt, es war von der ganzen Viefalt und Vieldeutigkeit des Gewesenen durchschimmert, es war unbeständig durch unaufhörlich wechselnde Gestalt, wechselnd in seinen Zügen, die einmal die des Cebes, ein andermal die des Alexis zeigten, mitunter auch, erinnerungsflüchtiger noch als die der anderen, sogar das Bild des Äneas, sie alle zwar namenlos und immer wieder überdeckt vom selbsteigenen Lysanias-Antlitz, aber ebendarum auch Verlockung, das Einst im Zukünftigen zu suchen, ebendarum Verführung zur Rückwendung im Vorwärtsweisenden, dennoch schon nicht mehr Verführung, sondern ein neues Wissen, da der Knabe im Unberührbaren schwebte, sicherlich kein Verführer, kaum mehr ein Führer, nur noch ein Weisender, ein Vorwärtsweisender, dessen vorwärtsweisende Hand, soll sie nicht herabsinken, nie und nimmer berührt werden darf – der Abschied; wahrlich, solch enthülltes, solch wissendes Abschiednehmen ruhte auch in dem schwebenden, nach innen gewendeten Lächeln des Knaben, und das Abschiednehmen war ein gemeinsames Wissen, ein Wissen um die Aufhebung des Zwischenreiches, ein Wissen um die zweite Unendlichkeit, in der die Fahrt zum Stillstand gelangt, ein Wissen um den Fährmann da hinten, um den Lotsen am Heck, den schutzspendenden, beistandspendenden, ruhespendenden, der nunmehr der alleinige Führer werden sollte, der dienend letztendgültige Führer, weil er, ungeschwächt von der wachsenden Entfernung und über diese hinweg, allein die Kraft besitzt, die Seele mit behütender Hand zu umfangen, auf daß sie, eingeschmiegt in die Hand, in ihr liegend, in ihr lehnend, von ihr aufgerichtet, geschmiegt dem liebenden Befehl, furchtlos an dem Wissen teilzuhaben fähig werde, schwebend in der Spannung zwischen Sicherheit und Sehnsucht, schwebend zwischen den Unendlichkeiten, die wissensbereite, die wissensharrende Seele in erwartungslosem Warten. Die ahnend schwebende Sehnsucht begann sich zu erfüllen, wurde schwebende Erfüllung. Schwebend wie der Knabe am Bug da vorne strebte das Wissen, strebte die Fahrt zur Ruhe in gemeinsamem Schweben, und je länger es andauerte, je länger das Wachstum der Nacht und des nächtlichen Nachens währte, unabschätzbar die Dauer, unabschätzbar jegliches Maß, schattendurchtränkt, schattengesättigt die Nachthelligkeit, desto flüchtiger wurde die entschwebende Knabengestalt, flüchtiger und flüchtiger, nackter und nackter wurde sie, eingeschmiegt in die Sternhelligkeit, eingeschmiegt ins Schattenhafte, entkleidet des Gewandes und mehr als des Gewandes, entkleidet bis zur vollkommenen Durchsichtigkeit, so schwebten ineinanderverschmiegt die Nacht und der Knabe, oh durchsichtig. Noch nicht und doch schon –, war dies der Vorhof der Wirklichkeit? der Vorhof einer Heimat, über der alle Sonnen, alle Monde, alle Sterne kreisen, erfüllt vom Glanze? Dorthin wies der Knabe, aber es war das strahlend Richtungslose, zu dem er hinwies, dorthin strebte der Nachen, aber es war fast Stillstand, da des Nachens Wachstum sich offenbar der Unendlichkeitsgrenze anzunähern begann; Wissen war es, Nachtwissen, noch nicht das des Tages, nur Wissen um künftiges Wissen, und eben damit doch schon wieder vollgültiges Wissen, war wissendes

Durchflutetwerden, größer und milder als jedes Äther- und Wasserströmen, wenngleich mit diesem zusammen in nämlicher Unveränderlichkeit vom nämlichen Himmel überdacht – Stille, unveränderlich und doch bereit in neue Stille auf höherer Ebene einzugehen, für neue Stille vorbereitet, Wissen, unveränderlich und doch bereit sich zu neuem Wissen zu ordnen, ja für dieses vorbereitet: gleichsam getragen von Stille und Wissen, gleichsam emporgehoben und seines Gewichtes befreit, war das Dahingleitende kaum mehr ein Nachen, war nur noch ein unendlich schwebendes Nachtgebilde, das die Gewässer kaum mehr berührte, sondern daran war sich im Unendlichen aufzulösen; und selber unendlich, selber vorbereitet zur Ruhe, schwebte es ins richtungslos Unerahnbare der wachsenden Unendlichkeit, schwebte es dem Nachtregenbogen zu, dem gleichfalls schwebenden, der als schwebendes Tor der ruhenden Zeit siebenfarbig von Osten nach Westen gespannt war, eintauchend ins Flüssige, ohne es zu berühren. Langsam wie die bis zum Stillstand verlangsamte Fahrt, langsam wie das zaudernde Sonnengestirn, das seinen Lauf zum Punkte des Wiederaufgangs mit jeder Annäherungsspanne mehr und mehr und bis zum Stillstand verzögerte, ganz langsam, geradezu unmerklich löste der Nachen sich auf, unsichtbar werdend, unsichtbar geworden, und vorne dort, wo vordem die Barkenspitze gewesen, dort weit vorn in verdämmernder Entfernung, dort hatte sich des Lysanias Gestalt abgelöst und flog dem Nachen voraus, strahlend flog sie auf im Nächtlichen, flog auf als Führergebärde, als weisende Hand, als strahlende Weisung; da war es als wollte die Nacht vor ihrem Vergehensschicksal noch einmal sich zu voller diesseitiger Pracht entfalten, da hatte der Sterne Glänzen sich noch mehr verstärkt, und wie zu letzter Begrüßung und Begleitung waren sie gehäufter noch als je vorher versammelt, hatten sie sich zu letztirdischer Schönheit versammelt, milchstraßendurchzogen, im vollen Rund sie alle gleichzeitig sichtbar, obwohl der Blick sich nicht umwenden durfte, sie alle gewußt, unsäglich gewußt, Sternenantlitz um Sternenantlitz, Namen um Namen, wenn auch mit ihren Namen längst in den Raum des Vergessens eingetreten, Schönheit, wenn auch schon längst über jede Schönheit erhaben, ein zweiter Erinnerungsraum der Gestirne innerhalb des ersten, kreisend um den kalten, vom Zeichen des Drachens bewachten Himmelspol, so vollzählig, so zeichenreich, daß selbst die bereits Verschwundenen spiegelhaft nochmals aus den Fluten auftauchten; nördlich behauptete sich des Skorpionen gekrümmter Flimmerleib, verfolgt von dem zielenden Schützen, aber im Osten langhingestreckt richtete die Schlange ihr funkelndes Haupt auf, und tief im Westen, abschiedsgewärtiger als alle die anderen, ruhte das pegasische Roß quellschlagenden Hufes, ruhte dort am Rande der Kuppel, am Rande der blinkenden Vielfalt; durchsichtig bis in die letzte Tiefe der Kuppel war die Vielfalt nur mehr kristallene Grundwesenheit, und seltsam bekannt, seltsam unbekannt, war sie, gleich allem was sie enthielt, in innerster Wesenssicht gesehen, nahfern, fernnahe, hatte sie gleichfalls ins wissende Warten gefunden – vervielfältigt das Warten in der Gestirnvielfalt ihrer Wölbungen, zuinnerst gesehen das All, unverlierbar sein erkanntes Erkennen, das unberührbare, unerschaubare, unerrufbare, unerlauschbare Sternenantlitz – aber in der durchsichtigen Strahlung der Himmelstiefe ward die hinfliegende, nacktdurchsichtige Knabengestalt, sie, die Gestalt des Lysanias, die dennoch wundersam sich veränderte, sie, die vorwärtsstrebte und dennoch blieb, sie, ein Genienbild, ein Sternenbild, ein Sinnbild, sie ward desgleichen Grundwesenheit, ward selber Eigenschaft des funkelnden Alls, in dessen geöffnetes Gewölbe sie flog, aufgenommen von dem siebenfarbigen Regenbogentor und durch dieses hindurchfliegend. Und während dies geschah, ja ehe es noch geschah, da flammte die Schlange rot auf, da flammte der ganze Osten des Horizontes auf, da verging das Siebenfarbene im Rotglühenden, entfärbte sich zu einem rasch vergehenden Elfenbeinstreif, denn da hatte der Sonnenball sich von seiner ruhenden Bahn losgelöst, hatte sich sachte emporgehoben, sachte bis zur Unmerklichkeit, und doch, wie mit einem Abtun jeglichen Gewichtes, wie in einem gewichtbefreiten Emporschweben, emporgezogen von der unendlichen Sternkuppeldrehung, emporgetragen von der Führergebärde der hinfliegenden Geniengestalt, emporgehoben von dem Gesamtgeschehen, in dem eines vom andern bedingt ist, Bewegung von Gegenbewegung, Stillstand von Gegenstillstand, aneinandergebunden, miteinanderverwoben, ineinanderverspiegelt vom Eigenschaftsgrund aller Wesenheit her; das war Veränderung und Ruhe zugleich, war in seiner steten Ruhe so veränderlich, in seiner steten Veränderung so ruhend, in beiden aber so sehr schwingend, so sehr ruhend veränderliches Ausschwingen, daß es des stummen Sphärengesanges Einheit wurde, tönend als milder Beckenschlag aus dem Aufsteigen des Tagesgestirns, tönend als elfenbeinerner Leierklang aus der Gebärde des der Flammenscheibe entgegenfliegenden Genienbildes, und die Sternschwärme wurden mitgezogen von dem stummen Tönen, hingezogen zum wissenden Aufgang im schauend-lauschenden All. Keiner der Sterne verschwand, trotz der zunehmenden Helligkeit des aufsteigenden Morgens, von der ihre eigene Helligkeit überholt worden war, sie blieben vollzählig, Sternkristall in ihrem Gewölbe, bleibendes Sternenantlitz unsäglich klarsten Ausdrucks, und das Genienbild, hinfliegend durch das kristallene Sein, hinfliegend zur Sonne, hatte sich endgültig losgelöst, endgültig abgetrennt von dem verflüchtigt schwebenden Gebilde, das einstens Nachen gewesen war; und eingehüllt in den Strahlenmantel seines Glanzes, aufhellend zu einer letzten Veränderung, zu einer letzten Beglückung, bezwingend in solch zunehmendem Glanze und bezwingender und bezwingender werdend, lieblicher und lieblicher werdend, nämlichen Gesichtes, jedoch neuen Namens, wurde das namenlos entrückte Knabenantlitz zu dem der Plotia Hieria, einswerdend der Knabe mit ihr, einswerdend sie mit dem Knaben, einsgeworden in der verschimmernd schwebenden Weisegeste, die sie von ihm übernommen hatte, den Ring an ihrem Finger, ostwärts. Sie, die neue Führerin, zu erwarten, war die Schlange, funkelnd Glied für Glied, um ein weiteres Stück das rotglühende Firmament hinaufgeglitten, sonnendurchflammt und den Osten beherrschend, während westlich, weichend dem Tage, das Flügelroß verblassend versank, mit ihm der Fährmann, den es davontrug, da sein strenger Dienst getan war, gesprengt die Kette; er wich der Sonne, zu der er die Fahrt gelenkt hatte. Oh letzte Wandlung! Die Geniengestalt, ursprünglich hergesandt aus der ersten Unendlichkeit als tröstende Erinnerung, nun in der zweiten gewandelt zur weisenden Hoffnung –, hatte nicht jetzt auch sie endgültig zu entschwinden, da der Tag angebrochen war? hatte nicht auch sie ins Ungewußte heimzukehren, ins höhere Wissen auf höherer Ebene und diesem zuliebe? Sie flog voraus, elfenbeinschimmernd, hinüberschimmernd ihr Leib ins Körperlose, sternwehend ihr Haar, eine kühlzarte Flamme; die Entfernung zu ihr wuchs noch weiter an, die weisende Ringhand rührte schon an das Unerreichbare, rührte schon an die Himmelskuppel, indes, es wurde nicht Entschwinden, es wurde Bleiben, es wurde ein gebanntes Verweilen, eingesponnen in das zum Tag gewandelte Licht, als sei diese Gestaltverwandlung und jene erste, die der vorausschwebende Knabe erfahren hatte, ein und dasselbe, eines das andere bedingend, eines aus dem andern geboren, eines aus dem andern erblüht: erblüht war der Tag, er war, und er blühte weiter zu holder Gebanntheit, ruhend in seinem eigenen Licht, verwandelt in sich selbst, seitdem die Feuer des Aufgangs, denen er entstiegen, weggewischt worden waren, und mit ihm wurde das Sichtbare zu holdverwandeltem Bleiben gebannt; verwandelt war das sanftgoldene Licht, war gebannt in Himmelsbläue und trug mit seinem Glanz das kristallene Tagesgewölbe, den lieblich holden Kristall der Unendlichkeit, löste das Sternenantlitz zu etwas zart Unleuchtendem, so daß die Gestirnvielfalt, überschimmert vom hellen Blau, in dem sie hing, kein Licht mehr abgab, und es hatte – silberopalen die Sterne, silbermilchig des Mondes leise Scheibe, elfenbeinhauchig der wie eine Erinnerung an nächtlichen Glanz über den Himmel hinausgespannte Reif – es hatte sich nun auch die Strahlung, die von dem Reif an Plotias Hand ausging, ins Unleuchtende aufgelöst, hatte sich verschimmert zu noch zarterem Elfenbeinhauch, dessen Flüchtigkeit die Dahinschwebende einhüllte, hauchartig ihre Lieblichkeit verblaßte und sie doch, Hauch in Hauch verströmt, zu durchsichtigster Endgültigkeit erhöhte, ein Opalschimmern in der perlmutternen Bläue.

War die Fahrt zu Ende? war es schon so weit? kein Fahrzeug war mehr vonnöten; er schwebte, er schritt hin über die Fluten, und ringsum war die Stille des Morgens in jahrzeitlosem Frühling, ringsum war der Hauch der Ruhe und des Ruhetages, emporgeatmet von dem flüssigen Spiegel hinauf zum Himmel, zugeatmet vom Himmel herab zu den vergoldeten Wassern, ineinanderveratmet das Oben und Unten, Sonnenruhe und Sternruhe und Meeresruhe in einem, in einem einzigen Atem nichtendender Lenzlichkeit, und in ihr wurde es zur Landschaft, zur Frühlingslandschaft, als unter der blauen Sonnenkuppel, von ihr emporgezogen, von ihr bewirkt und doch auch sie bewirkend, sie mittragend, das Gestade aus den Fluten tauchte, aus den Fluten wuchs und sich aufbaute, gleichnisbefreiteste, sinnbildloseste Wirklichkeit, erwartungslos erwartet, das wahrhafte Ende der Fahrt. Da war es ein Hinwehen, ward ein noch leichteres Zuschweben, mühelos verwandelt zu einem Hingewehtwerden. Dort, morgenlichtumflossen, stand Plotia, herabgesenkt von ihrem vorauseilenden Schweben, dort stand sie, die Vorausgeeilte, um ihn, den Nachschwebenden, zu erwarten, und zu ihren Häupten blinkte, ihr zugehörig, dem Himmel zugehörig, ein Stern in opalener Milde, schimmerte der Stern, morgenlichtumflossen. Wäre dieser Sternenglanz nicht gewesen, und hätte nicht der milde Glanz dieses einen Sterns sich über die ganze Kuppel hin vervielfältigt als ein bei aller Milde eindringliches Beharren, das verwunderlich-selbstverständlich sich in der wiedererwachten und immer stärker werdenden goldenen Helle behauptete, wahrlich, es hätte fast ein irdischer Frühlingsmorgen sein können, still wiedererwachtes Leben in heiterer Klarheit; irdisch fast war Plotias Gestalt, kein Strahlenmantel umfloß sie mehr, ringlos auch war ihre Hand und strahlungslos: aber sie hatte ihre Weisegeste beibehalten, und sie zeigte himmelwärts, als hätte sie in dem Stern, von dem sie überschimmert wurde, den Ring zurückgelassen, als hätte sich des Ringes Leuchten in das des Sternes zurückgezogen, verwandelt und vereinigt mit dem Sternenblick zu sanft ewigwährender Wachheit.

Bäume umrahmten die Uferstelle, ihre schattengesprenkelten

Laubgassen, landeinwärts leise ansteigend, luden ein, sich ihnen zu nähern, und das Wasser, still zwar in seinem ewigen Spiegel, bespülte den Strand mit hurtig-leisem, weißbesäumtem Auslauf, ein kleines Schäumen zurücklassend, das wie Hörbarkeit im schweigend Unvernehmlichen war, freundlich in dem murmelnden Anfluten, freundlich in dem rieselnden Abebben. Das flüssige Element lag hinter ihm, das feste vor ihm, grenzenlos beides, aber auch grenzenlos ineinander übergehend, Landung und noch nicht Ende der Fahrt, denn es gab kein Vorher, kaum ein Nachher, und obwohl er festen Boden unter den Füßen spürte, war es weder Stehen noch Gehen, sondern weit eher ein Zwischenzustand der Bewegung, ein Bleiben im Hingewehtwerden, festgehalten im Grenzzustand ohne Grenze, festgehalten im grenzenlosen Mittelpunkt des Seins, der alles an sich heranzieht und alles festhält zur Einheit des Innen und Außen, Schweigen der Mitte –, war es die Mitte des Seins, die damit erreicht worden war? Hoch ragte hier ein Baum, ulmengleich, eschengleich, dennoch unbekannt goldfrüchtig, und wie nun der Stern durch das lichte Gezweige schimmerte, einverschimmert in sein Strahlen der von oben zurückgesandte Blick Plotias, ihr Blick-Echo, ihr Willkomm und ihr Gruß, da ward die schweigende Verständigung zwischen Oben und Unten zum erinnerungsfreien Wiedererkennen, eindringlicher als jeder Gruß, ward zum fließenden Einverständnis zwischen Ruhe und Bewegung, ununterscheidbar im Innen wie im Außen, ununterscheidbar, wo das Geschehen anhob, ununterscheidbar, ob die Wälder herangetragen wurden, oder ob er zu ihnen hingeweht war, ununterscheidbar verfließend die Grenze zwischen Bleiben und Vorwärtsstreben: gelandet war er, doch auch des Landens war kein Ende, und von diesem nahezu unverrücklichen Dahingleiten über einen Boden, der zu leicht für jeden Fuß schien, trotzdem zu schwer für die Leichtigkeit Plotias, von diesem Hineingleiten ins Entgegengleitende wurde nicht nur er, wurde auch Plotia mitgenommen, sie beide gezwungen, sie beide freiwillig, einverständlich Plotias behutsam zögerndes Schreiten mit seinem Schritt; sie war nackt in lieblich selbstverständlicher Nacktheit, eingehüllt in Selbstverständlichkeit, nackt wie der Knabengenius, aus dem sie geworden, und die Holdheit ihrer blößenlosen Blöße empfing den stummen Sphärengesang, um von diesem empfangen zu werden, aufgenommen von seinem ätherischen Klingen, aufgenommen von seinem Weiterklingen, stumm und für ewig. Nacktheit? Auch er war nackt; er bemerkte es ohne eigentlich es zu bemerken, so wenig schämte er sich dieser Nacktheit, und ebensowenig war die der Plotia bemerkbar: unbeschadet ihres Liebreizes vermochte er sie kaum mehr als Frau zu sehen, wohl aber erschaute er sie von innen her, erschaute sie von ihrem innersten Eigenschaftsgrund her, und er erschaute sie kaum mehr als Leib, wohl aber als durchsichtigste Wesenheit, nicht mehr als Frau, nicht mehr als Jungfrau, wohl aber als das Lächeln, das alles Menschliche belebt, als das zum Lächeln geöffnete Menschenantlitz, das schambefreit und über sich selbst hinausgehoben ist ins Leidvolle unerfüllbarer Vorbereitung, hinausgehoben zu entrückt-entrückender Liebe; seltsam rührend, seltsam winterlich war dieses lächelnd liebende Hinaufweisen zu dem dort im jungfräulich kühlen Licht schwebenden Stern, seltsam kühl, ja beinahe kindlich vor jungfräulich geschlechtsbefreiter Klarheit war diese ins Überklare der fernsten Sphäre hinaufgesandte Sehnsucht. Und doch war das sehnsüchtige Hinaufweisen zugleich auch schon Erfüllung. Denn die durchsichtige Dämmerschicht, die zwischen dem Oben und Unten gespannt ist und, undurchdringlich für alles Irdische, dem Lied der irdischen Sehnsucht das Eindringen in die unendlichen Sphären verwehrt, so daß es an solcher Undurchdringlichkeit zum Echo wird, zum Echo der Seele, zum freilich unvollkommenen Außen-Echo des stummen Innen-Gesichtes und noch unvollkommeneren des ersehnten Sphärengesanges, diese trennende Echowand löst sich auf und verschwindet, wenn das Wunder des Unirdischen sich vollzieht, wenn Außen und Innen ineinander übergehen, Ich und All miteinander vereinend, und so wie es dann keines irdischen Liedes, keines der Sehnsucht, keines der Liebe, und vielleicht nicht einmal mehr eines Hinaufweisens bedarf, weil die Sehnsucht erfüllt ist und der Sphärengesang innen und außen zugleich ertönt, so war hier Plotias innerste Wesenheit zur Eigenschaft des Alls geworden, zu jener all-einschließenden Gültigkeit, welche das Zufällige des Irdischen und des irdischen Entstehens aufhebt und trotzdem entrückt, aufhebend das Schamvolle des Zufalls und der Zufallsgestalt, enthüllend das Zufallsbefreite, das Schambefreite, die furchtbare Würde entrückt-erster Unschuld. Die Unschuld letzter Gleichzeitigkeit war es, durch die sie hindurchschritten, hindurchschwebten, die Unschuld letzter Wesenhaftigkeit, welche das gleichzeitig Bleibende in aller Gestaltverwandlung ist, die Wahrheit in aller Wesensverwandlung, in aller Irrtumsverwandlung, sie schritten durch die Unschuld, welche nicht mißt und noch nicht messen gelernt hat, die holdfurchtbare Unschuld, hold und furchtbar in ihrer Maßlosigkeit, hold und furchtbar in der Ruhe ihrer Gleichzeitigkeit –, und hold und furchtbar vor Wahrheit, so war die heitere Stille des Morgens, unmeßbares Echo des Sternenantlitzes, des Menschenantlitzes, des Tierantlitzes, des Pflanzenantlitzes, maßlos. Hier, in dem maßlos-unermeßbaren Garten, in seine liebliche Furchtbarkeit, in seine furchtbare Lieblichkeit drangen sie ein, begnadet mit unschuldiger Nacktheit, losgesprochen von der nackten Schuld; Wald dehnte sich schattig, und die Blumen wuchsen über Baumhöhe auf, und zwischen den Blumen, ohne sie zu überragen, standen zwergige Baumgewächse, und welcher Art die Gewächse, ob Eiche oder Buche, ob Mohn oder Zimt oder Narzisse, Levkoje oder Lilie, ob Gras oder Gesträuch, keines gab es, das nicht jegliche Größe angenommen hätte, und in ruhender Gleichzeitigkeit fügte sich Unmeßbares an Unmeßbares, ragte turmhoch der Grashalm, steif und efeuumrankt, neben dem zu Gebüsch entfalteten, quelldurchzogenen Moose, seiende Wesenheit ein jedes von ihnen und doch ineinanderwesend vor verschattet heiterer Ruhe überall. Denn in all dem ruhenden Grün, das mit kühlsteinern rieselndem Hauch die Dahinwandelnden umgab, hing die Dunkelheit seines innersten Wurzelbodens, die Dunkelheit des Wurzelabgrundes, der das Pflanzliche heraufgeschickt hatte und es bis zur äußersten Faser durchtränkte, der Widerschein des letzten Antlitzes, in dem sich Sternenantlitz, Menschenantlitz, Tierantlitz, Pflanzenantlitz nochmals spiegeln, nochmals und nun vom Irdischen her, gebunden zur letzten Einheit ihres irdischen Lebens, Widerschein des tiefsten Erdenantlitzes und seiner mutterverschatteten Ruhe. Da wurde das Dahinwandeln, das Dahinschreiten, das Dahinschweben zur Ruhe, da wurde es zu einem Dahinruhen, aufgenommen in lorbeerumdufteter Hoffnung, in dem zu ruhendem Lächeln geöffneten All. Ringsum desgleichen ruhten die Tiere, ruhten irdisch, ruhten pflanzlich, maßlos ihr Ruhen, maßlos ihr Anblick, unmeßbar ihre Gestalt im großen wie im kleinen, durchdrungen von Dunkelheit, oftmals schlafend. Und wenn sie wachten, folgten ihre Augen den Vorüberwandelnden: es staunten die großen Augen des Rindes, das sich ohne Scheu neben den Löwen gelagert hatte, und des Löwen Auge, schläfrig gebieterisch, wachte ohne Drohung, Riesenlurchiges lugte langhalsig mit gelbem Drachenauge aus dem Gewölbe der Buchen, Krötiges in Wolfsgestalt blinzelte zwischen Wasserrosen und Bärenklau, verwundert wippte scharfspähig ein adlerköpfiger Zwergvogel auf blühend weißem Liguster, und starr wandte das Insekt den gepanzerten Leib auf ellenlangem Röhrengefüße zu lidlosem Nachblicken; ja manche der Tiere machten sich auf, die Wandelnden zu begleiten. Nur die Schlange glitt davon, grünschillernd ihre langgestreckten Windungen, davongleitend ins goldstrahlende Grün der Gräser und des Blattwerks. Am wilden Dornbusch hingen rötliche Trauben, aus härtester Eichenborke sickerte wie Harz tauig der Honig: graugrüne Quitten, Kastanien, wachsgelbe Pflaumen und goldige Äpfel durchhingen die Wälder, doch es tat nicht not die Früchte zu berühren um gesättigt zu werden, nicht nötig war es sich über die Wasser zu beugen um Labung zu erhalten, Labung und Sättigung kamen unsichtbar herangeschwebt, ein Lächeln, hergesandt aus schambefreiter Unschuld, hergesandt aus dem großen Lächeln des Gartens, aus seiner unmeßbar maßlosen Tiefe, namenlos, sprachlos, antlitzlos hergesandt, das antlitzlose Lächeln, ruhend in sich selber. Blumenduft wölbte sich über die Flüsse, spannte sich von Hain zu Hain, sonnenregendurchtränkt, und wohin sie auch wandelten, die Flüsse entlang oder durch die blondwehenden Felder oder über die unsichtbaren Brücken, wohin sie auch kamen, es glänzte zu ihren Häupten ruhevoll der Stern des Morgens, der Herold der östlich segnenden Sonne, der milde Lichtbringer, der bar eigenen Leuchtens unendliches Licht ahnen läßt, perlmuttern zarter Widerschein des Siebenfarbenen, sein letztes Echo im Allgewölbe. Frühlingshaft maßlos, frühlingshaft friedvoll baute Gebirge sich auf, eine lächelnde Härte, und im nacktlächelnden Ruhen der Felsen strebten himmelwärts die kaum mehr mit Grün besteckten, grauweißen Schluchtwände, das harte Knochengerüst der Schöpfung; aber hoch über der steinernen Kahlheit grünten hellgolden die Matten der Gipfel, überspannt von der opalen bestirnten, durchsichtigen Bläue, und es kreisten dort Adler, Geier und Falke, ruhenden Fluges, ohne daß sie herabstießen nach den weidenden Lämmern, nach dem gesprenkelten Böcklein, das an der Waldgrenze unten, wo die schwarz überschatteten Hänge zum Wiesental werden, ruhig am Laube äst; und hier wo die Bäche fließen, rieselnd zwischen den duftenden Weiden, zwischen den schilfbebend begrünten Ufern, hier, wo die spiegelnden Teiche das Gestirn des Himmels in sich eingefangen halten, da ruhte, stillstehend im weichen Geflute, rundäugig das Fischvolk, tief auf dem untersten Grunde der Klarheit spielten die Schatten der Leiber, und doch, die Reiher, die hoch in den Lüften darüber hinstrichen, auch sie stießen nicht zu. Sonne war und Schatten, aber nicht nur Sonne, nicht nur Schatten, denn mehr als Himmel war der opalen verschattete Helligkeitskreis der Kuppel oben, mehr als Erde war das sternübersäte Schattendunkel des Gartengefildes unten, und bei aller Unermeßlichkeit des Oben und Unten, unermeßlich die Kuppel, unermeßlich der Garten, sie waren beide nicht unbegrenzt, sie waren beide eingeschlossen in die wahre, in die zweite Unendlichkeit, in die Unendlichkeit des wahren Lichtes und der wahrhaft schiedkräftigen Unterscheidung, welche die Gestalt nicht mehr aus Licht und Schatten, sondern einzig aus ihrer innersten Wesenheit herausformt und erkennbar macht, so daß auch hier Dunkelheit und Licht ineinanderflossen, und oben wie unten nichts sich finden ließ, das nicht Stern und Schatten zugleich gewesen wäre; selbst der Geist des Menschen, sterngeworden, warf keinen Sprachschatten mehr. Ruhend war der Geist. Und Stern wie Schatten waren sie, die hier wandelten; ihre Seelen gingen Hand in Hand, sprachbefreit; in sprachbefreit keuscher Ruhe wurde ihnen Verständigung, und die Tiere, welche ihnen folgten, nahmen daran teil. Ruhend wanderten sie, und dann ruhten sie von ihrem Ruhen aus, Ruhen innerhalb der Ruhe, da es Abend wurde. Umlagert von den Tieren ruhten sie und schauten hinauf zu der westwärts sich drehenden Kuppel, schauten hinauf zu dem stillstehenden Stern, ahnend in ihm das Unsichtbare der zweiten Unendlichkeit hinter der Kuppel, schauten hinauf, bis der Sonnenball sich wieder an die Dämmerung herabgesenkt hatte, und ihr Schauen war wie ein Schauen von Schönheit – freilich bereits jenseits der Schönheit, denn bei aller Lieblichkeit, bei aller Leichte, bei aller Tiefe, bei allem Ebenmaß, es war das, was ihnen so mühelos zugestrahlt wurde, keineswegs der Schönheit Nicht-Wissen, nein, es war Wissen, entstrahlt den innersten und äußersten Grenzen alles Seins, nicht etwa nur als Sinnbild, nicht etwa nur als Sinnbild der Grenze, nein, es war des Seins Wesenheit selber, dessen sie so mühelos teilhaftig wurden, daß nichts mehr sich als fremd, daß alles sich als vertraut zeigte, jeder Punkt von Ferne durchtränkt, jede Ferne zur Nähe verwandelt, und da wie dort alles zu entrückter Unmittelbarkeit wurde, gemeinsam ihnen zuteil geworden, stiftend die innere Verständigung ihrer Seelen. Als aber die Dämmerung noch tiefer wurde, ruhend auch sie und in die Nacht hineinruhend, und als er, der Ruhende, ruhend unter dem Gestirn, dessen Opalschimmern nun wieder zu leuchten begann, bald nichts anderes mehr schaute denn dieses Sternleuchten, nicht die neben ihm ruhende Gefährtin, nicht die ihn umruhenden Tiere, da wurde die Gebanntheit an den Stern erst recht zur Innensicht der Ganzheit, sowohl der eigenen Ganzheit wie der des Geschehens ringsum, wurde erst recht Verbundenheit mit sich selbst sowohl wie mit Himmel, Stern, Schatten, Tier und Pflanze, wurde doppelte Verbundenheit mit Plotia in Erkennen und Selbsterkennen aus verdoppelter Innensicht: und da Seele, Tier und Pflanze sich ineinander spiegelten, Ganzheit in Ganzheit, Wesensgrund in Wesensgrund, und er selber in dem Dunkelheitsgrund der Plotia gespiegelt war, da erkannte er Kind und Mutter in ihr, erkannte er sich selbst geflüchtet in das Mutterlächeln, erkannte er den Vater und den ungeborenen Sohn, erkannte er den Lysanias in der Plotia, und der Lysanias war er selber, erkannte er den Sklaven in dem Lysanias, und der Sklave war er selber; er erkannte Ur-Enkel und Ur-Ahn im Zusammenschluß des Ringes, der von Plotias Hand zum Himmel hinaufgewandert war, emporziehend mit sich den Ursprung der Strahlung, und erkannte darin die All-Verschmolzenheit jenseits des Schicksals, die leuchtende Verschmolzenheit der Wesensschichten und Wesensglieder; er erkannte des Wesensgrundes Einheitssein, das sein eigenstes war und doch nicht nur sein eigenes, sondern auch das von Plotias Seele, oh so sehr das ihre, daß sie, obwohl aus anderen Wurzeln entsprossen, aus anderem Stamm entlöst, aus anderer Tierheit emporgestiegen, dennoch zu ihm hatte gelangen müssen, hindurchgegangen durch viele Spiegelflächen, durch Spiegel und Aberspiegel, gekommen als Spiegelbild seiner Seele, und abermals in ihr sich spiegelnd, das entfaltete Gleichgewicht aller Wesenheit. Von Spiegel und Aberspiegel durchschattet, in sich gespiegelt, schlief er ein. Indes, im Schlafe noch weitererkennend spürte er das unverlöschliche Andauern der Verschmolzenheit und das spiegelnde Eingleiten der Plotia in sein Selbst, in all die Bestandteile, welche dieses Selbst ausmachen, das Eingleiten ins Fühlbare und Unfühlbare, eingleitend Ganzheit in Ganzheit seines Lebens, in die knochige Felsigkeit des Gerippes, ins wurzelig Erdgebundene, ins Pflanzenhafte, ins Markholz, ins Tierhafte seines Fleisches und seiner Haut, er spürte der Plotia Teilwerden an seinem Selbst, an seiner innerst sehenden Seele, und er fühlte in sich ihren Blick ruhen, sehend wie der seine in ihr, von innen her. Ahnenkette war sein Schlaf und ebenso Enkelkette; die Wesenheitsreihe, die er durchlaufen, und die, deren Samen er in sich trug, hatte sich zu seinem Schlaf vereinigt, zu seinem schlafenden Selbst verkürzt, waren eingegangen in ihn, eingegangen mit Plotia, an der kein Name mehr haftete –, unräumliches Spiegelbild alles Werdens, errichtet im Innern des Schlafes, spiegelnd jedoch wieder zum Räumlichen auseinandergefaltet, dort, wo es Erwachen wurde. Es entfaltete sich zum hellen Tag, in den er hineinwachte, umstellt von den Bildern aller Wesenheiten, umspiegelt von Sonne, den Stern über sich, obschon die Entfaltung des Gleichgewichtes sich vereinfacht hatte, da die Plotia fehlte. Ohne Verlust war sie verschwunden, zurückgelassen im zweiten Erinnerungsraum, unendlich vergessen, unendlich unvergessen; nichts hatte sich verändert, weil nichts verlorengegangen war, nichts verlorengehen konnte, und ohne ihn zu verändern war die Plotia Teil seiner selbst geworden, ohne geblieben zu sein, blieb sie. Das stumme Sphärenlied klang weiter. Nur das Lächeln war aus dem Garten, den er nun allein zu durchwandern hatte, genommen worden, nur das Lächeln war verschwunden, denn nur die Ruhe lächelt, sonst nichts. Und es war wohl Unruhe oder zumindest ein Mangel an Ruhe, was ihn immer weiter schweifen ließ. Oder lag diese Unrast etwa an den Tieren? hatte er sie von den Tieren übernommen? zahlreicher und zahlreicher gesellten sie sich ihm zu, ihn auf seinem Wege zu begleiten, von allen Seiten kamen sie heran, unhörbar der Schritt ihrer Pfoten, ihrer Hufe, ihrer Sohlen, ihrer Tatzen, ein unhörbares Getrappel, nichtsdestoweniger Gleichtritt, oder richtiger, eine zu geisterhaft unruhigem Gleichschritt gebundene, schwebend gemeinsame Wachheit, die sich mit der seinen verband und auch sein Gehen in den unhörbaren tierhaften Gleichschritt hineinzwang; je länger es währte, desto tierhafter wurde sein Gehen, desto stärker überkam ihn tierhafte Verwandlung, desto zwingender stieg sie von unten, vom Boden aus, von den gehenden Füßen herauf, stieg in seinen schreitenden Körper empor, und mehr und mehr erfüllte ihn das Tierhafte und vereinfachte ihn zu dem aufgestellten Tier, als das er sich fühlte –, Tier von unten bis oben, Tier von oben bis unten, als klaffender Rachen, mochte er auch nicht zuschnappen, als Krallenträger, mochte er auch kein Wild reißen, als Gefiedertes und Hakenschnäbliges, mochte er auch nicht zustoßen, und das Tier in sich tragend, das Tier von innen sehend, hörte er der Tiere stumme Sprache, hörte er mit ihnen, hörte er in ihrem Sprechen, hörte er in sich das stumme Weiterklingen des Sphärenliedes, getragen vom Echo tiefster Erddunkelheit, eine Verständigung mit dem Vorkreatürlichen, mit dem Vorerschaffenen, das unruhig auf dem Dunkelheitsgrund aller Tierheit schlummert und ihre stumme Sprache durchwebt: war es vordem Eigenschaftserkennen gewesen, ein Erkennen wölfischer, füchsiger, katziger, papageiiger, pferdiger, haiiger Wesenheiten, so eröffnete sich jetzt hiezu das tierisch Eigenschaftslose in noch ungeborener und erst werdender, noch ungeformter Eigenschaft, und von innen gesehen gab sich in gähnender Kluft der Boden des Untertierischen, Hintertierischen dem Erkennen preis, erkannt als die innerste Wurzelstätte jeglicher kreatürlichen Wesenheit; was da ringsum mit zu schwerer oder mit zu leichter Zunge wortlos nach Sprache strebte, bleckend vor Unerschaffenheit, ringend um Schöpfung, das war die Mannigfaltigkeit unzähliger Tiere, dennoch das Tier schlechthin, war ihre Vielheit zereinzelt wie Regentropfen, dennoch zur Ganzheit vereint, gleichwie die Tropfen in der Regenwolke es sind, fallende Feuchte und wiederaufsteigend zur Gesamtheit aus dem Wurzelgeflecht, und dieser Tierganzheit in ihrer unsichtbaren Durchsichtigkeit galt sein wissendes Erkennen, ihr wußte er sich mit der Tierhaftigkeit seines durchsichtig schreitenden Leibes eingeordnet. Durchsichtig war das Licht, durchsichtiger noch das erkennende Leuchten hinter der Himmelskuppel, das Leucht-Erkennen, das der stillstehende Stern da oben bedeutete und herabschickte zu durchsichtig schwebender Wachheit, so daß sogar die Tiere davon ergriffen schienen. Den ganzen Tag hielt das ziellos rastlose Umherstreifen in dem unermeßlichen Gefilde an, und mit sinkender Sonne steigerte sich noch die Unruhe; in all seiner Ausdehnung, hin über Berge und Täler bis ins Grenzenlose, begann der Garten sich mit beunruhigter Unruhe zu erfüllen, und als der Sonnenball sich senkte und rotglühend auf den tiefen Horizont sich legte, wurde der Nachteinbruch zu maßlosem Geschehen: plötzlich zielgerichtet, plötzlich einheitlich, ja allumfassend wurde das Wandern der Tiere, von allen Hängen, aus allen Wäldern, aus allen Richtungen kamen sie, und sie wanderten die Flüsse entlang dem großen Gewässer zu, selbst die Fische zogen flußabwärts, ein Wandern ohne Angst, ohne Hast, wohl aber unter einem zwingenden Befehl, denn unmittelbar hinter dem Zuge der Tiere schlossen sich die Flußufer zusammen, ward die Erde vorgetrieben von den unwiderstehlich wachsenden Wurzeln der Pflanzen, schoß alles Pflanzliche zu unerahnbarer Höhe, verzweigte sich jegliches Gezweige zu undurchdringlichstem Gestrüpp, dampfend die Erde in der Masse des Ur-Gesprosses, in dem nur noch Molch und Lurch zu leben vermochten, und das Dickicht ward sogar für die Vögel zu dicht, so daß sie bloß noch in den obersten Wipfeln nisten konnten; kein Tier aus den vielen Herden ging bei dieser Wanderung verloren, keines starb, sie verschwanden nur, verschwanden in den nächtlichen Meeren, verschwanden in dem nächtlichen Äther, reihten sich in das Geschuppte ein und in das Gefiederte, das die Nacht- und Tagmeere, die Nacht- und Taglüfte bevölkert. Und er, der mitgewandert war, er, das aufrechtgestellte Tier, er, lidlos geworden, schlaflos geworden, fischäugig, fischherzig, er stand in den Strandsümpfen, großaufgerichtet stand er da, tangbedeckt, schuppig, lurchig, pflanzendurchwebt, pflanzenhaft, allein das Singen der Sphären erschwieg ihm nicht, er hörte es weiter, es sang weiter; denn er war ein Mensch geblieben, nichts war ihm verlorengegangen, unverloren bebte das große Wanderergefühl des Menschen weiter in ihm, und der Stern des Ostens glänzte ihm weiter zu Häupten. So erwartete er den Morgen, er, ein aufgerichtetes Untier, trotzdem ein Mensch, der den Morgen erwartet. Wiederum kam der Morgen, und Sonne lagerte über feuchten Nebeln; als dunstiger Brodem stiegen sie auf aus der unermeßlichen Fläche des Grüns, das wie ein schweratmendes einziges Pflanzenwesen, berghoch gewachsen, sich über den einstigen Garten hinerstreckte, während darüber das Wolkenlose, irisierend im grauen Frühlicht, zitternder Spiegel der Grünfläche unten, schweratmig wie diese, nach und nach sich mit den dichter werdenden Nebeln überzog, um zur Wolke verwandelt sich herabzusenken, und das Opal des Sternleuchtens verging in Grau. Er sah es, und er erwartete den Regen. Aber es regnete nicht, obwohl die Vögel sehr tief flogen, Wolken von Vogelgetier und anderem vogelartigen Geschwärm, das mit lautlosem Gekreische sein unbewegtes Haupt umschwirrte und oft auf seine Schultern sich niederließ. Die Füße umdrängt von Fischen, stapfte er durch das Brackwasser, stapfte er die Ufer entlang, etwas suchend, was er nicht anzugeben vermocht hätte, sicherlich nicht die Plotia, eher vielleicht die Stelle am Strand, an der sie ihn empfangen hatte, doch nichts war auffindbar, nichts war wiedererkennbar, kein Baum überragte die anderen in der gleichmäßigen Decke des Grüns, und mitten in seiner Wanderung, deren Dauer ohne Zeitmaß war, blieb er unweit dem Ufer wieder stehen, sei es, weil der Ort, an dem er sich befand, auf eine unerklärliche Weise ihn gefesselt hielt, sei es, weil ihn eine unerklärliche, beinahe pflanzliche Müdigkeit überkommen hatte, und wenn auch seine Arme wie Schwingen waren, mit denen er die Wipfel des Grüns hätte überfliegen können, er regte sich nicht. Es war wie Vorahnen kommender Regungslosigkeit. Unsägliches flog oben, Unsägliches schwamm unten, maßlos Drachenhaftes flog mit den Vögeln, schwamm mit den Fischen, maßlos vermehrt, maßlos von Gestalt, und es vermengte sich das Oben mit dem Unten, da immer neue Schwärme von Fischen fliegend aus den Wassern sich hoben, immer neue Schwärme von Vögeln ins Wasser tauchten, verwandelt die einen wie die anderen zu Drachengestalt, in stetem Wechsel begriffen, Schuppen und Gefieder vertauschend. Mehr und mehr verlor sich der Unterschied zwischen dem Fliegenden und dem Schwimmenden, eientschlüpft ihrer beider Wesenheit, und es war als drängten sie selber in das Ununterscheidbare ihrer Herdenhaftigkeit zurück, als wäre es ihr eigener Wunsch, zu unterscheidungsloser Einheit zu werden, gleichend der Einheit des Pflanzlichen, dessen grüne Riesendecke kein Einzelgewächs mehr duldete; mochten sie auch noch fliegen, mochten sie noch schwimmen oder aber schon pflanzenartig am Meeresboden sich anklammern, ein jedes noch immer in seiner einzelhaften Eigengestalt, ob befiedert, beschuppt, bepanzert oder behautet, ob befußt, bekrallt, beflosst oder beschnäbelt, in ihren Augen und Un-Augen saß echsengesichtig, lurchgesichtig der Schlangenblick, und dieses Schlangenhafte, zu dem sie solcherart hindrängten und in das sie einkehrten, war wie eine letzte ihnen allen eigentümliche Kreatürlichkeit, gleichsam ihre letztgemeinsame Eigenheit, pflanzlich-tierisch und urhaft, ja vorschöpferisch der letzte Eigenschaftsgrund, von dem aus die Wesen zum Leben erschaffen worden sind, und der allein das Verbleiben in Leben und Schöpfung ihnen verbürgt. Mehr und mehr ballte sich das fliegende und schwimmende Getier zu undurchdringlich dichten Haufen zusammen, mehr und mehr ward es von Ungetier durchsetzt, mehr und mehr verwandelte es sich in solches, mehr und mehr wurde es vom Unerschaffenen und Vorschöpferischen bedroht, mehr und mehr ward Himmel und See bis zu tiefster Durchsichtigkeitstiefe davon erfüllt, denn in wachsendem Maße wurde offenkundig, daß gerade hier alles zusammenströmte, daß gerade der Ort, an dem er stehengeblieben war, als ein machtvoller Mittelpunkt das kreatürliche Geschehen von allen Seiten her an sich zog. Und da ward auch der Brunnengrund der Gewässer sichtbar, ihr tiefster Wurzelabgrund, der Brunnen innerhalb der Brunnen, und dort, in des Brunnens tiefster Tiefe, lag regenbogenfarbig, dennoch eisig durchsichtig zum Zeitkreis geschlossen die Schlange selber, die Schlange geringelt um das Nichts der Mitte. Das Verwandelnde kraft eigener Unveränderlichkeit. Kraterartig vergrößerte sich der Brunnen, als sollte der Schlangenring allumfassend werden, und was in seine Nähe kam, erstarrte zur Regungslosigkeit, reglos jegliches Schwimmen, reglos jegliches Fliegen, reglos werdend vor dem grünstarrenden, vom Nichts ausgesandten, das Nichts aussendenden Schlangenblick. War es da überhaupt noch Getier? hatte es da in letzter Verwandlung nicht doch auch noch seine letzte Wesenheit zu verlieren, unentrinnlich dem Schlangenauge zu eigen geworden? starr desgleichen war der Himmel, starr die einförmig graue Wolkendecke, aus der kein Regen fallen wollte, und als gestaltloser stumpf-toter Lichtfleck beschrieb dahinter die

Sonne ihre starre Bahn. Und er, der Mensch, ein Mensch geblieben, bei all seiner Gemeinsamkeit mit dem Unerschaffenen, er, inmitten der Gemeinsamkeit des eientschlüpften Getieres mit der samenentsprossenen Pflanze und in beide eingefügt, durchsichtig Feder, Flosse, Blatt, Tang an ihm selber, in ihm selber, er war von dem erstarrten Geschehen eingeschlossen, regungslos auch er in seinem erwartungslosen Warten, stumpf vergehende Kreatur auch er, doch sein menschliches Auge hatte nichts an Schiedkraft eingebüßt, und er wußte um das Sternenantlitz hinter der Wolke. Nachtverdämmert erreichte der Sonnenfleck, ein graurotes Schimmern, nunmehr die untere Grenze des Tages, und die Sterne, zur Nachtstärke aufglimmend, vermochten mit ihrem Flimmerleuchten, zögernd erst, dann zunehmend klarer werdend, die Nebeldecke zu durchstoßen, wurden langsam wieder vollzählig und vollglänzend, freilich nicht nur oben, sondern auch unten, wurden hier zu einem zweiten Sternenhimmel, zu dem des Spiegelbildes, das ebensowohl in der schwarzen Gewässertiefe, wie in der schwarzfeuchten Decke des Pflanzlichen aufblinkte und sie zu einem einzigen schwarzen Spiegelschild, zu einer einzigen Kuppel machte, von Sternen besetzt; nichts schied mehr das Geflute des Pflanzlichen von dem der Gewässer, es waren die Meere über jedes Ufer hinaus ins Pflanzliche eingeströmt, das Pflanzliche aber in die Meere, und zwischen den oberen und unteren Sternen schwebte erstarrt das Getier des Luftigen und des Flüssigen. Sternecho war die untere Kuppel –, war also die obere nicht schon Pflanzenecho? Einheit oben wie unten, die eine wie die andere getragen vom verdoppelten Himmel, vom verdoppelten Meer, sie vereinigten sich zu einer einzigen, pflanzen- und sterndurchwachsenen Ganzheit, welteinschließend und so sehr in sich selber eingeschlossen, daß in ihrem Raum keinerlei Vereinzelung mehr bestehen konnte, daß keine mehr erlaubt war, daß eine jede sich auflöste: ob Adler oder Reiher oder Drachenvogel, ob Hai oder Wal oder Schwimmechse, sie waren nur noch Gesamtheit, waren nichts als eine einzige Decke des Tierhaften, eine einzige raumerfüllende Wesenheit, und sie wurde nun durchsichtiger und durchsichtiger, ein Tiernebel, der sich schließlich im Unsichtbaren und Unsichtbarsten verflüchtigte, aufgelöst im Sternhaften, aufgesaugt vom Pflanzenhaften; die Tier-Allheit war in die Nacht eingegangen, ausgelöscht war das Tieratmen der Welt, kein Herz schlug mehr, und es zerbarst die eisige Schlange, es zerbarst die Schlange der Zeit. Jählings, durch keine Zeit gehemmt, ging da die Nacht in vollen Tag über, jählings und den Zeiten enthoben, stand die Sonne auf Mittagshöhe, umgeben vom opalenen Sternengewimmel, in dem kein Stern fehlte, auch nicht der weißliche Mond, und desgleichen in vervielfältigter Helle glänzte stillstehend des Ostens Gestirn; so geschah es oben, während im untern Spiegel, nicht weniger jäh, ein letztes ungeheures Wachstum der Pflanzlichkeit anhob, wie ein Kampf gegen ihre wurzelig-stengelige Erdverfesselung, wie ein Versuch über sich selbst hinauszugelangen und das Pflanzliche zu sprengen, um im Über-Maßlosen eine geradezu tierhafte Vereinzelung und Beweglichkeit zu gewinnen, denn gewärmt von dem plötzlichen Licht und wohl auch getrieben von all dem Tierhaften, das es in sich aufgenommen hatte, untertierhaft hingegen vor willenloser Ungezügeltheit wucherte das Grün aus seinem endlos einsgewordenen Wurzelgeflecht empor, wucherte über sich selbst hinaus, urhaft der ur-wuchernde Seinshumus, dessen unaufhörlich wechselndes, unaufhörlich sich erneuerndes Gesproß und Getriebe, zwar noch gehalten von Schweifstengeln, gebändigt von Schlangenstengeln, aber längst nicht mehr Baum, längst nicht mehr Halm, längst nicht mehr Blume, aufschoß ins Unerreichbare, krampfig und glatt, ringelnd und steil in furchtbarer, in unerahnbarer Wildheit –, und er, der es mitansehen durfte, mitansehen konnte, mitansehen mußte, mitbewegt von der zur Pflanze eingegangenen Tierhaftigkeit, er nahm teil an dem Wachstum des Pflanzlichen, er ward selber das Pflanzliche, ward es innen und außen, erdsaftdurchpulst, wurzelig, bastig, röhrig, holzig, borkig, laubig, dennoch im Menschenhaften verbleibend, unabänderlich das menschliche Auge: mag auch Eigenschaft um Eigenschaft verlorengehen, mag auch Wesenheit um Wesenheit überholt und von der Schöpfung preisgegeben werden, menschlich bleibt das Auge solange es vorwärtsblickt, und durch alle Verwandlungen hindurch unvergessen im Vergessen bleibt ihm das Seiende, dagelassen zu zweiter Unendlichkeit, weiterwirkend und wirkend, unverlierbar das Gestirne. Schauende Pflanze war er, indes, er strebte zu nichts zurück, auch nicht ins Tierische. Stunden verrannen, die nicht Stunden mehr waren, der Tag hatte kein Ende, endlos, nur endlos, nicht schnell, nicht langsam ging die Drehung der Sternkreise, endlos das Vorschreiten der Sonne, und ohne Ende war das Wachstum ringsum, das allesergreifende äonische Pflanzenwachstum, an dem pflanzlich er selber teilnahm, äonisch und derart endlos war es, daß Stillstand und Bewegung sich ineinanderverwandelten und, zeitenthoben, sich zu ununterscheidbar fließender Ruhe vereinigten, äonisch derart ineinanderverwandelt, daß – ebenso jäh wie der Tag angebrochen – mit einem Male die Nacht aus der Gestirne Kreisung, aus ihrem endlos bewegten Stillstand hervorbrach, als eine Ur-Finsternis, die sich hinter den äußersten Sternenkuppeln verborgen gehalten hatte und nun, unabhängig vom Wandelgang der Lichter, ja ohne auch nur eines der Lichter zu verlöschen, das Seinsgewölbe mit undurchleuchtbarer Schwärze erfüllte: die innerste Weltendunkelheit brach hervor, jene ungewordene Dunkelheit, die unendlich mehr ist als bloßer Lichtverlust oder bloße Lichtarmut oder Lichtabwesenheit, da sie von keiner Sonne Leuchtkraft, ja nicht vom höchsten Mittag je durchdrungen und erhellt werden kann; so stand zwar die Sonne ungeschwächten Mittagsglanzes unverändert und wie unabänderlich auch jetzt noch im Zenit, umschüttet von der Fülle aller Sterne, aber mit diesen zusammen war sie von tiefster Nachtnächtlichkeit umrahmt, ein Nachtgebilde, eingesenkt in den Nachtschild, und zusammen mit der Sternfülle wurde sie aus der oberen in die untere Schwärze gespiegelt, wurde ihr Bild dort verdoppelt, eine untere Sonne, ein unterer Zenit, aufgefangen vom Brunnenschacht der Mitte, in dessen flutender Tiefe ihr Leuchten schwamm, wiederemporgehoben von den Gewässern der Schöpfung, schwarzumflutetes Echo, verfließend im fließenden Zugleich. Sternenantlitz oben, Sternenantlitz unten, und in der doppelten Schwärze der verzwiefachten Nachtkuppel entfärbte sich das Grün des Pflanzengewoges zu einem lurchig bleichen Schimmern, zu einem Eigenlicht des Pflanzlichen, so daß dieses bis in die letzten Ausläufer seiner stürmisch-wilden Wachstumsverästelungen und -verschlingungen zu beinahe durchsichtiger Sichtbarkeit gelangte. Nicht minder leuchtend, nicht minder sichtbar wurden die Wurzeln unter der Erde und unter den Wassern, und sie bildeten mit dem Gestengel und dem Gezweige, mit all dem stürmischen Gesprosse alsbald ein bleich-wildes Einheitsgeflecht, das sich nach allen Richtungen des Nachtgewölbes ausdehnte, allgerichtet hinkriechend, allgerichtet aufschießend, allgerichtet sich verrankend, vor Allrichtung fast so richtungslos wie der unendliche Raum selber, ein in sich selbst hängendes Ätherdickicht, trotzdem immer noch aufwärtsstrebend, richtungsbestimmt von dem oberen Leuchten, von dem unsichtbaren Linienspiel der Sterne, in dem urbildhaft des Himmels unsichtbares Strahlengesicht eingezeichnet ist, und zu dem jegliches Echo hingetragen wird; aufwärts und abwärts wuchs nun da auch der Brunnen der Mitte, er erstreckte sich aufwärts und abwärts, durchquellt von Flüssigem, durchsichtig geworden im ebenso anhebenden Eigenlicht, pflanzenhaft werdend, kaum mehr Schacht, sondern eher ein durchsichtiger Baum, der sich verzweigt, das Sonnenecho in seiner Wurzeltiefe, umflochten von des Pflanzen- und Sternenwachstums leuchtender Unerforschlichkeit, und unerkennbar schier wurde es da, ob zwischen Pflanze und Stern noch eine Grenze war, ob Stern und Pflanze sich nicht bereits, im Urbildlichen, zu vereinigen begannen, Sternecho und Pflanzenecho ineinanderverflochten, ineinandergewachsen, ineinanderverschmolzen bis in jene Spiegeltiefen, wo die oberen und unteren Firmamente grenzenlos einander berühren und zur Weltenkugel sich fügen. Sichtbar-unsichtbar war das Geschehen der Firmamente, sichtbar, dennoch unerkennbar –, er jedoch, er, der Schauende, auch er ergriffen vom Allwachstum, er, der Pflanzenverwobene, der Tierverwobene, auch er erstreckte sich von Firmament zu Firmament, er erstreckte sich durch die Sterngezeiten des Alls, und tierwurzelig, tierstengelig, tierlaubig im Erdreich stehend, stand er zugleich in fernster Sternensphäre, so daß zu seinen Füßen wurzelverflochten und siebengestirnig das tief ins Westliche herabgesunkene Schlangenbild lag, während seinem Herzen eingestaltet, in zwiefachem Dreiklang funkelnd das Zeichen der Leier glänzte, und unermeßlich hoch darüber sein Scheitel hinaufragte bis zu den obersten Kuppelhöhen, bis zu dem Stern des Ostens, zwar nicht ihn erreichend, wohl aber ihm zuragend, dem Stern der Verheißung, dessen Unendlichkeitsleuchten ihm Wegbegleiter gewesen war, um nunmehr zu unmittelbarer Nähe zu werden, näher und immer näher. Selber nicht mehr Menschenantlitz, selber nur noch schauender Wipfel, blickte er aufwärts zu dem Stern, blickte er aufwärts in das Antlitz des Himmels, das die Züge aller Kreatur in sich versammelt und verklärt hatte, einsgeworden Menschen- und Tiergesicht, er blickte hin zu dem sonnentragenden, sonnenzugekehrten durchsichtig leuchtenden Schacht der Mitte, der in seinem Gezweige, ozeanisch flutend, ozeanisch bebend das Weltenrund wie für eine künftige Einheit gefangen hielt, und selber gefangen von dem Beben, eingeschlossen in das Ozeanische bebte das Herz mit, flutete es mit, längst nicht mehr Herz, nein, nur noch Leier, zur Leier geworden, als sollte in ihren Sternsaiten jetzt endlich das Verheißene aufklingen, noch nicht das Lied selber, doch schon seine Ankündigung, die Stunde des Liedes, die Stunde der Geburt und Wiedergeburt, die erwartungslos erwartete Stunde der doppelten Richtung, die Stunde des Gesanges am Zusammenschluß des Kreises, auftönend die Welteneinheit in einem letzten Atmen des Alls: Vorbereitung war es, gewaltige Vorbereitung, gewaltig in ihrer Spannung, aber die Leier klang nicht auf, konnte nicht erklingen, durfte nicht erklingen, denn die Einheit, zu der sich das Seiende hier zusammenschloß, ozeanisch bebend von Firmament zu Firmament, war eine Einheit der pflanzlichen Wachstumsmacht, war Einheit in unverbrüchlicher Pflanzenstummheit und unter unverbrüchlichem Sternschweigen, war unverbrüchliche All-Stille, unverbrüchlich lautlos selbst in der ungeheuerlichen Gewalt, mit der die Vereinung sich vollzog, da mit einer letzten Wachstumsanstrengung sich das Sprießende zu einer letzten, äußersten Erstreckung aufraffte, bleichleuchtend seine Erdkraft, bleichaufzuckend die Anstrengung, mit der es die Wipfel seiner Durchsichtigkeit bis zum fernsten und obersten Rand der Dunkelheitskuppel vorstieß, so unaufhaltsam in seinem Wachstumsansturm, so allbezwingend, sternbezwingend, himmelbezwingend, daß auch die Himmel, wie in Abwehr gegen solchen Ansturm, wie in Abwehr gegen das Pflanzliche, sich zu einem letzten Aufflammen steigerten, zu einer letzt-aufflammenden Entrücktheit des sonnenbefohlenen, sonnenzugewandten mitternächtlichen Himmelsantlitzes, aus dessen Kreatürlichkeit reiner denn je, reiner, größer, milder, frömmer, verklärter, durchsichtiger denn je zuvor das Menschliche hervorleuchtete, dennoch zum Verlöschen bestimmt, dennoch bezwingbar, dennoch bezwungen für immerdar, bezwungen vom pflanzlichen Wachstumsansturm, eingesogen von der saugenden Kraft des dunkelbleichen Wurzel-Unten, und es verging das Himmelsantlitz, überwuchert vom Ätherdickicht, es verging Gestirn um Gestirn, eines nach dem andern, verging in dem zu ihm emporgetragenen eigenen Spiegelbild, aufgenommen in eine Vermählung, die zwiefaches Entschwinden ist; trotzdem, unverlöschlich im Verlöschen, ward keines Sternes Licht verloren, jedes einzelne blieb erhalten, unverlierbar mündete es in das obsiegende pflanzliche Eigenleuchten ein, Licht um Licht ins Gegenlicht stürzend und dieses zu maßlos zunehmender Stärke schwängernd, immer mehr darin sich verdichtend, zunehmend und zunehmend, bis schließlich die Sonne selber in ihr Spiegelbild stürzte, aufgefangen vom durchsichtig emporflammenden Baumgeäste des Weltenschachtes, auch sie vergehend im Spiegelbilde, verschwindend mit diesem im hoch auffunkelnden Ulmengezweige der Mitte, das für einen Augenblick, für den einen kurzen Augenblick des Hineinstürzens sich zur vollen Pracht seiner Firmamentserstreckung entfaltet hatte, seine Krone, Firmament um Firmament, behangen mit sonnengoldenen Früchten, dann jedoch wie in einem stummen Aufseufzen sich verflüchtigte, vergehend mit Stern und Spiegelstern, mit Sonne und Echosonne, verschwunden im blassen All-Leuchten des sterngesättigten, himmelserfüllenden Pflanzen-Alls. Die Grenze des Pflanzlichen war erreicht, die Wachstumsausdehnung bedeckte alle Räume, bedeckte alle Himmel, die Sternfülle war einverleibt, der quellend flutende, lebenspendende Brunnen der Mitte war versiegt, hatte sich in kühles Leuchten aufgelöst; der Höhepunkt war überschritten. Und das Pflanzen-All, erschöpft von der ungeheuren Anstrengung seines Anstürmens, atemerschöpft nach seinem letzten Auffunkeln, hauchte sich in seufzender Stummheit aus; als bleiches Leuchtgestrüpp hing es in der Finsternis, sichtbar in ihr, obzwar sie nicht erhellend, aber mit dem Versiegen seiner Wachstumskraft versiegte auch sein Leuchten, wurde seine Helle Grad um Grad an die Finsternis abgegeben, wurde in deren zweiter Unendlichkeit unendlich verhaucht und verflüchtigt, gleichwie der Weltenschacht und das Weltengezweige im Unendlichen verflüchtigt worden waren, und mit erschlafft welkender Sichtbarkeit welkte das pflanzliche Leuchten in die Finsternis, versickerte in sie hinein. Ur-Finsternis beherrschte das Noch-Seiende, ihr und ihrer Stummheit war das Sein preisgegeben, ihr allein eingeantwortet, erloschenen Pflanzenatems und von keinem Pflanzen-, keinem Sternleuchten mehr zerteilt; unbewegt schwebte die Waage der Zeit, hauchlos still ihr Gleichgewicht, und in der hauchlosen Schwärze, umgeben von Ur-Stummheit, hielten Innen wie Außen den Atem an. Eingeschattet ins Unendliche, freilich noch nicht darin aufgegangen, webte das Ur-Nächtliche, freilich noch nicht endgültige Nacht; allzu erschaubar war noch diese Finsternis, um nicht, wie alles sinnlich Erfaßbare, seinen eigenen Gegensatz in sich zu bergen, und mochten auch die Gezeiten des Himmels, mochten auch die Gezeiten des Herzens für immer erstorben sein, es sickerte nochmals ein Helligkeitsschein aus der Finsternis, fast als hätte sie in sich das Bleichlicht der Pflanzen und Gestirne aufbewahrt und dabei sehr wesenhaft vereinigt – ursteinern gemeinsam der finsternisschwangere Wesensgrund von Gestirn und Pflanze –; es wich nochmals die Finsternis und überantwortete den Raum an eine unbestimmte Helle, die an Tag gemahnte, ohne Tag zu sein, und doch mehr als Tag war, ausgebreitet über das Seiende hin, bar jedes Sternatems, bar jedes Pflanzenatems, bar jedes Tieratems, atementblößter Weltentag. Nächtlich schwarz unter dem schattenlosen Weltenlicht dehnten sich die unbewegten Fluten und spiegelten keine Sonne mehr; nächtlich bleich im schattenlosen Lichte überdeckten die berghohen Wurzelwälder, die ihr Grün nicht mehr wiedergewonnen hatten, unermeßlich das unermeßliche Erdfeld, und sie welkten dahin. Er aber, entkleidet des Tierischen, entkleidet des Pflanzlichen, war aus Lehm und Erde und Stein gebaut, bergehoch, ein ungestalt-ungestalteter Turm, ein Lehmfelsen, bar aller Gliedmaßen, ein unförmig gewaltiger, unförmig ragender Steinriese, und doch größelos angesichts des unermeßlichen Erdschildes, der unter dem Schilde des Himmels, knochig hörnern Schild wie Gegenschild, sich vor ihm wölbte, des Erdschildes unermeßliche Fläche, über deren knochige Felsigkeit er dahinstapfte, nein, über die er dahinbewegt, nein, dahingetragen wurde, er, der steinern Antlitzlose; dennoch, ahnend sah er das Licht hinter dem Schilde des Himmelsgewölbes, er sah es, da der Stern des Morgens, von seinem Scheitel berührt, sich als Auge in seine felsige Stirn eingesenkt hatte, als drittes Auge über den beiden anderen, die steinerblindet im Stein saßen, über ihnen als sehendes Auge, unterscheidungsbegabt und göttlich, dennoch Menschenauge. Spärlicher und spärlicher wurden die bleichen Riesenwälder, müder und müder die Verstrüppung ihres lurchigen Gezweiges, schlaffer und schlaffer ihre welkenden Stämme, sie schrumpften zurück in den Boden, aus dem sie einstmals zum ungestümen Wachstum aufgekeimt waren, tot nun bereits im Verwelken; und als solcherart das durchsichtig Pflanzliche bis auf den letzten Rest in die Erde sich eingewelkt hatte, so daß nichts als der nackteste Stein, weltenweit erstreckt, übrig blieb, steinverzehrt darin die Wurzeln bis zum letzten durchsichtigsten Fäserchen, da kam wieder die Finsternis in den Weltenraum, wurde wieder zur Nacht, zur atementblößten, atemberaubten, atemlosen Weltennacht, die nicht mehr nächtlich und mehr als nächtlich war, furchtbar, wenn auch nicht furchteinflößend, ungeheuer die Gewalt ihrer wachsenden Finsternisfülle. Ohne Dauer und ohne Zeit vollzog es sich, veränderungslos, freilich noch immer nicht endgültig, noch immer als etwas Erschautes und Erspürtes, zugleich aber schon darüber hinaus, jenseits von Nacht und Unnacht, und während es sich so vollzog, spürte er, daß alles Feste und Behaltbare sich auflöste, daß der Boden ihm unter den Füßen entsank, entsinkend ins Unermeßliche, entsinkend in Vergessen, in des Vergessens Unendlichkeit, in seine erinnerungslos erinnerte Unendlichkeitsflutung, die das Abbild mit dem Urbild zur Einheit paart und flutend die Erddunkelheit ins Flüssige zurückverwandelt –, Himmelsspiegel und Meeresspiegel zu einem einzigen Sein verschmolzen, Erde, die zum Lichte wird. Und als flüssiges Licht wurde das Entsunkene nach einer unwägbaren Ewigkeitsspanne aus der Unendlichkeit in die Himmelskuppel zurückgebracht, und die Kuppel wurde aufs neue zum Licht; aber das Zurückbringen ward nicht Erinnerung, vergessen blieben Stein und Erde, vergessen das, worüber er hingeschritten und woraus er geformt gewesen war, und die Gestaltlosigkeit seiner Riesengestalt war in ihrer Durchsichtigkeit ebenso ungreifbar wie das Licht, ebenso ungreifbar wie die flüssige Weltenkuppel, die ihn umgab, durchsichtigster Schatten: er bestand nur mehr aus Auge, aus dem Auge in seiner Stirn. So schwebte er zwischen den flüssigen Spiegeln, schwebte in dem Raume zwischen den flüssigen Lichtnebeln des Oben und dem flüssigen Geflute des Unten, und das hinter den Nebeln verborgene Ewigkeitslicht spiegelte sich in den Wassern, einheitsstiftend, einheitstragend. Mild war des Nebels Weichheit, mild die Weichheit des Wasserflutens, sie beide von des Lichtes Milde verbunden, und es dünkte ihm, daß eine sehr große Hand es sei, die ihn wolkenhaft durch diese zwiefach milde Dämmerung, durch dieses zwiefach milde Sein trug, mütterlich in ihrer Weichheit, väterlich in ihrer Ruhe, ihn umschließend und weitertragend, weiter und weiter, ewiglich. Und nun, gleichsam um die milde Einheit des Oben und Unten noch inniger zur Einheit zu verschmelzen, um die letzte Scheidung zwischen der obern und untern Feuchte aufzuheben, begann Regen zu fallen. Sachte rieselte es anfangs, dann wurde es dichter und dichter, und schließlich wurde es zu einem einzigen Wasserstrom, der durch den Raum fiel, langsam fast in seiner einhüllenden Weichheit, in seiner unendlichkeitsgroßen Dunkelheitsmilde, so einhüllend, so strömend allgegenwärtig, daß nicht mehr zu erkennen war, ob die Fluten aufwärts oder abwärts stürzten; vollkommen war die Finsternis geworden, vollkommen die Einheit, in der es keine Richtung, keinen Anfang und kein Ende gibt. Einheit! niemals endende Einheit, auch dann nicht endend, als ihre Finsternis sich zur Gänze vollbracht hatte und aus ihr nochmals das Licht aufsickerte, denn so geschah es jetzt: mitten in der Finsternis war, wie mit einem sanften Schlage, wie mit einem sanften Hauch, die Decke der Himmelskuppel weggezogen; wundersam volleuchtend hatte sie sich plötzlich geöffnet, war wie ein einziger Stern groß im Himmelsrund, war ein einziges Auge, in dem das seine sich spiegelte, und war zugleich oben und unten, Himmel innen und außen zugleich, innerste und äußerste Grenze zugleich, einschließend den Kristall der Einheit, in dessen Durchsichtigkeit sich alle Feuchte versammelt hatte. Da wurde der kristallische Glanz zur Ganzheit des Alls, da wurde die Ganzheit des Himmlischen und Irdischen in des Kristalles Strahlung eingeschlossen, unendlich unverlierbar in unendlicher Strahlenbrechung und Widerspiegelung, denn das Urleuchten war des Seins Gesamtheit, urleuchtend in einem einzigen Seins-Glanz, und es war Anfang und Ende und neuerlicher Anfang, kristallverzückt das Sternenantlitz. Wo jedoch in diesem All war sein eigenes Antlitz? – hatte ihn das kristallene Gefäß der Sphären bereits aufgenommen, oder befand er sich in einem Nichts, ausgeschaltet aus jedem Innen und Außen? – war er, der nicht einmal mehr schwebte, er der von keiner Hand mehr gehalten wurde, überhaupt noch da? – Oh er war, denn er schaute, er war, denn er wartete, aber sein Schauen, verzückt, war verstrahlt in die Strahlung, war zugleich das Kristallene selber, und sein Warten, dieses wartende Sehnen nach der haltenden Hand, daß sie in die Saiten der All-Durchsichtigkeit greife und das Herz des Alls, das Herz des Wartens und des Wartenden zum Erklingen bringe, dieses erwartungslose Warten war zugleich das Warten des Kristalls selber, Wachstumswissen des Kristalls, welcher – wissend – zu noch vollkommenerer Atemstille sich entwickeln will, so sehr Kristallwille, so sehr Vor-Echo für den künftigen, noch nicht erklungenen Sphärensang, so sehr Vor-Echo des Äthers, daß in einem letzten Aufflammen des Alls, in einem letzten Aufflammen der Schöpfung nochmals das Licht in die Finsternis einstürzte, zugleich aber auch nochmals sich der Finsternis öffnete, verbunden sie beide – in Sturz und Gegensturz – zu einer Einheit, die nicht mehr Kristall war, sondern nur noch dunkelste Strahlung, nicht mehr irgendeine Eigenschaft, auch nicht mehr die des Kristalls, sondern das Eigenschaftslose selber, der randlose Weltenabgrund, die Geburtsstätte aller Eigenschaft; die Mitte des Sternes hatte sich aufgetan, die Mitte des Ringes: das gebärende Nichts, aufgetan für den Blick des Blicklosen – die sehende Blindheit.

Da durfte er sich umwenden, da kam ihm der Befehl zur Umwendung, da wendete es ihn um.

Unendlich verwandelte sich da vor seinem nochmals sehenden Auge nochmals das Nichts und ward zu Seiendem und Gewesenem, unendlich weitete es sich nochmals zum Zeitkreis, auf daß der Kreis, unendlich geworden, sich nochmals schließe; unendlich des Himmels Rund, unendlich des Himmels Kuppel, die sich da nochmals wölbte, unendlich der unendliche Schild der Welt, umrandet vom siebenfarbigen Bogen in unendlicher Erinnerung. Nochmals ward es da Licht und Finsternis, nochmals Tag und Nacht, nochmals Nächte und Tage, und nochmals ordnete sich das Unendliche nach Höhe, Breite und Tiefe, bestimmten sich die Richtungen des Himmels nach ihrer geöffneten Vierzahl, ward Oben und Unten, Wolke und Meer; und in des Meeres Mitte erhob sich nochmals das Land, die grüne Insel der Welt, pflanzenbedeckt, triftenbedeckt, die Verwandlung im Unwandelbaren. Auf ging die Sonne im Osten zu ihrem Wege über das Rund, und es folgten ihr nächtlich die Sterne, sich aufbauend bis zum nördlichen Pol, in dessen sternfreier Mitte waaghaltend die Gerechtigkeit thront, überleuchtet von des Nordens strahlendem Kreuze. Und im Morgenlichte durchstrichen Adler und Möwe die hohen Lüfte, umschwebten die Insel, und die Delphine tauchten auf, dem stummen Sphärenliede zu lauschen. Vom Westen kam der Zug der Tiere, sie kamen dem Gang der Sonne und der Sterne entgegen, kamen zur Begegnung, die Tiere der Wildnis und die der Weiden, kampflos friedlich vereint, Löwe und Stier und Lamm und Ziege mit strotzendem Euter, ostwärts strebten sie alle, den östlichen Hirten suchend, hinstrebend zum menschlichen Antlitz. Und in der Mitte des Weltenschildes ward es erblickbar in unendlichster Tiefe, dort ward es erblickbar inmitten unendlich menschlichen Seins und Hausens, erblickbar zum letzten und doch auch zum ersten Male: der kampflose Friede, das menschliche Antlitz in kampflosem Frieden, erblickbar als das Bild des Knaben im Arme der Mutter, vereint mit ihr zu trauernd lächelnder Liebe. So sah er es, so sah er den Knaben, so sah er die Mutter, und sie waren ihm so überaus vertraut, daß er sie fast zu benennen vermochte, freilich ohne ihre Namen zu finden; indes noch weitaus vertrauter als das Gesicht und der unauffindbare Name war das Lächeln, das Kind und Mutter verband, und es schien, als sei in diesem Lächeln bereits der ganze *Sinn* des unendlichen Geschehens enthalten, als werde das sinnvolle Gesetz in diesem Lächeln angekündigt – die mild-furchtbare Herrlichkeit des menschlichen Loses, gezeugt vom Worte und in der Zeugung schon des Wortes Sinn, des Wortes Trost, des Wortes Gnade, des Wortes Fürsprache, des Wortes Erlösungsstärke, des Wortes Gesetzeskraft, des Wortes Wiedergeburt, nochmals ausgedrückt und ausdrückbar in den unzulänglichen und doch allein noch zulänglichen irdischen Bildern menschlichen Tuns und Wandelns, in ihnen verkündet und bewahrt und wiederholt für immerdar. In liebender Erkenntnis nahm das Wort die Sehnsucht des Herzens und die des Denkens zu großer Gemeinsamkeit in sich auf, ward selber zur Nichtvergeblichkeit kraft seiner Notwendigkeit, aufnehmend die Sehnsucht des Gastes, daß er zum Sohne werde, erfüllt seine Aufgabe. Solcherart von des Wortes Anrufung herbeigezogen, begannen die Bäche und Flüsse zu rieseln, mild brausend schlug die Brandung an den Strand, fluteten die Meere, stahlblau und leicht, bewegt von den untersten Feuern des Südens, und alles war in Gleichzeitigkeitstiefe auf einmal gesehen, wurde auf einmal vernehmlich, denn umgewendet zur Unendlichkeit, die er einstens hinter sich zurückgelassen hatte, sah er durch sie hindurch in die Unendlichkeit des Hier und Jetzt, schaute er nach rückwärts und vorwärts zugleich, lauschte er nach rückwärts und vorwärts zugleich, und das Brausen des Einst, entsinkend ins vergessen Unsichtbare, stieg auf zur Gegenwart, ward zur fließenden Gleichzeitigkeit, in der das Ewige ruht, das Urbild aller Bilder. Da schauderte ihn, und groß war dieses Schaudern, fast gütig vor Endgültigkeit, denn der Ring der Zeit hatte sich geschlossen, und das Ende war der Anfang. Entsunken war das Bild, entsunken die Bilder, allein, sie unsichtbar aufbewahrend, hielt das Brausen an.

Quellender Brunnen der Mitte, unsichtbar leuchtend in unermeßlicher Wissensangst: das Nichts erfüllte die Leere und ward zum All.

Das Brausen hielt an und es tönte auf aus der Vermengung des Lichtes mit der Finsternis, aufgewühlt sie beide von dem anhebenden Klange, denn jetzt erst begann es zu klingen, und das Klingende war, mehr als Gesang, war mehr als Leierschlag, war mehr als jeder Ton, war mehr als jede Stimme, da es alle zusammen und zugleich war, hervorbrechend aus Nichts und All, hervorbrechend als Verständigung, höher als jedes Verständnis, hervorbrechend als Bedeutung, höher als jedes Begreifen, hervorbrechend als das reine Wort, das es war, erhaben über alle Verständigung und Bedeutung, endgültig und beginnend, gewaltig und befehlend, furchteinflößend und beschützend, hold und donnernd, das Wort der Unterscheidung, das Wort des Eides, das reine Wort, so brauste es daher, brauste über ihn hinweg, schwoll an und wurde stärker und stärker, wurde so übermächtig, daß nichts mehr davor bestehen sollte, vergehend das All vor dem Worte, aufgelöst und aufgehoben im Worte, dennoch im Worte enthalten und aufbewahrt, vernichtet und neuerschaffen für ewig, weil nichts verlorengegangen war, weil das Ende sich zum Anfang fügte, wiedergeboren, wiedergebärend; das Wort schwebte über dem All, schwebte über dem Nichts, schwebte jenseits von Ausdrückbarem und Nicht-Ausdrückbarem, und er, von dem Worte überbraust und von dem Brausen eingeschlossen, er schwebte mit dem Worte, indes, je mehr es ihn einhüllte, je mehr er in den flutenden Klang eindrang und von ihm durchdrungen wurde, desto unerreichbarer und größer, desto gewichtiger und entschwebender wurde das Wort, ein schwebendes Meer, ein schwebendes Feuer, meeresschwer und meeresleicht, trotzdem immer noch Wort: er konnte es nicht festhalten, und er durfte es nicht festhalten; unerfaßlich unaussprechbar war es für ihn, denn es war jenseits der Sprache.

Die Schuldlosen: Die Erzählung der Magd Zerline

Die Kirchenuhren der Stadt hatten soeben in unordentlichem Durcheinanderhallen – bloß die barockal glockenspielartigen Klänge, welche die Schloßkirche droben auf der sanftgehügelten Stadthöhe ausschickte, hoben sich klarliniger heraus – die zweite Stunde angezeigt. Der sommerliche Sonntag wandte sich seinem Abstieg zu, langweiliger und wohl auch langsamer als jeder Wochentag, und A., auf dem Kanapee seines Wohnzimmers liegend, nahm es zur Kenntnis: die Langeweile des Sonntags ist eine atmosphärische; der Stillstand der Massenbetriebsamkeit hat sich der Luft mitgeteilt, und wer davon nicht ergriffen werden will, müßte den Sonntag mit doppelter und verdreifachter Arbeit ausfüllen. Wochentags hört man, selbst bei völliger Untätigkeit, keine Kirchenuhren.

Arbeit? A. dachte an die Kanzlei, die er sich im Geschäftsviertel der Stadt eingerichtet hatte; manchmal entfaltete er dort eine geradezu hurtige Betriebsamkeit, öfters jedoch brachte er die Tage einfach in Untätigkeit dahin, freilich ohne daß seine Gedanken abließen, ums Geld und um Geldmöglichkeiten zu kreisen. Das ärgerte ihn. Der in ihm sitzende Spürsinn fürs Geldmachen hatte etwas Unheimliches an sich. Gewiß, er aß gern, er trank gern, und er liebte ein einigermaßen komfortables Leben. Aber er liebte nicht das Geld als solches; im Gegenteil, das Wegschenken war ihm eine Freude. Warum also diese unheimliche Leichtigkeit, mit der er, weit über seine Bedürfnisse hinaus, das Geld an sich heranzog? Das Problem der richtigen, soliden Geldanlage war für ihn stets schwieriger gewesen als das des Geldverdienens. Jetzt kaufte er Grundstücke und Häuser auf; mit entwerteter Mark bezahlt, kosteten sie ihn so viel wie nichts. Und doch hatte er keine Freude daran; es war wie lästige Pflichterfüllung.

Der Morgensonne wegen waren die Jalousien herabgelassen, und er war, trotz des Nachmittagsschattens, zu träge gewesen, sie wieder aufzuziehen. Freilich schadete das nichts;

abgedämmert mochte der Raum kühler bleiben, und abends sollten die Fenster geöffnet werden. Immer wieder kehrte sich die Faulheit ihm zum Guten aus. Dabei war er nicht einmal richtig träge; er war bloß entscheidungs-schüchtern. Er vermochte dem Schicksal nichts abzutrotzen, nein, das Schicksal sollte für ihn entscheiden, und er unterwarf sich, freilich nicht ohne eine gewisse Wachsamkeit, ja Listigkeit, die um so notwendiger war, als diese Entscheidungsinstanz sich ein merkwürdiges System zu seiner Lenkung zurechtgelegt hatte: sie setzte ihm Gefahren auf den Hals, die er zu fliehen hatte, und die Flucht trug dann Geld ein. Seine rasende Angst vor dem Abitur, seine Angst vor den ertappenden Prüfern, denen das Schicksal das Furchteinflößende in die Hände gelegt hat, da sie um die letzten Geheimnisse des Prüflings wissen und ihn daher, als hätte er nie etwas gelernt, selber wissensentleert machen, diese rasende Prüfungsangst hatte ihn vor fünfzehn Jahren zur Flucht nach Afrika getrieben; ohne einen Cent – der über das Gehaben des Sohnes erzürnte Vater hatte die Überfahrt und nichts darüber hinaus bezahlt – war er an der Kongoküste gelandet, entscheidungsschüchtern und geldlos, dennoch glücklich, weil es im Unvorhergesehenen keinen Prüfer gibt, wohl aber Schicksalsgläubigkeit: schicksalsgläubig war er damals geworden; es geschah in der Form eines wachsamen Dahindämmerns, und ebendarum, vielleicht infolge der Wachsamkeit, vielleicht infolge des Dahindämmerns, hatte es ihm fortab nie mehr an Geld gefehlt. Ob als Gärtnerbursche, als Kellner oder Clerk, er füllte solche Anstellungen, von denen er anfangs eine ganze Reihe innehatte, bloß so lange zufriedenstellend aus, als ihn niemand nach seiner Eignung und seinen Vorkenntnissen fragte; wurde er gefragt, so verließ er sofort den Posten, freilich jedesmal mit einer etwas größeren Summe in der Tasche, weil es jedesmal, wie das in den Kolonien eben ist, Gelegenheit zu vielerlei Nebengeschäften gegeben hat, und bald wurden die Nebengeschäfte zum Hauptgeschäft. Es verschlug ihn nach Kapstadt, es verschlug ihn nach Kimberley, es verschlug ihn in ein Diamantensyndikat, dessen Teilhaber er wurde, und immer war es sein Schicksal, das ihn dahin und dorthin verschlug, sein Ausweichen vor Unannehmlichkeiten, sein Ausweichen vor der Rede und Antwort, die er anderswo hätte stehen müssen; er konnte sich nicht erinnern, je wirklich mit seinem Willen eingegriffen zu haben, vielmehr war es stets die an Trägheit gemahnende Entscheidungslosigkeit gewesen, jene betriebsame Trägheit, die seine Schicksalsgläubigkeit war und mit der er es geschafft hatte. »Träge Lebensverdauung, träge Schicksalsverdauung«, sagte etwas in ihm und brachte ihn wohlzufrieden ins Heute zurück: mochte der Sonntag verrinnen und versickern, mochten die Jalousien geschlossen bleiben, es wird zum Guten ausschlagen.

Da wurde – vielleicht nach einem schüchternen Anklopfen – die Tür zu einem Spalt geöffnet, und vogelgleich vorgestreckt erschien in diesem der Altweiberkopf der Dienstmagd Zerline: »Schlafen Sie?«

»Nein, nein ... kommen Sie nur.«

»Sie schläft.«

»Wer?« Das war eine dumme Gegenfrage. Natürlich konnte bloß die alte Baronin gemeint sein.

Über die Runzeln huschte es verschmitzt, gleichsam wie eine Verächtlichkeitsbrise: »Die drin ... fest schläft sie.« Und unmittelbar anschließend, einerseits als Beweis für die Ungestörtheit des Nachmittags, andererseits als sein erster Programmpunkt: »Die Hildegard ist ausgegangen ... der Bastard.«

»Was?«

Sie war nun vollends ins Zimmer getreten, hielt sich in respektvoller Entfernung, aber der gichtischen Knie wegen stützte sie sich mit der einen Hand am Kommodenrand auf: »Sie hat sie sich von einem andern machen lassen«, enthüllte sie, »die Hildegard ist ein Bastard.«

So gerne er mehr darüber gehört hätte, er durfte darauf nicht eingehen: »Hören Sie, Zerline, ich bin ein Mieter hier, und solche Dinge sind nicht meine Angelegenheit ... ich kann da nicht einmal zuhören.«

Sie schaute kopfschüttelnd auf ihn herab: »Sie denken doch daran ... woran denken Sie?«

Ihr prüfender Blick ärgerte und beunruhigte ihn. War seine

Hose nicht richtig geschlossen? Er fühlte sich unangenehm ertappt, und am liebsten hätte er ihr gesagt, daß er an seine Geldgeschäfte gedacht hatte. Doch was fiel ihr ein, daß er ihr Rede und Antwort zu stehen hätte? Er schwieg.

Sie spürte seine Betretenheit und gab nicht nach: »Es wird schon noch Ihre Angelegenheit, wenn sie zu Ihnen ins Bett kommen wird.«

»Sagen Sie, Zerline, was fällt Ihnen eigentlich ein?«

Unbeirrt fuhr sie fort: »Immer läuft sie davon, und wenn sie einen richtigen Geliebten hätt, mit dem sie schläft, wär's schon in Ordnung; dann wär sie eben eine richtige Frau... aber sie ist eine Verkappte, wie kaum eine zweite... sie spielt die richtige Frau, eine, die im geheimen zum Geliebten läuft und das, weil sie's nicht besser kann, unter ungeschickten Lügen versteckt... also spielt sie auch die Ungeschicklichkeit und nimmt das Gebetbuch zum scheinbaren Kirchenbesuch mit, gerade weil jedermann die wirklichen Gottesdienststunden kennt und jedermann die Durchsichtigkeit durchschauen muß, durchschauen soll... Scheinlügen führt sie im Mund und dabei Doppellügen, hinter denen ganz Scheußliches steckt... was sie mit dem Gebetbuch in dem Bett, zu dem sie hinläuft, aufführen mag, das will ich gar nicht wissen, und trotzdem werde ich's noch herauskriegen... alles krieg ich heraus.«

Sie wartete einen Augenblick, und als A., der wie zum Zeichen der Abwehr die Augen geschlossen hatte, nichts erwiderte, kam sie, mit der einen Hand am Kommodenrand weitergleitend, die andere ein wenig steif hängen lassend, ein paar Schritte näher: »Alles krieg ich heraus, und ich hab auch herausgekriegt wie die Al..., wie die Frau Baronin sich damals das Kind hat machen lassen... und sehr rasch sogar hab ich's herausgekriegt. Ganz so jung, ganz so dumm war ich ja damals nicht mehr, obwohl's lange genug her ist, über dreißig Jahre. Damals, ja damals war ich noch bei der Frau Generalin... das war der Frau Baronin ihre gottselige Mutter. Dort war's ein feines Haus. Ich war Erste Zofe, und die Zweite war sozusagen mein Adjutant, und dann haben wir noch eine Köchin und ein Küchenmädchen gehabt. Und solange der Exzellenzherr, der Herr General, noch gelebt hat, war für die gröbere Arbeit im Haus sein Bursche da, und überdies hat der beim Servieren mitgeholfen. Doch um jene Zeit war der Exzellenzherr schon gestorben, und eines schönen Tags, es war im Februar, und ich entsinn mich, als wär's gestern gewesen, wie der feuchte Schnee an den Fensterscheiben geklebt hat, da klingelt mir die Exzellenzfrau, und wie ich hinaufkomm sagt sie ›Zerlin‹, hat sie gesagt, ›Zerlin, du weißt, wir müssen hier das Haus einschränken, indes, ich will dich nicht ganz verlieren‹... ja, ja, so hat sie das ausgedrückt... ›möchtest du nicht zu meiner Tochter gehen? die erwartet ein Kind, und mir wäre es lieber, du wärest im Hause bei meinem Enkel als ein fremdes Kindermädchen.‹ Ja, so hat sie zu mir gesprochen, und ich bin folgsam gegangen. Wenn auch schweren Herzens. Ich war ja nicht mehr die Jüngste, und da hätte ich weiß Gott lieber meine eigenen Kinder bekommen und betreut. Aber wenn ein Mädel in den Dienst geht, muß sie sich solche Gedanken aus dem Kopf schlagen; für das Mädel, das in Dienst gegangen ist, heißt's verzichten, und ein Kind ist ihr ein Unglücksfall, vor dem sie sich zu fürchten hat. Schad war's um mich; für ein Dutzend Kinder wär ich gut gewesen. Wie ich bei der Exzellenzfrau eingetreten bin, blutjung war ich...« – sie vollführt mit dem Arm eine kecke Bewegung, die wohl einen Juchzer andeuten sollte, hier jedoch beinahe goyahaft wirkte –, »... da hätten Sie mich sehen müssen; alles war prall an mir, und die Brüste sind gestanden, daß jeder danach greifen wollte. Sogar der Herr Baron, der damals noch nicht Gerichtspräsident, sondern erst Amtsgerichtsrat war, hat sich nicht zurückhalten können. Sie meinen, daß er's nicht hätte tun dürfen, weil er ein junger Ehemann war und für so einen sich's nicht schickt? I wo, das war's nicht. Aber er hat zu denen gehört, die weit über der Lust stehen, und die um ihrer Seele willen überhaupt kein Weib begehren dürften. Wahrscheinlich hat er die« – der Daumen wies rückwärts zur Tür hin – »auch niemals begehrt. Na, sie war auch nicht danach, ihm viel Spaß zu geben. Ich, ja, ich hätt ihm den Spaß geben können und hab's trotzdem nicht gewollt, obschon er ein schöner Mann war; es hätt ihm in der Seele geschadet. Statt dessen hab ich mit den Burschen vom Exzellenzherrn poussiert, und, hab ich auch fast immer meine Freud dran gehabt, es war auch das nicht gut. Schier niemals richtig im Bett, alleweil nur so mit den Kleidern und husch-rasch im dunkeln Zimmer, im Salon, wenn die Herrschaft im Theater war. Für ein Mädchen, das zum Dienst in die Stadt kommt, ist das so. Die Burschen haben ihre Mädel zu Hause im Dorf, und ihnen verschlägt's nicht, daß sie vielleicht mit mir bessern Spaß gehabt haben, und daß ich vielleicht schöner war als die dort; es hat der, der wartet, das bessere Recht. So war's. Die Jahre der Jugendblüte« – offenbar war das ein Zitat – »sie gingen dahin. Mehr als zwölf Jahre war ich bei der Exzellenzfrau, und dann ist die« – wieder wies der Daumen nach hinten – »und nicht ich schwanger geworden. Dabei war ich immer noch weitaus stattlicher als sie. Sie hat gewonnen. Und ich hab den Posten bei ihr und ihrem Bankert angenommen.«

Sie machte eine Pause, um sich richtig auszuseufzen. Und ohne ihren Zuhörer, der sich aufgesetzt hatte, viel zu beachten, sprach sie weiter:

»Wie dann das Kind, die Hildegard, auf der Welt war, da war der Herr Baron bereits an die Fünfzig und war gerade Gerichtspräsident geworden. Vielleicht war's ihm nicht recht, daß ich ins Haus gekommen bin, denn er mag's so wenig wie ich vergessen haben, daß er mich einstens an den Brüsten gepackt hat; solche Dinge haben keine Zeit, die bleiben. Jetzt freilich, mocht ich mich noch so gut tragen und noch so stattlich anzusehen sein, er hat keinen Blick mehr für mich gehabt. Er war zu dem geworden, wozu er bestimmt gewesen war, einer, der kein Weib mehr begehrt. Und selbst wenn er's nicht mehr gekonnt hätte, es gibt viele, welche nicht können und darum erst recht wollen. Das sind die Häßlichsten. Bei ihm aber ist das Nicht-Können aus dem Nicht-Wollen hervorgegangen, und deswegen ist er immer schöner geworden. Wär die Hildegard von ihm, sie wär eine schöne Frau.«

Nun mußte A. widersprechen: »Sie ist eine schöne Frau, und als ich das Bild des Präsidenten drinnen im Eßzimmer zum

ersten Male sah, ist mir ihre Ähnlichkeit mit ihm sofort aufgefallen.«
Zerline kicherte: »Ich, nur ich hab sie ihm ähnlich gemacht. Ich hab das Kind immer wieder vor das Bild hingeführt und hab's gelehrt, so zu blicken, wie er es dort tut ... alles ist im Blick.«
Das war immerhin überraschend; A. wurde nachdenklich: »Mit dem Blick müßte sie auch seine Seele erworben haben.«
»Genau so wollt ich's haben, und ob, genau so ... aber sie ist eine Frau, und sie hat das Blut des andern.«
»Wer war der andere?« Das war gegen seinen Willen gesagt, und es war viel zwingender als bloße Neugier gewesen.
»Der andere?« – Zerline lächelte –, »ja der andere, der ist von Zeit zu Zeit bei der Exzellenzfrau zum Tee gekommen, und erst ist es mir gar nicht aufgefallen, wie oft da auch immer die Frau Baronin hat dabei sein müssen und zudem ohne ihren Mann. Aber daß der andere, der Herr von Juna, gleichfalls sehr schön war, das ist mir gleich aufgefallen; einen rostbraunen Spitzbart hat er gehabt, rostbraune Locken, eine Haut wie angedunkelter Meerschaum, und in der Taille hat er sich getragen, als ging's zum Tanzen. Ja, das muß ihr der Neid lassen, sie hat's verstanden, sie sich auszusuchen. Nur daß bei dem da, wenn man ihn richtig betrachtete, hinter dem schönen Spitzbart, ja sogar hinter dem schönen Mund das Gesichtshäßliche, das Nicht-Können und Immer-Wollen zum Vorschein gekommen ist, die häßliche Lüsternheit, in der die Schwachheit sitzt. So einer ist leicht zu haben, und hätt ich ihn gemocht, ich hätt ihn« ... sie knipste zwischen den Fingern einen imaginären Floh – »vom ersten Tag an gehabt wie nix. Die Exzellenzfrau hat gesagt, daß er einer sei, der stets auf Reisen ist, in diplomatischen Diensten, wie sie's nennen, ein Diplomat. Na schön. Er hat im Alten Jagdhaus dort draußen im Wald« – ihr Arm wies in ein fernes Irgendwo – »sich niedergelassen, aber nicht wegen der Jagd, sondern wegen der Frauen, die er immer bei sich gehabt hat. Natürlich haben die Leut mehr gemunkelt als gewußt; er hat ja alles dazu getan, um sie neugierig zu machen mit seinem

Auftauchen und Verschwinden und mit seinen vielen Weibern. Ich auch war neugierig. Und aus der Förstersfrau, die ihm das Haus betreut hat, war nichts herauszukriegen. Die hat dichtgehalten, und wundern möcht ich mich, wenn er grad die ausgelassen hätt; ganz brauchbar war sie. So hat er gelebt, und das Kind hat ihm von allem Anfang an ähnlich gesehen. Wie aber wird man's ihm jetzt präsentieren, das Kind? Darauf war ich gespannt. Nun, sie hat sich's ganz gut ausgeheckt; das Enkelchen sollte zum Zweimonatsgeburtstag bei der Großmama Aufwartung machen. No, das war's. Wir sind also zur Exzellenzfrau hinausgefahren; das Kind ist im Gastzimmer schlafen gelegt worden, und mich hätten keine zehn Pferd mehr aus der Stube herausgebracht, denn ich hab ja gewußt, daß er nun wie zufällig wird auftauchen müssen. Und daß sie sich dabei verraten wird, hab ich mir auch ganz genau ausgemalt. Gar nicht lang hab ich warten brauchen, und beinah hätt ich gelacht, wie sie ihn so pünktlich hereingeführt hat, und noch mehr hab ich mir's Lachen verbeißen müssen, wie er sich übers Bett beugt, der Papa, und sie ihre Rührung nimmer verbergen kann und nach seiner Hand greift. Es war ehrlich und war doch falsche Rührung. Er freilich war schlauer; er hat's gemerkt, daß ich sie beobachtet hab, und beim Hinausgehen wirft er mir, als könnt er hierdurch seiner Vaterschaft ledig werden, einen Blick zu, mit dem er mir sagt, daß ich und nicht sie die Richtige für ihn sei. Und ich, nicht faul, laß ihn spüren, daß ich's verstanden hab.«

Ihr damaliges Antwort-Lächeln hat sich in ihr Gesicht zurückgezaubert, schimmerte da nun als ein greisenhaft eingerunzeltes, greisenhaft eingewelktes Echo seiner selbst und war, gerade infolge seiner Vertrocknetheit, etwas Immerwährendes, eine Antwort, die immer währt:

»Ich hab's ihn spüren lassen und hab's selber gespürt, hab gespürt, wie's in ihn hineingefahren ist und ihm die Ruh genommen hat, ja daß er keine Ruh mehr wird finden können, eh er nicht mit mir geschlafen haben wird. Das war mir recht. So sehr hat's auch mich gepackt, obgleich es doch weder von ihm noch von mir so gemeint gewesen war. Billig ist der Mensch. Und nicht nur eine arme Dienstmagd vom Land ist so billig, nein, jeder ist's; nur der Heilige hat die Weisheit und die Stärke, so daß er nicht billig zu sein braucht. Aber auch zur Lust, mag sie noch so billig sein, braucht's Stärke, und am ärgsten sind die, welche aus lauterer Schwachheit, aus lauterer Lustunfähigkeit ihre Billigkeit verleugnen wollen. Sie möchten's teuer haben und sind noch billiger, die Schielenden, die Lügner aus Feinheit, die Lügner aus Schwäche, sie alle, die mit dem großen Seelenlärm die Lust zu übertäuben suchen, weil sie ihnen nicht seelenfein genug ist, und noch öfter, weil sie überhaupt nichts von ihr wissen und meinen, daß sie sich mit dem Lärm herauflocken und halten läßt. Mit der Seele wünschen sie sich die Lust zu erschwindeln, und zugleich soll sie übertäubt werden. Und die Frau Baronin? Kein lautes Wort bei Tag, aber ich wett, nichts als Seelenlärm in der Nacht. Natürlich muß man ihr zugut halten, daß sie nie eine richtige Frau war, und daß sie das von der strengen Heiligkeit, die der Herr Baron gehabt hat, niemals hätt lernen können. Also war's selbstverständlich, daß sie an den andern geraten war, an den Lüsternen. Das Kind hat sie mit ihm auf ihrer letzten Badereise zustandegebracht; das stimmte haarscharf auf den Tag. Doch nun? Warum ist sie nicht mit ihm durchgegangen? Warum ist sie nicht zu ihm ins Jagdhaus hinausgelaufen? I wo. Dazu war ihre Lust zu gering, ihre Angst zu groß, dazu war sie viel zu schwächlich und lügenhaft. Ebensogut hätt man ihr vorschlagen können, sich mit ihm auf offenem Marktplatz hinzulegen. Trotzdem hab ich ihr helfen wollen, sozusagen um den Preis meiner eigenen Lust, ohne Rücksicht auf meine Eifersucht, aber es war ihr nicht beizubringen. Schließlich, wie der Herr Präsident einmal nach Berlin gefahren ist, bin ich stracks aufs Ziel los. ›Frau Baronin‹, hab ich gesagt, ›Frau Baronin sollten sich doch hie und da Gäste einladen.‹ Antwortet sie dumm: ›Gäste? Wen?‹ Daraufhin mein ich so nebenbei: ›No, zum Beispiel, den Herrn von Juna.‹ Da schaut sie mich mißtrauisch von der Seite an und sagt: ›Ach nein, den nicht.‹ Also laß es bleiben, hab ich mir gedacht. Indes, es hat doch gesessen, und nach ein paar Tagen hat sie ihn zum

Abendessen eingeladen. Wir haben damals noch die schöne Villa gehabt, und die Gesellschaftsräume samt dem Speisezimmer waren im Erdgeschoß; da war kein solches Möbelgedränge wie hier, wo man sich an allen Ecken stoßt und mit keiner Arbeit fertig wird, und gar, wenn man an der Hildegard keine Hilfe hat. Also, es war ein richtiger Speisesaal, und die Frau Baronin ist mit ihm dort gesessen, hübsch weit voneinander; ich hab aufgetragen, hab auch seine Blicke nicht erwidert, und hinterher hab ich um die Erlaubnis gebeten, mich zurückziehen zu dürfen. Meine Kammer in der Mansarde droben war natürlich auch viel schöner als mein Zimmer hier. Wie ich mich jedoch später runterschleich, um zu sehen, wie die Dinge stehen, war's wieder dasselbe, und sie sind ganz ruhig beieinander gesessen, diesmal im Salon; mit seinen schönen Schmachtaugen hat er gelangweilt dreingeschaut, und nicht einmal wie sie aufgestanden ist, um ihm die Mokkatasse frisch zu füllen, nicht einmal da hat er versucht, ihre Hand zu berühren oder gar zu streicheln. Den also hat sie sich auch verscherzt, hab ich mir da in meinem Sinn gedacht; wenn man im Bett immerzu nur Liebe und niemals Lust mit den Beinen trommelt, ist's eben schlecht. Da war halt Hopfen und Malz verloren, und im Grund haben sie mir beide leid getan, besonders er, da sie ja wegen des Kindes doch aneinander gebunden waren. Freilich, im noch tiefern Grund war ich vergnügt, und darum hab ich bereits zwischen den Büschen im Vorgarten auf ihn gewartet, so daß es uns, kaum daß er aus dem Haus war, ohne Verzug, ohne ein einziges Wort blitzgleich in den Kuß gestürzt hat. So scharf bin ich mit meinen Lippen, mit meinen Zähnen, mit meiner Zunge an seinem Mund gehangen, daß ich schier meiner ohnmächtig geworden bin, und doch hab ich ihm widerstanden. Ich konnt's gar nicht verstehen, warum ich nicht einfach mit ihm ins Gras umgekippt bin, und noch viel weniger, warum ich ihn nicht in meine Kammer hinaufgezogen hab, als er's, ganz heiser, so verlangt hat, sondern ihm ›Im Jagdhaus‹ hab antworten müssen; aber als daraufhin der Entsetzensschrekken in seine Augen kam, der Irrsinnsschrecken wie bei einem Tier, mir zu kund und zu wissen, daß er ein Weib da draußen sitzen hatte, und ich daher Unmögliches verlangt hab, da ist mir aufgegangen, daß es mir mit meinem Widerstand um dieses Unmögliche und um's Brechen des Unmöglichen gegangen ist, daß diese harte und erbarmungslose Neugier nach dem Jagdhaus mich mehr gejückt hat als meine Lust, und daß sie trotzdem zur Lust gehört als ihre Bitterkeit und ihre Not.«

Die noch immer nachwirkende Erregung zwang sie, sich niederzusetzen, und die Ellbogen auf den Tisch gestützt, den Kopf zwischen ihren Fäusten, schwieg sie eine Weile. Als sie ihre Erzählung wieder aufnahm, geschah es mit völlig veränderter Stimme; es war ein Flüstern, ein flüsterndes Psalmodieren, und es war, als ob ein anderer statt ihrer spräche:

»Der Mensch ist billig, und sein Gedächtnis ist voller Löcher, die er niemals mehr flicken kann. Wie viel von dem, was man für immer vergißt, muß getan werden, damit das Getane imstand wird, das wenige zu tragen, das man für immer behält. Ein jeder vergißt seinen Alltag. Bei mir waren's die vielen Möbel, die ich abgestaubt hab, täglich und täglich, die vielen Teller, die gewischt werden mußten, und wie jeder Mensch hab ich mich täglich zum Essen niedergesetzt, aber wie bei jedem Menschen ist's ein bloßes Wissen ohne wirkliches Erinnern, als wär's ohne Wetter, weder mit gutem noch mit schlechtem geschehen. Selbst die Lust, die ich genossen hab, ist ein Raum ohne Wetter geworden, und obwohl mir die Dankbarkeit für das Lebendige geblieben ist, es schwinden mir die Namen und die Gesichtszüge, die mir einstens Lust und sogar Liebe bedeutet haben, mehr und mehr davon, schwindet in eine Glasdankbarkeit hinein, die keinen Inhalt mehr hat. Leere Gläser, leere Gläser. Und trotzdem wär nicht die Leerheit und wär nicht das Vergessene, es hätt das Unvergeßbare nicht wachsen können. Das Vergessene leerhändig trägt das Unvergeßbare, und vom Unvergeßbaren werden wir getragen. Mit dem Vergessenen füttern wir die Zeit, füttern wir den Tod, aber das Unvergeßbare ist ein Geschenk des Todes an uns, und in dem Augenblick, da wir es empfangen, da sind wir zwar noch hier, wo wir gerade stehen, und sind doch schon zugleich dort, wo die Welt ins Dunkle stürzt. Denn das Unvergeßbare ist das Zukunftstück, ist das uns im voraus geschenkte Stück Zeitlosigkeit, die uns trägt und unsern Sturz ins Dunkle sanft macht, so daß er wie ein Schweben wird. Und so ein dunkelsanftes und zeitloses Todesgeschenk war alles, was zwischen mir und dem Herrn von Juna vor sich gegangen ist, und einstens wird es helfen, mich leise hinabzutragen, selber getragen von der vollzähligen Erinnerung. Jedermann wird sagen, daß das Liebe gewesen ist, Liebe bis in den Tod. Nein, mit Liebe hat das nichts zu tun, geschweige denn mit Seelenlärm. Vieles kann zum Unvergeßbaren werden, kann begleitend uns tragen, tragend uns begleiten, ohne je Liebe gewesen zu sein, ohne je Liebe werden zu können. Das Unvergeßbare ist ein Augenblick der Reife, hervorgegangen aus unendlich vielen Vor-Augenblikken, Vor-Ähnlichkeiten, und von ihnen getragen, der Augenblick, in dem wir spüren, daß wir formend geformt werden, geformt worden sind. Es ist gefährlich, das mit Liebe zu verwechseln.«

So hatte es A. gehört, und es war nicht ausgemacht, daß Zerline so gesprochen hatte. Viele alte Leute geraten manchmal in ein psalmodierendes Zungenreden, und in so etwas läßt sich leicht etwas hineinphantasieren, besonders an einem heißen Sommersonntag-Nachmittag bei geschlossenen Jalousien. A. wollte sich vergewissern und wartete, ob der Singsang wieder beginnen werde, aber Zerline war in ihre gewöhnliche Altweiber-Sprechweise zurückgekehrt:

»Versteht sich, daß er dort zwischen dem Nachtgebüsch im Garten mein Widerstreben hätt überkommen können. Hätt er's getan, ich hätt ihn hinterher wohl vergessen wie manchen andern. Aber er hat's nicht getan. Die Schwachen sind zumeist auch berechnend, und ist's auch gleichgültig, ob er sich aus Schwäche oder aus Berechnung hat fortschicken lassen, jedenfalls hat er mich damit rasend gemacht. In ein rasendes Warten hat's mich geschleudert, kaum daß er weg war, und daß ich mich bezähmt hab, daß ich ihm nicht geschrieben hab, er mög nur gleich zurückkehren in meine Kammer, in mich, das war ein Wunder. Immerhin ein gutes Wunder. Denn eh noch die Woche um war, ist ein Brief von ihm dagelegen. Da hab ich lachen müssen. Die Adresse hat er mit Blockbuchstaben auf einen Geschäftsumschlag geschrieben, damit die Frau Baronin nicht sieht, daß er auch mit mir korrespondiert, und drin ist gestanden, daß er mich schon am nächsten Abend zum Spazierenfahren mit dem Jagdwagen in der Nähe der Trambahn-Endstation dort draußen erwarten werde. Und wenn auch unten die Frau Baronin desgleichen einen Brief von ihm haben und lesen mochte, es war trotzdem wie ein Sieg über sie, und wenn er auch in dem meinen nichts vom Jagdhaus erwähnt hat, also noch immer das Weibsstück da draußen sitzen hatte, ich war grad deswegen am nächsten Tag zur Stelle, und eh ich noch zu ihm auf den Bock geklettert bin, hab ich ihm auch schon alles gradeheraus ins Gesicht gesagt; er wollt mit keiner Antwort heraus, und weil das wie ein Eingeständnis war, hab ich ihn geküßt und ihm geheißen ›Fahr los, irgendwohin, nur nicht ins Jagdhaus, leider.‹ Da sagt er ›Das nächste Mal im Jagdhaus.‹ Da frag ich, ob das ein Versprechen ist, und er sagt ›Ja‹. ›Wirst du sie wirklich wegschicken?‹ frag ich, und wiederum sagt er ›Ja‹. Und um's ganz sicher zu machen, frag ich, ob sie manikürte Hände hat. ›Ja‹, sagt er recht erstaunt, ›warum?‹ Da zieh ich meine Handschuh aus, und auf die schöne Drapp-Wagendecke, die über unsere Knie gebreitet ist, leg ich meine zwei roten Händ, und ich sag ›Wäscherinnenhänd‹. Er schaut auf die Händ herunter und läßt sich's nicht anmerken, ob's ihn getroffen hat, vielmehr sagt er: ›Jeder Mann braucht die gute starke Hand, die ihn von der Schuld reinwäscht.‹ Dann nimmt er meine Hände und küßt sie, aber an der Handwurzel und nicht dort, wo sie rot sind, und da hab ich gewußt, wieviel's geschlagen hat, so daß ich nur noch ›Fahr los‹, sagen hab können; sonst hätt ich zu sehr geweint. Also sind wir über den schmalen Weg durch die Erntefelder gefahren, und ich hab über die hingeschaut und hinunter auf den engen Rasenstreifen zwischen den beiden staubigen Radspuren, in die unsere Pferde neue Huftritte setzten und hie und da auch einen neuen Pferdemist. Nicht anders war's zu Haus bei uns auf dem Dorf gewesen. Nur daß er Rappen eingespannt hat, mocht ich nicht; der Rapp ist kein Bauernpferd, mit dem man pflügt, sondern es fährt der Mensch ins Dunkle mit ihm. Doch wie ich ihm das sag, lacht er ›Du bist halt mein Feld und meine Dunkelheit‹, und das hat mir so wohlgetan, daß ich mich ganz an ihn herangeschoben hab. Heut noch, so alt ich bin, spür ich die Hitz des Wunsches, der da in mir aufgestiegen ist, spür ich den Wunsch nach dem Kind, das er mir hätt machen müssen, mehr und mehr, viele Kinder. Sag nicht, ich hab ihn geliebt. Aufnehmen hab ich ihn wollen, aber nicht lieben; er war dunkel und fremd und ein Unheiliger. Und auch dann beim kühlen Waldrand, wo man schon die Nacht gespürt hat, wenngleich sie noch in Unsichtbarkeit zwischen den Stämmen gehangen hat, da hab ich meinem Begehren nicht nachgegeben; er hat den Wagen halten lassen, aber ich bin nicht abgestiegen, und um uns beiden weh zu tun, hab ich ihn erinnert, daß sein Kind auf mich wartet, und ich mich nicht weiter verweilen darf. ›Unsinn!‹ hat er geschrien, und weil's kein Unsinn war, hab ich unnachsichtlich weitergebohrt: ›Wenn du mir meine eigenen Kinder machst, brauch ich dieses nicht mehr.‹ Ganz hilflos hat er mich angestarrt, wieder mit dem großen Entsetzensschreck in seinen Augen, diesmal wohl, weil's ihm aufgegangen war, daß er sich eine dritte Frau aufgehalst hat, eine neue Frau mit neuen Ansprüchen, obwohl eine Dienstmagd keine solchen machen dürft, und um den Herrn von Juna und die Dienstmagd wieder auf gleich und gleich zu stellen, und weil sein Begehren so arg im Widerstreit mit seinem Schrecken gelegen hat, hab ich ihn, als wär's ein Abschied, mit allstarker Inbrunst geküßt. Gefügig und ohne Gegenred hat er mich daraufhin zur Straßenbahn zurückgefahren, und wenn auch unsere Vereinbarung galt, nach der sein nächster Brief mich ins Jagdhaus hätt rufen sollen, ich hab, so brennend es mich danach gegiert hat, nimmer daran geglaubt.«

Offenbar war es hier an der Zeit, wieder eine Spannungspause einzuschalten, während welcher die Zunge die müdgewordenen Lippen zu weiterer Rede anfeuchtete:

»Und weil ich auf jenen Brief nimmer gehofft hab, war's mir von doppeltem Ärger, daß die Frau Baronin, der das Jagdhaus eher ein Schrecken als ein Wunsch war, Briefe von ihm bekommen sollt. Und aus eifersüchtigem Ärger wollt ich deren habhaft werden. Klar, es waren Postlagerbriefe, aber es mochte schon sein, daß ich einen Briefumschlag mit der Chiffre finden konnt. Na, da hab ich halt der Frau Baronin ihren Papierkorb täglich durchstöbert, und eins-zwei-drei hab ich die Chiffre gehabt. Furchtsam, ja, aber vorsichtig, nein. Nicht einmal ein Behebungsschein war vonnöten. Und damit's nur ja recht durchsichtig wird, haben sie aus Elvire, was der Vorname von der Frau Baronin ist, einfach Ilvere gemacht; das war die Chiffre. Damit also hab ich fortan, sooft ich zum Einkaufen oder mit dem Kinderwagen ausgegangen bin, die meisten der Briefe vom Schalter geholt, hab sie vorsichtig überm Wasserdampf geöffnet, und nach dem Lesen hab ich sie mit frischer Marke wieder in den Kasten geworfen. Ein paar hab ich gestohlen. Aber bei dem Dreck war's kein Diebstahl. So ein Dreck! so ein Seelenlärm! Abgesehen von der Elfenkönigin, zu der die Elvirenkönigin geworden ist, hat's da von Heiligkeit und von keuscher Mutterschaft und vom Elfenkindlein und Gotteskindlein nur so gewimmelt, und dazu hat das Elfengotteskindlein neben mir gebrüllt, damit ich's trockenleg! Das Ärgste aber war das Klagegegackere über die Frau draußen im Jagdhaus. Das hab ich mir gut gemerkt, und das Wüsteste davon hab ich mir eben gestohlen. Eine ›unabschüttelbare Klette‹ ist diese Frau, eine ›Schicksalslast‹, eine, ›die das Feld nicht räumen will‹, eine ›Erpresserin, die auf meine sträfliche Schwäche baut‹, und dann droht er, daß er ›Mittel finden wird, das Übel mit Stumpf und Stiel zu beseitigen‹; ja, das hat er geschrieben, und zu guter Letzt wünscht er, daß ›Du, mein Lieb, mit Deinem tyrannischen Gatten ebenso verfahren könntest‹. Natürlich war auch Absicht dabei; nur mit Seelenlärm hat er seine Verpflichtungen gegen eine Person wie die Frau Baronin erfüllen und sie sich doch zugleich vom Leibe halten können, und daß er die andere, die draußen im Jagdhaus, am liebsten ins Pfefferland gewünscht hätt, besonders seitdem er ihrethalben nicht mit mir hat schlafen dürfen, das hab ich ihm gut und gern geglaubt. Trotzdem hat's mich angekotzt. Dieses dreckige Wasch-mir-den-Pelz-und-mach-mich-nicht-naß. Ja,

ich, ein Dorfmädel, das nichts gelernt hat, ich hab mich in die Seel hinein geschämt ob der Falschheit, die der gebildete Herr da von sich gegeben hat, und ich hab mich umsomehr geschämt, als das der Mann war, nach welchem all meine Sinne gebangt haben. Fast war ich froh, daß ich ihm für solche Flunkerbriefe nicht fein genug war, und daß ich keinen gekriegt hab. Und doch ist der Brief gekommen, ist plötzlich dagewesen, zwei Zeilen nur, mit denen er fragt, wann ich im Jagdhaus eintreffen will. Weiß Gott, wie's da in mir gejubelt hat. Er hat sein Wort gehalten. Und gerade nach den Dreckswischen von ihm, die ich während dieser Wochen gelesen hab, war mir das wichtig; es war mir so wichtig, ihn achten zu können und nicht wieder eine Enttäuschung zu haben, daß ich meine wilde Ungeduld, die da ausgebrochen ist, im Zaum gehalten und mir noch drei Tag Warten auferlegt hab. Ich wollt nämlich noch seinen nächsten Brief an die Frau Baronin abfangen. Hätt er sich darin gebrüstet, daß er ihrethalben die Frau aus dem Jagdhaus weggeschickt hat, ich hätt ihn nimmer sehen wollen. Gezittert hab ich, wie ich dann den Brief beim Schalter behoben hab; fast wär er mir beim Öffnen ins Kochwasser gefallen, und wie dann wirklich nichts über das Wegschicken des Frauenzimmers darin gestanden hat... ich hab's nicht erfaßt. Schließlich hab ich's mir geglaubt und bin hinaufgerannt zur Frau Baronin, um Urlaub zum Heimfahren zu verlangen. Vier Wochen hab ich verlangt; drei hat sie mir gegeben.«
Plötzlich kam sie aus der Vergangenheit wieder zurück und merkte, wo sie war. Und mit großer Vehemenz begann sie, das unter der Blumenvase auf dem Tisch vor ihr liegende Kretondeckchen glattzustreichen, als gäbe es da eine versteckte Falte, die sie hervorzaubern müßte, um das sinnlose Tun sinnvoll zu machen. Aber der Vergangenheitstraum hatte sie nicht gänzlich losgelassen: »Es tragt mich durch die Jahr, und die Jahr vergehen, und es bleibt, auch wenn ich's tausendmal erzähl; ich kann's und kann's nicht loswerden.« Und als A. etwas dazu sagen wollte, winkte sie belustigt ab; »Will ich's denn überhaupt je loswerden?« So hob sie aufs neue an: »Du wirst mir's nicht glauben, mir hat die Frau Baronin leid

getan. Das hat schon seit langem begonnen, schon damals wie ich immer an der Schlafzimmertür gehorcht hab und nicht ein Knacksen zu hören war, und wenn ich mich auch gefreut hab, daß der Herr Baron in seiner Strengen es nicht anders hat haben wollen, sie ist sich und ihm was schuldig geblieben, so daß ich das Armselige und Unanständige gespürt hab, das mich gedauert hat. Und wie dann das Lügengeschreibsel mir zu Gesicht gekommen ist, da ist, wiewohl mir's wehgetan hat, daß er ihr schreiben muß und just so schreibt, das Leidtun noch schärfer geworden, grad weil sie's nicht besser versteht, und grad weil ihre Antworten, die ich jetzt natürlich auch hab lesen wollen, von noch häßlicherer Lügenhaftigkeit haben sein müssen. War ich da nicht gar reich neben ihr?!«

Sie schaute A. triumphierend an. Und A. verstand, daß sie vom größten Sieg ihres Lebens berichtete. Aber desgleichen verstand er, daß die Briefe des Herrn von Juna nicht ganz so verlogen waren, wie die alte Zerline meinte. Denn die Dämonie der Lust, von der jener besessen war, enthält einerseits als ihren besten Teil den schweren Ernst, in dem die Lust sich vollzieht, ihre untrügbare Ehrlichkeit, andererseits jedoch enthält sie das aller Dämonie anhaftende Schuldbewußtsein der Ich-Verdunkelung, und mag daher der Lustverfallene auch mit vollem ehrlichem Recht vor der Verlogenheit der lustlosen Frau zurückschrecken, es wird ihm, dem Verdunkelten, ihr Lustmangel, und gar wenn diese Unvollkommenheit zur Mutterschaft umgeschlagen ist, gleichsam etwas Lichteres, an das sein Begreifen nicht heranreicht, wird ihm etwas Geheimnisvolleres und Magisches und Elfisches, dem seine eigene Irdischkeit zu dienen hat. In jedem Mann lebt eine Ahnung davon, nicht nur im Lüstling, und das war das Verständnis, ja Einverständnis, das A. für den Herrn von Juna hatte. Ohne daß er Zerlines Darstellung irgendwo anzweifelte, es webte trotzdem auch für ihn ein Elfenköniginnen-Schimmer um die Gestalt der Baronin. Gleichviel, der Siegesbericht ging weiter:

»Er hat sein Wort gehalten, und ich war im Reichtum, obwohl es nur ein Dienstmädchenköfferchen war, mit dem ich hinausgefahren bin; ich hätt schon am Morgen fahren können, aber ich wollt zur Nacht eintreffen, und so war's schon recht dunkel. Bei der Tram-Endstation ist er wieder mit den Rappen gestanden. Ernst waren wir beide. Reichtum macht ernst. Bei mir war's der Reichtum, und gewünscht hab ich mir, es möcht auch bei ihm so sein. Freilich, wer weiß, was den andern ernst macht. Und in meinem Mißtrauen hab ich auch nur zehn Tage Urlaub angekündigt wie ich mich zu ihm auf den Bock hinaufgesetzt hab. Wird's schön, hab ich mir gedacht, kann ich noch immer die weitern zehn Tage eingestehen und, wenn der Herrgott mir gnädig ist, die Ewigkeit von einem ganzen Leben. Doch fürs erste war er so stumm und ernst, daß ich rasch meine Enttäuschung geschluckt hab, als er über die Kurzheit der zehn Tag kein Bedauern gezeigt hat. »Mach einen Umweg«, hab ich da gebeten. So sind wir im Schritt in den Wald hineingefahren und den Hügel hinauf; es war ein Holzfällerweg, und schwarzkühl dunkel ist es geworden, und er hat nicht nach mir gegriffen und ich nicht nach ihm. Droben auf der Kuppe war's grad noch dämmerhell; für ein paar Augenblicke noch hat man die Glockenblumen ausnehmen können, mit denen die Lichtung bestanden war, und dann war nur noch der Himmel hell, und mit ihm waren's die ersten Sterne. Auch die Schlagholz-Stöße am Lichtungsrand sind bald in der Schwärze verschwunden gewesen, haben nur ihren Geruch zurückgelassen, als ob das Grillengezirp ihn gefangen hätt. Denn was immer auch da war, Grillengezirp, Glockenblum und Stern, eins hat das andere getragen, ohne daß eins das andere berührt hätt. Da mittendrin sind wir mit dem Gespann gestanden, und alles was da war, hab ich behalten und werd's für ewiglich behalten, weil's mich getragen hat und nicht abläßt, mich zu tragen. Und alles was da war, hat zu unserm Begehren gehört; das seine hat in dem meinen gehangen, das meine in dem seinen, und seine Hand hat nicht die meine berührt, und die meine nicht seine. Da hab ich ›Fahr heim‹ gesagt. Noch dunkler war's jetzt beim Hinunterfahren. Vorsichtig haben die Rappen die Huf gesetzt, und wenn's auf ein Felsstück war, hat's gefunkt. Die Bremse war scharf angezogen; die Räder

haben geschleift; manchmal hat's steinern geknirscht; manchmal hat ein Zweig mit feuchten Blättern mir ins Gesicht geschlagen; nichts davon kann ich je vergessen. Und auf einmal lockert er die Bremsen, und wir sind auf ebenem Boden, stehen vor dem Haus, in dem kein einzig's Licht gebrannt hat; mit seiner eigenen Schwärzen hat's in der Nachtschwärzen gehangen. In mir jedoch hat das schwere Licht des Reichseins gebrannt. Er hat mir heruntergeholfen, und dann hat er das Gespann zum Stall hingelenkt; hätt ich nicht den Hufschlag auf den Stalldielen gehört, ich hätt schier gemeint, er kommt mir nicht mehr zurück, so dunkel war es auch dort. Er ist zurückgekommen, und im Haus haben wir kein Licht gemacht. Auch kein Wort haben wir gesprochen vor lauterer Ernsthaftigkeit.«
Ihre Stimme war erregungsheiser geworden, und jetzt wurde in ihr auch wieder der psalmodierende Singsang hörbar: »Er war der beste Liebhaber; kein anderer war mit ihm zu vergleichen. Wie einer, der vorsichtig seinen Weg sucht, war er im Suchen nach meiner Lust. Voller Ungeduld war er nach mir; wie ein Schüttelfrost hat ihn die Ungeduld zittern lassen, und trotzdem hat's ihn nicht übermannt, und er hat nicht mich übermannt, sondern hat gewartet, bis es mich hingetragen hat zum Abgrund, wo der Mensch das letzte Hinabstürzen ahnt. Wenn's ein Strömen war, das mich getragen hat, er hat das Strömen gespürt und hat's belauscht. Nackt war ich, und er hat mich noch nackter gemacht, als ließen sich selbst der Nacktheit noch Kleider wegnehmen. Denn das Schamvolle ist noch wie ein Kleid. Und so vorsichtig hat er jedweden Rest von Scham mir abgenommen, daß das Alleinsein in seiner tiefsten Verborgenheit zum Zweisein hat werden können. Wie ein Arzt ist er mit mir umgegangen in Behutsamkeit, aber meiner Lust war er wie ihr Lehrer; meinen Körper hat er angehalten, daß er Wünsche stellt und Befehle gibt, grobe wie zarte, weil die Lust viele kleine Färbungen hat und jede in ihrem Recht ist. Arzt war er und Lehrer und zugleich meiner Lust Diener. Für sich nämlich hat er kaum eine andere Lust als die meine gekannt; hab ich vor Lust geschrieen, so war's das Lob, das er brauchte, das sein Begehren gebraucht hat,

um stets aufs neu angestachelt zu werden. Er war stark und gewaltig vor Schwäche. Und mehr und mehr hat's uns gesteigert, auf daß wir ein einziges Wesen sind. Am Abgrundsrand sind wir gemeinsam als einziges Wesen gestanden während jener Nächte und Tage. Und doch hab ich gewußt, daß es schlecht war. Denn das Weib hat der Manneslust zu dienen, nicht umgekehrt, und richtiger waren die Burschen gewesen, die ohne nach meiner Lust zu fragen, mich hingeschmissen haben, um der ihren zu frönen. Ja, sogar ihr Reden vom Liebhaben war echter; das seinige hat zur Echtheit mein rüd-nacktes Lustverlangen gebraucht, je rüder meine Worte, desto echter seine Lieb. Wohl hab ich daran gelernt, warum die Frauen sich an ihn gehängt haben und ihn nicht haben loslassen wollen, aber ich hab auch gelernt, daß ich nicht eine von ihnen war, und daß ich weg hab müssen, so sehr mein Begehren nach ihm gestanden hat.«

»Gescheit war ich«, nickte sie sich und ihrem Zuhörer zu, allerdings ohne sein Ja abzuwarten; die Erzählung drängte sie vorwärts:

»Die Förstersfrau hab ich nicht zu Gesicht gekriegt. Aber wenn ich will, hab ich einen leichten Schlaf; um fünfe am Morgen ist sie zum Reinemachen ins Haus gekommen, und da hat sie mir auch die Kochvorräte für den Tag auf den Küchentisch gelegt. Mehr hat's mich gestört, daß sie alsogleich im Haus war, sobald wir's zum Spazierengehen verlassen haben; grad weil ich im Schlafzimmer selber geräumt hab, ist mir ihr Nachhelfen aufgefallen. Wie also hat er sie verständigt? Das hat zu gut geklappt, das war an den vielen Frauenbesuchen zu gut gedrillt worden, und in einem solchen Betrieb muß jede Frau zur Spionin werden. Für mich war das nicht schwer. Das Haus war alt, und die Möbel waren alt; ob Schrank oder Schreibtisch, die Wackelschlösser waren ohneweiters aufzudrücken. Zudem hat jeder Mann, der sich so ohne Schonung ausschöpfen läßt, einen tiefen Schlaf. Und jetzt hab ich ihn erst recht nicht geschont. Nur, daß ich ihn dann ungern verlassen hab; im Schlaf war sein Gesicht ohne Lüsternheit, schön und ohne Fehl, und oft bin ich da am Bettrand gesessen und hab das Gesicht lang angeschaut, eh ich mich ans Spioniergeschäft gemacht hab. Das war ein trauriges und zorniges Geschäft. Das Frauenzimmer hat zum Zeichen, daß es ihr Dauerheim ist, all ihre Kleider in den Schränken zurückgelassen, und ich war sicher, daß seine ganze Wut gegen sie ihn nicht hindern, ja, ihn vielleicht sogar anstacheln wird, ihr zum Willen zu sein, wenn sie ihn wieder zu ihrer Lust befehlen wird. Und so sehr ich vorher auf die Briefe von der Frau Baronin neugierig war, jetzt hab ich nur noch Ekel davor gehabt. Kunterbunt mit seinen andern Frauenbriefen sind sie in den Laden gelegen, und weil er sie ohnehin nicht vermißt hätt, hab ich mitgenommen, was mir davon in die Hand gefallen ist. Wart, ich les dir einen vor.«

Aus der Kitteltasche ihre Brille und ein paar zerknüllte Briefe hervorkramend, begab sie sich damit zum Fenster:

»Paß also gut auf, damit du's weißt, mit was für einem nichtsnutzig leeren Seelenlärm die Leut ihr leeres Leben und ihre leere Langeweil ausfüllen; paß auf, wie arm sie ist, die Frau Baronin. Paß auf, wie arme, leere Bösheit ausschaut; paß gut auf!

›Mein süßer Geliebter, unsere Beziehung wird täglich reicher, auch wenn Du ferne bist. In unserem Kindchen bist Du unaufhörlich zugegen, und es ist mir das Pfand für unser ewiges Zusammensein, das nun doch, wie Du schreibst, über kurz oder lang beginnen soll. Sei zuversichtlich. Der Himmel ist den Liebenden wohlgesinnt, und er wird Dir behilflich sein, von jener verruchten Frau loszukommen, die ihre Krallen so schmerzlich in Dich geschlagen hat. Möge, oh möge mir die gleiche Befreiung in meiner Ehe gelingen! Obschon mein Gatte im Grunde ein sehr edler Mensch ist, hat er nie etwas von meinem wunden Herzen geahnt. Meine Aussprache mit ihm wird schmerzlich werden, aber ich werde die Kraft dazu haben; Deine Liebe zu mir, die meine zu Dir, die mich ständig begleitet, gibt mir dieses Zukunftsvertrauen. In solch vertrauensvoller Gewißheit küsse ich Deine geliebten schönen Augen als

Deine Elviren-Elfe‹

Hast gut aufgepaßt? Schockweis hat sie solchen Stunk von sich gegeben, die leere Wasserpute, und er hat's ertragen, wahrscheinlich mit Zorn und Widerwillen, trotzdem ertragen. Ich hätt ihn darob hassen mögen. Aber warum hat er's ertragen? Doch nur weil er einer war, der die Frauen zu hoch und zugleich zu niedrig einschätzt, und der ihnen deshalb mit seinem Leib dienen muß, indes mit seiner Seel ihnen keine Beachtung geben darf. Er kann nicht lieben, er kann bloß dienen, und in jeder Frau, die er trifft, dient er der einen, die es nicht gibt, und die er lieben könnt, wenn es sie gäb, so aber nichts ist als ein böser Geist, der ihn knechtet. Und weil ich gewußt hab, daß ich ihn aus der Höllen, die das ist, zu retten nicht mächtig bin, und daß ich davonlaufen muß, hat das Zärtliche den Haß aufgelöst, und ich bin zurück ins Bett zu ihm, um ihn mit meinen Armen und Beinen zu umschließen, schonungslos aus Haß, schonungslos aus Zärtlichkeit, vielleicht aber auch, damit die Erschöpfung den kommenden Abschied uns beiden leichter machen soll. Dennoch hab ich ihn nach zehn Tagen gefragt, ob ich noch bleiben mag; ich könnt's richten. Und kaum gehört, ist da der jähe Entsetzensschreck wieder in seine Augen getreten wie damals im Garten, und gestammelt hat er: ›Lieber später, in wenigen Wochen, sobald ich von meiner Reise zurück bin.‹ Das war gelogen, und ich hab ihn wüst angeschrien: ›Mich siehst hier nicht eher, bevor nicht die Weiberkleider aus dem Haus sind!‹ Und da war er zum ersten Mal ein Mann, wiewohl auch dies aus Feigheit; er hat mich hingeschmissen, und ohne nach meiner Lust zu fragen, hat er mich genommen, so wild, daß ich ihn geküßt hab wie damals im Garten. Genützt hat's freilich nicht; der Haß war da. Und am Abend sind wir in Schweigen zur Trambahn hinunterkutschiert, mein Dienstmädchenköfferchen rückwärts im Wagen.«

War die Geschichte damit zu Ende? Nein, sie schien nun erst anzuheben, denn Zerlinens Stimme wurde nun ganz fest und klar:

»Mag sein, daß der Haß nur auf meiner Seite war. Mag sein, daß meine Drohung, nimmer zurückzukehren, ihm in die Glieder gefahren ist, weil er eben gespürt hat, daß es kein

Seelenlärm war. Mag sein, daß er sich von der Person, die da wohl schon am nächsten Tag zu ihren Kleidern zurückgekommen ist und die für mich bestimmt gewesenen Vorräte in der Küche aufgekocht hat, nun hat wirklich freimachen wollen. Kurzum, wenige Wochen später war die ganze Stadt in Aufregung, weil die geheimnisvolle Geliebte des Herrn von Juna im Jagdhaus plötzlich gestorben ist. Nun, derlei ist schon oft passiert, und trotzdem gab's sofort Gerüchte, daß er sie vergiftet hat. Gewiß hab nicht ich die Gerüchte hervorgerufen; ich war froh, daß ich aus dem Spiel gelassen war und daß ich weder von den Briefen, noch von den vielen Flaschen und Fläschchen, die er da droben gehabt hat, und die mir nicht geheuer waren, hab was erwähnen müssen. Aber wo Geschwätz ist, fügt sich leicht etwas dazu, und Weitertragen war leicht. Natürlich hab ich's mir nicht versagt, der Frau Baronin von dem Lauffeuer zu erzählen. Weiß wie Schnee ist sie geworden und hat bloß ein ›Nicht möglich‹ hervorgebracht; ich hab die Schultern gezuckt und hab ihr ein ›Alles ist möglich‹ versetzt. Daß die Hildegard Mörderblut in sich haben soll, hat etwas Scharfes und Wildes in mir hervorgerufen. Inzwischen haben die Leut mehr und mehr davon geredet, daß man den Herrn von Juna vor die Geschworenen bringen muß, und tatsächlich ist er wenige Tage später in Haft genommen worden. Und je mehr ich über die Sache gebrütet hab, desto sicherer war ich, daß er sie umgebracht hat; ja, heut bin ich darob womöglich noch sicherer als damals. Und da er es [um] meinetwillen getan hat, und ich daher, bei allem Haß, ihn nicht unterm Fallbeil hab wissen wollen, war ich sehr froh, als man zu munkeln begann, daß die Anklage zu schwach für eine Verurteilung sein würde. Es war nämlich bekannt geworden, daß die Person, was eine Münchner Schauspielerin war, eine schwere Morphinistin gewesen ist und sich bloß mit ihrer Spritze und schweren Schlafmitteln am Leben erhalten hat; ein solcher Körper bricht leicht zusammen, und selbst bei einer zu großen Schlafmitteldosis hätte es trotzdem Zufall, hätt es Selbstmord sein können, und der Mord war kaum nachzuweisen. Bloß die Briefe wären ein arges Belastungsmaterial gewesen, und die hab ich gestohlen. Welch ein Glück für ihn! Welch ein Glück für die Frau Baronin! Für eine Weile bin ich mir in meiner Tat ganz großartig vorgekommen, bis mir plötzlich einfällt, daß er mich dazu gar nicht gebraucht hat, daß er doch wahrscheinlich vor seiner Verhaftung noch all seine Korrespondenzen verbrannt hat, und daß ihm das Fehlen dieser gefährlichsten nun das Gehirn zermartern muß. Und ich hab den Entsetzensschreck in seinen Augen so deutlich gesehen, daß derselbige auch mich gepackt hat. Da hab ich das getan, was ich schon vorher hätt tun müssen; ich hab die Briefe genommen und hab sie zu seinen beiden Verteidigern, von denen der eine eigens aus Berlin gekommen ist, eilends hingetragen, damit die beiden ihn aus seiner Qual und Unsicherheit erlösen. Sie haben mir viel Geld dafür angeboten, und ich hab's ausgeschlagen, denn ich hab zu träumen begonnen; ich hab mir vorgestellt, wie er nun aus Dankbarkeit mich nach seinem Freispruch würd heiraten müssen, und weiß Gott, ein Schlag für seine Eitelkeit wär's gewesen und ein noch böserer für die Frau Baronin, die da ihrer Zofe sogar noch hätt Glück wünschen müssen. Und ebendarum hab ich ein paar Briefe, die schwerstverdächtigen, für mich zurückbehalten. Auf ihre Vollzähligkeit hätt sie ohnehin niemand zu prüfen vermocht, am allerwenigsten der Herr von Juna selber. Was ich abgeliefert hab, hat zur Beschwichtigung seiner Angstqualen vollauf genügt. Dagegen hab ich die anderen für die Heiratsträumerei gebraucht; wenn man heiraten will, ist's ganz gut, ein kleines Nachdruckmittel in der Hand zu haben, und auch in der Ehe wär's ganz nützlich gewesen.«

»Schön ist's, daß Sie den Herrn von Juna gerettet haben«, warf da A. ein, »nur mit der armen Frau Baronin sollten Sie nicht immerzu so hart verfahren.« Zerline liebte keine Unterbrechungen: »Die Hauptsache kommt erst«, lehnte sie ab, und sie hatte recht damit. Denn Klage, Anklage, Selbstanklage werdend, wuchs nun ihre Erzählung über sich selbst hinaus.

»Schon's Heiratsträumen war große Schlechtigkeit, aber ich hab's mir bloß vorgemacht, um mich über noch größere

Schlechtigkeit hinwegzutäuschen, und für diese hab ich auch die Briefe gebraucht. In der Verlorenheit war ich, und ich hab's nicht gewußt. Wer hat mich in solche Verlorenheit gebracht? der Juna, weil er mir im Blut war, und ich ihn trotzdem nicht geliebt hab? die Frau Baronin mit dem Bankert, was sein Kind gewesen ist? oder gar der Herr Präsident selber, weil ich's nimmer ertragen hab, daß er ein Hahnrei war, der in seiner Heiligkeit dumm und blind und unwissend davor geworden ist? Ich allein hab's ihm aufdekken können, und wie nun zu allem andern ruchbar geworden ist, daß der Herr Präsident selber die Verhandlung Juna übernehmen wird, da war ich ganz verloren. Soll er mit eigenem Mund den freisprechen, der insgeheim in sein Haus gekommen ist, um ihm den Bastard hineinzusetzen? Ich hab's nicht ertragen, und ich hab mein Mitwissen nimmer ertragen; es war ja fast wie Mitschuld, und hinter der Mitschuld da war noch Ärgeres, da war die Schlechtigkeit. Und nicht das Wissen, nicht die Mitschuld, nein, die Schlechtigkeit hab ich herausschreien wollen, damit ich mich wiederfind aus meiner Verlorenheit. Noch tiefer hab ich in die Schlechtigkeit gehen müssen, damit ich wieder ein Ganzes werd im Tageslicht, mitsamt meiner ganzen Schlechtigkeit. Und trotzdem bleibt's unergründlich. Wie ein Befehl war's, daß ich all die verbliebenen Briefe, sowohl die seinen, wie die von der Frau Baronin, wo sie beide mit Mord gedroht haben, plötzlich zusammengebündelt und anonym mit Blockschrift-Adresse dem Herrn Präsidenten geschickt hab. Ich hab's tun müssen, und war mir dabei über alles klar; im Grund waren die Briefe dem Staatsanwalt zugedacht, damit der Herr Präsident, schon wegen der Schand der Frau Baronin, seine Stelle niederzulegen gehabt hätt, während der Juna halt doch geköpft worden wär. Und vielleicht hab ich gewünscht, daß der Herr Präsident aus lauter Verzweiflung sich und die Frau Baronin und den Bankert umbringt. Und weil ich hab alles eingestehen wollen, meine Mitschuld und meine Briefdiebstähle im Jagdhaus und im Schlafzimmer von der Frau Baronin, wär's mir recht gewesen, wenn er mich gleichfalls umgebracht hätt. Das wär die richtige Gerechtigkeit gewesen, denn für mich, nicht für die Frau Baronin, ist die Frauensperson im Jagdhaus ermordet worden, und für diese höhere Gerechtigkeit hab ich den Herrn Präsidenten bewundern wollen. Furchtbar war die Prüfung, die ich dem Herrn Präsidenten auferlegt hab, und die er für die Gerechtigkeit hätt bestehen sollen, damit ich doppelt an seine Größe und Heiligkeit glauben kann. Dafür mit meinem Leben zu zahlen, war ich willens, und trotzdem war's Schlechtigkeit, die ich immer noch nicht versteh.«

Sie atmete schwer auf. Wahrlich, das war die Hauptsache; es war das große Schuldbekenntnis ihres Lebens, und als Bekenntnis, nicht wegen des Sieges über die Baronin, obwohl auch der noch darin mitschwang und nicht entbehrt werden durfte, war offensichtlich die ganze Geschichte erzählt worden. Und in der Tat, Zerline schien erleichtert. Seitdem sie den Brief vorgelesen hatte, war sie beim Fenster stehengeblieben, und jetzt sollte sich zeigen, daß das mit gutem Grund geschehen war. Umständlich setzte sie wieder die Brille auf die Nase, holte wieder einen Zettel aus der Tasche, und nach einem nochmaligen tiefen Atemschöpfen gewann ihre Stimme aufs neue Stärke und Festigkeit:

»Das Briefpaket war an den Herrn Präsidenten abgeschickt, und ich hab erwartet, gefürchtet, gehofft, daß nun viel Schreckliches geschehen würde. Die Tage sind dahingegangen, ohne daß was geschehen wär. Nicht einmal mich nahm er ins Gebet, obwohl doch kaum jemand anderer als ich der anonyme Absender hat sein können. Da kam große Enttäuschung über mich, weil auch der Herr Präsident sich als Feigling zeigte, dem die Gerechtigkeit weniger galt als seine Stellung und sein äußeres Ansehen, ja, der um dessentwillen sogar einen Mörderbankert in seinem Haus zu dulden bereit war. Indes, ich wurde eines Bessern belehrt, und gründlich. Denn er, der sonst so wenig redet, beginnt auf einmal bei Tisch, während ich aufwarten tu, so daß ich alles hören muß, laut über Verbrechen und Strafe zu sprechen. Jedes Wort hab ich mir treu gemerkt und hab's sofort hinterher aufgeschrieben. Jetzt werd ich's lesen, damit auch du dir's merkst. Merk also gut auf!

›Unsere Geschworenengerichte sind eine wichtige und dabei

doch gefährliche Institution, gefährlich, weil der Volksrichter sich leicht von Gefühlsmotiven leiten läßt. Und gerade in den so schweren Fällen, für welche die Geschworenen zuständig sind, also vor allem bei Mordanklagen, kann das Gefühl der Rache, das ja letztlich jede Strafverhängung begleitet, sich unbemerkt einschleichen und die Oberhand gewinnen. Ist es aber so weit, dann wird zumeist nicht mehr erwogen, daß auch der Justizirrtum ein Mord sein kann, und es wird nicht mehr das Gräßliche der Todesstrafe erwogen, vielmehr reißt Bedenkenlosigkeit ein, eine Bedenkenlosigkeit, die oft genug schon zugunsten des Rachebedürfnisses Beweisstücke unrichtig eingewertet hat. Doppelt und dreifach hat also da der Richter bei der Beweiszulassung und Beweisbehandlung darauf zu achten, daß derlei nicht einreißt. Sogar die vom Angeklagten persönlich geschriebenen oder unterzeichneten Schriftstücke sind Mißdeutungen ausgesetzt. Wenn beispielsweise einer schreibt, daß er einen Menschen ›beseitigt‹ haben möchte oder sich ›seiner entledigen‹ will, so deutet das noch lange nicht auf unbedingte Mordabsicht hin. Bloß Rachebedürfnis wird da nichts anderes als Mordwillen herauslesen, das Rachebedürfnis, das nach dem Henkersbeil ruft und nach dem Blut des Opfers dürstet.‹

So hat er gesprochen, und ich hab's verstanden, so gut verstanden, daß mir die Hände zu zittern begonnen haben und ich die Bratenschüssel fast hätt fallen lassen. Er war noch größer, noch heiliger als alles, was ich blödes Frauenzimmer mir je vorgestellt hab. Er hat erraten, daß ich ihn zur Rache, zur Henkersrache hab bewegen wollen, und er hat's abgelehnt. Alles hat er gewußt. Aber hat's auch die Frau Baronin begriffen? oder war sie auch hierfür zu leer? Wenn sie sich nur halbwegs der Briefe erinnerte, die sie bekommen hat, es hätten ihr Ausdrücke wie ›beseitigen‹ und ›entledigen‹ auffallen müssen. Auch der Herr Präsident sah sie an, schier gütig sah er sie an, und wenn sie auf die Knie gestürzt wär vor ihm, ich hätt mich nicht gewundert. Doch sie hat sich nicht gerührt, und sie rührt sich nicht; höchstens, daß sie ein bißchen blaß in den Lippen geworden ist. ›Oh, das Fallbeil‹, sagt sie, ›die Todesstrafe, eine schreckliche Einrichtung‹. Das war alles, und der Herr Präsident schaut auf seinen Teller, während ich den Nachtisch aufgetragen hab. So war sie eben, so leer. Und was nun noch nachgekommen ist, hat nichts Überraschendes mehr für mich gehabt. Knapp vor Weihnachten hat die Verhandlung stattgefunden, und den Verteidigern ist sie ein leichtes Spiel gewesen, da ihnen der Herr Präsident Hilfe gab und den Staatsanwalt in Zaum hielt; kein Brief ist vorgelegt worden. Der Freispruch durch die Geschworenen war ein beinahe einmütiger, nämlich elf zu eins, und die eine Gegenstimme hätt von mir sein können. Trotzdem war ich froh, wie er freigesprochen worden ist, der Herr von Juna, und noch froher war ich, daß er ohne Dank an mich und ohne Abschied sich sofort davongemacht hat, um sich außer Landes, ich glaub in Spanien, eine Bleibe zu suchen.«

Das war der Erzählung Schluß, und Zerline seufzte auf: »Ja, das ist die Geschichte von mir und dem Herrn von Juna, und ich werd sie nie vergessen. Dem Fallbeil ist er entronnen, und mir ist er entronnen, und das war für ihn ein noch größeres Glück als jenes. Denn wär er edel gewesen und hätt er mich geheiratet, ich hätt ihm die Höll auf Erden bereitet, und wär er noch am Leben, er hätt immer noch mich gehabt, mich altes Weib; schau mich nur an.« Doch ehe A. sich dazu äußern konnte, hatte nun der Abgesang begonnen:

»Viel Lärm ist nach dem Urteil entstanden. Die Zeitungen haben den Herrn Präsidenten angegriffen, besonders die roten, die ihm Klassenjustiz vorgeworfen haben. Fast selbstverständlich war's, daß er sich immer mehr zur Einsamkeit zurückgezogen hat. Aus seiner Studierstube ist er kaum mehr herausgekommen, und bald hab ich ihm auch das Bett dort richten müssen. Ein Jahr später hat er seinen Abschied eingereicht, aus Gesundheitsrücksichten. Doch in Wahrheit waren's Todesrücksichten; er war noch nicht Sechzig, wie's ihn ereilt hat, und was immer die Ärzte gesagt haben, er ist am gebrochenen Herzen gestorben. Sie jedoch hat mitsamt dem Bastard weiterleben dürfen. Und darum, wegen dieser Ungerechtigkeit, hab ich die Hildegard so erzogen, wie ich sie erzogen hab. Zur wirklichen Tochter vom Herrn Präsidenten hat sie werden sollen, damit es würdig um ihn wird und sein

Haus keinen Mörderbankert mehr beherbergt. Von ihrem Mörderblut hab ich sie freilich nicht befreien können, aber ebendarum hat sie lernen müssen, sich ihrer Tochterschaft würdig zu erweisen. Wär sie katholisch gewesen, ich hätt sie ins Kloster getan; so konnt ich bloß die keusche Heiligkeit des Verblichenen ihr vor Augen führen und sie zur Nachahmung anhalten. Je mehr ich sie ihm ähnlich gemacht hab, desto mehr hat sie ihre Schuld gesühnt, desto mehr ist auch die ihrer Mutter gesühnt worden, obgleich deren Schuld ewiglich im Unabbüßbaren bleibt. Die Tochter hat's übernommen. Nämlich, je mehr sie eingegangen ist in den Vatergeist, desto mehr ist der Wille zur Rächung in sie eingegangen, die Rache, die er selber nicht hat ausüben wollen aus heiliger Strenge gegen sich selbst. Auch sie knechtet sich selber in Nachahmung; dazu hab ich sie verknechtet, doch die Heiligkeit hat ihr niemand beizubringen vermocht, und ohne Heiligkeit muß sie die Knechtschaft weitergeben, so saß sie mit der stillen Heuchelrache, die in der Obsorge ist, die Mutter zur Buße verknechtet. Eins geht ins andere über, und so hab ich's gewollt, so hab ich sie erzogen zur Schuldabbüßung. Freilich rebelliert sie dagegen mit ihrem lüsternen Mörderblut, das keine Buße auf sich nehmen will, aber es nutzt ihr nix.«

»Ja um Himmels willen«, rief da A. aus, »wofür muß sie denn büßen? wo ist ihre Schuld? Man kann sie doch nicht für ihre leiblichen Eltern verantwortlich machen, um so weniger, als die Liebe der Frau Baronin zu dem Herrn von Juna doch nicht so ohneweiters sich als Verbrechen nehmen läßt!« Ein strafender Blick traf ihn, vielleicht weniger wegen des Gesagten, wiewohl auch dieses Zerlinen wider den Strich gehen mußte, als wegen der Störung des Abgesanges:

»Bist vielleicht gar schon daran, ihrer Lüsternheit zu verfallen? Ich warn dich. Nimm dir lieber ein richtiges Mädel, mit dem du gern schläfst, und das gern mit dir schläft, und selbst ein bißchen rote Händ sind besser als ein manikürter Seelenlärm. Weißt du, warum sie dich nicht als Mieter hat haben wollen? Nun, es hat noch keinen Mieter hier gegeben, vor dessen Tür« – und sie wies hinter sich zu der Zimmertüre hin

– »sie nicht Nacht für Nacht gestanden hat, und Nacht für Nacht hat der Befehl des Vaters, der nicht ihr Vater ist, sie gelähmt, und sie ist immer nur bis zur Türschwelle gelangt. Und wenn du's nicht glaubst, streu ich, wie ich's oft genug getan hab, heut abend Mehl im Vorzimmer auf, damit du am Morgen ihre zögernden Tritte siehst. Das ist ihre Schuldqual; laß dich nicht hineinverstricken. Denn zusammen mit unserer Schlechtigkeit ist auch unsere Verantwortung immer größer als wir selber, und je tiefer der Mensch in seine Schlechtigkeit zu tauchen hat, um sich selbst zu finden, desto mehr Verantwortungen für Verbrechen, die er nicht begangen hat, muß er übernehmen; das trifft jeden, dich wie mich wie die Hildegard, und ihrer ist die Buß für das Vergehen ihrer Leibeseltern. Sie aber, die Frau Baronin, die unserer beider Gefangene ist, möcht der Verknechtung entfliehen, und jeden Mieter fleht sie an, daß er ihr dazu verhelf. Voller Seelenlärm sind sie, Mutter wie Tochter, und daß er ihnen in die Ohren gell, hab ich ihn angefacht zum Höllenlärm, und eine Hölle ist dieses Haus in seiner feinen Stillheit. Der Heilige und der Teufel, der Herr Präsident und der Herr von Juna, der nun wohl auch schon tot ist, zwei Drohschatten weichen ihnen nicht von der Seiten und zerreißen sie. Vielleicht sogar auch mich. Und es hat mir auch nichts geholfen, daß ich nach dem Herrn von Juna, schon um nicht grad ihm treu zu sein, mir noch andere Liebhaber genommen hab; es hat mir um so weniger geholfen, als mir bald aufgefallen ist, wie's mich gezwungen hat, immer Jüngere mir auszusuchen, am Schluß nur noch Buben, die ich an meiner Brust gewiegt hab, auf daß sie die Furcht vor der Frau verlieren und die Lust lernen mögen, die Menschenruhe. Wie ich das gemerkt hab, da hab ich's endgültig aufgegeben. Nur deshalb? Nein. Längst hätt ich's schon aufgeben sollen, und wenn die Frau Baronin nicht gewesen wär, ich hätt mich möglicherweise nicht einmal mehr mit dem Herrn von Juna eingelassen. Das Bild des Herrn Präsidenten war in mir, seit jeher unauslöschlich, und es ist gewachsen und gewachsen... wer war da seine Witwe, nachdem er gestorben war? wer war's, wenn ich's nicht war? Mehr als vierzig Jahr sind's her, daß er nach meiner Brust gegriffen hat, und ich hab ihn geliebt, mein Leben lang, mit meiner Seele.«

Das war nun wirklich das natürliche Ende der Geschichte, und A. wunderte sich ein wenig, daß er es nicht vorausgewußt hatte. Zerline dagegen, ihrem Alter gemäß ziemlich erschöpft, schaute eine Zeitlang ins Leere, ehe sie mit ihrer gewohnten Zofenhöflichkeit und Zofenstimme sagte: »Jetzt hab ich aber mit meinem Geschwätz Ihnen den ganzen Nachmittagsschlaf geraubt, Herr A., doch ich hoff, daß Sie ihn trotzdem noch nachholen werden.« Und krummrückig humpelte sie aus dem Zimmer hinaus, dessen Tür, als wäre bereits ein Schlafender darin, sie mit leiser Vorsicht schloß.

A. war aufs Kanapee zurückgesunken. Ja, sie hatte recht, er sollte noch ein wenig schlafen. Schließlich wars noch nicht so spät; gerade hatten die Turmuhren vier geschlagen. Also war's ganz richtig, daß sich wieder die schlafbefangenen Gedanken einstellten, die ihm durch Zerlinens Eintritt abgerissen worden waren. Aber wiederum schob sich zu seinem Ärger das Geldthema in den Vordergrund. Und wiederum mußte er sich erzählen, wie es mit dem Geldverdienen begonnen hatte, damals in Kapland, und wie er seitdem vom Geld, ohne daß er viel dazu getan hätte, von Erdteil zu Erdteil, von Börse zu Börse geführt worden war, und wenn man Südamerika als eigenen Erdteil rechnete, so waren das sechs in fünfzehn Jahren; das macht zweieinhalb pro Erdteil. Und alles war purer Zufall. Für seine Markensammlung hatte er sich als Bub die dreieckige »Kap der guten Hoffnung« ersehnt, vergeblich ersehnt, und von daher ist die Sehnsucht nach Südafrika geblieben. Marken wären keine schlechte Kapitalsanlage, aber seine Sammellust ist erloschen. Was wollte er eigentlich? Ein Heim, Frau, Kinder? Wirkliche Freude an Kindern haben im Grunde bloß die Großmütter. Kinder sind Störungen jeglichen komfortablen Lebens, und Liebesgeschichten sind es erst recht, sind unverständlich. Was die Baronin getrieben hat, war einfach dumm; hätte er sie damals schon gekannt – aber damals war er ja noch kaum geboren –, er hätte sie zu sich nach Kapstadt gerufen und sie vor dem Kerl und seiner schlechten Behandlung gerettet.

Freilich, Frauen kommen nicht gern da hinunter, und das hat auch zu dem Frauenmangel und den dazugehörigen Dramen in den Diamantenfeldern geführt. Dort hätte der Herr von Juna sich keine Frauensammlung anlegen können. Ein unkomfortables Leben hat der gehabt. War der Präsident beneidenswerter? Wenn die beiden dem Hahnrei wenigstens einen Sohn gemacht hätten. Doch der wäre ihm wohl gleichfalls nach Afrika entwischt, trotz der Nutzlosigkeit jeglichen Entwischens; denn die Witwe bleibt in der Heimat, bleibt eine Gefangene. Man sollte immer sein eigener Sohn sein. Hatte er nicht nach des Vaters Tod die Mutter zu sich nach Kapstadt nehmen wollen, um ihr ein Haus zu bauen? Da wäre sie wohl noch am Leben; jedenfalls hätte sie Enkel. Für die Kinder muß man eine Markensammlung anlegen; auch die dreieckige »Kap der guten Hoffnung« wird er erwerben. Mag der Sonntag verrinnen und versickern, das ist ein guter Lebensplan.

Ja, ja, so sollte man das Leben planen, das wußte A. noch mit aller Bestimmtheit. Daß er darüber eingeschlafen war, wußte er nicht mehr.

Erzählungen

Eine leichte Enttäuschung
Novelle

Plötzlich fiel es ihm auf, und gleichzeitig erschrak er, weil es ihm nicht früher aufgefallen war: da stand zwischen den modernen Warenhäusern der lärmenden Geschäftsstraße ein schmales Haus, das aus der Mitte des achtzehnten Jahrhunderts stammen mochte. Täglich war er daran vorbeigegangen, und nie hatte er es noch gesehen, trotzdem es wie ein abgebrochener Zahn zwischen den beiden Nachbarn steckte, eingeklemmt zwischen zwei riesigen buntbemalten Feuermauern, und eine Luftbrücke über sich ließ, durch die – mochte auch das Gerippe der Lichtreklame auf dem First des braunen Ziegeldaches dort ragen – manchmal der blaue Himmel, manchmal die Wolkenwand in die Straße schaute. Aber die langen Firmentafeln, deren Aufschriften schon an der Front des linken Nachbars begannen und bis zum rechten hinüberliefen, diese langen, steifen Bänder waren es wohl, die jede selbständige Äußerung des Hauses unterbunden hatten, es mit dem Baublock in einer Einheit hielten, die nicht die seine war. Nun plötzlich war es vorhanden, losgelöst aus dem Gefüge, in dem es sich befand: gleichwie unter den Kleidern aller Menschen die tierisch-menschliche Haut liegt, ein Faktum, dessen man nur selten inne wird, so wurde unter den Ankündigungen und Firmentafeln des Hauses die Mauer wieder zu einer richtigen Ziegelmauer mit dem grauen Verputz, den die Kelle des Maurers einst geworfen hatte, und sichtbar wurde das braune Dach, wie es zwischen den Sparren und Trämen des alten Dachstuhls wellig sich einbog. Vielleicht ist es immer erschreckend, wenn Unbekanntes aus der Vergangenheit auftaucht, – Angst des Menschen, der etwas zurückgelassen hat, das er nicht kennt, er selbst geworfen in die Angst und in die Zeit, die ihn nicht zurückläßt, und zu solch historischem Gefühl gehörte es wohl auch, daß die Buchhandlung hier in ihrem Schaufenster einen Kupferstich ausstellte, auf dem diese Geschäftsstraße in ihrer gewesenen Gestalt zu sehen war, als eine breite, stille Wohnstraße, Häuserzeile, in welcher Dach an Dach stieß, Einheit gewesener Verbundenheit. Und da der Betrachter sich dieses Kupferstichs entsinnt und auch an den darauf abgebildeten Fahrdamm denkt, der nicht gepflastert war, sondern kreuz und quer von Wagenspuren gefurcht und ohne Bürgersteig, betritt er des Fahrdamms Pflaster, überquert er die eisernen Trambahngeleise, getrieben von dem Verlangen, in jenes alte Haus einzutreten, gleichsam von der vagen Hoffnung getrieben, darinnen so aufatmen zu können, wie man aufatmet, wenn man die geschlossene ineinandergefügte Stadt verläßt und in eine Dorfstraße gerät. Wäre er gewohnt gewesen, auf seine tieferen Wünsche achtzuhaben, so hätte er in seinem Innern eine Art Sehnsucht feststellen können, mochte diese auch bloß eine Sehnsucht der Nase nach dem scharfen Geruch von Heu, Dung und gebeiztem Mist sein, Sehnsucht, daß sich in dem Haus irgendwo ein Rest von Heu finden würde oder etwa gelbe und hellbraune Maiskolben, aufgereiht zum Trocknen an einer Schnur unter der Dachtraufe, wie in einem Bauerngehöft. War doch die Bettlerin, die neben dem Torbogen saß, wie eine der alten Bäuerinnen, die auf der Bank vor der Türe ruhen, weil sie keine Arbeit, nichts mehr zu schaffen haben, und er scheute sich auch, ihr ein Almosen zu geben, ja, es fehlte gar nicht viel, und er hätte den Hut gezogen, als er in den dunklen Torweg hineinging, der, zur Hälfte für Geschäftszwecke verbaut, unverhältnismäßig schmal war.

Auch die Wände des Torweges waren voller Firmentafeln und nicht minder der Treppenaufgang, über dem ein altes Schild die Aufschrift »I. Stiege« auf schwarzem Grunde zeigte. Hier war noch Geschäftsstraße, war es noch die in das Haus hineingekrochene Geschäftsstraße; und sicherlich kroch sie auch noch die ganze erste Stiege hinauf, bei jedem Treppenabsatz ihre Tafeln anhaftend. Ein Täuschungsmanöver, dachte der Besucher unwillig, ein Täuschungsmanöver, und er war nicht gewillt, sich täuschen zu lassen, würdigte den Aufgang keines Blickes und trat aus dem Torweg in den Hof. Der lag dunkel und wie ein tiefer Brunnen innerhalb des Mauergevierts, und aus den geöffneten Fenstern der Stockwerke klapperten geschwätzige Schreibmaschinen. Nein, das war noch nicht das, was er suchte, und fast wäre er umgekehrt, wenn nicht die stille Werkstätte für Schreibmaschinenreparaturen in dem Hofe gewesen wäre. Daß dieser Reparaturmeister mit seinen Gesellen hier seiner gemäßigten Arbeit nachging, daß er sein Schild, unbeweglich und steif eine Schreibmaschine darstellend, heraushängte wie einstmals der Schuster einen Schuh, der Schneider eine Schere, daß daneben die Buchbinderwerkstätte ruhig und dunkel ihre Tür geöffnet hielt, all dies vergrößerte ein wenig die tatsächliche Entfernung von der Geschäftsstraße, gewiß nicht um vieles, etwa bloß um einige Millimeter oder noch um ein Geringeres, dennoch genügend, daß die Tafel »Zur II. Stiege« neben der zweiten Durchfahrt an der Rückseite des Hofes zu einer leisen Verlockung ihm werden konnte. Er überwand die Scheu vor dem Geklapper und durcheilte leichthin den Hof, denn lockender noch als die Tafel schien es, daß jene zweite Durchfahrt schräg in eine dunkle, kellerige und eine gelbe sonnige Hälfte geteilt war, so daß unzweifelhaft dahinter noch ein Hof liegen mußte, in den die Sonne ungehindert ihre Strahlen sendete. Fast fürchtend, er könne sich irren, war er voller Begier hinausgetreten in die durchsonnte Landschaft und war im Vorhinein entschlossen, auch die zweite Stiege nicht zu benützen, überzeugt, daß er dort bloß die stets versperrten, mit Eisen beschlagenen rückwärtigen Ausgänge der Büros finden würde. Auch hätte er die Glastür kaum bemerkt, die von dem Torweg zur Stiege führte, aber durch ihr zitterndes Klappern zog sie seine Blicke auf sich. Es war eine gewöhnliche Glastür, ihre Scheiben waren durch Gitter aus braungestrichenen Drahtbögen geschützt, und das Glas klirrte ein wenig. Das Klirren rührte von einem unausgesetzten leichten Klappen der Tür her, und die Schattengrenze, die zwischen dem dunklen und dem durchsonnten Teil der Durchfahrt über die Tür lief, zitterte mit. Das war wie eine Sonnenuhr, aber eine, die ungenau geht, und weil sich dies jeder Ordnung widersetzte, schien es auch wie ein Versprechen, daß das Gefüge steinerner Ordnung, eiserner Starrheit still auseinanderfallen könne, still wie der neue Hof nun war, an dessen Rande er stand und der durchsonnt und warm vor ihm lag. Das Klappern der Schreibmaschinen war verstummt, war zu einem fernen Summen in der stillen Luft verblaßt. Daß die Sonne hier so freien Zutritt hatte, das war nun allerdings merkwürdig und rührte davon her, daß der große Hof an der Längsseite nicht durch einen Gebäudetrakt, sondern bloß durch eine hohe Mauer abgeschlossen war. Natürlich warf auch diese Mauer ihren Schatten in den Hof, doch da die Mittagsstunde heranrückte, war dieser Schatten nur schmal und außerdem dadurch gemildert, ja gemildert konnte man sagen, daß er nicht auf Pflaster fiel, sondern daß eben dort neben der Mauer wie ein Schlitz in der Steinhaut des Bodens ein ungepflasterter Streifen sich hinzog. Vielleicht hatte man einmal den Versuch gemacht, hier Spalierobst zu ziehen, und es war wegen der Schattenlage nicht gelungen, vielleicht aber hatte man nur Rasen gesät gehabt, und es waren Ruhebänke dazwischen gestanden. Davon war allerdings nichts mehr zu sehen, bloß die graue Erde mit hineingetretenem Kies, kleine, mühsam zusammengescharrte Sandhäufchen, wie von Kinderspielen übrig geblieben, und auch Hundeunrat. Theoretisch war dies ihm sozusagen verständlich, denn Hunde lieben zu solchem Geschäft den natürlich gewachsenen Boden und verabscheuen das Pflaster, als könnten sie auf diese Weise ihrer Sehnsucht nach dem Lande und nach der einstigen Freiheit Ausdruck verleihen, aber daß es in diesem kommerziellen Hause überhaupt Kinder und Hunde geben sollte, das war beunruhigend, und es war auch eine Hoffnung dabei, die in einem zwar losen, dennoch deutlichem Zusammenhang mit seiner eigenen Erwartung stand, es werde sich die festgefügte Stadt hier ins Landschaftliche und Dörfliche öffnen. Gerne nahm er's für ein Omen, daß es ihn zur Mittagsstunde hierher verschlagen hatte, denn auch die Dorfstraße liegt so still und leer unter der heißen Sonne wie dieser Hof zu solcher Mittagsstunde, in der die Familien, soweit sie nicht auf dem Felde draußen sind, sich um den Tisch versammelt haben, während die Hunde, den Bissen erwartend, daneben sitzen, schläfrig nach Fliegen schnappen oder mit zuckend gerunzeltem Fell tatsächlich einschlafen;

und manche sind räudig. Nicht gerade, weil er sich für noch nicht würdig hielt, den beschatteten Kiesstreifen längs der Mauer zu betreten, sondern, so wenigstens meinte er, weil er über die Mauer schauen wollte, hielt er sich an der gegenüberliegenden Seite neben der glühenden Hauswand. Die Wand hatte im Erdgeschoß keine Öffnungen, denn wo einst Türen und Fenster gewesen, da waren sie zugemauert worden, und es mußte wohl ein Magazin dahinter liegen, das vielleicht zur Buchbinderei des ersten Hofes gehörte. Einmal blieb er stehen, streckte den Hals und stellte sich sogar auf die Zehenspitzen, um etwas von dem zu erhaschen, was hinter der Mauer lag. Er konnte nicht viel erspähen, doch war es kaum glaublich, daß solch großer freier Raum sich im Rücken der Geschäftshäuser befinden sollte, wenn es auch wohl so sein mußte, da erst in weiter Ferne Gebäude und auch die bloß mit ihren oberen Stockwerken und Dächern auszunehmen waren. Mitten in dem freien, luftigen Raum aber ragte ein roter Fabrikschlot wie ein blutiger Schnitt in der weißblauen Fläche, und horchte man scharf hin, so hörte man auch eine Dampfmaschine arbeiten. Wahrscheinlich haben die großen Geschäftshäuser hier inmitten ehemaliger Gärten ihre Kraft- und Heizzentrale, und er beneidete ein wenig die Maschinisten, die jetzt zur Mittagszeit vor dem Maschinenhaus sitzen, mit ölig riechenden Händen die Zigarette zum Mund führen und ihre Maschine, die kaum einer Wartung bedarf, ruhig laufen lassen. Während er dies noch bedachte, hatte er den Hof durchschritten. Doch nun gab es keinen Torbogen mehr, sondern nur noch eine Glastür gleich jener vor der zweiten Stiege, und da er eintrat, war es keine Durchfahrt mehr, sondern ein verhältnismäßig schmaler Gang, der – als hätte der Baumeister die fortgesetzte Verkleinerung aller Maße betonen wollen – mit einer noch geringeren, nur mehr einflügeligen Glastür endigte, einer Privattür fast, denn vor ihren blinden Scheiben fehlten sogar die Drahtstäbe.

Es galt sich zu entscheiden. Rechts führte die Stiege hinauf, und sozusagen probeweise, als wollte er ihre Tragfähigkeit prüfen, setzte er den Fuß auf die erste Stufe. Aber er konnte nicht umhin, dabei immer noch zu jener kleinen Tür hinzusehen, die nun zu seiner Linken lag, denn fast schien es, als wäre von dort her entscheidendere Verlockung zu erwarten. Eine weiße Mauer, von der Sonne grell beleuchtet, zeigte sich hinter den schmutzigen Scheiben, blendete. Sollte dort wieder ein Hof sein, dann noch immer einer und immer so fort, einer an den andern sich fügend, eine Stadt von Höfen? Jählings wurde das Horizontale ihm widerwärtig; es war, als ob im Horizontalen das Gefüge aller Angst läge, wie ein Labyrinth. Man mußte einmal den Entschluß fassen, emporzusteigen, und von der Tür sich abwendend, sagte er: »Ich will sie links liegen lassen.« Dieses sagte er ganz laut vor sich hin, und indem er es wiederholte, freute er sich, daß der abgegriffene Ausdruck plötzlich einen so handgreiflichen und deutlichen Sinn erhalten hatte. Ja, so freut man sich, wenn man unter alten Sachen mit einem Male etwas Brauchbares findet. Er hatte die Tür links liegen lassen und war auf die zweite Stufe getreten. Doch er konnte sich trotzdem nicht so leicht trennen, und weil er vielleicht immer ein wenig zu nachsichtig gegen sich gewesen war, gab er auch diesmal nach, drehte den Kopf, bückte sich sogar, um nochmals das Bild hinter den Scheiben zu erhaschen. Und in dieser schrägen Blickrichtung ließ sich nun feststellen, daß es ein kleiner Hof war, der sich dort befand, eigentlich kein Hof, sondern ein kleiner Garten, zur Hälfte beschattet von etwas, das man nicht wahrnehmen konnte, das aber wohl eine Holzplanke sein mochte, ein Garten, in dem ein Lusthaus stand, dessen Holz durch Wetter und Sonne grau geworden war, so grau wie der Misthaufen, der an die Wand angeschüttet war und vor dem man neben allerlei Grünem auch Fuchsien in den Boden eingesetzt hatte. Neben den Fuchsien staken Holzgitter in dem Boden, unten schmale, oben verbreiterte Gitter aus Holzstäbchen, an denen sich die Fuchsien ranken sollten, und trügt es ihn nicht, so summten Wespen um das Holz des Lusthauses. War es nicht ihr Summen gewesen, das er für das verebbende Klappern der Schreibmaschinen gehalten hatte? Hier hinter der Privattür schwärmten sie wie Wächter, damit niemand in den Privatgarten eindringe. Oder ist das Geklapper über dem Labyrinth der Stadt nicht wie das Summen des Ungeziefers über dem Misthaufen? Klappern des aussätzigen Wächters, der den Wanderer verscheucht und ihn auf Zickzackwege zwingt. Also war es gewissermaßen eine Überlistung, daß er hinaufstieg, daß er die Wächter sozusagen übersprang; und unter solchen Gedanken beschleunigte er seinen Schritt, stieg er die Treppe hinauf, sah in jedem Stockwerk den langen Gang, der beiderseitig der Stiege sich dehnte und in dem sich die hellbraunen Türen und vergitterten Küchenfenster reihten, horchte, ob aus den Räumen, die hinter den Türen lagen, Geräusche kämen. Aber es war kaum etwas zu hören, und wenn es irgendwo leise raschelte, so mochten es auch Mäuse sein oder gar Ratten. Freilich ließ sich die Stille mit dem Mittagsschlaf erklären, in den zu dieser Zeit Mensch und Tier verfällt, umschwärmt von Wespen und Fliegen, aber so weit mußte man gar nicht denken, denn eher war es anzunehmen, daß man diese Wohnungen zu Hinterräumen der großen Büros degradiert hatte, wenig benützte Hinterräume wohl, die man, vorsorgend für eine künftige Ausbreitung des Geschäfts, bloß ihrer Billigkeit wegen mitgemietet hatte und in die sich nur hie und da ein Diener verirrt. Dazu allerdings mochte es nicht stimmen, daß vor der Wasserleitung im zweiten Stock eine große Lache auf den gelben, zersprungenen Steinfliesen des Ganges glänzte und daß auch der Hahn noch tropfte. Aber dafür würde sich schon noch eine natürliche Erklärung finden lassen, und es wäre lächerlich, deshalb eine verbrecherische Kombination zu mutmaßen. Vielmehr machte ihm der Anblick Durst, und er ging zu dem Wasserhahn, um sich wie ein Bergsteiger, der zu einer Quelle gelangt ist, darüber zu beugen oder aus der hohlen Hand zu trinken. Da jedoch wurde ihm offenbar, daß der Hahn ohne einen zugehörigen Schlüssel sich nicht öffnen ließ, und die Aufschrift »Wasser sparen« belehrte ihn, warum ihm das Wasser verwehrt war. Er mußte sich begnügen, die Hand unter den tropfenden Hahn zu halten; er tat es erst mit der einen Hand, und als er auch die zweite darunter hielt und die Tropfen einen angenehmen feuchten Streifen darauf abzeichneten, war es fast, als würde er sich eine unberechtigte und vielleicht sogar diebische Lust verschaffen, obwohl doch nicht er es gewesen war, der wider die Vorschrift den Hahn so unsorgfältig geschlossen hatte. Unberechtigt aber blieb es, daß er hier so lange verweilte, an die Mauer sich lehnte und müßige Beobachtungen anstellte, zum Beispiel, daß die Türen hier keineswegs so zitterten, wie die Türen in den obersten Stockwerken der Großstadthäuser infolge des gewichtigen Straßenverkehrs es sonst zu tun pflegen. Er erinnerte sich, daß die Glastür in der zweiten Durchfahrt, jene, über der die Tafel »II. Stiege« sich befand, leise und unaufhörlich geschlagen hatte, während diese Türen hier wie festgewachsen waren in ihren Mauern, festgekeilt, und man empfand es kaum als störend, daß da Holzbestandteile zwischen Ziegeln saßen. Diese Sicherheit der Erde gab ihm neuen Mut, und wenn es ihn auch sehr gelüstete, einen Blick aus dem Gangfenster zu werfen, so vergönnte er es sich noch nicht, sondern stieg weiter. Er mußte wohl schon ins vierte Stockwerk gelangt sein, als er oben eine Tür gehen hörte. Weniger als über die Anwesenheit von Menschen erschrak er über die nicht enden wollende Höhe dieses Hauses, aber da er es vorzog, selber zu suchen, denn herumirrend und lauschend ertappt zu werden, eilte er nun über die ausgetretene Stiege die letzten Stockwerke hinauf, zwei, ja drei Stufen mit einem Schritt nehmend, so daß er recht atemlos oben anlangte und einer Frau geradezu in die Arme lief, die, einen Eimer Wasser in den Abtritt zu entleeren, eben den Gang überquerte.

Auf diesem obersten Stockwerk war der Gang sehr hell, »schmerzhaft hell«, dachte er; es waren die Fenster des Ganges weit geöffnet und die Luft, die mit der Sonne hereinflutete, so ruhig und doch so bewegt wie der Mittag über einem ruhenden Meer. Dazu gehörte wohl, daß die Frau bloß mit Rock und Hemd bekleidet war und daß ihre Beine nackt in Holzschuhen staken. Matrosen beim Deckwaschen, dachte er, da er sie mit ihrem Eimer vor sich sah. Sie sagte: »Wen wünschen Sie? – mein Großvater ist nicht zu Hause.« Ihre Haare hingen in einem losen Zopf über den Rücken und waren blond. Auch ihre Achselhaare waren sichtbar, waren buschiger als sonst bei Blondinen. Er antwortete: »Ich wußte nicht, daß hier auch Parteien wohnen.« »Ja«, antwortete sie, »wir wohnen hier.« Er schaute auf ihre Achselhaare und auf ihre Beine, die nackt in den Rock hineinragten, und sagte »Sie wohnen hier sehr schön.« – »Es geht an«, antwortete sie und wie zur Erklärung: »Ich bin Wäscherin«, und da er es offenbar nicht gleich verstand, fügte sie hinzu: »Die Waschküche ist auf dem Dachboden.« Das war gewissermaßen eine Befriedigung, und er begriff es auch, denn er sagte: »So hat man dieses Haus bis in seine letzten Möglichkeiten ausgenützt.« – »Das kann ich nicht ermessen«, entgegnete sie, »denn ich kümmere mich nicht um andere Leute.« – »Da tun Sie recht daran«, sagte er, »aber es muß doch mühsam sein, die schwere Wäsche auf diese Höhe zu befördern.« Sie lächelte: »O nein, wir haben eine sinnreiche Einrichtung«, und sie zeigte auf eine starke Winde, man könnte fast glauben eine Ankerwinde, die in einem massigen Holzgestell mit dick aufgewickeltem Seil auf dem Gang stand, »eine Einrichtung, die schon meine verstorbene Großmutter benützt hat: wir winden die Wäschepäcke durch das Fenster herauf und lassen sie auch hier wieder hinab.« Er erkundigte sich: »Werden durch diese Handhabung nicht die Fenster der unteren Stockwerke gefährdet?« – »Durchaus nicht«, antwortete sie, »denn an dem Wäschepack hängt ein dünnerer Strick und der Mann, welcher unten steht, hält ihn angespannt in der Hand. So können wir selbst bei stärkstem Sturm ungefährdet unsere Last auf- und niederlassen.« – »Das ist sehr praktisch«, sagte er. »Ja, sehr praktisch«, erwiderte sie, »und es erspart uns viele Wege. Wir kommen fast niemals in die Stadt.« Sie sagte »in die Stadt«, als ob sie auf dem Lande lebte, und dabei stand das Haus doch in der verkehrsreichsten Geschäftsstraße; aber es war ihm recht, als sie es sagte, und es gab ein sicheres und zielnahes Gefühl in irgendeiner Verbindung mit ihren Achselhaaren, die wie nach Heu aussahen. Um sie mit seinen Blicken nicht zu belästigen, wandte er sich der Winde und dem Fenster zu, durch welches die Transporte geleitet wurden. Da weitete sich vor ihm nun eine Aussicht, und dennoch überraschte sie ihn nicht; das Haus war in diesem Teil offensichtlich am höchsten gebaut. So unscheinbar und niedrig es an der Straßenfront war, so sicher und allmählich stieg es an, je weiter es sich in seine Höfe hinein erstreckte, und da diese Höfe eben sehr weit gedehnt waren, so mußte das Haus bei der beträchtlichen Länge des Grundstückes sogar bei mäßiger Steigung zu außerordentlicher Höhe anwachsen. Es ruhte solcherart wie ein richtiger langgestreckter Bergrücken, und dies ergab wohl das Gefühl außerordentlich großer Sicherheit und Natürlichkeit, da man nun auf seinem Gipfel stand. Er sagte: »Ich möchte gerne noch höher hinauf, in die Waschküche, auf den Dachboden.« – »Davon hätten Sie wenig Gewinn«, sagte sie, »denn wir haben heute die Wäsche gekocht, so daß alles voller Dampf ist.« – »Und auch der übrige Dachboden ist nicht betretbar?« – »Nein, auch der nicht; soweit er uns nämlich zugänglich ist, ist er mit Wäsche angefüllt, die an den Stricken dort hängt. Die Dachluken auf beiden Seiten sind geöffnet, und der durchziehende Wind leistet die Trocknungsarbeit. Hätten wir ein flaches Dach, wie dies bei den neuen Häusern der Fall ist, sagt mein Großvater, so würden wir an solchen Sonnentagen die Wäsche ausbreiten und sie bleichen lassen.« – »Gewiß könnten Sie dies«, entgegnete er, »aber der Rauch des Fabrikschlotes würde den Ruß auf das Linnen niederschlagen, und die ganze Arbeit wäre umsonst.« Sie machte ein erstauntes Gesicht: »Welchen Fabrikschlotes?« – »Nun«, sagte er, der schon am Fenster stand, und wollte die Hand ausstrecken, um hinzuweisen, aber da mußte er feststellen, daß weder von diesem Fenster aus, noch von sonst irgendeinem der Gangfenster, zu denen er eilte, der große Platz mit dem Maschinenhaus in der Mitte sichtbar war; das war immerhin eine Enttäuschung, da er bestimmt darauf gerechnet hatte, den Platz von der erreichten Höhe aus überblicken zu können. Hier schob sich das Stiegenhaus vor die Aussicht, dort ein anderer Gebäudeteil, und so war es nur verständlich, daß sie von dem Vorhandensein jenes Schlotes nichts wußte. »Sie scheinen wirklich selten in die Stadt zu kommen«, sagte er, und es fiel ihm auf, daß er schon ihre eigenen Worte verwendete, »denn sonst hätten Sie den Schlot doch bemerken müssen.« – »Selten genug; Theater und sonstige Vergnügungen kenne ich bloß vom Hörensagen.« Sie sagte dies freilich mit so wenig Bedauern, daß er nicht wagte, sie zu einem Theaterbesuch einzuladen, woran er während ihrer Rede einen Augenblick lang gedacht hatte. Um aber trotzdem seine Anteilnahme zu äußern, sagte er tröstend: »Dafür haben Sie es hier sehr schön«, und wies auf die Aussicht, die seine Blicke immer wieder anzog und die zwar auf der einen Seite vom Stiegenhaus abgeschnitten war, dennoch prächtig genug vor ihnen lag und sehr weit reichte. Und obwohl er nicht eigentlich überrascht war, fand er sich nur schwer zurecht, denn die sonst doch so sehr vertraute Stadt ergab von diesem Ausblick bloß in der weiten Ferne das bekannte Bild, dort erst bei den Bergen, die in dem goldenen Mittag verzitterten, den Feldern, die sich hell und glänzend an ihnen hinaufzogen, und den Dörfern draußen, die so still in den Hängen lagen, daß man ihre Stille herüber zu hören vermeinte: je näher aber der Blick zur Stadt fiel, desto unvertrauter wurde die Gegend, und wäre nicht der schwarze Strich der Ringbahn gewesen, der verschwand und wieder auftauchte, nicht das Gewirr der Schienen dort, wo der Hauptbahnhof liegen mußte, er hätte sich in die Fremde versetzt geglaubt, ja, hätte glauben mögen, die Stadt wäre nicht vorhanden oder zumindest so sehr beschnitten, daß sie nur mehr als Andeutung ihrer selbst da wäre. »Des Abends und am Morgen«, sagte sie, halb entschuldigend, halb vorwurfsvoll, »sieht man bei klarem Wetter auch die Schneeberge, jetzt allerdings zu dieser Mittagsstunde...« Er wurde zornig, weil sie ihm vorwarf, zur unrechten Stunde gekommen zu sein, und da nun auch zwei Wespen sich durchs Fenster hereinverirrten, fiel er ihr ins Wort: »Nun denn, ein andermal«, und mit einem Blick auf den Eimer, der noch immer neben ihr stand, »ich habe Sie ohnehin schon lange genug aufgehalten...« Sie merkte, daß er nach einer Anrede suchte und sagte: »Ich heiße Melitta.« – »Ein schöner Name«, sagte er und gleichsam sich vorstellend, obwohl dies für einen Herrn mit steifem grauen Hut vor einer einfachen Wäscherin nicht eben am Platz war: »Und ich heiße Andreas.« Sie wischte sich die Hand an ihrem Rock ab, gab sie ihm und sagte: »Sehr erfreut.« – »Darf ich Ihnen noch helfen?« sagte er und griff nach dem Eimer; aber sie kam ihm zuvor: »O, nein, das ist meine Arbeit«, und zum ersten Male lächelnd, hatte sie den Henkel schon gepackt, schwenkte den schweren Eimer wie übermütig ein wenig hin und her, so daß etwas von der schmutzigen Seifenbrühe auf dem gelben Steinboden verspritzte, und trug das Gefäß rasch zu dem Abtritt, dessen Türe sie offenstehen ließ, so daß man das gewichtige Ausgießen hörte und wie das Wasser in immer weitere und dunklere Tiefe verschäumte und verebbte. Andreas aber war indessen zu einem der Fenster getreten, unter welchen seiner Ansicht nach das Gärtchen mit den Wespen liegen mußte, und es erschien ihm durchaus richtig, daß gerade auf diesem Fenster ein Blumentopf voll alter verbrauchter Erde stand, in der, wie zur Wiederholung dessen, was er unten zu sehen hoffte, noch einige Stäbchen staken. Nun zeigte sich aber, daß die Lage des Gärtchens keineswegs so eindeutig bestimmt war, wie er geglaubt hatte; denn wenn auch die Mauer des Stiegenhauses die Lage einwandfrei angab, so hatte das Stiegenhaus in den unteren Stockwerken allerlei Anbauten, und er sah auf ein Gewirr verschiedener Dächer, die teils mit Ziegeln, teils mit häßlicher schwarzer Pappe, teils sogar auch noch mit Schindeln gedeckt waren, nun, so sehr er es auch bedauerte, nicht das finden zu können, was er suchte, so war es doch beruhigend, daß die Mauern nicht ungebrochen und steil bis zur tiefsten Tiefe abfielen und daß der Blumentopf, würde man ihn aus Unachtsamkeit jetzt hinabstoßen, nicht geradlinig wie Wasser, das in einen Schacht gegossen wird, hinabstürzen konnte, jemand zu erschlagen, sondern, daß er erst gefahrlos auf einem der Dächer zerschellen und verstäuben mußte. Und während Andreas noch die schwarzen Regenstreifen auf der Mauer betrachtete, sagte er: »Dies ist wohl eine der Fuchsien aus Ihrem Garten gewesen?« Sie setzte wieder ihr erstauntes Gesicht auf, und obwohl die Frage in ihren Augen schon genügt hätte, setzte sie eilig hinzu, als ob sie den Namen, den er ihr genannt hatte, nicht rasch genug verwenden könnte. »Aus welchem Garten, Herr Andreas?« Ich hätte ihr den Namen nicht gleich nennen dürfen, dachte er, aber da es nun einmal geschehen war und er ihn nicht zurückfordern konnte, sagte er: »Nun, von dem Garten neben der Stiege.« Sie überlegte angestrengt, ja, sie schloß sogar dazu ein wenig die Augen, und ihre glatte Stirne faltete sich zu Runzeln über der Nase, dann machte sie eine wegwerfende Bewegung. »Ach, das ist ein neuer Garten.« Das genügte zur Erklärung, aber es tat ihm trotzdem leid: »Ich dachte, es wäre ein Erholungsort für Sie... an Sommerabenden.« – »Nein«, sagte sie hart, »es ist ein neuer Garten.« Da es definitiv war, konnte er daran nichts ändern; er erkundigte sich daher bloß noch: »Und dieser Fuchsienstock?« Sie antwortete freundlich: »Er dient uns als Sonnenuhr; wenn der Schatten dieses Stäbchens auf die Steinritze des Bodens fällt, die der Großvater mit einem roten Farbstrich versehen hat, ist es Mittag, und ebenso sehen sie dort die Zeichen für die früheren und späteren Stunden. Es ist sehr sinnreich«, und mit etwas zutraulicher Koketterie setzte sie hinzu: »Nicht wahr, Herr Andreas?« Dabei bemerkte sie, daß der Eimer einen feuchten Kreis auf den Fliesen zurückgelassen hatte, eilte in die Küche und kehrte mit einem grauen Tuche zurück, mit dem sie niederkniete und die Flecken aufwischte. Wieder mußte er an Matrosen beim Deckwaschen denken, allerdings nur sehr flüchtig, denn auf allen Vieren, wie ein Tier, das seine Jungen säugen lassen will, so kniete sie, ihre Brüste lagen frei, und die helle glatt-zarte Haut der Brüste mit den blauschimmernden Adern war von jener goldenen Weiße, die den blonden Frauen eigentümlich ist. Aber obwohl sie nicht darauf acht hatte, tat er, als beschäftigte er sich nicht mit ihr, sondern mit den Zeichen auf dem Fußboden und sagte: »Wenn ich es richtig lesen kann, ist es jetzt ein Uhr vorbei. Meine Geschäfte rufen mich.« Sie war rasch aufgestanden und schien ein wenig bestürzt: »Sie wollen schon wieder gehen? Ich hätte Ihnen gewiß einen Imbiß anbieten müssen... oder vielleicht hätten Sie ruhen wollen. Der Großvater wird gewiß zürnen, wenn ich Sie so gehen lasse.« Er dankte. Bloß um einen Trunk Wasser wolle er bitten, und er wies auf die Wasserleitung, die, ohne Schlüssel nicht zugänglich, gleichfalls mit der Mahnung versehen war, mit dem Wasser zu sparen. »Das Wasser taugt hier in den oberen Stockwerken nicht viel«, sagte sie, »es ist lauwarm.« Das war nun wieder eine Enttäuschung, aber auch diese Enttäuschung war durch die Luft so sehr aufgelokkert, war so leicht gemacht durch die Luft, die nun stärker und bewegter von all den geöffneten Fenstern her den Gang durchflutete, so sehr verfließend in dem Raum, der von den Bergen hereinzog und, in seinem Atem den Atmenden mitnehmend, wieder zurück sich dehnte, daß sogar der Durst vergangen war, als wäre er verfrüht gewesen, als wäre noch kein Recht vorhanden gewesen, zu dürsten. Und da sie eilfertig mit dem Hahnschlüssel kam und mit einem Glase, es war ein Seidelglas mit Henkel, und die Wasserleitung aufdrehte, das Wasser zischend rinnen ließ, damit es möglichst abkühle, hielt Andreas mit dem Hinweis auf die Tafel sie davon ab, das Wasser zu vergeuden, nippte bloß ein wenig von dem Trunke und auch dies nur, um sie nicht zu kränken. Doch wie er dann Abschied nehmen wollte, zögerte er wieder ein wenig, vielleicht weil die Last der Enttäuschungen doch zu groß geworden war, vielleicht weil er doch noch etwas erwartete. Er hätte gern seine Bitte, noch höher zu steigen, neuerdings vorgebracht, aber da dies so ausgesehen hätte, als hätte er ihren früheren Worten nicht geglaubt, sagte er bloß: »Ich gehe ungern den gleichen Weg zurück.« Sie dachte einige Sekunden nach, und dann sagte sie: »Bis zum ersten Stockwerk, oder wenn Sie es lieber so nennen wollen, bis zum Halbstock, kann es Ihnen, Herr Andreas, nicht erspart werden. Dort aber mögen Sie versuchen, bei der Tür, welche der Stiege gegenüber liegt, zu schellen. So weit ich unterrichtet bin, ist es die Tür Nummer 9. Öffnet man Ihnen, so gelangen Sie in die Lederhandlung des Herrn Zellhofer, und von dort aus werden Sie leicht auf die Straße finden. Ich weiß dies, weil mein Großvater dort das Leder für unsere Schuhe zu kaufen pflegt und mir oft erzählt hat, wie bequem es für ihn sei, den beschwerlichen Weg über die Gasse zu ersparen.« – »Ich danke Ihnen vielmals, Melitta«, sagte er, und daß er ihren Namen aussprach, war sein Dank und war gleichzeitig Flucht, denn da stand er auch schon auf den Stufen der Treppe, kaum daß er sich nochmals zum Abschied umgewandt hatte, und, als ob ihn etwas hinunterfegte, eilte er in großen Sprüngen über die Treppe, dennoch bemerkend, daß auf der alten Mauer an manchen Stellen unzüchtige Zeichnungen wie von Kinderhand hingemalt waren. Aber dies beschleunigte die Geschwindigkeit seines Laufes nur noch mehr. Die Schatten rückten vor, und er mußte in sein Büro gelangen.

Fast hatte er bei diesem eiligen Hinabstürzen das erste Stockwerk übersprungen, ja, als er dessen gewahr wurde, mußte er sich an das Stiegengeländer anklammern, um zum Stehen zu kommen und die Reihe der Türen zu betrachten. Ja, die Tür gegenüber der Treppe trug tatsächlich die Nummer 9, und er schellte. Er mußte es mehrmals tun, bis er Schritte hörte. Es war offenbar ein Diener, der den Kopf herausstreckte und fragte: »Warum benützen Sie nicht den regelmäßigen Eingang? Sind Sie vom Hause?« – »Ja«, log Andreas, obwohl es doch keine richtige Lüge mehr war; »wir pflegen das Leder für unsere Schuhe bei Ihnen zu kaufen.« Der Mann öffnete ihm daraufhin und ließ ihn eintreten. Nun konnte Andreas sehen, wie die Wohnung gestaltet war, in der Melitta oben wohnte, denn die Wohnungen in dem Haus waren, wie dies so üblich ist, in allen Stockwerken gleich gebaut. Der erste Raum, den er betrat, entsprach der Küche, dann kam er in einen zweiten Raum, der gleich der Küche auf den Gang hinaus ging, und dann rechtwinklig abbiegend gelangte man in zwei weitere, sehr tiefe Räume, deren Fenster auf einen anderen Hof oder vielleicht auf eine Straße schauten, unentscheidbar, da alle Läden geschlossen waren und alles dunkel und voll beizenden widrigen Gerbgeruchs, so daß man sich nur schwer vorstellen konnte, wie licht und luftig die gleichen Räume oben bei Melitta sein mußten. Ja, die Erinnerung daran verwischte sich geradezu, denn all diese Gelasse hier waren mit getrockneten Häuten und Lederfellen dicht behängt, so daß die elektrische Birne, die in jedem Raume mattgelb brannte, schlechte alte Birnen, die man von Rechts wegen schon längst hätte auswechseln sollen, von der vielen Ware fast ganz verdeckt wurden. Nun gelangten sie in einen schmalen Gang, auf dessen Mauer die Worte »Licht ausdrehen« mit ungelenker Hand geschrieben standen, und in einen neuen Raum, der auch wieder mit Leder vollgehängt war. »Wir sind wohl in einem der Anbauten«, sagte Andreas, aber der Diener in seiner braunen Leinenjacke und mit der grünen Schürze zuckte bloß die Achseln, als verstünde er die Frage nicht, drehte die Schalter ab, sagte »Vorsicht« und führte ihn zu einer Notstiege, die sie behutsam hinuntertappten. Damit waren sie aber noch keineswegs in den Verkaufsraum selber gelangt, sondern in ein neues Magazin, das vielleicht jenes war, dessen Fenster man vermauert hatte, denn soweit man in der Dunkelheit feststellen konnte, war es von beträchtlicher Länge, wenigstens schien die nächste Glühlampe hinter den Häuten in sehr großer Entfernung zu sein. Es war nächtlich kühl, und der scharfe Geruch all des Leders verhinderte es sicherlich, daß Wespen sich hier einnisteten. Ruhe der Nacht nach der Angst des Tages: Andreas war ermüdet und wollte sich auf eines der Gestelle setzen, die auf schrägen Beinen zum Zurichten des Leders herumstanden. Aber da sein Führer darauf keine Rücksicht nahm, sondern unbeirrt weiterschritt und die Lichtschalter an den Säulen im Vorbeigehen abdrehte, wäre er in die Gefahr gekommen, allein in dem dunklen Magazin und bei den Mäusen zurückzubleiben, wenn er sich der Ruhe hingegeben hätte, und wer weiß, ob er dann je wieder herausgefunden hätte, denn schon die Lichtschalter an den Säulen tastend zu suchen, hätte für einen Ortsunkundigen seine Schwierigkeiten gehabt. So setzte er sich bloß für einen Augenblick auf eines der Gestelle, eigentlich nur, weil er noch nie auf solch einem Gestell gesessen hatte und weil er nichts Unbekanntes hinter sich lassen wollte; dann eilte er dem Führer nach. Der hatte eine schwere Eisentür zur Seite geschoben, und nun war der Weg, der ohnehin so lang gewesen war, daß es unverständlich blieb, wie der Diener in verhältnismäßig kurzer Zeit auf Andreas' Klingeln hatte öffnen können, endlich zu Ende: vorbei an einem Glasverschlag, aus dem zögerndes Klappern einer Schreibmaschine klang, traten sie in das eigentliche Verkaufslokal des Herrn Zellhofer. Hier zeigte sich allerdings, daß der Diener in Wirklichkeit kein Diener, sondern ein Verkäufer war, denn so

mürrisch er bisher als Führer gewesen sein mochte, er setzte im Lokal sofort das gewinnende Lächeln des Verkäufers auf sein Gesicht und fragte Andreas: »Womit kann ich dem Herrn dienen? Mit prima Oberleder? Wir haben eine neue Sendung erhalten.« Nun war Andreas mit Schuhen wohlversorgt, und er pflegte auch fertige Schuhe zu kaufen, hätte also nicht gewußt, was mit dem Oberleder beginnen.
Aber er durfte einem Mann, der ihm auf einem so langen Weg Führer gewesen war, nicht die Enttäuschung bereiten, ohne Kauf wegzugehen. Der lockte ihn: »Wir haben ausgezeichnetes Sattelleder; unser Lager wird bald ausverkauft sein.« Andreas hätte ihm gerne gesagt, daß er doch selber die Lager gesehen hätte und daß von einem Ausverkauftsein keine Rede sein könne; aber da jener eine so scharfe Unterscheidung zwischen seiner Rolle als Führer und als Verkäufer machte, schien es auch Andreas unschicklich, das Vorherige mit dem Jetzigen zu vermischen, und angestrengt dachte er nach einem passenden Ledergegenstand, den er brauchen könnte. Er wollte von Tierhäuten und dem braunen Leder nichts wissen, und wenn es schon sein mußte, so sollte es eine helle Haut sein.
Er hatte auf den Tennisplätzen, die draußen vor der Stadt lagen, durchsonnt und voll leichter jugendlicher schattenfreier Luft, einen jungen Spieler gesehen und ihn beneidet, so daß der Wunsch in ihm aufgekeimt war, das Tennisspiel auf schattenfreiem Platz zu erlernen und gleich jenem einen chromledernen Gürtel zu tragen. Doch weil er es sich nicht eingestand, sagte er: »Ich möchte ein Chromlederfell kaufen, aus dem Spangenschuhe oder ein Handtäschchen für ein junges Mädchen einfachen Standes zu erzeugen wären.« Der Verkäufer entgegnete warnend: »Also kein Sattelleder? Sie werden es bedauern, mein Herr... das Lager wird bald geräumt sein, die Zeit wartet nicht... stündlich schmilzt es dahin... aber wie Sie wollen, mein Herr«, und brachte Chromleder herbei. Da lagen die weißbläulichen und hellgrauen, mattglänzenden Felle auf dem ungefügen Verkaufstisch, und Andreas konnte mit der Hand über ihre glatte und doch körnige Fläche streichen. Der Verkäufer sagte: »Beach-

ten Sie die Geschmeidigkeit«, und nahm eine der Randzacken des Leders und zerknitterte sie vor Andreas' Augen; das Leder ließ sich die Manipulation weich und lautlos ohne Knirschen und Knistern gefallen, und der Verkäufer, dem diese Nachgiebigkeit bekannt war, wiederholte den Vorgang an Andreas' Ohr. Dann glättete er die zerknitterte Stelle mit einem flachen Eisen, das er einer schweren Tischlade entnahm, und sagte: »Sie sehen, kein Bruch, keine Falte, keine Runzel... eine Ware, die noch niemanden enttäuscht hat. Prüfen Sie selber.« Und mit der Zudringlichkeit, die Verkäufern oft eigen ist, nahm er den Zeigefinger Andreas' und führte ihn über die geglättete Stelle. Nein, es war keine Enttäuschung, es war ein so glattes Gefühl wie jenes, das man verspürt, wenn man nach großem Durst sich mit frischem Wasser gelabt hat, und doch war es eine Enttäuschung, daß das Erwartete niemals in der erwarteten Form, sondern immer nur verwandelt und fremd seine Erfüllung findet. »Wir verkaufen die Chromlederfelle nach Dutzenden«, sagte der Verkäufer. – »Ich kann aber höchstens eines brauchen... und das kaum«, sagte Andreas. »Das kann man immer brauchen«, sagte der Verkäufer mit befehlender Stimme, »solche Felle finden Sie nie mehr.«

Aber Andreas wurde nun hart; er hatte seinen guten Willen gezeigt, und wenn der andere den Bogen überspannte, so war das seine Sache. Er machte eine unwillige Bewegung und wandte sich zum Gehen.

Mit dem feinen Gefühl, das Verkäufer für geheime Regungen von Kunden besitzen, flehte nun der andere: »Nehmen Sie ein Vierteldutzend, ich mache Ihnen den Dutzendpreis, weil Sie zum Hause gehören.« – »Die Zeit rückt vor«, sagte Andreas, »Sie haben in diesem dunklen Gewölbe das Gefühl für Zeit verloren; Sie dürfen mich nicht aufhalten... ich nehme ein Stück und damit basta.« – »Schön, ein Stück«, sagte der Verkäufer, achselzuckend wiederholte er, als sei es etwas Unerhörtes, »ein Stück... ein Stück..., Sie verscherzen sich dabei den Rabatt...«, er schaute geradezu mitleidig drein und machte sich daran, das oberste Fell in ein Papier einzuschlagen. »Nicht doch«, sagte der Käufer, »ich will es auf mich nehmen, etwas zu verscherzen ... aber dafür will ich mein Fell auch selber auswählen.« Und er nahm den ganzen Pack vom Verkaufstisch und trug ihn zu dem blinden Fenster. Dort wählte er auf gut Glück eines der Felle, es war milchgrau mit bläulichem Stich, und ließ es in Papier packen. Als es aber zum Zahlen ging, merkte er, daß er recht leichtsinnig gewesen war, denn der Preis, den der Verkäufer nannte, war ein hoher, und eigentlich mußte er jetzt ein paar Tage hungern, um seine Kasse in Ordnung zu halten. Aber er ließ es sich nicht anmerken und ging zur Tür, die ihm der Verkäufer mit einem »Beehren uns bald wieder« öffnete.

Draußen lag die Nachmittagssonne, und seine Augen schmerzten in dem Lichte. Er konnte sich nicht zurechtfinden. Erst als ein Trambahnwagen vorbeikam, merkte er an der Aufschrift, daß er sich in der W.-Straße befand, und wunderte sich, daß das Haus, das er eben verlassen hatte, bis in diesen immerhin entlegenen Stadtteil reichte. Aber es war nun die höchste Zeit, daß er in seine Kanzlei kam; er lief dem Trambahnwagen nach und erreichte ihn auch noch glücklich bei der Haltestelle.

Esperance

Noch immer bebt mir das Herz vor Fernweh, wenn ich an den Strand Sodoms denke, an das südliche Meer, das den kaumbewegten dunklen Rand an seinen Ufern zeichnete, an die Palmen, die ihn beschatteten. Und es ist mir, als wäre das Furchtbare, das mir dort begegnete und von dem ich doch hier berichten will, nie gewesen.
Unser Kreuzer war als Stationsschiff nach Sodom kommandiert. Nur ungern hörten wir den Befehl; ein längerer Aufenthalt in solch kleineren tropischen Hafenstädten ist lähmend und aufreibend. Die Tage vergehen, soweit sie nicht durch landesübliche Revolutionsunruhen belebt sind, in einem gereizten Nichtstun mit reglementierter Träumerei: man spürt verzweifelt, wie einem Zeit und Jugend gestohlen werden, blickt verzweifelt in sein eigenes leerstes Angesicht, das vom Menschenhaften nichts als die bloße Form noch trägt.
Es war selbstverständlich nicht daran zu denken, Frauen mitzunehmen. Wenn es mir trotzdem gelang, meine Schwester Esperance an Bord zu bringen, so konnte dies bloß geschehen, da sie ein Gazellenreh, ein Gazellenreh von außerordentlicher Schönheit war, und weil hiefür keine Vorschriften bestanden. Die Anwesenheit einer Dame an Bord verändert das Leben des Schiffes von Grund auf. Die Inhaltslosigkeit erhält den Pol, auf den sie sich konzentriert und erhebt sich zur Fiktion des Inhaltvollen. Die einzige Ehrlichkeit des Menschen: seine Verzweiflung und sein Schreck vor seinem unentrinnbaren Alleinsein verschwindet vor der Anwesenheit eines einzigen Wesens fremder Geschlechtlichkeit – ach, wie leicht akzeptiert der Mensch jene falsche und billige Ekstase, die die Einsamkeit zu durchbrechen wähnt, weil sie im Bette Du sagt.
Esperance wurde, wie man zu sagen pflegt, der Abgott des Schiffes. Trat sie des Morgens aus der Kajütentreppe, so konnte man gewiß sein, daß die dienstfreien Offiziere sie schon längst erwarteten. Sie blieb dann einen Augenblick in

der Türe stehen, das rührend dünn-gefesselte Vorderbein leicht angezogen und auf die Spitze des Fußes gestellt, und bog mit unendlichem Liebreiz den Gazellenhals zu zartestem Gruße. Es gibt ein Wort unmäßiger Affektation – es heißt Minne. Zieht man die letzten Konsequenzen dieses Wortes und seiner Derivate – Minnedienst, Minnepfad, Minnelohn –, so kann man sich die Geschraubtheit vorstellen, unter welcher sich das sogenannte Leben auf S. M. leichtem Kreuzer »Loth« abrollte. Nichtsdestoweniger möge man die weiche und sehr keusche Stimmung jener Männer nicht allzu gering achten, möge nicht allzu sehr darob lächeln, daß es ihnen gleich dem eigenen Herzschlag klang, wenn Esperancens Trippeln während des abendlichen Spaziergangs wie ein wohlabgestimmtes Xylophon auf den Schiffsplanken tönte, denn selbst im Worte der Minne – und sei es noch so sehr vom ästhetischen Teufel vergiftet – ist ein Tropfen jener Göttlichkeit, die Hingebung heißt. –

Es vergingen die Tage in Leichtigkeit und Anmut, und als deren zweiunddreißig vorüber waren und die Küste Sodoms aus stillbewegter, morgendlicher See auftauchte, da war es als steuerten wir zur Insel der Seligen. Süß und unbeschwert wehte vom Lande der Wind; man fühlte sich nackt und atmend unter den Kleidern, die sich dennoch leicht und selbstverständlich trugen. In schönem, weitgespanntem Rund lag die Bucht um uns; weiß schimmerten in der Morgensonne die Felsen und Steine der Ufer und die See war so ruhig, daß ihr feuchter, dunkler Rand auf dem Gestein kaum merklich breiter und schmäler wurde. Allüberall Palmenwald, unbewegt in der spielenden Brise, und zog sich die Hügel hinauf. An die Hügel angelehnt die Stadt mit gelblichen Häusern, flachen Dächern und einem kleinen Hafen, über dessen Molen die Segel der Fischerboote ragten.

In den Vormittagsstunden kamen einige prächtig uniformierte Mestizen an Bord, um die Landungsformalitäten zu erledigen, unter ihnen ein ganz vergoldeter Minister oder Bürgermeister, der den Kommandanten im Namen der Regierung begrüßte. Es verlautete, er hätte auch um Unterstützung gegen die Rebellen oder Affenstämme in den Wäldern gebe-

ten, aber es war wohl anzunehmen, daß unser Alter jede Einmischung in die innenpolitischen Angelegenheiten eines befreundeten Staates, solange wir uns nicht mit ihm in Kriegszustand befänden, abgelehnt haben dürfte.
Immerhin verbot die ungeklärte Lage fürs erste, die Mannschaft an Land zu lassen. Bloß uns Offizieren war Landurlaub für den Nachmittag gestattet. Wir fuhren mit dem großen Boot, und es fiel den Leuten an den Riemen auf, wie schwer die Ruderarbeit wurde, je näher wir dem Ufer kamen. Das Wasser war wie verrottet. Geradezu wie mit Tang durchwachsen und dennoch konnten wir keinen wahrnehmen, bloß Aale in jeder Größe, solche von der Länge eines Fingers bis zu solchen von einigen Metern, Rochen, deren Kopf unmittelbar auf dem Schwanz saß, sonderbare Sägehaie. Als ein Mann unvorsichtig in das befremdende Wasser griff, schoß ein kleiner Aal aus dem Gewimmel und biß sich an seinem Finger fest wie ein Blutegel; noch viele Wochen später eiterte die Wunde.
Der Hafen machte einen fast sonntäglichen Eindruck. Oder, wenn ich mich richtig erinnere, eher den eines Panoptikums. Wir ruderten langsam zu den Kais; stumm schloß sich das Wasser hinter uns, denn in dieser Suppe von Melonen- und Kokosnußschalen, Zitronen und Tierkadavern hinterließ das Boot kaum eine Furche. Unbewegt lagen die Fischerboote nebeneinander, hie und da ein halb abgetakelter alter Dampfer, aber nicht ein europäisches Schiff. Die Segel und Flaggentücher klebten an den Rahen und wenn auch aus den Bars bei den Molen mechanische Musik herübertönte, wenn auch das Kreischen und wütende Klingeln der Straßenbahn hörbar war, ja sogar das Stimmengewirr und Geschrei südlich erregter Menschen aus den Straßenmündungen: die Laute amalgamierten sich nicht mit dieser Starrheit, der nur Stummheit entsprach, es waren Geräuschfetzen, die in der Stummheit herumschwammen.
Es mag sein, daß ich den Eindruck des Panoptikums bloß von den automatischen und eckigen Bewegungen zurückbehalten habe, mit denen die Kaffeehausgäste unter den Sonnendächern ihre Getränke zum Munde führten und wieder absetz-

ten, vielleicht auch von der Unbeweglichkeit des Mannes mit dem Sombrero, der in voller Sonne an einer der gußeisernen Trossensäulen lehnte. Vielleicht war es die glühende Hitze, die solche Unbewegtheit hervorrief und es sogar verhinderte, daß die Hafenjugend uns mit entsprechender Neugierde und turbulenter Hilfsbereitschaft begrüßte: im Mauerschatten mit ein paar anderen Leuten stehend, sahen uns die Jungen zu und niemand war da, um in gewohnter Weise die Leine aufzufangen. Selbst die großen Eidechsen auf den Steinquadern ließen sich durch unsere Ankunft nicht stören, sondern blinzelten uns bloß giftig an.

Immerhin, als wir über den Hafenplatz gingen, folgten uns die Jungen, und wäre es nicht unter unserer Würde gewesen, so hätten wir uns umgedreht, um uns zu vergewissern, ob sie uns verhöhnten. Aber wir wußten es ohnehin.

Vor uns ging der erste Offizier zwischen dem Doktor und Leutnant Blake, ich folgte mit Kadett Enos. Der Platz war wie der Fleischerladen einer italienischen Kleinstadt, ich weiß nicht mehr welcher, mit großen Steinfliesen gepflastert, sie brannten unter den Sohlen und der Platz mit seinem gelben, geschlossenen Häuserrund erinnerte an irgend eine Arena für Tierhetzen oder sonstige blutige Spiele. Auch die Bars und Cafés mit ihren rot-weißen und rot-gelben Sonnendächern trugen zu solchem Bilde bei. Aber es änderte sich, als wir durch einen kurzen, kühlen Durchgang auf eine der Hauptstraßen traten. Die hatten einen fernher großstädtischen Charakter, ja man war fast versucht, an eine Vorstadt von Paris oder Marseille zu denken. Die Häuser zwar höchstens dreistöckig, doch voller Kaufläden, die Straße schmal, doch mit Lärm und Leben erfüllt, allein schon durch die gelben Tramcars, die mit außerordentlichem Aufwand von Geklingel einherholperten und quietschend um die Ecken bogen. Ungeheure grelle Firmenschilder und Plakate, die Türen der Geschäftslokale weit offen, die Waren halb auf dem Gehsteig, ein süßlicher Geruch faulenden Obstes. Auf der Schattenseite Limonadenverkäufer, Hausierer mit Konfekt, negroide Zeitungsjungen; überhaupt viele Neger. Eine Menge Tiere; Hunde und Schakale lagen in der Sonne, Meerschweinchen

schnupperten in einem Rinnsal, auf den Telefondrähten saßen Chamäleons, mit dicker Zunge nach Fliegen zielend, am Puffer eines Straßenbahnwagens hatte sich eine Schlange angeringelt und ließ den Schwanz nachschleppen, ein Affe verfolgte seinen Weg längs der Firmenschilder.
Wir waren froh, Esperance, obwohl sie flehenden Rehauges gebettelt hatte, nicht mitgenommen zu haben. Enos hatte es für sie durchsetzen wollen, aber wir andern waren fest geblieben, und ich glaube wohl, daß er uns jetzt beistimmte. Fast bedauerten wir ja, selber an Land gegangen zu sein. Denn obwohl sicherlich keiner von uns feige zu nennen war, spürten wir alle eine ungute Stimmung um uns, und wenn wir nicht sogleich umkehrten, so war es, weil wir uns ein wenig lächerlich vorgekommen wären. Immerhin hatten wir von der Bevölkerung einer Stadt, die bei uns um Schutz angesucht hatte, eine andere Aufnahme erwartet: wir merkten, wie die Straße vor uns irgendwie stumm wurde, als würden wir die Unbewegtheit der Hafenatmosphäre mit uns getragen haben. Ja es war, als würde die Straße vor uns breiter und zugleich geräuschloser werden. Sogar die Hunde, die noch eben in der Sonne geschlafen hatten, standen auf, senkten den Kopf zum Pflaster und schauten mit offenem Gebiß feindselig zu uns herauf. Waren wir vorüber, so war es als schlügen die Wogen des Lärms hinter uns wieder zusammen.
So zogen wir also durch die Straßen. Auf dem Platz, an dem der Regierungspalast lag, setzten wir uns vor ein Café. Man brachte uns Eislimonade, die wir in sonderbarer Angst vor fremdartigem Gift nicht zu trinken wagten, und so saßen wir noch eine Weile untätig, schauten auf den Platz und seine verwahrlosten grau-grünen Anlagen mit den symmetrischen Palmenreihen, unter denen einige Alligatoren spielten und mit den Hunden sich begatteten, und warteten eigentlich auf Frauen, die der Gefahr, die wir nun doch einmal eingegangen waren, wert gewesen wären. Oh, es gibt Augenblicke im Leben des Seemanns, in denen selbst ein syphilitischer Kuß als romantische Gefahr begrüßt wird. Aber noch war es zu früh und zu heiß für den Korso, und so brachen wir auf, bummelten durch die Gassen. Enos schleppte uns von Laden

zu Laden, um Eingeborenenschmuck für Esperance zu finden, und schließlich hatten wir alle die Arme voll Ketten, Ringe, Matten und Decken.
Der Abend brach unvermittelt an, Wind hob sich vom Lande her und die Luft wurde kühl. Nun hätten wir wohl zum Korso zurückgehen können, aber irgendetwas trieb uns zum Schiffe, vielleicht zu Esperance. Der Hafenplatz hatte sein Aussehen verändert und wenn mir die Menschen noch immer panoptikumhaft vorkamen, so war es wohl bloß, weil ich mich des nachmittägigen Bildes nicht ganz entledigen konnte. Es war der übliche Matrosenbetrieb. Viele Frauen mit dick geschminkten Gesichtern, Lippen aus chinesischem Lack, und wenn sie sie manchmal zu einer Art von vormenschlichem Lächeln öffneten, dann war das Zahnfleisch wie das Innere einer Wassermelone. Vorgebeugten Leibes ließen viele aus den Fenstern ihre Brüste hängen als wären es Trauben zum Trocknen, oder ließen [einen] nackten, fleischigen Arm wie lauernde Baumschlangen schlaff längs der Mauer pendeln. In den nun grell beleuchteten Bars saßen die Mädchen auf roten Samtbänken unter den Spiegeln, starr den Zigarettenrauch vor sich hinblasend, oder hinaufgezogenen Knies zusammengekauert auf den hohen Barhockern. Manche der Frauen hatten Affen auf den Schultern, andere Papageien. Die Männer standen herum und kümmerten sich scheinbar überhaupt nicht um das Getriebe. Und es mag wohl sein, daß das Gespenstische bloß der augenblicklich scheinbaren Zwecklosigkeit entsprang: kein fremdes Schiff lag im Hafen und es war, als ob dieses ganze Fest, das doch keines war, aber den Eindruck eines solchen hervorrufen wollte, bloß wegen der wenigen Negersoldaten in ihren roten Uniformen angerichtet worden wäre. Wir schoben uns durch die Menge, und während ich noch darüber nachdachte, wie sehr derartige Veranstaltungen, die doch eine Höhe des Lebens dartun sollen, viel eher Sinnbild der Verwesung sein könnten und wie dennoch, als wüßte er von der Verschwisterung von Leben und Tod im Unendlichen, der Seemann, für den all die Mechanik vorgerichtet ist, an ihr jenen Überschwang des Gefühls zu erleben vermag, das dem Menschen eine Ahnung

seines Daseins verleiht, ja daß unsere Leute im Boote jetzt wohl neidverzehrt und mit dem Gefühl, um ein Stück ihrer Jugend betrogen zu werden, auf das Gewimmel herüberstarren mögen, fühlte ich meine Finger von einer harten, kühlen Kinderhand umfaßt. Als ich herabblickte, war es ein mittelgroßer Schimpanse, der auf eine der dunklen Seitengassen mit unzüchtigen Gebärden deutete und mich mit der ganzen Kraft seines Körpers und seiner muskulösen Arme dorthin zu zerren sich mühte. Meinem Versuche, ihn abzuschütteln, begegnete er mit unwilligem Zähnefletschen und erst als ich ihm einige Kupfermünzen gab, konnte ich den Burschen loswerden.
Das Boot wartete und als die Riemen mit dem gewohnten hartklappenden Geräusch in die Dollen geworfen wurden, waren wir eigentlich alle etwas erleichtert. Das Wasser irisierte, wohl wegen der vielen sumpfigen Abfallstoffe, und wenn die Riemen eintauchten und emporgingen, dann fielen die Tropfen wie kleine Opallichter von ihnen herab. Weiß schimmerten die Uniformen im Boote; die Lichter der Stadt und des Hafenplatzes warfen lange Spiegelreflexe über das Wasser, am Ende der Molen blinkte das Drehfeuer auf.
Das Schiff lag erleuchtet, umkreist von einigen einheimischen Booten, die offenbar Händler, vielleicht doch auch Neugierige hergebracht hatten. Nachdem wir unsere Rückkunft gemeldet, gingen Enos und ich zu Esperance. Es war uns recht, sie nicht in der Kabine zu finden, denn wir richteten ihr dort vor allem mit unseren Geschenken eine Art Geburtstagstisch: wir bauten das Ganze malerisch auf und Enos, der von irgendwo kleine farbige Glühbirnen und Drähte herbrachte, verteilte die Lichter geschmackvoll über die Gesamtkonstruktion der Decken und Geschmeide. Wir trafen Esperance auch nicht auf dem Promenadendeck, sondern erst am Bug, wo sie sonst während der Fahrt gerne in die aufsprühende Gischt schaute. Aber wir trafen sie nicht allein. Vor ihr saß auf der Reeling ein großer Affe, ich schätze ein Gorilla. Mit der einen Hand hielt er sich bequem und gestreckt an einem der Drahtseile, die zum Geschützmast hinaufgespannt sind, den einen Fuß hatte er, die Reeling umklammernd, an den

Leib gezogen, während er mit dem andern, der lässig herabbaumelte, Esperance an den Flanken kraulte. Esperance stand vor ihm, ließ es, wie es uns schien, geschmeichelt geschehen und hatte das Auge, kokett gedrehten Halses, bewundernd oder zärtlich oder wohlwollend zu dem Kerl emporgehoben.
Ich sah, wie Enos nach dem Revolver griff, und hielt seinen Arm fest. Die beiden ließen sich durch unsere Ankunft wenig stören; Esperance schien Miene machen zu wollen, uns vorzustellen, während der Gorilla uns kaum beachtete; er nickte uns bloß mit einem kurzen, negerhaften Feixen zu und ließ nicht ab, Esperance weiter an den Flanken zu kraulen. Enos war leichenblaß und auf dem Sprung, sich auf die beiden zu stürzen. Ich trat rasch vor ihn hin und bedeutete dem Gorilla, daß um diese Zeit keine Fremden mehr an Bord geduldet werden, Esperancen aber, daß sie sich in die Kajüte zu verfügen hätte. Sie war offenbar erstaunt, gehorchte aber: mit einem entschuldigenden Lächeln zu ihrem Besucher und einem vorwurfsvollen Blick auf uns entfernte sie sich, und wir hörten ihr unschuldiges Xylophontrippeln auf den Planken verklingen. Der Kerl schaukelte noch ein wenig auf seinem Sitz, wohl um uns zu ärgern, dann erhob er sich auf der Reeling, glitt im Nu zur Ankerluke und wir sahen ihn, aufgerichtet über die gespannte Ankerkette hinabgehend, im Dunkeln verschwinden; augenscheinlich hatte ein Boot dort auf ihn gewartet.
Der Vorfall regte uns mehr auf, als wir uns eingestehen wollten. Esperance war beleidigt und ließ sich nicht blicken, trotz der Geschenke, die sie doch in der Kabine vorgefunden haben mußte. Enos saß mit zusammengebissenen Zähnen auf Deck, war nicht zu bewegen, sein Lager aufzusuchen. Irgendwelche sonderbare und große Vögel schienen das Schiff zu umkreisen. Der Kapitän ließ die Scheinwerfer spielen, und wir entdeckten zwei Geier, die auf einem der Schlote saßen und uns mit hochgezogenen Schnabelwinkeln anlachten. Aber es mußten ihrer viel mehr gewesen sein. Wir stellten doppelte Wache auf, doch kaum lag ich zu Bette, als plötzlich die Dampfpfeife ertönte; als wir nach der Ursache fahndeten,

trafen wir eine ganze Herde kleiner Affen, die über die Türme und Rahen turnten. Einer der Leute kam auf den guten Gedanken, sie mit dem Dampfstrahlgebläse der Hydranten zu vertreiben, und wir hatten den Spaß, die Tiere, soweit wir sie zwischen die Scheinwerfer bekamen, unter den Strahlen ins Wasser purzeln zu sehen. Gegen Morgen trat etwas Ruhe ein, und als der Tag nach kurzer Dämmerung unvermittelt und strahlend anbrach, schien es wie ein vorübergegangener Spuk. Bei solcher Versöhnung der Natur hätten wir doppelt erwartet, daß Esperance das Vergangene mit uns vergäße und in gewohnter Weise zum Morgenimbiß erscheine. Aber sie kam nicht. Schließlich ging ich zu ihrer Kabine; es regte sich nichts und ich klopfte. Als ich keine Antwort erhielt, drückte ich auf die Klinke; die Tür war unversperrt, die Kabine leer: unser Geburtstagstisch schien unberührt, noch brannten die farbigen Lichter, kaum sichtbar in der Tageshelle. Es war sonderbar. Wir durchsuchten das ganze Schiff – keiner der Leute hatte Esperance gesehen; sie war, daran war nicht zu zweifeln, verschwunden. Fassungslos starrten wir uns an. Selbstmord? ich fühlte mich schuldbewußt ob meiner Härte. Aber keine der Wachen hatte ihren so wohlbekannten Hufschlag gehört. Sie mußte also weggetragen worden sein. Geraubt. Entführt. Wir stürzten uns nochmals in die Kabine. Keine Unordnung, nichts Außergewöhnliches, bis mein Blick auf ein Zeitungsblatt fiel. Wie kam dieses Lokalblatt her? ich sah es durch und blieb an einer Reihe von Inseraten haften, in denen Hebammen ihre diskreten Dienste, weiße Eselinnen und Ziegen ihre Reize, Masseusen ihre Künste, Kuppler ihre Waren anboten. Es war mir und Enos plötzlich klar, daß hier der Schlüssel zur Lösung des Rätsels liegen müsse.
Es galt, keine Zeit zu verlieren. Obwohl ich lieber allein gegangen wäre, mußte ich Enos mitnehmen. Wir fuhren mit zwei Mann, und hatte es mich schon erstaunt, ja geradezu gequält, daß wir, beide des Spanischen nicht mächtig, das vorgefundene Zeitungsblatt lesen und verstehen konnten, als wäre es unsere Muttersprache, so war es noch erstaunlicher, daß wir, fast ohne die Inserate einzusehen, als liefen wir in Geleisen, lückenlos die angekündigten Orte fanden, ja so lückenlos, daß

all die Wohnungen wie zu einer einzigen zusammenschmolzen und es war, als gelangten wir von einer zur anderen, ohne auch nur die Straße zu betreten: durch diese Gebirge von Wohnungen, in denen die Räume selten in einer Flucht lagen, sonderbar aber mit auf- und absteigenden Stufen verbunden waren, mit irgendwelchen undefinierbaren Gängen, die teils durch die Zimmer, teils wie Terrassen über Höfe führten, mit den offenen Türen, aus denen Viehzeug und geschminkte Frauen, halb erschreckt, halb verlangend uns nachblickten, fette, alte Weiber mit großen, einladenden Gesten uns zum Verweilen und guter Ruhe aufforderten, jagten wir, als berührten unsere Füße kaum den schmutzigen Boden.
Wie lange dieses fruchtlose atemlose Suchen dauerte, war nicht zu entscheiden – uns dauerte es Stunden. Plötzlich standen wir vor einem Vorstadthaus und wußten, daß es das gesuchte sei. Enos lief voran. Wir kamen durch eine Reihe Zimmer, die seltsam durch viele Küchen unterbrochen waren. Einige Frauen, die uns in den Weg kamen, sahen wir kaum, ein Pumakater, der sich fauchend uns entgegenstellte, erhielt von Enos einen Fußtritt, daß er winselnd in eine Küchenecke rollte. Ich schüttelte die Inhaberin, eine kleine, hagere Französin, die sich an meinen Rock gehängt hatte, ab und nach zwei weiteren Zimmern trafen wir auf Esperance.
Sie lag auf dem roten Ziegelboden eines Raumes an der Schattenseite des Hauses, die beiden geöffneten Fenster ließen die in der Sonne matt glänzenden Palmenwälder sehen, ein Eckchen des Meeres grüßte herein. Neben ihr auf dem Boden stand eine Schüssel mit blutigem Wasser; einige beschmutzte Tücher hingen über einem Stuhl. Sonst gab es keine Einrichtungsstücke. Es durchschoß uns mit großer Klarheit; man hatte ihr Gewalt angetan.
Ihre Flanken arbeiteten. Sie hatte die Augen geschlossen, aber kein Stöhnen und kein Schmerzenslaut war vernehmbar. Unseren Eintritt schien sie nicht zu bemerken. Ich beugte mich über sie und wußte, daß es zu Ende ging. Enos war auf die Knie gestürzt, seine Stirne berührte den Ziegelboden, seine Hände tasteten vor, aber er wagte nicht, sie zu berühren und so hielt er sie endlich wie segnend über sie.

Es war nichts mehr zu tun. Sollte ich zum Schiff zurück, den Doktor holen? Es war deutlich, daß er zu spät kommen müsse. – Es konnte nur mehr Viertelstunden währen. Ich ging in die Küche, holte Wasser und machte mit unseren Taschentüchern eine Kompresse, die ich ihr auf den zarten Nacken legte. Da bemerkte ich, daß sie doch eine der Ketten angelegt, die ihr Enos gestern mitgebracht hatte.
Ich setzte mich auf das Fensterbord und schaute in die Landschaft; unendliches und angstvolles Weh über die Dunkelheit alles Kreatürlichen erfüllte mich bis zum Rand. Als ich mich umwandte, sah ich, daß Esperance – vielleicht infolge der Kompresse, vielleicht erweckt durch Enos segnende Hände – die Augen geöffnet hatte und ihr Blick voll Tränen ruhte in dem Auge Enos. Und obwohl ihre Rede leiser war als der Hauch ihrer Münder, vernahm ich in meinem Herzen ihre Zwiesprach. Erst war es wie ein Rieseln in meiner Brust, das ich kaum erfassen konnte, und es war mir eine große schmerzliche Anstrengung, es zur Formung zu bringen; dann aber vernahm ich Enos Stimme, als käme sie aus einem Grammophon mit einer Wattenadel.
»... in Buchenwäldern, die mit Cyklamenduft bis zu den Wipfeln der Bäume erfüllt waren. Dort lebte der Knabe. Und wenn es Abend wurde, erlosch der Duft und nur der Geruch trockenen Holzes war noch knackend um mich. Der Abendwind kam und nahm den verblassenden Himmel, der durch die Wipfel noch hell hereinsah, mit sich.«
»Weiß waren die Planken des Schiffes in der Sonne und drückend der Schatten unter dem Sonnensegel. Doch dann standest du, Enos, aufrecht in der weißen Helligkeit, und in deinem Schatten wurde meine kühle Heimat.«
»Die Hände der Mädchen waren braun und schlank – oh, wie haßte ich die Jäger, da sie die Rehe töteten. Friedlich war die Wiese vor dem Schlosse und die Rehe ästen unter den schütteren Bäumen des Parkes.«
»Kam die Nacht, verging ich in Sorge um dich, Enos. Ich hörte die Schläge der Maschine, und das Wasser glitt längs des Schiffes. Du aber warst ferne und ich fürchtete den Abgrund des Meeres unter des Schiffes Kiel.«

»In ruhiger Anmut stand sie auf der Wiese und die Rehe lehnten den Kopf an den Gürtel ihres Kleides. Noch waren sie unter den Bäumen und blickten ihr nach, wenn sie im Hause entschwand. Ich aber in der dunklen Halle wartete ihres Eingangs – oh, welche Sehnsucht erfüllte mich, lieben zu können ohne zu begehren.«

»Als du kamst, Enos, wußte ich, daß ich lebe und daß ich sterben werde, weil du kamst.«

»Mit Efeu umrankt war der Hof unseres Hauses, Esperance, und die Eiche, von weißer Bank umschlossen, ragte über die Mauern. Das Mädchen war schön und unsere Hände lagen nebeneinander – fünfblättrig die ihre, fünfblättrig die meine. Und ich wußte nicht, ob ich sie begehrte, weil sie mir so fremd oder so ähnlich war.«

»Du warst mir fremd und nah wie ein Gott, Enos, und wenn ich in seltenen Stunden zu träumen wagte, dann war ich Leda oder Europa.«

»Und ich floh vor der Schönheit, die auf mich eindrang und die mein Herz nicht mehr ertrug, floh vor der verklärten Kühle morgendlicher Wiesen, vor der zitternden Dumpfheit des Schattens, der eingefangen war in dunklen Gebüschen mittäglichen Parkes, floh vor all dem, was mich erfaßte und mich zersprengte, weil nicht zu erfassen ich es vermochte, floh, um die Schönheit nicht mehr zu sehen.«

»Ich weiß nicht, Enos, ob du mir schön warst. Aber ich wußte, daß ich in dir geborgen war und doch in namenloseste Einsamkeit gestoßen durch dich, durch dich herausgehoben aus der Verbindung mit aller Kreatur.«

»Begehren zu können, ohne lieben zu müssen, fand ich in den Städten und der goldene Spiegel des Meeres schien mir Verzicht und Verheißung in meiner Angst, Esperance.«

»Ich weiß nicht, wo ich vorher war, ehe du kamst, Enos, ich war dein Geschöpf, das du erschufst.«

»Oh Esperance, du warst für mich das Lebendige, das ich lieben durfte, deine Zärte war so ferne, daß Rührung ohne Begehren war; einverwoben warst du mir, einverwoben allem, in dem ich aufwuchs, und deutliches Sinnbild all

dessen, vor dem ich liebend geflohen, fand ich wieder losgelöst als Unantastbares in fremdestem Rahmen.«
»Wenn ich an dich dachte, dann sprach mein tiefstes Ich neue und vielsagendere Sprache, die kaum selber ich verstand.«
»Oh Esperance, warum verließest du mich.«
»Ich bin von dir weggegangen, Enos, und habe dich nie verlassen. Ich habe dich geflohen und floh nur zu dir. Ich mußte mich vernichten, um in dir zu leben.«
Da verdunkelte sich Enos Stimme, und noch leiser, selbst meinem aufhorchenden Herzen kaum vernehmbar, sagte er würgend: »Esperance, ich habe dich – ich sah deinen dankbaren Blick als er dich an jenem Abend, oh« – kaum zu erraten war das heisere Wort – »streichelte.«
»Ach Enos, selig wäre ich gewesen, hättest du mich getötet – aber jetzt, Enos, verlohnt es sich nicht mehr. Laß mir deinen Blick.«
»Oh Esperance.«
»Und zweifle nicht an mir, Enos. Kann ich dir besseren Beweis geben als zu sterben? einmal mußte es mich noch ergreifen, die panische Nacht, in der wir geboren – sie war der Tod. Von deiner Hand wäre er süß gewesen.«
»Oh Esperance, ich liebe dich.«
»Es ist gut so, wie es gekommen ist, Enos, leide nicht – noch habe ich deinen Blick – es ist gut, in ihm zu ruhen.« –
Dann verstummten sie und Esperance tat es für ewig. Enos kniete noch immer gebeugt über die kleine Leiche, da spürte ich, daß irgendetwas Furchtbares herannahte. Ich sprang zur Tür, um sie abzuriegeln, doch entsetzt, mehr entsetzt, es nicht früher bemerkt zu haben als über die Tatsache selber, sah ich, daß keine Tür vorhanden war, bloß ein Vorhang von Glasperlenschnüren. Ungehindert konnte der Gorilla eintreten. Ich riß den Revolver heraus, kam aber nicht zum Schuß, denn Enos hatte auch schon den Riesen erblickt und, selber eher einem Tier gleichend, sprang er ihn an. Der Gorilla warf ihn zurück. Doch der Kampf war zu ungleich: einen Augenblick standen die Gegner, jeder auf die Brust mit den Fäusten trommelnd, einander gegenüber, dann stürzte sich der Gorilla auf Enos, hatte ihn schon umschlungen und ihm den Kopf,

der kraftlos zur Seite sank, aus der Wirbelsäule gehoben. Über mich hinweg, der ich mich duckte, erwartend, daß das Untier nun auf mich losgehen werde, flog der Tote zum Fenster hinaus, – doch der Gorilla beachtete mich nicht weiter, ja nicht einmal meine Schüsse, die in seine Haut wohl kaum eindrangen oder ohne Verletzung durch seinen Körper hindurchgingen; er nahm den toten Körper Esperances und turnte mit ihm – fast war die Eile possierlich – zum Fenster hinaus.

All dies geschah so schnell, schneller als in einem Traum, daß meine Erinnerung die einzelnen Phasen kaum zusammenreimen kann; dennoch glaube ich, daß sie so abgelaufen sind, wie ich sie hier schildere. Wie ich zum Hafen kam, kann ich mich nicht mehr entsinnen, vielleicht, weil ich mich der Flucht schämte, vielleicht, weil es mich noch immer quält, die Leiche meines Freundes im Stich gelassen zu haben. Doch weiß ich noch, daß durch das Zimmergewirr ich den Ausgang suchte, daß mich der Pumakater ansprang und ich ihm einen Revolverschuß in den geöffneten Rachen schickte. Und sehe mich noch bei der Leiche Enos stehen und die Insekten, die ihn bereits umschwärmten, abwehren, sehe zwei Polizisten herankommen, höre, daß ich wegen gemeinen Mordes zu verhaften sei, sehe, wie einer ein Paar Handschellen hervorzog. Doch dann entsinne ich mich nur noch des Pfeifens von Kugeln, die sie mir nachsandten, und es war, als ob jene entlegene Vorstadt nun plötzlich eng an den Hafenplatz herangerückt wäre. Vielleicht lag sie wirklich so nahe und ich hatte nur durch unsere vorherige Kreuzfahrt die Orientierung verloren, kann es aber nicht glauben. Kurz, meine nächste Erinnerung sieht mich erst, wie ich über den Hafenplatz auf unser Boot zulaufe, während die Gassenbuben und Schimpansen um mich herumtanzten und mich zu Fall zu bringen suchten.

Aus dem Zollhaus kamen die Zollwächter und Polizisten herübergerannt. Woher sie den Befehl hatten, uns aufzuhalten war mir unerfindlich; aber sie kamen zu spät, denn wir hatten schon abgestoßen, und waren bald im Schutze unserer Kanonen.

Während ich über den entsetzlichen Vorfall noch Meldung erstattete, kam die Regierungsbarkasse heran, die Beschwerde überbringend, daß wir durch Anmaßung von Polizeigewalt, überdies aber durch Mord und Totschlag den Frieden der Stadt gestört hätten, und meine Auslieferung verlangend. Die Schadenersatzansprüche der Bürger und der befreundeten Stämme würden noch später bekanntgegeben werden. Es verstand sich, daß sie keiner Antwort gewürdigt wurden, daß aber der Kommandant dagegen die unverzügliche Auslieferung des Leichnams Enos verlangte und hiefür eine dreistündige, also mit Abend ablaufende Frist setzte.

Bei Anbruch der Dämmerung war noch keine Nachricht von der Regierung eingelangt und so machten wir zwei Boote klar. Wir warteten noch eine Stunde und als dann noch immer nichts eintraf, fuhren wir, kriegsmäßig ausgerüstet, langsam dem Hafen zu.

Es war indessen völlig dunkel geworden und wieder warfen die Lichter der Stadt ihre Spiegelreflexe über das tote Wasser. Besonders der Hafenplatz schien uns ungewöhnlich erleuchtet und es war auch, als hätten die Geräusche dort einen eigenen Rhythmus erhalten. Wir waren bedrückt, ja eigentlich verzweifelt und mir zumindest war es zu Mute, als führen wir dem Höllenrachen entgegen. So ruderten wir stumm dahin, und bloß das Knacken der Riemen, das leise Plätschern vor dem Eintauchen war über der Wasserfläche hörbar.

Als wir zum Hafeninnern kamen, bot sich uns ein überraschendes Bild. Alle Häuser waren hellerleuchtet, alle Fenster mit Menschen besetzt. Auf den Stühlen der Kaffeehäuser standen Zuschauer. Eine Estrade war erbaut worden, auf der die Mitglieder der Regierung in ihren Goldfräcken saßen. Militär sperrte den Platz im Halbkreis ab. Vor dem Militärkordon eine Reihe Frauen, Kastagnetten und Tamburins in den Händen. Auf den Stufen der Regierungsestrade lagen einige Großkatzen, Pumas und ähnliches. Vor den Frauen aber hockten im ganzen Halbkreis die Gorillas. Es war ein Konzert von einer Schrecklichkeit und Schönheit, wie ich es nie wieder hören werde. Die Affen schlugen im dröhnenden

Takt mit den Fäusten auf ihren Brustkorb, begleitet von dem Zwischenrhythmus der Kastagnetten. Am Beginn der beiden Molen stand je eine Gruppe von etwa fünfzig Männern, den Sombrero auf dem Kopf und Mandolinen in den Händen. Alles, die Hüte der Männer, die Schultern der Affen und in dicker Schichte die Steinplatten des Platzes waren mit bunten Coriandolis bedeckt und Papierschlangen zogen sich von Gruppe zu Gruppe und über den weiten Platz, als sollten sie das festliche Bild zur Einheit zusammenhalten. So war auch das Ballabile, das in der Mitte des Platzes um die Flaggenstange herum stattfand, mit dem Rund der Zuschauer und Musikanten verbunden: es tanzten hier an den Händen sich haltend, in alter spanischer Nationaltracht, züchtig und von unsagbarer Sinnlichkeit zugleich, eine Gruppe von acht Frauen einen Rundtanz um den Mast.

Wir waren gebannt durch das feenhafte Schauspiel. Plötzlich schrie ein Mann auf und deutete auf den Flaggenmast. Unbegreiflich uns allen, daß das, was doch den Mittelpunkt des Festes darstellte, uns nicht sofort aufgefallen war: an den Flaggenmast hatten sie – in seiner weißen Uniform hing er dort, den Tropenhelm auf dem herabgesunkenen Kopf festgebunden – den entseelten Körper Enos befestigt. Und tanzten um ihn herum.

Gelähmt vor Entsetzen schauten wir hinüber. Sollten wir hineinschießen? sollten wir landen? den Körper unseres Freundes befreien? Wir hatten keinen Befehl, Feindseligkeiten zu eröffnen, dennoch hätten wir es getan, wenn nicht in diesem Augenblick der Scheinwerfer des Schiffes dreimal aufgeblitzt hätte, als Aufforderung für uns, zurückzukehren. Offenbar hatten sie dort auch schon bemerkt, was hier vorging.

Wir wendeten also und kehrten zurück. Auf dem Schiff hatten sie das Fest durch den Feldstecher beobachtet, nicht aber gesehen, um was es sich drehte. Es war kein Zweifel, daß etwas geschehen mußte, und wir waren glücklich, als das Kommando ertönte, einen Warnungsschuß abzugeben. Wir wiederholten den Schuß dreimal. Als aber keinerlei Wirkung sich zeigte, das Fest vielmehr immer wilder wurde, so daß wir

fürchteten, sie würden den Körper Enos zwischen sich und den Tieren zum Fraße aufteilen, drehten wir bei und waren froh, als sich die Geschütze mit öligem Gleiten auf die Stadt richteten.
Was auf den ersten Schuß erfolgte, war unfaßbar. Es war ein Augenblick Stille und nur das Dröhnen der Affenfäuste und das Klingeln der Mandolinen tönte herüber. Dann erhob sich mit dampfartigem Zischen, als sei die ganze Stadt aus Papier und Magnesium, eine ungeheure weiße Flamme gegen den Himmel, von einer Tageshelle, daß wir noch monatelang mit Augenschmerzen herumgingen. Wir schossen noch einige Male hinüber, und immer war der Schuß von dem Aufblitzen immer kleiner werdender, zischender, papieriger Stichflammen beantwortet. Als auf den letzten Schuß alles schwarz blieb, richteten wir die Geschütze gegen die Palmenwälder. Wir schossen die ganze Nacht, und wenn sich der schwarze Rauch von den Wäldern hob, dann sahen wir im rötlichen Licht des Brandes riesige Affenherden über die nackten Wipfel jagen.
Am Morgen stellten wir das Feuer ein. Ein Wald nackter Stämme, an denen schwarz der Bast und verkohlte Blattreste klebten, blickte herüber. Irgendwo lag dort Esperance. Die Stadt aber war tatsächlich verschwunden: keine Mauerreste, nichts, nicht einmal die Molen waren vorhanden, bloß eine Dünenlandschaft weißer, papieriger Asche. Wir fuhren hin, um den Versuch zu machen, die Gebeine Enos zu finden; es war aussichtslos, der Scheiterhaufen, den wir ihm errichtet hatten, hatte ihn aufgezehrt. Und angesichts der außerordentlichen Ereignisse, deren Zeugen wir gewesen waren, haben wir uns nicht gewundert, daß der Morgenwind seine Asche zu der Esperances leicht und voll kühler Minne hinübertrug und sie ihr vermählte.
Unverzüglich lichteten wir Anker. Als wir das tote Küstenwasser verließen, und die Wellen des Ozeans um uns rollten, waren die Ufer Sodoms nicht mehr auszunehmen. Ich ging über Deck. Am Bug saßen zwei Mann, nähten an den Rändern eines Sonnensegels und sangen zur Arbeit. Da erst fiel mir auf, daß wir seit unserer Ankunft in Sodom kaum ein

Wort gewechselt hatten, ja daß sogar die dienstlichen Befehle geradezu lautlos erflossen und bestätigt worden waren. Und je mehr ich dem Gesange lauschte, der immer weiter sich erhob, zur Zweistimmigkeit anschwoll und den herbbewegten Himmel erfüllte, da war es mir, als würde über mein Herz mit einem linden feuchten Schwamm hinweggewischt und als würde der Schmerz um Esperancens Verlust, der in mir brannte, milde ausgelöscht werden.

Die Heimkehr des Vergil

Stahlblau und leicht, getrieben von einem leisen Gegenwind, waren die Wellen des adriatischen Meeres dem kaiserlichen Geschwader entgegengeströmt, als dieses sich der calabrischen Küste genähert hatte, und jetzt, da es, die flachen Hügel zur Linken, langsam dem Hafen Brundisium zusteuerte, jetzt, da die sonnige und doch so todesahnende Einsamkeit der See sich immer mehr ins friedvoll Freudige menschlicher Tätigkeiten wandelte, genähert dem menschlichen Sein und Hausen, jetzt, da die Gewässer sich mit vielerlei Schiffen bevölkerten – mit solchen, die gleichfalls dem Hafen zustrebten oder die von dorther kamen – und die braunsegeligen Fischerboote bereits die weißbespülten Ufer, die kleinen Dörfer, die kleinen Molen verließen, um zum abendlichen Fang auszuziehen, da war das Wasser beinahe spiegelglatt geworden; perlmuttern war darüber die Muschel des Himmels geöffnet, es war Abend, und man roch das Holzfeuer der Herdstätten, sooft die Töne des Lebens, ein Hämmern oder ein Ruf von dorther herbeigetragen wurden.

Von den sechs Triremen, die in entwickelter Kiellinie einander folgten, trug die zweite, die größte und reichste von ihnen, mit bronzebeschlagenen Wänden und unter Purpursegeln das Zelt des Augustus, und während die erste und die letzte dem Transport der Leibgarden dienten, hatten die übrigen das Gefolge des Cäsars an Bord. Doch auf jener, die der augusteischen folgte, befand sich der Dichter der Aeneis, und das Zeichen des Todes stand auf seiner Stirne geschrieben.

Hatte er jemals anders als im Angesicht des Todes gelebt? War ihm die perlmutterne Schale des Himmels, war ihm das Singen der Berge, war ihm das lenzliche Meer, war ihm der Flötenton des Gottes in der eigenen Brust je etwas anderes gewesen als ein Gefäß der Sphären, das ihn bald aufnehmen sollte, ihn zur Ewigkeit zu tragen? Ein Landmann war er gewesen, einer, der den Frieden des irdischen Seins liebt, und doch hatte er bloß an dessen Rand gelebt, am Rand seiner Felder, und er war ein Ruheloser geblieben, einer, der den Tod flieht und den Tod sucht, der das Werk sucht und das Werk flieht, ein Liebender und dennoch ein Gehetzter, der ein Leben lang durch die Landschaften geirrt war und den es schließlich als Fünfzigjährigen, Sterbenskranken nach Athen getrieben hatte, als könnte ihm, nein, dem Werke dort eine letzte Erfüllung und Vollendung werden. Wer vermag inneres und äußeres Schicksal zu unterscheiden? Das Schicksal in seiner Dunkelheit hatte es so gewollt, und Schicksal war es gewesen, daß er dem kaiserlichen Freund in Athen begegnet war, so sehr Schicksal, daß die Aufforderung des Augustus, mit ihm in die Heimat zurückzukehren, wie ein Befehl der unabweislichen Gewalten gewesen war, der Unabweislichen, denen man sich zu unterwerfen hatte. Vergil, den kranken Leib auf das Lager gebettet, über dem die Segelrah mit der von Zeit zu Zeit dröhnenden Leinwand in den Tauen knarrte, sah die weißbesäumte Strandlinie vorbeigleiten, er spürte den Takt der zweihundert Ruder unter sich, er hörte das gleitende Schäumen des Kielwassers und den silbernen Guß, der mit jedem Herausheben der Ruder einsetzte, er hörte ihr Wiedereintauchen, und gleich einem Echo klang das nämliche von dem vorausfahrenden kaiserlichen und von dem nachfolgenden Schiffe herüber; er sah auch die Menschen auf dem Deck, die Leute des Hofstaates, die mit ihm fuhren, trotzdem nicht mit ihm, denn sein Reiseziel lag ferner als das ihre.

Schon sank die Dämmerung, als man Brundisiums schmale fjordartige Einfahrt erreichte; vor den Kastellen links und rechts des Kanales war zu Ehren des Caesars die Besatzung aufgestellt, ihre Begrüßungsrufe flogen auf, flatterten in dem grauen Licht, beinahe verwelkt in herbstabendlicher Feuchte, und Vergil, aus müden Augenwinkeln hinblinzelnd, war von einem roten Punkt in dem Grau gefesselt; und obgleich es sich nur als das rote Vexillum eines Fahnenträgers erwies, der am Flügel seiner Manipel postiert, im Takt der Rufe die Stange mit dem Feldzeichen hochstieß, so war dieses im Dämmernebel vergehende Rot weit mehr ein Abschiednehmen denn eine Begrüßung. Doch unterhalb der Befestigungen bis herab zum steinigen Ufer war der Hang mit Sträuchern bewachsen, und gleichsam nach ihrem Laube greifend, streckte der Kranke

die Hand aus. Wie weich war die Luft, Bad des Innen und Außen, Bad der Seele, fließend aus dem Ewigen ins Irdische, Wissen vom Kommenden im Diesseitigen und im Jenseitigen! Am Bug des Schiffes sang ein Musikantensklave, und Lied wie Saitenspiel, Menschenwerk beides, waren in sich beschlossen, menschenentfernt, menschenentlöst, Sphärenluft, die sich selber singt. Die Töne in sich eintrinkend, atmete Vergil, die Brust schmerzte ihn, und er hustete.
Dann wurde die Stadt im Innern der Bucht sichtbar, die hellerleuchtete Reihe der Häuser am Kai, eine Osteria neben der anderen, und davor die Menge, die sich angesammelt hatte, um der Ankunft des Caesars beizuwohnen; vielleicht fünfzigtausend, vielleicht hunderttausend Menschen, ein gewaltiges schwarzes Summen, das auf- und abschwoll. Auch auf vielen der verankerten Schiffe ringsum gab es schreiende Menschen, beleuchtet von festlichen Fackeln, und doppelt dunkel wuchsen die Maste und Taue und die gerefften Segel, ein sonderbar finsteres, verkreuztes und verwirrtes Wurzelwerk aus dem Wasser in den noch lichten Himmel hinauf. Vorsichtiger und langsamer wurden nun die Ruder eingetaucht, das Kaiserschiff war schon bis an den Kai geglitten, wo es an dem vorbestimmten, von Bewaffneten freigehaltenen Platze anlegte, und es war der Augenblick, den das dumpf brütende Massentier erwartet hatte, um sein Jubelgeheul ausstoßen zu können, endlos, erschütternd, sich selbst anbetend in der Person des Einen.
Immer war Vergil vor der Masse zurückgeschreckt; nicht daß sie ihm Furcht einflößte, aber er empfand die Bedrohung, die in ihr lag, die aus ihr geboren wurde und das Menschliche gefährdete, eine Bedrohung, die Mitleid einflößte und zugleich zur Verantwortung aufrief, ja zu einer so großen Verantwortung, daß er oftmals schon gedacht hatte, unter ihr zusammenbrechen zu müssen, krank und todesnah von solcher Last geworden, mitunter freilich meinte er, daß diese Verantwortung nicht seine Sache wäre, vielmehr, daß sie ausschließlich den Augustus anginge, aber allzu genau wußte er, daß die Verantwortung, die der Augustus auf sich genommen hatte, von ganz anderer Beschaffenheit war: Spanien

war besiegt, die Parther hatten sich unterworfen, die Bürgerkriege lagen weit zurück, das Reich schien gesicherter, befriedeter, wohlhabender als es je gewesen war, und doch war das Drohende vorhanden, ein drohendes Unheil, das auch der Augustus nicht abzuwenden vermochte, trotz seines Priesteramtes, ein sogar den Göttern unerreichbares Unheil, das von keinem Massengeschrei zu übertäuben war, eher noch von jener schwachen Seelenstimme, welche Gesang heißt und die, das Unheil ahnend, das Heil verkündet. Wieder ertönte das Jubelgebrüll, Fackeln wurden geschwungen, Befehle durchhallten das Schiff, dumpf flog ein vom Lande geschleudertes Tau auf die Deckplanken, und zwischen dem Getrappel der vielen eiligen Füße lag der Kranke, aber in seinem Herzen war das Wissen um die Hölle.
Waren ihm die Sinne geschwunden? Sicherlich hätte er sich gerne dem Gejohle der Menge verschlossen, das vulkanisch und unterirdisch und trägwellig über den Platz flutete, aber er klammerte sich an das Bewußtsein, klammerte sich daran mit all der Kraft desjenigen, der das Bedeutsamste seines irdischen Seins nahen fühlt und voller Angst ist, daß er es versäumen könnte, und nichts entging ihm, weder die hilfreichen Gesten und Worte des Arztes, der auf Befehl des Augustus an seiner Seite war, noch die dumpf befremdeten Gesichter der Träger, die mit ihrer Sänfte an Bord gekommen waren, ihn abzuholen, und weder die Stadt, die er mit allen Sinnen aufnahm, den kellerkühlen Hall ihrer engen Gassen und den vertrauten Gestank der Mietkasernen und ihres Unrates, noch der Urwaldgeruch des Massentieres, das ihn umtoste, nichts entging ihm, mehr noch, die Dinge waren ihm näher und deutlicher und wacher, als sie es ihm jemals gewesen waren, und bei aller Reisemattheit verlor er nichts von seiner stillen Würde, und er dankte freundlich für jede Handreichung, die ihm erwiesen wurde. Allerdings, es war eine schwebende Nähe, so schwebend, wie er es selber auf hocherhobener Sänfte war, es war die Nähe einer gleichsam schwebend gewordenen und entrückten Zeit, es geschahen die Dinge gewissermaßen unter Aufhebung jedweder Gleichzeitigkeit, und das im Fackellicht und im Lärm tosende

Brundisium war ebensosehr das brennende Troja, so wie er, der durch die Flammen getragen wurde, der flüchtende und heimkehrende Anchises war, blind und sehend zugleich in seinem Schweben, getragen von dem Sohne. Und auch als man ihn im Palaste zur Ruhe gebracht und gebettet hatte, hielt diese schwebende Wachheit an, blieb er weiter an solche Wachheit geklammert; draußen tobte die Straße, und in den Sälen des Palastes tobte das Fest, das die Stadt dem Augustus, der Augustus der Stadt gab, der alte müde Caesar, gefangen von seinem Amte und von seiner Macht, geklammert und angekettet an beide und an ihren Augenblick, und es war, als flössen Straße und Fest bis an das Krankenlager, als flösse das Gleichzeitige und Augenblickliche bis in die innerste Seele, sie durchfließend ohne sie zu erreichen, da sie im Schweben war, schwebend im Gewesenen und Zukünftigen, hingegeben einem Warten, das ebensowohl nach vorwärts wie nach rückwärts gerichtet war, und die Augen des Vergil sahen bloß das milde Ölflämmchen der Nachtlampe.
Und da er sich und seine Gedanken zurückschickte, da bemerkte er, daß er zwar zu dem kleinen Jungen auf dem Bauernhof in Andes zurückzukehren vermochte, ja daß es eigentlich gar keine Rückkehr war, vielmehr ein unverändertes Weiterbestehen, so daß er jeden Herzschlag, den er damals erlebt, jeden Grashalm, den er damals gesehen hatte, jetzt ohne weiteres hätte beschreiben und aufschreiben können, und es ihm bloß verwunderlich deuchte, daß er, inzwischen gewachsen, als erwachsener siecher Mann hier liegen mußte, daß aber alles, was seit der Kindheit geschehen, immer schütterer wurde, immer verschwindender und vergessener, nicht nur der Gutshof in Nola mit seinen Bauern, seinen bergumsäumten Feldern und den sanften Tieren, sondern auch die vielen sonnebeglänzten Tage in Neapel waren vergessen, und sogar die Werke, die er geschrieben hatte, damit sie das Bleibende würden, waren verblaßt und kaum mehr dem Titel nach zu erinnern. Nichts von den Bucolica, noch weniger von den Georgica, und wenn überhaupt etwas verharrte, so war es die Aeneis, doch auch diese nicht, wie er sie gedichtet hatte, sondern als ein Geschehen, das von ihm

geschaut und nur sehr mangelhaft eingefangen worden war. Warum war dies so? für wen hatte er gearbeitet? für welche Menschen, für welche Zukunft? stand nicht das Ende aller Dinge vor der Türe? war die Vergessenswürdigkeit des Geschaffenen nicht ein Beweis für den Zeitenabgrund, der sich nunmehr auftun wollte, die Ewigkeit zu verschlingen? Betrunkene Horden im Palast und auf der Gasse; noch trinken sie Wein, doch bald werden sie Blut saufen, noch leuchten sie mit Fackeln, doch bald werden ihre Dächer brennen und flammen, brennen, brennen, brennen. Und desgleichen werden die Bücher mit in dem Rauch aufgehen. Mit Recht, mit Recht, mit Recht. In der Brust des Kranken brannte es, allein die Lippen des Schriftstellers lächelten ein wenig, denn der Brand würde auch die Bücher Horazens und Ovids kaum verschonen, und man mußte sagen, ebenfalls mit Recht. Keiner wird bestehen bleiben. Was aber dann? was vermöchte die Menschen noch zu retten, auf daß sie weiterlebten? Hieß es nicht zurückkehren in die Jugend der Menschheit, in die schlichte und sanfte Derbheit des bäuerlichen Lebens, von dem er selber seinen Ausgang genommen hatte und nach welchem er sich ein Leben lang hoffnungslos, ach so hoffnungslos zurückgesehnt hatte? was wußte der Augustus davon? er hatte das Reich gesichert, er hatte Bauten errichtet, er hatte ihn selber geschützt, er hätte es nicht tun sollen, der müde alte Mann, der immer noch lebte, heute noch unbedroht, der vielleicht so lange zu leben verpflichtet war, bis das Drohende auch an seine Türe pochen würde, an die Pforte der Paläste, die einstürzen werden, den Augustus und all seine Pracht, all die ewigen Kunstwerke unter sich begrabend. Oh, überflüssig sind die Kunstwerke, überflüssig all die Schönheit, die der Augustus und der Maecenas um sich angesammelt haben, und sie sind dem Untergang geweiht. Auf der Gasse schrien sie Augustus Retter und Augustus Vater – wird er es nicht büßen müssen? Schlaf? wer wollte schlafen, da Troja brennt!

Und als die Nacht schon weit vorgeschritten war, da sah Vergil viele zerstörte Städte und Heiligtümer vor sich, Städte, von denen er nicht einmal den Namen kannte und die ihm

doch so bekannt waren wie die Stadt seiner Jugend, die Mantua hieß; er sah Babylon und Niniveh, er sah ein verwüstetes Theben und das oftmals zerstörte Jerusalem, und er sah das verödete Rom, ein Rom, durch dessen Gassen die Wölfe streiften, ihre Stadt wieder in Besitz zu nehmen, und er sah die Ohnmacht der Götter. Und dann trat ein Engel an sein Lager, seine Fittiche waren so kühl wie der Septembermorgen, welcher anbrechen sollte, und der Engel sagte: »Wachse nun, kleiner Knabe«, sagte es, als wäre es ein Trost, und es war einer, obgleich darin die Verkündigung des Todes enthalten war. »Gut«, antwortete Vergil und versuchte die Züge des Engels zu erkennen, »gut, dann will ich jetzt schlafen.«
Der Morgenwind strich [durch] das Fenster, und Vergil träumte von den Feldern im blondwogenden Erntekleid, er träumte vom Rinde, das neben dem Löwen lagert, er träumte den Frieden des Lebens, einen größeren Frieden als den, der vom Augustus der Welt geschenkt worden war, und er träumte davon, daß der Engel auch den Augustus besuchen werde. Denn durch all dieses Träumen hindurch schwebte ein Wissen, und wenn es auch keinen Namen hatte, sondern nur ein Bild war, ein Bild glückseligen Landes, nicht minder bekannt als die Bilder der rauchenden Städte, so war das namenlos Gewußte doch die wissende Namenlosigkeit der Liebe, einer männlich mütterlichen Liebe, die in die schmerzlich wartende, leidende, ihr geöffnete Welt ersehnt und sehnsüchtig einziehen sollte. Gerne hätte Vergil nach dem Namenlosen gefragt, doch als er die Lider aufschlug, da war das Gemach voll warmer Septembersonne, und statt des Engels stand flügellos und eher ein wenig beleibt der Maecenas vor ihm, ein besorgtes Lächeln in dem gutmütig tüchtigen, genießerischen Gesicht, und Vergil schloß rasch wieder die Augen, der verlorengegangenen Musik nachlauschend.
Weil aber das Singen sich nicht wieder einstellen wollte, rief er, noch immer geschlossenen Auges, nach seinem Besucher, und dieser antwortete: »Ja, mein Vergilius, ich bin hier.«
»Es ist schön, daß du gekommen bist«, sagte Vergil.
»Ich wußte um eure Ankunft; dich und den Augustus, sein Name sei gepriesen, einzuholen, eilte ich hierher.«

Vergil nickte: »Ja, du bist mich holen gekommen... das ist recht, du weißt den Platz am Posilip, der auf mich wartet.«
Von Gräbern wollte Maecenas nichts hören: »Du bist nicht älter als ich«, wehrte er ab.
Der Dichter blickte seinen Gast groß an, und in seinen Augen war unverkennbar die gewichtige Antwort zu lesen. »Höre, Maecenas«, sagte er, »ich bereue es nicht.«
»Oh, mein Vergilius, was hättest du wohl auch zu bereuen, du, der Dichter Roms!«
»Wäre ich bloß der Dichter Roms, ich hätte es zu bereuen!«
Maecenas schüttelte den Kopf, und seine Augen wurden feinschmeckerisch: »Du, der Dichter der Schönheit!«
»Wäre ich der Dichter der Schönheit, ich würde mich schämen, und meine Reue wäre groß.«
»Bist du nicht der Dichter der Götter?«
»Nein... glaubte ich an sie, wie sie es befehlen, ich hätte nie und nimmer dichten müssen...«
»Doch du sangest zu ihrem Preis...«
»Nein, ich sang, sie zu suchen... und ich habe sie nicht gefunden, ich fand anderes...«
Der genießerische Ausdruck in dem Gesicht des Maecenas verstärkte sich: »Dann wirst du uns singen, was du gefunden hast... es wird herrlicher sein als alles Bisherige.«
Vergil lächelte: »Ich werde nicht mehr dichten, Maecenas, und selbst wenn mir dazu Zeit vergönnt wäre, ich möchte es nicht mehr...«
Die Aufmerksamkeit, mit der Maecenas den Worten des Freundes und Dichters lauschte, wurde wehmütig, und er zitierte: »Nie mehr singe ich Lieder, und nicht mehr bin ich euer Hüter... oh, Vergilius, soll es wahrlich so sein?«
»Das Lied wird erschweigen, Maecenas, und die Bildwerke werden gestürzt werden; doch du sollst darob nicht trauern, denn was zu künden sein wird, ist die Wahrheit, eine Wahrheit, an die keine Kunst heranreicht und vor der die Kunst verstummen muß...«
Maecenas war verletzt: »Oh, niemals wird die Schönheit verstummen«, ereiferte er sich, »vor keiner Wahrheit wird sie

erschweigen, und immer wird sie es sein, die die Wahrheit kündet... schmähe nicht die Kunst, die der Gott dir geschenkt, Vergilius...«

Wieder lächelte Vergil: »Ich schmähe sie nicht, ich beginne bloß, mich ihrer nicht mehr zu entsinnen... aber ich bereue es nicht, Maecenas... freilich nicht um der Schönheit willen...«

Ehrfürchtig vor dem Dichter, ehrfürchtig vor dem Tode, wagte Maecenas keinen Einwand mehr, und er seufzte bloß. Vergil aber, geschlossenen Auges sprach weiter, und er sprach nicht mehr für den Maecenas, er sprach für sich: »Was nur um der Schönheit willen geschieht, das ist nichts und ist verdammenswürdig... was aber um der Ahnung willen geschieht, das vermag das Herz des Menschen erklingen zu lassen, so daß es bereit wird für die kommende Verkündigung... bereit wie eine Leier, die unter dem Winde singen wird... es ist die Reinheit des Herzens.«

Straße und Hof erschollen von Pferdegetrappel; es waren die Boten, die kamen und gingen, es waren die Vorbereitungen für den baldigen Aufbruch des Augustus, es war das staatlich höfische Getriebe, das den Palast erfaßt hatte. Dazwischen hörte man das Ächzen ländlichen Fuhrwerkes, das Schlurfen der Sandalen auf dem Pflaster, immer wieder übertönt vom schweren Tritt der Militärstiefel, und aus der weiteren Ferne war ab und zu das Geschrei des Marktes vernehmlich. Und von solchem Alltag zu dem Maecenas zurückgeführt, sagte Vergil freundlich: »Du bist in Staatsgeschäften zum Augustus gekommen, und es will mich dünken, daß die Geschäfte schon recht sehr lärmen... komme wieder zu mir, ehe ihr abreist...«

»Auch der Augustus will dich besuchen«, bestellte Maecenas, indem er sich traurig und, bei aller Elegance, ein wenig schwerfällig erhob, nicht ohne dabei die Falten seines Gewandes zurechtzuzupfen und in die richtige Lage zu bringen.

»Gut«, stimmte der Kranke zu, »kommt beide zu mir... soferne es die Geschäfte erlauben... und bis dahin sage dem Augustus, daß ich ihn liebe...«

Unschlüssig war Maecenas stehengeblieben, als erwarte er noch etwas Feierliches, zu dem die Stunde und die Freundschaft und die Ehrfurcht verpflichtet hätten, und auch Vergil spürte dies, aber er ließ es sich nicht anmerken; er lag da und schwieg, obwohl ihm der Abschied weh tat und erst als der Maecenas sich entfernte, auf Zehenspitzen davonwippend und durch solch ungewohnten Gang in seiner Würde, die er trotzdem aufrechtzuhalten sich bemühte, wesentlich beeinträchtigt, da blinzelte ihm Vergil unter den Lidern nach, und wenn der Maecenas sich umgewandt hätte, so hätte er eine große Rührung in den Zügen des Dichters entdecken können, freilich auch eine ebenso große Verwunderung: Vergil befand sich in einer großen Verwunderung, einer Verwunderung, über die er sich erst jetzt Rechenschaft abzulegen begann, erstaunt über den Schmerz, den er um des Maecenas und des Augustus willen empfand, erstaunt, daß ihm dies so nahe ging, mehr noch, daß seine Augen dem Maecenas genau so nachblinzeln konnten, wie sie es stets getan hatten, daß sein Gehör noch die Geräusche der Stadt in sich aufnahm, verwundert des Geistes, der intakt geblieben war und in dem all dies sich abspielte! wahrlich, je brüchiger und je unsteter er in den vielen vergangenen Jahren sich selbst empfunden hatte, desto begieriger war er geworden, daß die Brüchigkeit fortschreite, desto mehr war seine Neugierde gewachsen, eine verwunderte und wunderliche Neugierde, die gerne die körperlichen Schmerzen und das Ungemach auf sich nahm, vielleicht sogar sie unterstützte, um das Ende zu beschleunigen, das Außergewöhnliche, das mit der Auflösung kommen mußte, damit sie Erlösung werde; und jetzt, da es so weit war, da war es noch immer das nämliche Schauen, das nämliche Hören, das nämliche Denken, wie es das ganze Leben stattgefunden hatte, und dies war verwunderlich. Nun war der Maecenas gegangen, froh, zu seinen Bildwerken heimkehren zu dürfen, zurück in die irdische Schönheit seines Palastes, ledig eines Mahners, der von solcher Schönheit nichts mehr wissen wollte, und fast schien es, als hätte der Maecenas recht, verwunderlich recht. Was wäre wohl an die Stelle der Schönheit zu setzen, da das Leben des Menschen nicht weiter reicht als sein Sehen und Hören? ach, das Herz vermag nicht weiter zu klingen, als es schlägt – warum also die Auflehnung gegen eine Schönheit, die es zur Reinheit seines Klingens bringt? Vergil versuchte darüber nachzudenken, indes, wieder waren es bloß Bilder, die sich einstellten, und wiederum waren sie voller Leid: mochten auch die Schlachtfelder des Reiches nun ferne sein, in Britannien, in Germanien, in Asien, es waren doch Menschen, die sich dort abschlachteten, und mochten die kaiserlichen Gerichte auch gerecht aburteilen, mochten es auch Verbrecher sein, die allenthalben auf den Richtstätten an den Kreuzen hingen und in ihren Schmerzen sich wanden, es waren doch Menschen, und Menschen waren es, die in den Arenen gehetzt wurden, zerstückelt, zerfleischt, Menschen, die einander töteten, blutvergießend, Blut, Blut, Blut, zum Ergötzen der Masse, Opfer, sinnlose Opfer zum Ergötzen des Massentiers und einer Irdischkeit, der auch der Augustus und auch der Maecenas, jeder auf seine Art, dienten, da sie alles so lassen wollten, wie es war, und höchstens nach Schönheit strebten, blind für die Dumpfheit, blind für den Blutdurst, blind für die Einzelseele, die im Ungezügelten, kaum Gebändigten zu versinken drohte. Was aber war all dem Blute, all den vielen Opfern, all den Qualen entgegenzuwerfen? Verse? waren Verse nicht zu wenig und doch zu viel? vermochten Verse eine solche Welt zu ändern? vermag der Mann, der die Folterungen begafft und sich ihrer freut, überhaupt noch Verse zu hören? bedarf es da nicht eines größeren Einsatzes, um sich Gehör zu verschaffen?! In der Tat, so ist es: wer nicht das Opfer überbietet, wer das sinnlos irdische Opfer nicht zum reinen Opfer des Überirdischen erhebt, wer nicht selbst in die Arena steigt, wer nicht selbst sich ans Kreuz heften läßt, wer nicht seine ganze Person, sein ganzes Leben darbringt, der kann nicht, der darf nicht, der soll nicht hoffen, daß es ihm jemals gelänge, das verwirrte und verstockte Menschenherz zu reinem Aufklingen zu erwecken! Er jedoch, wie hatte er selber gelebt? Er war geflohen! er war vor dem Opfer und vor dem eigenen Einsatz geflohen, er war geflohen von Landschaft zu Landschaft, bis er brüchig und müde geworden war, und er hatte Verse geschrieben, die gleichfalls nur Flucht waren, Flucht in die Schönheit. Nein, er war nicht besser gewesen als der Augustus und der Maecenas, er hatte ihre Meinungen und Haltungen in keiner Weise widerlegt, weder durch sein Leben noch durch seine Werke, und mit Recht durften die beiden die Widmung seiner Georgica und der Aeneis für sich beanspruchen. Kein Zweifel, die Werke gehörten ihnen, sie mochten sie mit sich nehmen und sie behalten, sie waren sein Vermächtnis an sie, die Freunde, die er liebte und nun doch nicht mehr sehen wollte, wenn sie jetzt abreisen würden, kaiserlich feierlich nach dem irdischen Rom. Oder waren sie gar schon fort? Vergil lauschte: in dem Palast war es merklich stiller geworden, und auch der Lärm der Stadt klang wesentlich gedämpfter. Sollten sie ihn tatsächlich ohne Abschied verlassen haben? eine Wolke des Unmuts ging über des Dichters Stirne: er hätte ihnen gerne noch gesagt, daß in all seinen Werken etwas Verborgenes wohnte, etwas, das mit eigentlicher Schönheit wenig zu tun hatte und das wichtiger als jegliche Schönheit war, etwas, das man freilich erst ergründen mußte, wie er ja selber erst heute diesem Sachverhalt auf die Spur gekommen war. Es wäre wohl der Mühe wert gewesen, ihnen dies noch zu sagen. Doch vielleicht waren sie noch gar nicht abgereist, vielleicht hatte man bloß, den Lärm abzudämpfen, die Straße mit Stroh bestreut und den Pferden die Hufe mit Tüchern umwickelt, weil man wußte, daß er krank hier daniederlag, daß die Brust ihm brannte und daß er über das Verborgene des eigenen Werkes nachsinnen mußte, lauschend einem Mittagslichte, das er nicht mehr sah. Und je schärfer er hinhorchte, desto verebbter und entfernter klangen die Geräusche des Lebens, sie waren wie Vorhänge, die sachte von einer Hand weggenommen wurden, einer nach dem andern, bis nichts übrigblieb als das, was zwischen den Worten und den Zeilen eingebettet gewesen war, und dies war die Gesinnung seines eigenen Herzens und des Herzens Ahnung, Schönheit auch sie, und doch des Herzens Opfer. Stiller und stiller wurde es, und es ward zu der Stille, die den Sänger empfängt, ehe er in die Saiten greift. Die große Stille der Menschheit, die nicht mehr Masse ist, sondern Gemeinde der Seelen, Atem der Klarheit, der hinüber- und herüberweht, das gemeinsame stumme Sphärenlied des Sängers und des Hörers, in beiden zugleich geboren, in beiden zugleich erklingend. Vergil, der Sänger, lauschte, er war gespannt, gespannt wie die Saiten einer Leier, ja, er war selber die Leier, und er erwartete die Hand, die nach seinem Herzen greifen würde, damit es in seiner reinen Spannung erklinge, sehnsüchtig erwartete er diese Hand, denn wenn es klingen würde, dann würde das Herz nicht mehr brennen. Und siehe, während er so lauschend lag und immer deutlicher es spürte, wie die mütterliche Hand der Liebe sich seinem Herzen näherte, und wie die Mittagsnacht immer stiller und dichter sich herabsenkte, erfüllt von dem Rieseln der Abendbäche, beschattet von den Eichen und Pinien, so daß Nymphen wie Hirten schon längst in der Dunkelheit entschwunden waren, oh, in dieser Landschaft des Abends, die er liebte, obgleich er sie längst nicht mehr sah, breitete Vergil die Arme aus, als wollte, als müßte er sich mit ihr verkreuzen und für immer in sie eingehen, denn er hörte aufs neue den Engel, und der sagte: »Wachse, kleiner Knabe, wachse, klinge und führe, Führer durch die Zeiten, ahnend im Zeitlosen.«

Gedichte

Schattenhaftes Liebeslied

Oh lichter Schatten, der sich in mich beugt,
wo ist der Weg, den du mit mir gegangen,
du rührtest mich, da ich von dir empfangen
dich nie berührend, dennoch dich gezeugt –

Oh lichter Schatten, der sich in mich neigt,
es fallen Stunden in die Schattentiefen
und Stunden waren's, die die Stunde riefen,
oh lichter Schatten, der den Tag erschweigt.

Du lichter Blick, so schattenhaft entäugt,
Blick, dem sich Tränen schattentief entzwangen,
du langst nach mir, nie werd ich dich erlangen,
oh lichter Schatten, der sich in mich beugt –

Helle Sommernacht

Gewiegt von den hellen Nächten
und den fließenden Flüssen
Seele
ruhst du,
ruhst trinkend den Tau der Wiesen
in der entfalteten Nacht, –
silbern Geschick der spiegelnden Seele
wie leicht ist der Hauch,
der ins Ungeborene
dich hebt.

Eh ich erwacht

Wenn ich diese Täler sehe
mit dem dunklen Wolkenrand,
daß die Sonne drin vergehe,
ahn ich das vergeßne Land,

da ich tief in deiner Seele ruhte,
Urwaldbäume über uns gebeugt,
alles Wissen: Laubgeflute,
ich: von Gott in dir gezeugt,

ruhend Tag und Nacht verwoben,
lautlos fiel die Schleierzeit,
lautlos ward ich weggehoben,
hinter mir die Dunkelheit.

Breiten sich die Abendbuchen,
Wiese und die Tannennacht,
immer muß ich jene Landschaft suchen,
die da war, eh ich erwacht,

ich, ein Gott, der in dir ruhte,
der sich selbst in dir gezeugt,
Erde! zeitloses Geflute
Wolke niederwärts gebeugt –

Landschaft, die ich niemals finde,
bis ein letzter Abend glüht
und der Tod gleich einem Kinde
mich in seine Seele zieht.

Die Waldlichtung

Noch immer im leisen Grün
steht das Unverlierbare
um die Lichtung,
noch immer ruhst du dort
wie du einstens erwachtest,
spielende Finger im Gras
und leicht geschmiegt ins hellere Blau
die Zweige der Birke.
Noch immer dehnt sich das summende Buschwerk
Pfade der Nimmerwiederkehr
doch ewig die unerreichbaren Hügel
dunkel die unersteigbaren.
Und noch immer neigt sich der Knabe dir zu
der, der auf dem Mustang einhergesprengt kam
über die Hügel hinwegsetzend
Unübersteigbares bezwang er,
Dornen und Gebüsch durchsprengte er...
Wann war es?
Damals, damals...

Und noch immer küßt er deinen Mund,
den welk gewordenen,
küßt dich wie damals,
da er dich zum Tode erweckte.

So klar war jener Tag
und leise.

Jeder wandert...

Jeder wandert, jeder weiß es,
Doch es hält ihn auf den Straßen
Bis ihm durch die Nebelmassen
Scheu ein Licht blinkt wie ein leises
Hoffen und wie Zielerfassen,
Wie ein Ahnen jenes Preises,
Der als Schluß des Wanderkreises
Rückkunft heißt im Ruhenlassen:
Namenloser Gast ist jeder,
Bis den Namen er darf schreiben,
Nur ein Wort, ein Zug der Feder,
Dennoch Zeichen für ein Bleiben,
Selbstsichfindend, Ruh im Wandern
Bei dem Freund, das Ich im andern.

Wo suchst du hin...

Wo suchst du hin?
Wo ist dein Halt?
Ist dir nicht kalt?
Ich weiß es nicht und weiß mich nicht,
Ich seh der Welten Ungesicht
Und suche Richtung, suche Sinn
In einem Sein, das ich nicht bin,
Das du nicht bist,
Das trotzdem Ziel und Spiegel ist,
Ein Schimmern künftiger Gestalt,
Aufgabe noch und doch schon Halt,
Ein dunkles Suchen noch und doch schon Tag –
Oh Hand, die in der meinen lag,
Ist dir nicht kalt?

Der Urgefährte

Als ich traumschwer heut im Schlafe
deine Hand in meine nahm:
war es Lohn da, war es Strafe,
daß noch schwereres Wachen kam? –
  Schnee lag in der dunklen Stube,
und der Fluß war still vereist;
offne Tür in leichtem Hube
zeigte den, der lang verreist,
und ich wußte was er brachte,
wußte Sinn und die Gestalt,
aber unaussprechlich sachte
war das Wissen rückverhallt.
  Kreuzen sich in mir noch Reime
Sprache und das Menschenwort?
Wo sich's kreuzt ist das Geheime,
wo sich's öffnet ist es fort;
zwischen ihm und mir gesponnen
ist was keiner mehr versteht,
mir genommen, mir vernommen,
weiser Sinn erst wenn verweht.
  Hand wird flockenleichte Handlung,
Wissen stetes Eingehändnis;
Wand um Wand weicht zur Verwandlung
Irrtum reicht ins Unbeirrte,
denn zum Wissen-Einverständnis
harrt dort vor dem Türgevierte
eisumkleidet, er, der Hirte,
alterslos der Ahn-Gefährte
mahnend mich zur strengen Reise:
weckte er mich auf zum Greise,
da er mich Entwissen lehrte? –
  Schließt in meiner Sterbestunde
deine Hand die meine ein,
wird mein Lallen dir nicht Kunde
sondern leere Stummheit sein.

Nacht-Terzinen

Die Straße unten ist nun nächtlich leer
Von fern tönt hie und da ein Nebelhorn
Und all das Nichtgetane macht mich schwer:

Der Schlaf ist da, des Lebens End' und Born,
Die leichte Einsamkeit, die Schweres deckt –
Beginn' ich morgen wiederum von vorn?

Noch wache ich, doch bald bin ich geweckt,
Denn was wir wissen kommt zutag zur Nacht;
Das Dunkel öffnet was das Licht versteckt.

Vor meinem Fenster stehn die Bäume sacht;
Ich schau hinab, lösch dann die Lichter aus:
Wie glücklich einen diese Stille macht

Und immer irgendfern ein Nachbarhaus.

Milder Herbstmorgen

Will die Kälte sich verwandeln
da ich in den Garten trete?
hebt die Sonne an zu handeln,
daß sie letzte Schatten jäte?

Welch ein mildes Abschiednehmen
jenes, der stets wiederkehrt –
war er Ahne? ist er Schemen?
Denn dem Fuße stets verwehrt
Dort von reif'rem Licht beschwert
sich gelobte Länder dehnen.

Bist du mit mir in dem Garten
oder ziehst du mit dem Volke?
fehlt auch dir die Zeit zum Warten?
In der Hecke hängt die Wolke.

Bin ich Schatten, Auge, Schauen?
Bin ich hier, ich dort im Blauen
wissend um ein fernes Sehnen?
Welch ein mildes Abschiednehmen.

Vom Altern

Graugebrannte, grauvermorschte, grauvertraute
Lattenpforte
Riegelschwach im lockern Zaun,
Die vom Buschwerk überdorrte
Grenze quer durch das Gestaun,
Hier der Garten, dort der Wald.
Kindheitsgröße, Kindheitsstaunen, damals reich und
heute wieder,
Jugend, Alter werden eins,
Und der Jahre Zwischenglieder
Sind nun zeitverlornen Scheins,
Waren Warten, kaum Gestalt.
Zeitgeflüchtet, zeitverloren, zeitverstummt im
Kinderworte
Hebe ich den Riegelknauf
Und im tiefverwunschnen Orte
Hebt das Sein sich selber auf:
Immer noch ist es der Garten
Sonnenkringelhaft bemalt,
Hinterm Zaun jedoch im zarten
Echodunkel steht der Wald.

Aus dem essayistischen Werk

Die mythische Erbschaft der Dichtung

Geschichtsschreibung, Biographie und historischer Roman stammen von einem gemeinsamen Ahn ab: dem Helden-Epos. Doch hinter solchem Ahn steht ein noch fernerer, noch ehrwürdigerer, der Ur-Ahn jedweder erzählerischen Aussage, wenn nicht gar der menschlichen Mitteilung überhaupt: der Mythos. Und fast ist es, als verdankten Geschichtsschreibung wie Biographie wie historischer Roman all ihre Gültigkeit immer noch dieser mythischen Erbschaft, mag sie auch im langen Erbgang spärlich geworden sein.
Denn im Mythischen enthüllt sich der Menschenseele Grundbestand, und er enthüllt sich ihr, indem sie ihn im Geschehen der Welt, im Geschehen der Natur wiedererkennt und zur Aktion bringt; es ist der gleiche Vorgang wie jener, mit dem der Menschengeist seinen Grundbestand als das Logische begreift und im Kausalgeschehen des Außen – dieses hierdurch beherrschend – wiederfindet. Von solch doppeltem Grundbestand des Menschenseins bedingt, vollzieht sich in Mythos und Logos das Erfassen der Welt: sie sind die beiden Urbilder von Inhalt und Form, unlösbar wie diese einander zugeordnet, und ebendarum sind sie im menschlichsten aller menschlichen Phänomene, in der Menschensprache, wo immer und wie immer sie von Menschenmund gesprochen wird, kurzum in aller Sprachstruktur wundersam ineinandergespiegelt und zu wundersamer Einheit gebracht; nirgends wohl ist der Jungsche Terminus vom »Archetypus« so angebracht wie im Hinblick auf Mythos und Logos, die gerade in ihrem Zusammenhalt nichts anderes sind als die menschliche Wesenheit selber.
Aus des Menschen Grundstruktur geboren, repräsentieren ihm Mythos und Logos das Zeitlose schlechthin; nicht nur daß in ihnen und mit ihnen alle menschliche Leistung, sei sie nun sprachlicher oder darstellender oder handelnder Art, durch die Generationenkette hindurchgetragen und jeder neuen Generation verständlich oder zumindest übersetzbar gemacht wird, nicht nur daß damit die Einheit des über die

Zeiten hin erstreckten Menschengeschlechtes, die Zeitlosigkeit der Leistung verbürgt wird, es wird damit dem Menschen auch das ahnende Wissen um die Zeitlosigkeit seines Ichs gewährleistet, jenes Gefühl zeitenenthobener Sicherheit, von dem Kant bewegt wird, wenn er vom »bestirnten Himmel über mir, und dem moralischen Gesetz in mir« spricht.

Und dieses – mythisch verwurzelte – Wissen um das Zeitlose ist es, das als eigentliches Movens in jedem echten Geschichtswerk aufscheint, sowohl in dem des Historikers, wie in dem des Dichters, und den einen wie den andern befähigt, doch auch zwingt, sich der Vergangenheit zuzuwenden und sie zur Gegenwart, zu einer immerwährenden Gegenwart zu heben.

Mythos aber – und gar in seiner letzt-hintergründigen Einheit mit dem Logos – umfaßt die Totalität der menschlichen Wesenheit und muß daher zu deren Spiegelung und der Bewahrheitung nach Welttotalität verlangen, also nach einem Weltbild, das ebensowohl mythisch wie logisch-kausal eine so total umfassende Ordnung enthält, daß es kosmogonisch die »Schöpfung« darstellt, ja selber Schöpfung ist. Aller Mythos gipfelt in Kosmogonie; er ist das Ur-Bild des Aussagbaren, primitiv, dennoch unerreichbar an Einfachheit. Keines der mythischen Derivate aus der Menschheit Spätzeit, weder die wissenschaftlich historische Erkenntnis, noch die Geschichtsschreibung mit ihren biographischen und sonstigen Abarten, noch die historische Dichtung war je Kosmogonie oder wird je wieder Kosmogonie werden können, doch jede von ihnen strebt, dank ihrer mythischen Erbschaft, nach kosmogonisch geordneter Totalität, um solcherart zu »Schöpfung«, zu wahrer Neuschöpfung zu werden.

Geschichtsschreibung, echte Geschichtsschreibung ist vermöge ihrer Methode an den Mythos gebunden. Denn bei aller Bindung der Historie an den Logos, ja an das Logische, das sogar in jedem mythischen Akt mitschwingt, nur durch mythische Projizierung der Menschenseele und ihrer Struktur, nur durch Projizierung des Menschengeistes in die Geschehnisse ist historische Erkenntnis erzielbar, nur hierdurch läßt sich der anonyme Geschehensstrom in »Einheiten«

zerlegen und gliedern, in jene historischen Einheiten, deren Wiederzusammenfassung das Gesamtbild der Geschichte sichtbar macht: ob Geschichte einer Epoche oder einer Nation, ob Geschichte einer Wirtschaft innerhalb einer Epoche oder innerhalb eines Volkes, ob Stadtgeschichte, ob Geschichte einer Sprache oder einer Kunst oder einer Wissenschaft, ob unter diesem oder jenem Gesichtspunkt, ob einzeln oder zusammengeschlossen zur Menschheitsgeschichte, es wird jede dieser »historischen Einheiten« als ein Gebilde begriffen, das sich aus der Wirksamkeit eines ihm innewohnenden spezifischen »Geistes« entwickelt hat, so als ob ein mythischer Geist der Epoche, der Nation, der Sprache, der Wirtschaft, der Kunst und letztlich der Menschheit all die Leistungen und Wertsetzungen, welche die jeweilige historische Einheit konstituieren, hervorgebracht hätte... Es handelt sich also stets um ein projiziertes mythisches »Wert-Subjekt« – auch der Hegelsche »Geist« läßt sich unschwer unter diese Kategorie bringen –, und selbst dort, wo das Wert-Subjekt, wie in der Biographie, »konkret« wird, läßt sich die »abstrakte« Projektion nicht ausschalten; historische Erkenntnis vollzieht sich ausnahmslos als »Setzung von Setzungen«, u. z. derart, daß die dokumentarisch verbürgten Tatsachen des jeweilig betrachteten Geschichtsausschnittes als Wert-Setzungen eines (abstrakten oder konkreten) Wert-Subjekts aufgefaßt werden, nämlich als ein logisch-kausales Totalbild der damit gestifteten »historischen Einheit«, die eben von solch mythisch projiziertem Wert-Zentrum her ihre Einheit-Struktur empfangen hat.

Die historische Dichtung hat sich – auf einer ersten Ebene – diesen historischen Vorschriften gleichfalls zu fügen; sie ist an die Einheit des Geschichtsausschnittes, der ihr »Schauplatz« ist, gebunden, und sie hat ihn in seiner Totalität erahnen zu lassen. Doch darüber hinaus hat sie noch eine andere und ihr allein eigentümliche Mission: jedes Kunstwerk, jedes und keineswegs bloß das dichterische, stellt die Totalität eines Weltausschnittes dar, und im besondern gibt – sehr simplifiziert gesprochen – das lyrische Kunstwerk die Totalität eines Augenblicks, das dramatische die eines Charakterkonfliktes, das novellistische die einer Situation, das Roman-Kunstwerk aber die Totalität eines Menschenlebens; der Roman ist also nicht einfach eine erfundene Biographie, denn die Biographie – als Teil des historischen Bereiches – befaßt sich ausschließlich mit dem Wertstreben ihres Helden, d. h. mit den Erfolgen und Niederlagen, die seinem Geist in solchem Streben beschieden werden, während der Roman nicht nur auf Geistes-, sondern auf Lebenstotalität ausgerichtet ist und daher die ganze anonym-dunkle Seinsfülle des Helden zu erhellen hat, diese dunkle Anonymität, in der jedes Menschenleben mit all seinem Wertstreben, gleichsam in sie eingetaucht, vonstatten geht, und von der kein historisches Faktum Kunde gibt oder je Kunde geben kann. Von hier aus stammen die bekannten Roman-Versuche zur Festhaltung des gesamten anonymen Seinsstromes, psychisch wie technisch undurchführbare Versuche, da kein Leben und noch viel weniger seine romanhafte Beschreibung sich in eine Sekundenabfolge auflösen läßt, dennoch lyrische Versuche, da die Auslotung der anonymen Lebenssekunde immer auch die der Lebenstotalität ist, und ebendarum vielversprechende Versuche, da aus solch lyrischem Bemühen, sofern es glückt, sich auch mit Notwendigkeit die allem Kunstwerklichen wesentliche, einheitsstiftende Fähigkeit zur Auslese, die Fähigkeit zur Wahl der richtigen Sekunde ergibt. Denn im Lyrischen ist das Erwachen der Seele verborgen, der mystische Weckruf, von dem die Seele den Befehl empfängt, die Augen zu öffnen, um kraft solch eines Augen-Blicks und in ihm den Zusammenhang des Seins zu schauen, zeitlos.

Sprache, aus dem Aufschrei geboren, aus dem Augenblick des Aufschreies, wäre nicht Sprache, sie wäre nicht die Vereinigung von Logos und Mythos, als welche sie ist und wächst, wenn jener sprachwerdende Aufschrei des Beginns nicht lyrischer Ausdruck und ebendamit menschlich gewesen wäre, mystisch das ganze System des Mythischen und Logischen bereits potentiell in sich enthaltend. Und dies ist wohl einer der Gründe, wenn nicht sogar der eigentlichste, um dessentwillen jede sprachliche Darstellung einer Welttotalität, wie immer, wo immer sie angestrebt wurde oder wird, von dichterischen Momenten durchsetzt sein muß. Geschichtsschreibung, die nicht bloß Lehrbuch, sondern echte historische Sicht sein will, ist ohne dichterischen Einschlag nicht denkbar, und so ist es auch nicht verwunderlich, daß aus ihr, gleichsam als ihre Ergänzung, ja mehr noch, als könnte damit nochmals der Anschluß an den mythischen Ursprung gefunden werden, die historische Dichtung hatte erstehen müssen.

Historie ist nicht nur verhalten, das Vergangene ins Gegenwärtige zu heben, sie hat zugleich auch die Gegenwart in die Vergangenheit zu senken, auf daß sie in ihr zur vergangenen Zukunft werde. Denn erst in der Vereinigung von Vergangenheit und Zukunft wird der Einheitsraum immerwährender Gegenwart geschaffen, nach dem die Seele sich sehnt und in den sie eingehen will, weil in ihm das Zeitlose und daher sie selber ruht.

Dieser Einheitsraum der Zeit und der Zeiten ist das Ziel und die Aufgabe der historischen Dichtung, und solcher Einheitsraum ist es auch, in dem Eleazar hochbetagt dem Abraham diente und trotzdem, wohl ein Jahrhundert später, den Urenkel Joseph durchs Kinderland führte, der mythisch-mystische, dennoch natürliche Einheitsraum, in dem Jakob den Söhnen die Zukunft ihrer Stämme weissagt, als wäre sie schon längst geschehen; es ist jener methusalemisch jenseitige Einheitsraum einer Gleichzeitigkeit, in dem der Sinn kaum mehr der Sprache bedarf, da Anfang und Ende jeder Abfolge, ohne diese zu zerstören, in eins zusammenfallen, und die Zeit, ohne daß sie aufgehoben wird, sich ins Räumliche wendet, jener dunkel pythagoräische Einheitsraum, der im stummsten Traum-Nirgendwo ist und dennoch sein Dasein als Musik ganz durchsichtig, ganz hell erahnen läßt. Nur traumhaft, in tiefst traumverschatteter Dunkelheit und höchst traumdurchleuchtender Helle, vom Mythos und Logos des Traumes gleicherweise bestimmt, vermag die Seele diesen Seins-Raum, der doch ihr eigener ist, zu erschließen, und selbst dann wird sie kaum weiter als bis in seinen Vorhof gelangen; nur traumhaft, in lyrischer Traumeskunde, sagt es sich in ihr aus, doch wo solch dichterische Aussage gelingt, verschattet und präzise wie der Traum selber – kein besseres und schöneres Beispiel gibt es dafür als die Einleitung zu den *Geschichten Jaakobs* –, da weiß die Dichtung sich mit der Seele eins, und sie beide wissen, daß sie ins Gebiet der Prophetie eingedrungen sind, in ein echtes Traumwissen, das sich über Vergangenheit und Zukunft hingelagert hat und das zwiefache Einst unendlich zu immerwährender Gegenwart vereinigt.

Der Traum, dieser alltägliche und allnächtliche Mythos, enthält nicht nur die gewöhnliche (aristotelische) Tageslogik, sondern auch eine umfassendere, stets die andere in sich einschließende »Nachtlogik«, die zwar mit ihren blitzartigen Verbindungen und Trennungen sich höchst »unlogisch« gebärdet, von der wir aber trotzdem, ihren tiefen und tiefsten »Sinn« erfühlend, mit aller Sicherheit wissen, daß sie bestimmten, wenn auch fast jenseitigen Regeln folgt: so weit der Traum sich in die (aristotelische) Tageslogik einordnen läßt, ist er dank den Freudschen, allerdings vornehmlich inhaltlichen Regeln (der Symbolformen, Determinierungen, etc.) halbwegs zugänglich; hingegen ist der Mechanismus der »Nachtlogik« für die direkte empirische Beobachtung unzugänglich und wäre, falls überhaupt, nur dann erfaßbar, wenn sich nachweisen ließe, daß ein »über-aristotelisches« logisch-mathematisches Modell – und die moderne Logik ist durchaus auf dem Wege, derartige Modelle (freilich für ihren eigenen und, richtigerweise, nicht für psychologischen Gebrauch) zu entwickeln – mit den Traumfunktionen in Einklang gebracht werden kann. Gelänge es, eine solche, rein formale Traumlogik aufzustellen, so würde sie zugleich auch das formale Schema jedweden »produktiven« Denkens in sich begreifen, jenes dem Menschen und nur dem Menschen eigentümlichen Vorstoßes in die Zukunft, mit dem diese zu einem Teil des Jetzt gemacht wird. Denn all dies, besonders aber eben auch die zum »Neuen« hinstoßende Erkenntnis mit ihrer zukunftgerichteten Frage wie mit ihrer produktiven Antwort reicht logisch über das Aristotelische hinaus und ist psychologisch in der Sphäre der »Eingebungen«, aus denen alles »Neue« herrührt, also in der Traumsphäre angesiedelt.

In weitestem Sinn würde demnach die formale Präzisierung dieser Gebiete, vorausgesetzt daß sie einmal gelingen wird, eine »Theorie der Prophetie« bedeuten.

Mit vollem Fug ist daher die Historie als rückwärtsgewandte Prophetie bezeichnet worden. Und mit vielleicht noch mehr Fug gilt dies für die historische Dichtung: mehr denn jede andere Forschung ist die dichterische auf die traumhaft-prophetische Eingebung angewiesen, mehr denn jede andere ist sie selber Prophetie – immer haben der Seher und der Sänger als Brüder gegolten –, und nirgends ist dies sichtbarer als dort, wo die Dichtung ihren »Neuheits-Vorstoß« in die Vergangenheit richtet.

Prophetie stammt aus dem Wissen um das Menschliche schlechthin und darum auch aus einem, das allem Menschlichen eingesenkt ist und es zum Menschen macht, nämlich aus dem Wissen um das Unendliche. In Ahnung der Unendlichkeit sind Mythos und Logos prophetisch vereint und stoßen gemeinsam ins Unbekannte vor, doch sie separieren sich aufs neue, da die Erkenntnis niemals das Unendliche wahrhaft zu bewältigen vermag, und sie separieren sich so gründlich, daß darob das Wissen um das Prophetische völlig aus dem Bewußtsein des modernen Menschen getilgt zu sein scheint. Nicht nur daß er den einen der beiden – nunmehr separierten – Zweige, die »logische Prophetie« (wie man sie wohl nennen könnte, da sie in Gestalt der logisch-kausalen Frage und der logisch-kausalen Induktion, in Gestalt der logisch-kausalen Wissenschaft und ihrer stets zeitüberwindenden Gesetzlichkeit auftritt) als eine banale und simpel »selbstverständliche« Alltäglichkeit empfindet und infolgedessen keinerlei prophetische Qualitäten darin zu sehen vermag, er weiß von dem anderen Zweig, von der »mythischen Prophetie« überhaupt nichts mehr, und wenn er sie auch nicht gerade immer mit ihrer degeneriert abergläubischen, glücksweissagenden Spätform einfach verwechselt, so schiebt er sie doch, ungeachtet ihres biblischen oder heroischen Hintergrundes, jedenfalls in eine Fabelgegend ab, in der nichts selbstverständlich ist außer dem Wunder, – an das er nicht mehr glaubt. Denn der Mensch – und darin gleicht der moderne all seinen Vorfahren – ist weit lieber abergläubisch als wissend, und er folgt lieber dem falschen Propheten, als daß er die Stimme des echten zu hören gewillt ist: ob Mythos oder Logos, der Mensch schreckt vor dem Klang ihrer Unendlichkeit zurück und will nicht wissen, daß es das Unendliche seines eigenen seelischen und denkerischen Seins ist, das da aufklingt; er fürchtet diesen Klang, muß ihn fürchten, weil er zugleich der seiner Einsamkeit ist, die unabänderlich besteht und bestehen bleibt, trotz des Unendlichkeit-Echos, kraft welches, ob in mythischer oder logischer Erkenntnis, für immer Menschen-Sein und Weltensein aneinander gebunden sind.

Die »mythische Prophetie« war ethisch, und infolge ihres Wissens um die Menschenseele und deren klein-furchtsame Taubheit, war sie ethischer Weckruf zur Unendlichkeit, war sie ethische Warnung und Unheilsbotschaft. Die »logische Prophetie« in ihrer heutigen, wissenschaftlichen Gestalt hat mit solch ethischer Verantwortung freilich noch sehr wenig zu schaffen, obwohl sie wahrscheinlich einmal berufen sein wird, sie zu übernehmen; ein derartiger Auftrag kann jedoch nicht von »außen« und sozusagen künstlich an die Wissenschaft herangebracht werden, vielmehr müßte er sich aus ihrem »innern« Wachstum in aller Natürlichkeit von selbst ergeben, nicht zuletzt aber aus dem Wachstum und der Vertiefung der Grundlagenforschung, da nur von dieser eine zunehmende Aufdeckung des Zusammenhanges zwischen der logischen und allgemein geistigen und schließlich ethischen Struktur der Menschenseele erwartet werden kann –, ein Sachverhalt, der vorderhand des Mißfallens der meisten Wissenschaftler ziemlich sicher sein dürfte.

Hingegen häufen sich die Anzeichen für die Aufnahme solchen Sachverhaltes durch die Dichtung, denn sie, die gemäß ihrer Verwandtschaft mit allem Seherischen stets eine Ungeduld der Erkenntnis gewesen ist, weiß seherisch ahnend auch um die Prophetie selber, weiß um deren ethische Zukunftsaufgaben und ist daran, diese im eigenen, im dichterischen Bereich zu erfüllen.

Gerade weil der »Geist« der Epoche, den die Dichtung, will sie ihrer Pflicht zur Weltendarstellung genügen, in ihr Totalbild aufzunehmen hat, zu einem Zwittergeist, ja zum Ungeist geworden ist, wird sie zur ethischen Warnung getrieben, die sie freilich nicht mehr als »mythische Prophetie« vorbringen kann und darf: trotz aller Verwandtschaft mit dem Mythischen muß sich die Dichtung auch hierin dem Geist der Epoche, muß sich seiner Wissenschaftlichkeit unterordnen, um solcherart sich der geahnten, künftigen »logischen Prophetie« annähern zu können, und sie besorgt dies, indem sie polyhistorisch wird. Das Streben nach kosmogonischer Totalität, von dem die dichterische Wendung zur Historie stets geleitet war, führt heute ins Polyhistorische, und von hier aus nimmt die Dichtung ihren neuen Anlauf zum Vorstoß ins Unerforschte, in ein noch unerforschtes Wahrheitsgebiet ethisch-prophetischen Sollens.

Der historische Roman hat ursprünglich utopischen und später romantischen Neigungen gedient; das historische Gewand war hierbei zumeist bloße Dekoration oder Orchestration, wenn auch die Lust an solcher Aufmachung – wie könnte es wohl anders sein – von Phantasien der Zeitlosigkeit und Prophetie bestimmt gewesen ist. Belehrungs- und Unterhaltungszwecke aber standen voran.

Das mythische und eben auch prophetische Element meldete sich erstmalig, freilich noch versteckt in Gegenwartsromanen an, nämlich bei Dostojewskij, brauchte jedoch noch geraume Zeit, ehe es sich, erst im 20. Jahrhundert, voll entfaltete. Denn das schon bei Dostojewskij vorhandene apokalyptische Gefühl eines allgemeinen Wertzusammenbruches, der nach einer völligen Wiedererrichtung der Menschenwelt, kurzum nach Neu-Schöpfung verlangt, hat erst infolge der Grauensgeschehnisse des 20. Jahrhunderts wahrhaft Weltherrschaft errungen: so wurde es auch erst dem Dichter des 20. Jahrhunderts wahrhaft klar, daß er mit bloßem Erzählen von belehrenden und unterhaltenden Geschichten nicht imstande ist, eine Totalität zu schaffen, welche der Welttotalität die Waage halten kann, und daß er, wenn er hierzu nicht fähig ist, überhaupt nichts geschaffen hat. Was den Naturalisten von Balzac bis Zola und noch ein Stück über diesen hinaus allesamt gestattet war, nämlich die Gewinnung einer Balance

zwischen Werk und Welt vermittels einer Gesamt-Abkonterfeiung, das war unmöglich geworden: eine Welt, die sich selbst zersprengt, läßt sich nicht mehr abkonterfeien, aber da ihre Verwüstung aus den tiefsten Wurzeln der Menschennatur stammt, ist es diese, welche in all ihrer Nacktheit, in ihrer Größe wie in ihrer Erbärmlichkeit dargestellt werden muß –, und das eben ist eine bereits mythische Aufgabe.
Zu solcher Aufgabe genügt es allerdings nicht, einfach den mythischen Menschen, den Heros, den Seher, den Propheten rein äußerlich mit naturalistischen Mitteln zu zeichnen. Es braucht hierzu mehr; der »Stoff« allein leistet es nicht. Joyce hat sich der Aufgabe in zwei Etappen genähert: die erste, *Ulysses,* hat den antiken Mythos über die Gesamthistorie und damit über das Menschenleben schlechthin ausgebreitet, hat sich also, trotz innern Monologs und symbolischer Architektonik, noch äußerlicher Mittel bedient, während die zweite, *Finnegan's Wake,* in den Traum, in die eigentliche Geburtsstätte des Mythos eingedrungen ist. Thomas Mann, traditionsgebundener als Joyce und daher – wenn auch mit Ironie – immer noch auf Unterhaltung und Belehrung bedacht, greift das Mythische im zeitlosen Kern auf, d. h. mit dem Problem der immerwährenden Gegenwart, und indem er diese mit menschlichem Geschehen durchwirkt, entsteht ihm nicht nur die Simultaneität des kunstwerklichen Seins, sondern auch das Zeitlose an sich, das Prophetische in solcher Stärke, daß das Werk, in dem solches sich ereignet, selber ins Zeitlose gehoben wird, mythisch im Ansatz, dennoch durchaus »logische Prophetie«, da sie – und dies gilt nicht minder für Joyce – auf polyhistorischem Grund gewachsen ist.
Aus dem Polyhistorischen wächst aber auch das Kosmopolitische. Das merkwürdige Phänomen der sogenannten Nationaldichtungen in ihrer anfänglich epischen, später beinahe ausschließlich dramatischen Form, an deren durchgängig historischer Gerichtetheit sich unabweislich ihre mythisch-prophetische Herkunft verrät – denn das Wissen des mythischen Propheten um die Menschenseele war ursprünglich sicherlich stammesbedingt –, weist darauf hin, daß bei der Bildung jeder neuen menschlichen Gemeinschaft, also am

Anfang einer jeden neuen Kulturperiode der Mythos Pate gestanden hat. Trotz seiner Christlichkeit war Dante noch national, die Renaissance-Dramatik war es erst recht – der Mythos der Gegenwart wird übernational sein.

Gewiß, es ist mit der mythischen Romanform, deren Entstehen wir heute vor Augen haben, noch lange nicht das letzte Wort gesprochen: der Mythos der neuen Kultur wird sich vielleicht, ja sogar wahrscheinlich von der Romanform völlig loslösen; es mag sein, daß er im industrialisierten Film oder sonstwo einen viel adäquateren Ausdruck finden wird. Doch daß die Dichtung bereits die ersten Ansätze hierzu hervorgebracht hat, mag als hoffnungsvolle Vorbotschaft jener neuen Menschheitskultur, die da kommen soll, genommen werden.

Hofmannsthal und seine Zeit: Die fröhliche Apokalypse Wiens um 1880

Auch in Wien beherrschte das Wert-Vakuum die Jahre von 1870 bis 1890, aber die waren hier eben die Backhendl- und nicht wie in Deutschland die Gründerzeit, und sie wurden daher so leicht genommen, wie es sich für ein Vakuum geziemt.

Gäbe es ein komplettes Wert-Vakuum, es wäre der Mensch auf den Stand des Melancholikers reduziert, dem es sich nicht zu leben verlohnt. Aber es gibt kein komplettes Wert-Vakuum, und wenn auch ein Stagnieren der künstlerischen Wert-Produktion kein isoliertes Phänomen ist, vielmehr einen alle Lebensgebiete umfassenden Un-Stil anzeigt, so wird ein solcher von den jeweiligen Zeitgenossen im allgemeinen kaum als wirkliche Lebensbeeinträchtigung empfunden: es bleiben immer noch genügend Betätigungsgebiete übrig, in die sich Lebenswerte projizieren lassen, und Ersatzwerte sind dem Menschen zumeist die weitaus erfreulichsten. Der Alltag geht stets weiter. Das Deutschland der Gründerzeit hatte einen voll- und überausgefüllten Alltag, und es hat in diesem nicht nur sehr echte wissenschaftliche Werte produziert, sondern war auch mit dem Aufbau seiner verhängnisvollen Wirtschafts- und Nationalgröße so ungemein beschäftigt, daß es sich über Wert-Vakuum und Un-Stil leicht hinwegsetzen konnte. Deutschland war das Land der rationalen Arbeitsberauschtheit. Doch wurde in Österreich, in Wien weniger gearbeitet? war es hier tatsächlich bloß die Backhendlzeit, also die eines reinen Hedonismus und der schieren Lebensdekoration? Und warum war das so?

Sicherlich wurde auch in Österreich gearbeitet, vielleicht etwas weniger besessen als in Berlin, doch sicherlich nicht weniger als in Süddeutschland. Der Alltag stellte allüberall die gleichen Forderungen. Die österreichische Wissenschaft leistete nichts Geringeres als die deutsche: in Wien wirkte Ernst Mach, und wenn auch sein physikalisch-philosophisches Lebenswerk hier unbeachtet blieb, es wäre ihm in

Deutschland das nämliche widerfahren; von Wien aus nahmen wichtigste technologische Neuerungen (so die Schiffsschraube) ihren Ausgang; doch vor allem war Wien der Sitz einer medizinischen Schule, welche – seit ihrer Begründung durch Joseph II. – in einer mehr als hundertjährigen Entwicklung, getragen von Männern wie Van Swieten, Hyrtl, Rokitansky und schließlich Billroth, sich zur ersten der Welt emporgearbeitet hatte. Auf Grund solcher Leistungen konnte man sich wohl, gleichwie in Deutschland, über das Wert-Vakuum hinwegsetzen.

Indes, man wollte nicht nur sich darüber hinwegsetzen, man wollte sich auch hinwegtäuschen. Man spielte Kunstblüte, zwar nicht ganz so plump wie später unter Wilhelm II., geschweige denn unter Hitler, dennoch nicht ganz unbewußt, also nicht ohne Verlogenheit. München ernannte sich zum »Isar-Athen«, weil in seinen Mauern (allerdings nicht von dem starken und eigenwilligen Leibl) eine Art Neo-van-Dyckismus und Neo-Velázquezismus betrieben und daneben etwas gedichtet wurde. Nun, bei aller Anerkennung der malerischen Qualitäten eines Lenbach und sogar seines Nachfolgers Habermann, oder der literarischen ihres dichterischen Mitbürgers Heyse, »Isar-Athen« war eine Farce, teils eine, deren man sich aus bayrischem Partikularismus gegenüber Berlin befleißigte, teils aber die Farce einer ungewollten Selbstironie voller Anklänge an die Münchner *Fliegenden Blätter*, dem witzlosen Leib-Witzblatt des damaligen deutschen Bürgers; wahrlich nicht grundlos ist damals in München auch das Wort »Kitsch« entstanden. Und doch, so unfreiwillig solche Selbstironie auch war, die bayrische Nationalbissigkeit beließ sie nicht im Unbewußten, drehte sie immer wieder ins Bewußtsein und damit ins Echte zurück, und ebendaraus gewann »Isar-Athen« jenen humorigen Anstrich, der den eigentümlichen Reiz dieser Stadt, ihres Künstlertums, ihrer Gesamtatmosphäre ausmachte.

Obwohl Wien sich gleichfalls als Kunststadt, ja als Kunststadt par excellence fühlte, war die Atmosphäre hier eine ganz andere. Es war nämlich weit weniger eine Stadt der Kunst als der Dekoration par excellence. Entsprechend seiner

Dekorativität war Wien heiter, oft schwachsinnig heiter, aber von eigentlichem Humor oder gar von Bissigkeit und Selbstironie war da wenig zu spüren. An literarischer Produktion war außer einem gefälligen Feuilletonismus so viel wie nichts vorhanden; der Heimgang Stifters und Grillparzers, die den einzigen gewichtigen Beitrag Österreichs zur deutschen und damit zur Weltliteratur geliefert hatten und nun ohne Nachfolge geblieben waren, berührte fast niemanden. Dichtung war eine Angelegenheit von Goldschnittbänden auf dem Salontisch, und dafür war ein Rudolf Baumbach, bestenfalls ein Friedrich v. Halm im Grunde am besten geeignet. Dahingegen waren die bildenden Künste zur Lebensdekoration notwendig, und nach ihrer Dekorationsbrauchbarkeit wurden sie eingeschätzt; mit Recht benannte die Wiener Dekoration ihren Un-Stil nach ihrem repräsentativsten Maler, dem Schönheitsvirtuosen Hans Makart: er war der große Dekorateur der Epoche, und sie wurde, zumindest in Wien, die Makart-Zeit; gebärdete man sich in München neo-van-Dyckisch, so zauberte er auf seinen Bildern den staunenden Zeitgenossen eine Art Rubens-Oper vor – tatsächlich ritt er in Rubens-Verkleidung dem von ihm entworfenen Kaiser-Festzug 1873 auf weißem Zelter voran –, und alle jene, welche sich aus künstlerischer Ehrlichkeit dem Makart-Stil nicht einfügen konnten, nicht einfügen wollten, so der geniale, oft sogar impressionismusnahe Experimentator Pettenkofen, so der geradezu an Canaletto gemahnende, dennoch durchaus originelle wienerische Vedutenmaler Rudolf v. Alt, so die bedeutenden Schilderer der Wiener Landschaft Jacob Schindler und Tina Blau und viele andere, sie wurden in ihrer Geltung unweigerlich von solcher Hoch-Dekoration überschattet. Aber Wien pochte auf seine Dekorations-Rechte, und es war – und das ist das Wesentliche – hierzu wirklich bis zu einem gewissen Grad befugt, nicht nur weil Dekorativität überhaupt ein grundlegendes Charakteristikum der Epoche bildete, sondern noch viel mehr, weil sie in der Musik- und Theatertradition Österreichs ihre reinste und schönste Auswirkung erfahren hatte. Die pflichtgemäße Obsorge für diese Tradition nahm der Wiener Dekorativität das Farcenhafte, mit dem man sich in Deutschland und insbesondere in München über das Wert-Vakuum hinwegzutäuschen suchte, und wenn ihr auch damit noch lange nicht wahre Legitimität verliehen war, so war die hier erlangte doch um vieles vertretbarer als jede, die sonstwo in Europa erlangbar gewesen wäre.

Wenn irgendwo, so war in Wien Dekorativität legitim; nur daß es beiläufig jene Legitimation war, die der Etablierung und Instandhaltung eines Museums zukommt. In Erfüllung seiner Traditionspflicht verwechselte Wien Museumshaftigkeit mit Kultur und wurde (leider nicht auch im Architektonischen, wo es sich ärgster Verwüstungen schuldhaft machte) zum Museum seiner selbst. Weil wundersamerweise Haydn und Mozart, Beethoven und Schubert sich auf diesem Erdenfleck zusammengefunden hatten, hier schlecht behandelt wurden und nichtsdestoweniger komponiert haben, richtete sich Wien als musikalische Institution ein. Deutschland hat sich, trotz Weimar, niemals als dichterische Institution eingerichtet, und selbst Isar-Athen tat nichts dergleichen im Hinblick auf seine Malerei. Das Museale war Wien vorbehalten, und zwar als Verfallszeichen, als österreichisches Verfallszeichen. Denn Verfall im Elend führt zum Vegetieren, doch einer im Reichtum führt zum Museum. Das Museale ist Vegetieren im Reichtum, ist heiteres Vegetieren, und Österreich war damals noch ein reiches Land.

Dem Wiener Volk ist der Deutsche, besonders der Norddeutsche seit jeher unbehaglich gewesen, und sich von ihm zu unterscheiden, selbst um den Preis der Musealität, wäre wohl immer mit Zustimmung aufgenommen worden. Daß man sich aber durch diese museale Haltung auch von Paris unterschied, hätte geringere Zustimmung getroffen. Denn Wien ist auf seine Gemeinsamkeiten mit Paris stolz gewesen.

Sicherlich haben die beiden Städte manches miteinander gemein, vor allem im Atmosphärischen. Paris war zwar niemals so ausgesprochene Musikstadt gewesen wie Wien es war, übertraf aber dafür dieses womöglich an Theaterliebe.

Die Leichtigkeit des Theaterhaften und der Theaterfreude, die Leichtigkeit ständig parater Vergnügungs- und Schaulust, kurzum die Spektakelfreude war da wie dort dem Volk eingeboren, war da wie dort zum Nährboden einer dominierenden Theaterkultur geworden und wurde umgekehrt von ihr stets aufs neue erweckt und in Atem gehalten. Die Comédie Française und das Wiener Burgtheater waren Parallelinstitute, und ihr hoher Stil wirkte über das Theater hinaus, reichte vorbildhaft in alle Schichten des Volkes (also nicht nur des Bürgertums), wurde für seine Sprache und Gehaben vielfach richtunggebend, beeinflußte daher erst recht das in beiden Städten mit aller Echtheit und Lebendigkeit vorhandene Volkstheater, ja sogar auch das volkstümliche Singspiel, das sich freilich seinerseits noch überdies in teils imitativer, teils satirisch-polemischer Abhängigkeit von der großen Oper befand. Nirgendwo sonst war die gesamte Lebenstextur so eng mit der des Theaters verwoben wie eben in Paris und Wien.

Derartige Gemeinsamkeiten deuten auf Ähnlichkeiten im Volkscharakter hin. Aber der Volkscharakter steht mit den historischen Zuständen und Ereignissen in Wechselwirkung; er bestimmt sie und wird von ihnen bestimmt. Während des 17. und 18. Jahrhunderts waren Paris und Wien die Machtzentren des europäischen Kontinents, und die Rivalität zwischen den Häusern Bourbon und Habsburg war die Achse, um die sich die Weltpolitik drehte. Im Kräftegleichgewicht Europas hatten Frankreich und Österreich Ausnahmsstellungen errungen, mußten sie gegeneinander verteidigen, und zur Bewältigung der ihnen damit gestellten weltpolitischen Aufgaben bedurften sie beide einer höchstentwickelten Organisation: in der Tat wurden sie die beiden »modernsten« Kontinentalstaaten des Barocks. Diese neue Staatsorganisation war zentralistisch orientiert, in Frankreich noch mehr als in Österreich, durfte aber um solchen Zentralismus willen weder ihre sozusagen natürlichen Verwaltungsgrundlagen, die im Feudalen und Kirchlichen verankert waren, verleugnen oder gar zerstören, noch durfte sie tyrannisch werden, da sie das Volk und besonders den Bürger als Gegengewicht

gegen die Macht der Feudal- und Kirchenherren zu verwenden hatte. Die Lösung für das so überaus schwierige Problem lag in der für das Barock ganz eigentümlichen, geradezu orientalischen Hypertrophierung des Höfischen. Durch den Glanz des Hofes konnten den großen Adelsgeschlechtern die Nebenlinien und Kleinherren abspenstig gemacht werden, und vom Höfischen aus wurde es möglich, geistig-kulturelle Bereiche, die bis dahin ausschließlich vom Klerus bestellt worden waren, mehr und mehr zu säkularisieren, z. B. vermittels Gründung von Wissenschaftsakademien als vornehmlich höfische Einrichtungen. Und wenn auch bei alldem dem Volk selten mehr als die Rolle eines staunenden Zuschauers zugewiesen wurde, eine ihm übrigens recht genehme Rolle, so fühlte es doch, daß es zunehmenden Maßes politischer Faktor wurde, und unzweifelhaft war das eine wie das andere und gar beides zusammen durchaus danach angetan, den Nationalcharakter entscheidend zu beeinflussen: als Partizipant des neuen Macht- und Prachtbewußtseins war das Volk der rivalisierenden Städte Paris und Wien zum Träger eines gemeinsamen Lebensstiles geworden. Rivalität und Affinität sind seit jeher Geschwister gewesen.
Die Säkularisation des geistigen Lebens war vom Protestantismus ausgegangen; ihre Imitation durch die Höfe hatte also auch religionspolitischen Zweck, nämlich den einer Wiederfestigung des Katholizismus im neuen Staatsrahmen. Nicht zuletzt galt das für die Kunst. Indem an die Stelle der bürgerlich-privaten Intimität, in die der protestantische Säkularisationsprozeß notwendigerweise zu münden hatte, das für Zuschauerschaft berechnete repräsentative Amüsement des Souveräns gesetzt wurde (mit dem Salon als Maximum an Intimität), wurde die Säkularisation in einem Bereich aufgegriffen, der dem Bürgerlichen und seiner Kunstübung schon aus rein technischen Gründen nahezu unerlangbar bleiben mußte. Das große Konzert, die große Oper wie überhaupt das Theater, sie allesamt der Sphäre des Privaten entrückt, standen da gegen die Kammermusik und das Stilleben, und ebendarum bildeten sie eine jener Brücken, durch die das Volk in unmittelbaren Kontakt gebracht werden konnte. Die

Tradition, aus der die Bourbonen- und die Habsburgerresidenz als Theaterstädte hervorgegangen sind, hebt in den beiden Hoftheatern an und erhielt von diesen stets neue Nahrung. Und es gab keine protestantischen Theaterstädte.

Das monarchisch-höfische Element wurde dabei allerdings mehr und mehr entbehrlich, d. h. zum leeren Schema. Denn jede sich festigende Tradition wird schließlich autonom. Die Tradition der Comédie Française hat jede Monarchenabsetzung ohneweiters überlebt. Wahrscheinlich wäre es mit dem Burgtheater auch nicht anders gegangen; doch es gab keine österreichische Revolution – zu ihrer Vermeidung haben die klug rechtzeitigen Verwaltungsreformen Josephs II. nicht wenig beigetragen –, und so blieb für das geistige Leben Wiens und gerade auch für das Theater das höfische Schema intakt. Die Akademie blieb also auch weiterhin dem Protektorat eines kaiserlichen Prinzen unterstellt, die Oper hatte auch weiterhin ihre Galaaufführungen, in denen die Anwesenheit des Kaisers dem Zuschauer ein Stück Partizipation am Glanz des Gottesgnadentums vermittelte, und auch weiterhin blieb den von solchem Glanz ausgeschlossenen, nämlich vom Hof offiziell nicht besuchten Privattheatern und selbst den kleinsten von ihnen streng aufgetragen, eine »Hofloge« (gleich den ebenfalls niemals benützten »Hofwartesalons« in den größeren Eisenbahnstationen) bereit zu halten, deren rotsamtener, mehr oder weniger billiger Prunk dem Publikum dauernd vor Augen zu führen hatte, daß sein Theatervergnügen nach wie vor dem Schema der monarchischen Werthierarchie eingeordnet war. Für ein wahrhaft sehendes Auge freilich wirkte diese ständig unbenützte, ständig verdunkelte Loge eher als Museumsstück, ja eigentlich, eben infolge der Museumshaftigkeit, als ein Symbol für das leergewordene Schema der monarchischen Barockgeste.

Österreich war im 19. Jahrhundert nicht nur im Geistigen, sondern auch im Politischen – kein Organismus, am allerwenigsten der einer Gemeinschaft, in der eines das andere bedingt, enthält isolierte Zonen – museal geworden. Der Revolutionsweg, der dem Reformator Joseph II. wohl vorgeschwebt haben mag, läuft auf des Messers Schneide, den Absturz in die Revolution an seiner linken, den in die Reaktion an seiner rechten Seite, und wer ihn begehen will, braucht einen Balance-Instinkt, wie er vielleicht bloß von dem insular gesicherten England entwickelt wurde; das von außen gefährdete und im Innern national zerrissene Österreich besaß nichts von solchem Instinkt, konnte nichts davon besitzen, und wo es nicht ins Reaktionäre verfiel, da mußte es stagnierend und museal werden. Während Paris seine Barockstruktur in Revolutionsstößen überwand und sich hierdurch die Entfaltung zu der in ihm bereits keimenden Weltstadt ermöglichte, ist Wien Barockstadt geblieben, fern von der jeder Weltstadt eigentümlichen leidenschaftlichen Düsterkeit und ihrem latenten Revolutionismus, der auch unter der französischen Heiterkeit des 19. Jahrhunderts schwelte und selbst bis heute nicht erloschen ist, wohl aber erlöschen könnte, wenn Paris einmal nicht mehr Weltstadt sein wird. Damit ein Aufstand über sich selbst hinauswachse und zur Revolution werde, muß er – wie in Frankreich 1789 – Weltwirkung erlangen, muß er – wie dies im 19. Jahrhundert immer deutlicher wurde – zur Weltrevolution hinstreben, und solches erfordert ein Weltzentrum, eine zumindest potentielle Weltstadt und nicht nur irgendeine Landesmetropole als Schauplatz. Und gerade hiefür war Österreich als ein Land, das seine weltpolitische Mission teils verloren, teils vertan hatte, denkbar ungeeignet. Nach 1848 geriet die Stadt, selbst ihre Proletarierviertel nicht ausgenommen, immer tiefer ins Unrevolutionäre, ins Hedonistische, ins Skeptisch-Freundliche, Freundlich-Skeptische; Wien wurde zur Un-Weltstadt, und ohne darum zur Kleinstadt zu werden, suchte es kleinstädtische Ruhe, kleinstädtische Engsicht, kleinstädtische Freuden, den Reiz des Einst: es war noch Metropole, aber Barock-Metropole, und zwar eine, für die es keine Barock-Politik mehr gab.

Hiermit hob sich, abgesehen von einer gewissen Ähnlichkeit im Atmosphärischen, die eigentliche Gemeinsamkeit zwischen Paris und Wien wieder auf. Eine Stadt im akuten Wert-Vakuum, eine museal gewordene Stadt, hat mit einer, die sich

in stürmischer Wert-Bewegung befindet, nichts wesenhaft Gemeinsames mehr. Und ein provinziell gewordenes Volk hat einen andern Charakter als ein weltstädtisches, muß also auch eine andere Art Kunst produzieren. Gerade an der volkstümlichen Kunst wird das sichtbar. Vergleicht man die drei Operettentypen, die sich in Offenbach, Sullivan und Johann Strauß verkörpern, so fehlt diesem, im Gegensatz zu den beiden andern, jegliche satirische Tendenz: die ironische Note, welche die Wiener Volksbühne in ihrer klassischen Epoche, also in der ersten Hälfte des 19. Jahrhunderts, ausgezeichnet hatte, romantisch bei Raimund, bissig bei Nestroy, war restlos verschwunden, und übrig geblieben war nichts als ein zur puren Idiotie verflachter Abklatsch der komischen Oper und ihrer teils liebenswürdigen, teils schalen Romantik; was sich da breit zu machen begann, war der platte Zynismus des schieren, d. h. des ausschließlich dekorativen Amüsements, und der adäquate Träger seiner Immoralität war das Straußsche Walzergenie. Gewiß, die komische Opernform lebt auch in der Offenbachschen Satire und in der Sullivanschen Sozialkarikatur, und gewiß gibt es auch hier neben echter Amüsierfreude echten Zynismus, aber es ist jener überaus weltstädtische, dessen Aggression aus politischem Wollen herstammt, darin seinen moralischen Rückhalt findet und ebendarum für das Zustandekommen von Satire unerläßlich ist. All das war dem Wienertum nach 1848 verloren gegangen, und so wurde die von Strauß begründete Operettenform ein spezifisches Vakuum-Produkt: als Vakuum-Dekoration hat sie sich nur allzu haltbar erwiesen, und ihr späterer Welterfolg kann geradezu als ein Menetekel für das Versinken der Gesamtwelt in das unaufhaltsam weiterwachsende Wert-Vakuum genommen werden.
Wien, Zentrum des europäischen Wert-Vakuums – sicherlich eine etwas absurde Würde und Einzigkeit, dennoch nicht so arg absurd, wenn man das für Europa ganz einzigartige sozialpolitische Gefüge dieser Stadt, das Sozialgefüge des eigentlichen Österreichertums betrachtet.

Von den sieben europäischen Großmächten war Frankreich 1871 definitiv zur Republik geworden. Die übrigen sechs, obzwar monarchisch geblieben, waren jedoch untereinander keineswegs strukturgleich. Zwei von ihnen, Rußland und Spanien, hatten ihre politische Barockform ziemlich unverändert beibehalten, d. h. sie hafteten nach wie vor an dem im 17. Jahrhundert begründeten monarchischen (und in Rußland außerdem theokratischen) Staatszentralismus, der das mittelalterliche Feudalsystem abgelöst hatte, es mithilfe des Gegengewichtes der nicht-adeligen Stände ent-autonomisierte, trotzdem aber als Verwaltungsinstrument weiterbenützte und ihm eben hierdurch seine letzte, bis in die neueste Zeit hineinreichende Gestalt verlieh; sie konnten das tun, weil ihr numerisch schwach gebliebenes Bürgertum außerstande war, eine zusätzliche Gleichgewichtsverschiebung zu erzwingen, und sie mußten es tun, weil bei solch bürgerlicher Schwäche – eine von Lenin im voraus erkannte Gemeinsamkeit der beiden Länder – die ökonomische Sozialrevolution unter der überalterten Staatserstarrung lauerte. Dahingegen bedurfte die ökonomisch längst gefestigte bürgerliche Ordnung der italienischen und der deutschen Neu-Monarchie – Parvenü- und Pöbelmonarchien in aristokratischen Augen – mitnichten eines derartigen Schutzes; Italien hätte ohneweiters Frankreich auf dem republikanischen Weg folgen dürfen, und das deutsche Kaisertum, diese hyperdekorative Neubelebung des nunmehr allerdings protestantisch zentrierten und nicht mehr römischen »heiligen Reiches« war im letzten ein Bismarckscher Trick zur Vereinigung des deutschen National-Liberalismus mit dem preußisch-feudalistischen Junkertum, der Trick eines Schein-Föderalismus, hinter dem sich nichts anderes als die preußische Hegemonie verbarg, die Perpetuierung ihres Sieges über Habsburg wie über jene deutschen Einzelstaaten, denen noch ein schattenhaftes Eigendasein im Reichsrahmengesetz zugestanden worden war. Ganz anders aber lagen die Verhältnisse in England und Österreich: die repräsentative Aufgabe der victorianischen wie der francisco-josephinischen Monarchie war nicht von dekorativen, geschweige denn hyperdekorativen, und nicht von trickhaften und erst recht nicht von ökonomischen Notwendigkeiten diktiert; sie war eine politische Notwendigkeit.

Hinter dieser immerhin merkwürdigen englisch-österreichischen Ähnlichkeit wirkten in den beiden Ländern analoge Ursachen, die freilich – England befand sich seit zweihundert Jahren im Aufstieg, Österreich im Abstieg – umgekehrte Vorzeichen trugen. Abgesehen von der Symbolbedeutung der Krone, in England als Zeichen der zeitüberdauernden Kontinuität der britischen Macht und ihres Wachstums, in Österreich dagegen als Ausdruck der alten deutschen, mystisch verankerten Kaiserherrlichkeit, die man erlebt hatte, und an der man trotz ihres Verlustes innerlich festhielt, abgesehen von derartigen, politisch allerdings nicht unwichtigen Gefühlsmomenten bildete hier wie dort die Krone eine durchaus rationale, staatstechnisch praktische, ja unerläßliche Einrichtung, hier um dem komplizierten und überdies auseinanderstrebenden Konglomerat von Autonomien und Halbautonomien, aus denen das Habsburgerreich zusammengesetzt war, eine sichtbare, juristisch haltbare Einheit zu verleihen, dort um das nämliche für das noch kompliziertere, aus Kolonien, Dominions, Mandaten usw. bestehende und immer weiter sich ausdehnende Weltimperium zu leisten; in beiden Fällen war die einheitsstiftende Kraft der Krone politische Notwendigkeit. Und getragen von solcher Notwendigkeit hat die englische wie die österreichische Barockmonarchie ohne einschneidende Traditionsunterbrechungen – selbst das Cromwell-Interregnum konnte kaum als Traditionsbruch gelten, noch viel weniger also ein Kurzereignis wie die Wiener Märzrevolutionstage von 1848 – sich in mehr oder minder stetiger Evolution den Zeiterfordernissen anzupassen vermocht; im Gegensatz zu den barock-feudal gebliebenen Monarchien Rußlands und Spaniens, aber auch im Gegensatz zu den künstlichen Dekorativgebilden des deutschen und italienischen Thrones, ist die konstitutionelle Monarchie (mit Großmacht-Rang) allein in England und Österreich auf »natürliche« Weise zustandegekommen.

Die »natürliche« evolutionistische Konstitutionalisierung eines Staates vollzieht sich als allmählich schrittweise Übertragung der Kron-Vorrechte, insbesondere der gesetzgebenden Gewalt, an die Volks-Souveränität. Gemeiniglich muß sich die Krone zu solchen volks-beschwichtigenden Zugeständnissen bei außenpolitischen Niederlagen, bei verlorenen Kriegen und sonstigen Notständen entschließen. Die Konstitutionalisierung Österreichs im 19. Jahrhundert ist ein Beispiel hierfür. Und auch die viel weiter zurückreichende englische Konstitutionalisierung ging anfangs unter den nämlichen Umständen vor sich. Aber dann ändert sich das Bild. Je mehr England den ihm adäquaten, den kolonial-imperialistischen Weg fand (und sich hierdurch strukturhaft von den Kontinentalmächten unterschied), desto mehr wurde seine Demokratisierung Angelegenheit des Gesamtvolkes, desto mehr wurde sie durch Außenerfolge statt durch Niederlagen, durch Wohlstand statt durch Notstand gefördert, mochte auch der Aufschwung, sowohl der politische wie der ökonomische immer wieder krisenhaft unterbrochen worden sein, und – desto mehr festigte sich die Stellung der Krone, denn eben der Aufschwung steigerte ihre Notwendigkeit, und dies wissend durfte und mußte sie seinetwillen den Volkswünschen nachgeben. Aus dem ursprünglichen (fluktuierenden) Dreiecks-Gleichgewicht Königsmacht – Adelsmacht – Bürgermacht schied solcherart der unmittelbare Einfluß des Thrones sukzessive aus, und das Gewicht des Bürgertums, das sich zunehmend mit dem Adel verband, wurde nach und nach durch das des Proletariats ersetzt. Doch wie immer dem sei, dieses ganz eigenartige Kräftespiel, mit keinem kontinentalen vergleichbar, zeitigte ein eminent politisches Resultat: den konservativ-progressiven Konsensus, auf dem die englische Demokratie beruht, und durch den sie vorbildlich geworden ist.

Konkrete Politik, ob gute oder schlechte, wird von konkreten Menschen gemacht, mit Diktaten im echt absoluten Gottesgnadentum, mit Kompromissen in der echten Demokratie. Doch eine Absolutheit, die zu Kompromissen genötigt wird (und dabei absolut bleiben will), gerät ins Lavieren, und wer in einer Demokratie zu diktieren wünscht (ohne ihr das

Demokratische zu rauben) gerät in die gleiche lavierende Zwitterstellung, selbst wenn er zu seiner Rechtfertigung – zumeist aus Anlage hierzu vorbestimmt – sich auf abstrakt-unerschütterliche Dogmen zu stützen vermag: keine abstrakt orientierte Politik, von Platon bis Wilson, ist zur politisch bleibenden Tat geworden, und so sehr das Lavieren zur politischen Technik gehört, noch niemals, nicht einmal bei Franklin D. Roosevelt, hat es zu einer politisch grundlegenden Idee geführt. Richelieu und Mazarin haben, unter Hintansetzung aller abstrakten und sogar der katholischen Prinzipien, konkrete absolutistische Politik betrieben, und England ist vom Konkreten niemals abgewichen, ja hat sich darauf desto mehr festgelegt, je demokratischer es wurde. Die österreichische, oder richtiger die habsburgische Politik war schier von allem Anfang an in seltsamer Kombination dem Lavierenden wie dem Abstrakten zugetan, und weil sie das war, wurde sie später durch die Verhältnisse, die sie mitgeschaffen hatte, geradezu gezwungen, es zu sein.

Gewiß, alles Handeln, da von konkreten Menschen besorgt, ist konkret, doch das hindert nicht, daß es die konkret-abstrakten Zwiespältigkeiten seiner Motivationen spiegelt. Und an derlei Zwiespältigkeiten ließen es die Habsburger nicht fehlen. Zum überwiegenden Teil waren sie mit politischem Instinkt begabt, der indes letztlich aufs Antipolitische gerichtet war. Unter ihrer außerordentlichen Begabung für das Machiavellistische sowie für alles Intrigieren und Manövrieren in der Politik verbarg sich sehr oft der Mangel an Entschlußkraft und der abstrakt-spielerische Hang zu einem Lavieren an sich, das an der Stelle verbleibt, und für das – greisenhaft skelettiert – Karls V. gespenstische Uhrmachermanie deutlichstes Zeugnis ablegt. Wo aber die Habsburger, freilich nicht allzu häufig, unmittelbar menschlich waren und wie Maximilian »der letzte Ritter« eine unmittelbare Beziehung zum Volk fanden, da wurde sie – die volks-legendenhaften Anekdoten vom Kaiser Max zeigen das – eine ihrem unpolitischen Ideal entsprechende paternalistische, heimatsgefärbte Familienbeziehung. Es war Politisierungs-Angst, tiefeingewurzelte Abneigung gegen die durch Glaubensfra-

gen – andere Ursachen kamen damals kaum in Betracht – politisierte Masse, und an der bittern Erfahrung des Dreißigjährigen Krieges erhärtete sich diese Angst so gründlich, daß dem gegenüber den Massen ähnlich eingestellten Jesuitismus nicht nur die Leitung der Gegenreformation, sondern auch ein entscheidender Einfluß auf die Art der Staatsgebarung eingeräumt wurde: an den jesuitischen Lehren gewinnt der habsburgische Abstraktismus seinen theoretischen Halt, an ihren Regeln wird sein Lavieren methodisch und beinahe unbeugsam, an ihrer Zweckgerichtetheit wird sein Zwiespalt ins Systematische gehoben.
Das waren die Waffen, mit denen Habsburg der in der Periode 1789 bis 1848 heraufziehenden Demokratisierung begegnete. Josephs II. berühmte Reformen, unter dem Schatten der Französischen Revolution und ihrer Ansteckungsgefahr entstanden, waren ein Akt jesuitischer Schulung und machiavellistischen Lavierens, obwohl er – rationalistisch und dabei dogmatisch, politisch unkonkret und dabei zielstrebig, humanitär und dabei undemokratisch, schwächlich und dabei glasig unnachgiebig, kurzum ein Mensch äußerster Kühle und äußerster Zwiespältigkeit – sich selber für einen überzeugten Verteidiger der Menschenrechte hielt, nicht merkend, daß er sie gleichzeitig in seinen staatszentralistischen (allerdings nicht rassischen) Germanisierungsbestrebungen den nicht-deutschen Österreichern einfach vorenthielt. Augenblickskompromisse eines absoluten Herrschers, durften seine Reformen bei Ausbruch der napoleonischen Kriegs-Ära, in der sie nicht mehr als Präventivmaßnahmen, sondern weit eher als Fünfte-Kolonne-Instrumente französischer Ideen wirkten, ohne weiteres beseitigt werden; prompt und brutal und erfolglos geschah dies durch seine Nachfolger Leopold II. und Franz I., erfolglos, weil in der nachnapoleonischen Periode – nie noch sind die Ideen, die einen Usurpator getragen haben und die er getragen hat, durch seine Niederwerfung mitvernichtet worden – die Gefährdung Habsburgs und Österreichs erst recht offenbar wurde: an die Stelle der französischen trat die deutsche Gefahr, einerseits in Gestalt der wiederauflebenden preußischen Hegemonie-Gelüste, an-

derseits in Gestalt jener närrisch-irredentistischen Demokratiebewegung, die nach einem parlamentarischen Großdeutschland verlangte, und daneben, nicht minder irredentistisch, zeigten sich nun urplötzlich – z. T. freilich auch als Folge des josephinischen Germanisierungs-Angriffes – die in den sogenannten »Nationalitäten« steckenden zentrifugalen Kräfte, zwar noch nicht bei den Tschechen und Südslawen, wohl aber bei den Polen (die ihr verlorenes Königreich nicht verwinden wollten) sowie in Venetien und der Lombardei. Und jeder einzelnen dieser Gefahren mußte notwendigerweise ein Erstarken der innerösterreichischen Demokratietendenzen zugute kommen. Kein Wunder also, daß unter dem paternalistischen Regime Franz I., der – wesentlich eindeutiger als Joseph II., doch dafür, bei ähnlicher Kälte, mit einem gewissen hinterhältigen Witz ausgestattet – seine Landeskinder teils durch Zuspruch, teils durch Tücke zur Räson zu bringen suchte, die »Geheime«, wie die damalige Staatspolizei im österreichischen Volksmund hieß, allmächtig wurde, daß die Zensur ständig an Schärfe zunahm, und daß die berüchtigten Spielberg-Gefängnisse sich immer mehr mit »Politischen« füllten. Denn was da in der Form des aggressiven Metternichschen Radikal-Konservatismus (im Innen- wie im Außenpolitischen) vor sich ging, war mehr als bloße Reaktion: keiner der Beteiligten – auch nicht Gentz und nicht einmal Adam Müller, obwohl sie diesen Konservatismus am klarsten durchblickten – sah, daß die Gegenreformation in einer letzten gewaltigen Anstrengung voll-politisch geworden war, und daß sie, ihrer Aufgabe gemäß, einen letzten Versuch unternahm, durch radikale Entpolitisierung die österreichische Staatlichkeit zu retten.

1848 mußte man einsehen, daß diese Anstrengung vergeblich gewesen war. Als Ferdinand I., der harmloseste Tyrann, der je vor einer Revolution gewichen war, abdankte und mit den historischen Worten »Schon recht, Franzl, bleib brav« dem achtzehnjährigen Neffen Franz Joseph I. die kaiserliche Gewalt übergab, da übergab er ihm auch ein Reich, das keines mehr war, d. h. einen Staat, der bereits von der überwiegenden Mehrheit seiner Bevölkerung abgelehnt wurde. Gewiß, es war trotz aller proletarischen Mitläufer eine vornehmlich bürgerliche und daher kaisertreue Revolution, also eine, in der die typisch bürgerlichen Freiheiten des Konstitutionalismus gefordert wurden, und es war eine österreichische Revolution, also eine, die Österreich bejahte und seinen Fortbestand wünschte. Denn mochten die Intellektuellen und Studenten, von denen diese Revolution geistig geführt wurde, auch vielfach im Gegensatz zu ihren vornehmlich katholischen Vätern gestanden haben, sie waren trotzdem gleich ihnen teils durch Klasseninteresse, teils durch romantisches Gefühl im Heimatgefüge verwurzelt, und sie wußten, zumindest als Ahnung, daß ohne die einheitsstiftende Habsburgerkrone die Staatskultur zerfallen müßte. Ihr Traum war österreichische Freiheit, eine Freiheit, mit der sie die auseinanderstrebenden Nationalitäten in eine neue österreichische Einheit zurückzubringen hofften, und sie bedachten dabei nicht, daß in den meisten Provinzstädten selbst ihre eigenen Sprach- und Klassengenossen schon irredentistisch-großdeutsch infiziert waren, ja daß deren Revolutions-Sympathien, ganz zu schweigen von denen der Nationalitäten, nicht auf Staatskonsolidierung, sondern auf Staatsverfall und seine Beschleunigung hinzielten. In ihren Österreich-Illusionen war die Wiener Revolution ebenso abstrakt wie das Regime, das sie bekämpfte, doch als Entfesselung der zentrifugalen Nationalitäten-Kräfte – und gerade das war von Metternich vierzig Jahre lang befürchtet – war sie konkret, war sie konkreteste Gefahr.

Und im Grunde war es bereits die Auflösung des österreichischen Staates, wenn sie sich auch fürs erste nur als eine paradoxe Situation zeigte: selbst wenn der junge unerfahrene Kaiser die schönsten Demokratisierungsabsichten gehabt hätte, er hätte hierfür in der Wiener Revolution, weil sie partial war, keinen Anhaltspunkt zu finden vermocht. Denn zur Demokratie gehört – wie eben in England – ein zur Staatsverantwortung bereites Gesamtvolk, während hier die Bevölkerungsmajorität höchstens bereit war als verantwortungsfreier, dennoch geehrter, jedenfalls murrender Gast im Staat zu leben und die Gelegenheit zu seiner Zerstörung abzuwarten. Anhänglichkeit an Österreich gab es außer beim Wiener Bürgertum, dem revolutionär-liberalen wie dem katholischen, nur noch bei der in den (deutsch-alpinen) »Erblanden« ansässigen Bauernschaft, da dieser die Kaisertreue tiefseelische, über alles Politische hinausreichende, schier mystische Tradition war – das ähnlich gesinnte Kroatien stand unter ungarischer Herrschaft –, und selbst unter Hinzurechnung von Splittergruppen vom Schlage der großagrarischen und feudalen, deren Staatswilligkeit, weitgehend nationalgleichgültig, vor allem von der Garantie ihrer Sonderstellungen abhing, selbst dann war es kaum ein Achtel der Gesamtbevölkerung, also ein verschwindend schmales Segment, das als lebenstragende Substanz des Staates gelten konnte. 1848 wurde es unzweideutig klar, daß ohne die Krone das österreichische Gebilde schlechterdings substanzlos war, daß in ihr das ganze Beharrungsvermögen des Staates – sein wichtigstes Existenzrequisit – konzentriert lag, kurzum daß einzig und allein sie die Staatssubstanz darstellte: eine Art Ganzheitsfunktion war damit der Krone auferlegt, eine Art unfreiwilliges »L'Etat c'est moi«, und wäre der im Munde Ludwigs XIV. so stolze Ausspruch tatsächlich in dem des jungen Franz Joseph gewesen, es hätte nach Verzweiflung geklungen.

Während also die staatsrechtlich einheitsstiftende Funktion der Krone – wie das englische Beispiel zeigt – mit Konstitutionalismus und Demokratie vereinbar ist, verlangte ihre – für Österreich nicht minder notwendige – Ganzheitsfunktion fast erschreckenderweise nach Absolutismus. Dem vom Ministerium Schwarzenberg inaugurierten Rückfall ins alte Regime wurde konterrevolutionäre Rachsucht vorgeworfen; in Wahrheit war es eine Verlegenheitslösung, die ihre erstaunliche, ein ganzes Dezennium währende Lebensdauer den ebenso erstaunlichen außenpolitischen Erfolgen des damals antipreußischen Kurses verdankte. Doch nach der siegreichen Niederlage von 1859 – verlorene Kriege nach gewonnenen Schlachten waren Österreichs Los geworden –, nach der Abtretung der Lombardei und Venetiens an das neugeeinte Italien ließ sich die große Kursänderung nicht weiter vermeiden: Schmerling, der 1848 als Liberaler die österreichische Fraktion im Frankfurter Parlament geführt hatte, wurde anstelle Schwarzenbergs zur Regierung berufen, und 1861 eröffnete der Kaiser den ersten gesamtösterreichischen Reichsrat –, die österreichische Konstitution war geboren, sicherlich um sehr vieles später als die englische, sicherlich von einem ganz anderen Staatsgefüge her bestimmt, dennoch gleich ihr die letzt-notwendige Phase einer seit Mittelalter und Barock niemals unterbrochenen steten Entwicklung der monarchischen Tradition.

Für Österreich wurde es auch zur Schlußphase seines staatlichen Bestandes, und es mag wohl sein, daß der inzwischen zum Manne herangereifte Franz Joseph solche Vorausahnungen hatte, als er längs der Trümmer der damals in Abtragung befindlichen Wiener Stadtmauern und über das noch unausgebaute Glacis-Feld – später sollte dort die Ringstraße erstehen – zu dem provisorischen Holzgebäude des neuen Parlaments vor dem Schottentor fuhr, um die erste Sitzung zu eröffnen. Dabei war es eine Parlamentsversammlung, mit der Regieren immerhin noch möglich war; ein ausgeklügeltes Klassenwahlrecht verbürgte den von den Deutsch-Liberalen geführten österreichisch-treuen Parteien die unbedingte Majorität, drückte also die »Nationalitäten« trotz ihrer volksmäßigen Überzahl zu einer hilflosen Minorität herab und fesselte hierdurch, zumindest in der Gesetzgebung, ihre zentrifugalen Kräfte. Gewiß, auch damals schon hatten sich Stimmen erhoben, nicht zuletzt von der Nationalitätenseite her, welche die Einführung eines »gerechten« Föderativ-Parlamentarismus forderten, – doch wie hätte das zustandegebracht werden sollen? Der bloße Versuch zu seiner Etablierung hätte bei dem kaleidoskophaften Ineinander-Siedeln der Nationalitätengruppen ihren Hader zur Siedehitze entfacht, und mit Fug mußte daher angenommen werden, daß ihre als Gegenleistung in Aussicht gestellte »Wieder-Patriotisierung« (genau das was die Revolutions-Idealisten von 1848 erwartet hatten) mehr als unsicher werden würde: eine föderative »Gerechtigkeit« schien schlechterdings unherstellbar, und fast zwangsläufig ergab sich statt dessen das ungemein habsburgische System der politischen Präferenzen, ein System, das – freilich um den Preis der Benachteiligung Österreichs durch die ungarische Sonderposition – vermittels machiavellistischer Ausnützung des Nationalitätenstreites tatsächlich aus der Schwäche eine Stärke zu machen verstand, d. h. den Zentrifugalmechanismus in eine Art Gleichgewicht brachte oder wenigstens eine temporäre Problemsuspension ihm auferlegte. Es war ein konstantes Lavieren und mehr oder minder offizielles Reformieren, ein konstantes inner- und außenparlamentarisches Verhandeln (zumeist das letztere), aber es führte nach 1873, und zwar inmitten eines Wirbels revolutionärer Strebungen und Stimmungen, die bei jeder äußern Machteinbuße zu doppelter Gefährlichkeit aufzuflackern drohten, die Habsburgermonarchie zu einem letzten Blütezustand, der – war er auch nur eine Scheinblüte – bis ins 20. Jahrhundert hineinreichte und Wiens letzte große Zeit wurde.

Aber es war der Blütezustand eines abstrakten Gebildes. Je mehr die Nationalitäten – das Präferenzsystem wirkte lediglich retardierend – im Wege der von ihnen erzwungenen und immer weiter wachsenden Konzessionen zu Worte kamen, desto mehr verschwand Österreich. Die bisher staatstreue deutsche Minorität, ihrer Vorzugsstellung beraubt und darob erbittert, degenerierte nun vollauf zu einer großdeutschen Irredenta schier prä-hitlerhaften Gepräges. Ihre Stelle wurde von der neuen christlichsozialen Partei des späteren Wiener Bürgermeisters Lueger besetzt; unter katholischem Banner, doch unter demagogischer Verwendung jener prä-hitlerhaften Methoden hatte er nochmals, wenn auch in veränderter Schichtung, die kaisertreuen Elemente gesammelt, nämlich zuerst das Wiener Kleinstbürgertum und sodann, mit Hilfe des Klerus, die alpenländische Bauernschaft, um von solch traditionsgebundener, allerdings jetzt demokratischer Basis aus – Ähnliches geschah in Ungarn auf kroatischer Basis – nicht nur die Situation von 1850 samt ihrem Reaktionskurs wiederherzustellen, sondern auch um die Nationalitäten dazu zu bekehren und so deren Problematik durch eine Art innerösterreichischer katholischer Internationale zu lösen.

Das letztere war ein Ziel, das dem der rasch angewachsenen Arbeiterpartei nachgebildet war, denn diese vermeinte gleichfalls, sie würde in ihrem Schoß eine allen Nationalitätenhader überbrückende innerösterreichische Internationale begründen können, soferne ihr hierzu nur das allgemeine, gleiche und direkte Wahlrecht gewährt werden würde. Die Nationalitäten unterstützten zwar das Begehren, doch als das Wahlrecht durchgesetzt war, da dachten sie nicht daran, die staatserhaltenden Tendenzen der beiden Internationalen sich zu eigen zu machen: die zentrifugalen Kräfte blieben ungebändigt, wurden stets unbändigbarer, höhlten das Staatsgefüge fortan mit stets zunehmender Raschheit aus, und demgemäß wurde das Parlamentsgetriebe, das – angeblich zum Zwecke einer österreichischen Gesetzgebung – den Schauplatz hierfür abgab, zur Gespenstigkeit eines Selbstzweckes. Was vom österreichischen Staat noch bestand, war das gespenstige Gerippe einer Theorie, an die niemand mehr glaubte.

Der Staat war etwas anderes, und das in ihm stattfindende politische Getriebe war etwas anderes; zwischen den beiden lag eine Art undurchdringlicher Isolierschicht, an der offenbar beides abstrakt wurde. Gleichwie Machiavellismus an sich bloß politische Technik und noch keine Politik ist, so ist eine parlamentarische Geschäftsordnung, bei aller Leidenschaftlichkeit der in ihrem Rahmen geführten Kämpfe, noch lange keine Demokratie, denn zu dieser gehört der demokratische Konsensus, gehört das demokratische Kompromiß, und zu diesem gehört der Staat mitsamt seinem Staatswohl, um dessentwillen die Kompromisse geschlossen werden. Hier jedoch, im abgelehnten Staat, im Staats-Vakuum, herrschte Un-Demokratie, und was sie mit echter noch gemein hatte, das war lediglich die Überwindung des absolutistischen Regimes. Schritt um Schritt, in fast niemals aussetzenden, lavierenden Rückzugsgefechten hatte Franz Joseph die ihm verbliebenen absolutistischen Reste preisgegeben; indes, nicht nur daß jede Strategie, die bloß den Rückzug meistert, also sozusagen Rückzugstrategie an sich ist, stets am Ende abstrakt wird, sie mußte es hier umsomehr werden als sie – im

letzten Jahrhundertdrittel – mehr und mehr in das Staatsvakuum und damit dorthin geriet, wo jede Konkretheit erlischt. Und so geschah es auch. Die machiavellistische Perfidie der früheren Habsburger war (mochte auch bei Joseph II. sich die österreichische Abstraktheit bereits gemeldet haben) lebensvolle Konkretheit gegenüber dem korrekten Bürokratismus, mit dem Franz Joseph I., niemals die von ihm einmal akzeptierten konstitutionellen Grenzen überschreitend, sein Regierungsgeschäft betrieb. Gerade weil die Staatssubstanz sich immer schärfer auf die Krone reduzierte, und der noch vorhandene Staatsbestand immer deutlicher mit ihr identisch wurde, hatte der so merkwürdige, vakuumhafte Staatscharakter gleichfalls auf sie überzugehen; die Zwiespältigkeit eines konstitutionellen Staates, in welchem, obzwar nur substanzmäßig, aber darum nicht weniger absurd, noch weiter das »L'état c'est moi« gelten soll, fällt auch auf das »moi«: die Krone wurde als Institution ebenso abstrakt wie der Staat, den sie verkörperte, und die Isolierschicht, die ihn von dem Geschehen in ihm trennte, umgab sie erst recht.
Je älter Franz Joseph I. wurde, desto mehr tauchte er in das Vakuum seiner Berufung ein, desto identischer fühlte er sich mit dem Staat, dessen Todesschicksal an sein eigenes gebunden war, und dessen isolierte Abstraktheit er ebendarum mitzutragen hatte. Habsburgisch in seinem Sinn für kühl-unnahbare, hierarchische Würde, seinem hervorstechendsten Charakterzug, ergab sich ihm aus solcher Situation eine einzige gemäße Konsequenz, nämlich vollkommene Abgeschlossenheit. Er war niemals paternalistisch gewesen – dazu war er zu jung auf den Thron gelangt –, doch jetzt galten ihm die Menschen überhaupt nichts mehr, und es wurde hermetisch um ihn: sie alle hatten Österreich verraten, da sie ihn zu dem so unheilvollen politischen Fortschritt genötigt hatten, ja es hatte sogar – unzweifelhaft ein richtungsgebendes Trauma – der eigene Sohn mit ihnen paktiert, und so steigerte sich das Apaternale ins Antipaternale, sie allesamt ablehnend; ob Volk, ob Adel, ob die Prinzen des Erzhauses, sie waren allesamt Reichsverderber aus Neuerungssucht, waren ununterschiedslose Masse, eine Welt der Veränderlichkeit,

vor der er, Monarch und Hüter des Reichsbestandes, sich ins Unveränderliche zurückzuziehen verpflichtet war. Jede Neuerung, und sei sie noch so geringfügig, jede technische Erfindung, jede Lebensmodernisierung, ob durch Automobile, Badezimmer oder Aufzüge, deren es in den kaiserlichen Schlössern keine geben durfte, das alles wurde ihm zum Symbol und Symptom jener Kräfte, die Österreich an den Abgrundsrand gebracht hatten; er widersetzte sich Neubauten in der Stadt (so in der Mariahilferstraße, durch die er tagtäglich von Schönbrunn in die »Burg« fuhr), und seine einstige Zustimmung zur Abtragung der Wiener Stadtmauern und damit zur Zerstörung des alten Stadtbildes muß er sein Lebtag als folgenschwere Jugendsünde empfunden haben. Sicherlich kann solch extremer Hang zur Unveränderlichkeit als senil angesprochen werden, als das private Hofzeremoniell eines kaiserlichen Greises, vielleicht sogar als die abwegige Privatmagie eines Hilflosen, und trotzdem überwog die Würde; es war die Unveränderlichkeit einer unsichtbaren und unräumlichen Gefangenschaft, in die er sich begeben hatte, hingezogen zu einer Abgeschlossenheit, die unendlich herber als die vatikanische war, weil sie im Vakuum vor sich ging, und sein Starrsinn war der einer Einsamkeit, die über das Individuum weit hinausreichte: übergroß war das Gehäuse der Einsamkeit, in dem er sein unheimlich bürokratisches, abstrakt pünktliches Beamtenleben lebte, gleichgültig ob in der Wiener »Burg« oder in der einfachen Ischler Biedermeier-Villa, wohin ihn die alljährlichen Jagdurlaube führten, immer in abstrakter Genauigkeit, immer in Einsamkeit, immer in Würde. Wilhelm I. nannte sich den ersten Soldaten seines Reiches, Eduard VII. war der erste Gentleman Europas, Franz Joseph I. war der abstrakte Monarch schlechthin.

Und genau so wirkte er auf seine Untertanen, auf die Erzherzoge nicht anders wie auf den Adel und das Bürgertum, und sogar auf die Arbeiterschaft wirkte er so. Er, ein Mensch von sehr spärlichen Ausmaßen, ein Habsburger, bei dem die Erbeigenschaften dieses Geschlechtes nur wenig ausgeprägt waren, ein Mensch also ohne viel Sinn für politisches und soziales Geschehen, aber auch ohne unmittelbaren Zugang zum Nebenmenschen, vor allem weil ihm jedweder Humor und erst recht die Habsburgerwitzigkeit mangelte, kurzum ein recht ausblicksloser, enger und kleindimensionierter Mensch, er konnte trotzdem zum Inbegriff der Majestät werden, zwar anders als Ludwig XIV., dennoch in keiner geringeren Bedeutung, und daß er das wurde, geschah nicht, weil ein schier griechisch-tragisches Übermaß persönlichen Unglücks auf ihm lastete, es geschah nicht, weil solches Unglück ehrfurchterweckend wirkte – derlei ehrfürchtiges Mitleid wird bloß von der Szene herab erzeugt, während im Leben die Masse nicht Publikum ist und daher kein Mitleid kennt –, wohl aber geschah es, weil er, und vielleicht eben infolge all seiner Mängel, fähig geworden war, die Schauer erregende Würde absoluter Einsamkeit auf sich zu nehmen. Denn das Erschauern ist immer und unmittelbar in der Welt vorhanden, und es lauert in jedem Menschenherz. Und so wurde er gesehen. Er war das Gegenteil eines Volkskaisers und doch »der« Kaiser in den Augen des Volkes.

Gemäß seiner noch vorwiegend monarchisch bestimmten politischen Struktur war Europas Sozialbild im 19. Jahrhundert – selbst die französische Republik nicht ausgenommen – vorwiegend feudal gefärbt. Gewiß, es war nur eine Färbung, also Oberfläche, aber die aristokratische Gesellschaft war noch immer »die« Gesellschaft und ebendarum international. Ihre Lebensformen waren im allgemeinen überall die gleichen; überall in Europa gab es Schlösser und Gesellschaftsexklusivität, gab es Jagden und Rennen, und überall stand es dem Adel zu, an der Hofhierarchie zu partizipieren, welche die monarchische Staatsspitze zu tragen hatte. Vom Hofe aus setzte sich die Hierarchie zu den Staatsämtern fort, zu den leitenden diplomatischen und militärischen Posten sowie zu denen des innern Verwaltungsdienstes, so daß die Fassade der Adelsherrschaft im Staate – selbst in Frankreich – allen demokratischen Anfeindungen zum Trotz ziemlich unangetastet blieb; sie hatte die Beharrungsenergie einer eigenen Tradition, umsomehr als diese, gerade weil sie eine

sozusagen »natürliche« Existenzverwandtschaft mit der monarchischen hatte, in einer womöglich noch engeren mit der staatlichen Tradition stand. Denn historisch-ökonomisch ist der Feudalismus aus dem Besitz des überwiegenden Teiles alles Nationalvermögens durch den Adel (der eben daran zum Adel wurde) hervorgegangen, und da auch die Barockmonarchie, obwohl die Feudal-Autonomie brechend, daran nichts änderte, wurde dem Staat aufgetragen – und es wurde ein Zweig seiner Tradition –, den Besitz der Adelsklasse zu schützen und deren verarmten Teilen, insbesondere »jüngeren Söhnen« standesgemäße Positionen zu verbürgen. Der Adel (und gar wo er infolge des aufkommenden Bürgertums verarmte) wurde staatstreu, und bei all seiner Abneigung gegen die usurpierende monarchische Institution benützte er sie in seinem Paktieren mit dem Staat, und zwar als eine Agentur, die er hierfür – und daran profitierten auch die verachteten Parvenümonarchien Deutschland und Italien – mit den von ihnen benötigten Hofdiensten entlohnte. Aber immer war es der Staat, mit dem paktiert wurde, niemals die Krone, und darum hatte auch das Verschwinden der französischen hingenommen werden können: die monarchische Tradition ist eben jünger als die feudale, und in Frankreich hat sich gezeigt, daß sie auch kurzlebiger ist.
Immerhin, als ein Resultat hiervon darf die behauptete soziologisch »natürliche« Verwandtschaft zwischen monarchischer Institution und Feudal-Oberklasse genommen werden; sie ist unzweifelhaft vorhanden: wo die Oberklasse als Trägerin ökonomischer und politischer Bedrückung gehaßt wird – so in Rußland und Spanien, doch ebenso z. B. in Ungarn –, da ist auch die Krone gefährdet; wo dagegen die Monarchie wegen mangelnder Tradition nicht genügend verwurzelt ist – also in Deutschland und Italien –, da verliert auch der Adel den Boden unter den Füßen; und wo der definitive Thronsturz stattgefunden hat – in Frankreich –, da wird die Oberklasse, obwohl als solche weiterfunktionierend, notwendigerweise zum Schemen: soweit jedoch die Monarchie politische Bejahung genießt – in England durch das Gesamtvolk, in Österreich durch die Bevölkerung Wiens

und der »Erblande« –, da wird auch der zugehörige Adel bejaht. Der viktorianische und der franzisko-josephinische Adel waren »populär«, weitaus populärer als das ökonomisch immer verdächtiger werdende Bürgertum dieser Periode, und wo eine Oberklasse populär wird, da wird die Art ihrer Lebenshaltung für alle andern Stände richtunggebend. Sie alle adoptierten, mit gewissermaßen bloß quantitativen Abschattungen, einen gemeinsamen »Lebensstil«, in England den des »Gentleman«, in Österreich den des »Kavaliers« (nobel beide, doch im protestantisch-katholischen Gegensatz), und da ein gemeinsamer Lebensstil die »natürlichste«, die natürlichst gewachsene soziologische Verwandtschaft darstellt, war bis zu einem gewissen Grad auch die Krone in diesen Kreis einbezogen.

Fast könnte man es Stil-Demokratie nennen. Daß z. B. die von den in allen europäischen Ländern so überaus exklusiv-aristokratischen Jockey-Klubs veranstalteten Rennen allgemein zugänglich waren, machte sie sicherlich noch nicht zu demokratischen Einrichtungen; sie waren in Longchamps eine Modenschau und in Grunewald wie Karlshorst wie Hamburg waren sie vornehmlich plebejische Wettbörsen, doch daß sie in Epsom und in der Wiener Freudenau den Charakter von Volksfesten angenommen hatten, an denen alle Klassen bis hinauf zum Hof gleicherweise teilnahmen, das gab ihnen, wie eben allen Volksfesten eine demokratische Färbung. Und ähnliches galt von der englischen und österreichischen Adelsklasse selber: da sie nicht angefeindet waren, brauchten sie im Gegensatz zu ihren sonstigen Klassengenossen – man denke an die Junker – nicht überheblich zu sein. Beim österreichischen Adel, der noch weit mehr als der englische ur-landsässig war, kam diese Volksverbundenheit sogar in der Sprache zum Vorschein; die österreichische Aristokratensprache ist zwar »hochdeutsch« und überdies vielfach französisiert, ist aber trotzdem dialektverwurzelt, ist beinahe selber als fester Dialekt genormt – Hofmannsthal war (abgesehen von seiner bühnenkarikierenden Absicht), sozusagen »sprachberechtigt«, den Ochs auf Lerchenau im *Rosenkavalier* reinen Volksdialekt reden zu lassen –, und da

Sprachnormung Sozialspiegel ist, zeigte sich darin auch, daß die Aristokratie das Bürgertum, dessen Dialekteinschläge fluktuierend blieben, beträchtlich an Volksnähe überflügelte. Gewiß waren der Gentleman und der Kavalier trotzdem klassenbewußt, gewiß verstanden sie einander am besten hinsichtlich ihrer pferde- und jagdsportlichen Leistungen, in denen sie beide unübertrefflich waren, indes das Ungezwungene ihrer demokratisierenden Haltung spielte für solches Verständnis [eine] kaum geringere Rolle.

Nichtsdestoweniger, bei aller Affinität zwischen der englischen und österreichischen Aristokratie, es muß dabei – genau so wie im Vergleich der beiden Monarchie-Entwicklungen – vieles unter umgekehrtes Vorzeichen gesetzt werden. Der englische Aufstieg und der österreichische Abstieg, die Vollpolitik der englischen Demokratie und die Un-Politik des österreichischen Vakuums, der Gegensatz mußte sich auch in Stellung und Habitus der beiden Adelsklassen auswirken. In England war der Pakt zwischen Staat und Adel brüchig geworden, denn kraft des demokratischen Konsensus hatte sich das Verhältnis umgekehrt, und nicht mehr unter dem Einfluß des Hofes und seiner Chargen wurden die Staatsämter besetzt, sondern es wurden diese (neben der Plutokratie) als Reservoir für die Auffüllung des Hofadels benützt; Anpassung an die neuen Verhältnisse und entsprechende Leistung waren also die einzigen Mittel, kraft denen der Alt-Adel hoffen konnte, seine Stellung als herrschende Oberklasse zu behaupten, und daß es ihm gelang, hatte er seiner charakterstarken Staatswilligkeit und einem Maximum an politischer Schulung zu verdanken. Anders in Österreich; hier hatte der Staat den Pakt zu halten und sich auf die Feudalklasse als Akzessorium des Hofes zu stützen, umsomehr als sie allein Nationalitäten-gleichgültig war und daher die erste Anwartschaft auf die Staatsstellen besaß, zu denen, eben mit Rücksicht auf die eifersüchtigen Nationalitäten, das deutsche Bürgertum, mochte es auch teilweise noch staatstreu geblieben sein, nur in beschränktem Maße zugelassen werden durfte; ohne besondere Anstrengung fiel also hier der Aristokratie das Prärogativ im Staate zu, und wenn ihr ungarischer Zweig, der (in Ausnützung des »Ausgleiches« von 1867) eine Reihe wichtiger Ämter, vor allem des auswärtigen Dienstes, besetzt hielt, dies – allerdings mit ausgesprochener Geschicklichkeit – zur Sicherung des ungarischen Klassenstaates ausnützte, so brachte der österreichische für seine Aufgabe ein Minimum an Schulung und Charakterstärke mit, einfach weil niemand nach mehr verlangte. Freilich, der Hauptunterschied zwischen der englischen und der österreichischen Adelsklasse lag um ein Stück tiefer: jene glaubte an ihren Staat, und diese hatte keinerlei Anhaltspunkt zu solchem Glauben.

Denn der österreichische Adel, mit seiner Existenz an die des Staates und durch diesen an die der Krone gebunden, konnte bloß an deren politischen Rückzugsgefechten teilnehmen, und gleich der Krone wußte er, wenn auch zumeist ohne sich es einzugestehen, wohin der Weg führte. Keine Charakterstärke, keine politische Schulung hätte daran etwas zu ändern vermocht –, doch war darum zu verlangen, daß die ganze Adelsklasse dem Beispiel Franz Josephs I. folge und gleich ihm in heroische Einsamkeit sich begebe? Sie wählte den kleineren, den menschlich natürlicheren Weg, und genau so wie die Pariser aristokratische Gesellschaft das Rokoko – die Ähnlichkeit zwischem dem falschen Barock des 18. und dem echten des 17. Jahrhunderts ließ auch hierin sich nicht verleugnen –, genau so wurde die österreichische durch Untergangsstimmung dem flüchtigsten Lebensgenuß zugetrieben. An dem Punkt also, an dem die englisch-österreichische Ähnlichkeit abreißt, setzt die französisch-österreichische ein. Und wenn auch der Vergleichsraum in beiden Fällen verhältnismäßig schmal war, die Wiener waren des einen wie des andern stolz und froh; sie liebten die solide anglisierende Eleganz ihrer Aristokratie, sie liebten die von ihr in Bewegung gehaltene, an Paris gemahnende Leichtsinnsatmosphäre ihrer Stadt, und selber den nahenden Untergang ahnend – das Bild des einsamen Kaisers trug das seine dazu bei –, war ihnen, denen infolge von Erbqualitäten und Landschaft der leichte Sinn des Leichtsinns ohnehin nahe lag, die Flucht ins Unpolitische nur recht: ob Lueger, ob Arbeiterbewegung, mochten sie auch selber daran beteiligt sein, sie verstanden den Kavalier, der das nicht ernst nehmen wollte, ja sie schämten sich sogar ein wenig ihres eigenen Gehabens, und der politische Lärm der anderen, inbesondere der »Nationalitäten«, klang ihnen vollends als eine im Grunde komische und sinnlose Groteske.

Der politische Mensch hat in seiner Haltung mit der des ethischen manches gemeinsam; sie beide sind Welt- oder zumindest Staatsverbesserer, und in dieser Eigenschaft wollen sie den Nebenmenschen zu bestimmten, von ihnen gesetzten Werten überzeugen und erziehen und, sei's drum, auch vergewaltigen. Das Schema bleibt immer das nämliche, einerlei ob es durch ethische, a-ethische oder gar kriminell antiethische Politik (wie die Hitlers) ausgefüllt wird; Politik und Ethik sind in ihren Aktivitäten strukturgleich. Die Verwandtschaft der beiden zeigt sich nicht zuletzt in ihrem letztlich immer feindlichen Verhältnis zum Ästhetischen; der strenge Ethiker, der Nur-Ethiker – so Savanarola, so Calvin – sieht im Ästhetischen nichts als Teufelswerk, nichts als die Verleitung zu einem Lebensgenuß, der die Menschen von ihren ethischen Pflichten abbringt, so daß man ihnen all das in heiliger Bilderstürmerei aus dem Blickfeld zu räumen hat, und wenn auch der Politiker theoretisch nicht so weit geht, er tut es im Praktischen trotzdem, und zwar sobald die Politik in letzter Konsequenz zur Gewalt wird und – ob nun im innern oder äußern Krieg – jedwedes ästhetische Menschenwerk rücksichtslos niedertrampelt. Umgekehrt jedoch, dort wo im gegenteiligen Extrem politisches Denken gänzlich fehlt, entweder weil es noch unentwickelt oder aber wieder verkümmert ist, da tritt die ästhetische Kategorie mehr und mehr in den Vordergrund, und ohne darum, es sei denn in Ausnahmsfällen, zur wahrhaft künstlerischen Produktion zu werden, erzeugt sie mehr und mehr den Hang zur Lebensornamentierung und Lebensdekoration, am Ende jedoch jene ethische Gleichgültigkeit, die – als Gegenstück zur Bilderstürmerei – sich als nackter Hedonismus, als nackte Genußsucht äußert. Kein Zweifel, daß das zur Politik unfähig gewordene Wien einem derartigen Zustand zusteuerte.

Der Lebensstil der aristokratischen Oberklasse befand sich bereits in diesem Zustand; die Endblütezeit Wiens im letzten Jahrhundertdrittel hatte ihn gefördert, und sie förderte desgleichen seine Imitation. Was durch die jesuitische Gegenreformation und jahrhundertelang durch die an ihr geschulte Habsburgerpolitik und schließlich durch Metternich im Vormärz angestrebt und niemals erreicht worden ist, nämlich die Erzielung einer tunlichst entpolitisierten, tunlichst einheitlichen, tunlichst harmlosen, einem einfachen Lebensgenuß und seinen friedlichen ästhetischen Werten zugekehrten gesamt-österreichischen Bevölkerungsmasse, das war nun plötzlich in Wien und seinem Umkreis nachträglich und nutzlos gelungen. Vom Erzherzog bis zum Volkssänger, doch auch vom Großbürgertum bis zum Proletariat prävalierte die hedonistische Haltung; sie war die Basis jener »Stil-Demokratie«, die den Adel mit dem Volk verband, bei aller Aufrechterhaltung des gesellschaftlichen Abstandes ihre gegenseitige Verständigung gewährleistete und sie zu der so spezifisch österreichischen »gemütlichen« Vertraulichkeit machte. Freilich unterschied sich diese kavalierbedingte »Stil-Demokratie« ganz beträchtlich von der englischen des Gentleman, hinter der die echte politische Demokratie seines Landes wirkte. Das Sozialgebilde hier hatte mit politischer Demokratie überhaupt nichts zu tun: als Produkt der österreichischen Substanzlosigkeit, in der keiner keinen ernst zu nehmen vermochte, weil außer der Staatssubstanz der Krone nichts ernst zu nehmen war, wurde auch das Sozialgebilde substanzlos, wurde zu einer Art Gallert-Demokratie, in der, wenn's drauf ankam, die Grafen die Allüren von Fiakern und die Fiaker die Allüren von Grafen annahmen; es war ein sozialer Schwebezustand (für Österreich der adäquateste von allem Anfang an), und er konnte es sein, weil die herrschende Blüteperiode alles in Schwebe hielt.

Wenn irgendwo, so war hier eine staatenlose Gesellschaft zustande gekommen, nicht nur weil sie als die aristokratische und aristokratisierende, die sie war, stets über die Staatsgrenzen hinaus ins Internationale schielte, sondern noch viel mehr weil innerhalb dieser Grenzen statt eines Staates ein Abstrak-

tum sich befand. Und doch war das Abstraktum noch ein Staat oder zumindest eine noch funktionierende Staatsmaschinerie, und sie wurde, anders hätte sie nicht mehr funktioniert, von der ihr zugehörigen Gesellschaft, mochte die noch so staatenlos gewesen sein, schlecht und recht bedient. Mit andern Worten, in ihrer Existenz abhängig von der Weiterexistenz Österreichs, war diese Gesellschaft samt ihrer Oberklasse trotz ihres teils ästhetisierten, teils fatalistischen Hedonismus keineswegs selbstmordbereit und mußte daher, ob willig oder unwillig, sich zu einem Mindestmaß von Staatsdenken und Staatsethik bequemen. Wo aber waren die hierzu nötigen Orientierungswerte? Es gibt ästhetische Hochkulturen – und Wien gehörte bestimmt nicht zu ihnen –, in denen ein festgefügtes politisch-ethisches Wertsystem, z. B. das der mittelalterlichen Kirche oder das des französischen Barockabsolutismus so sehr zur Selbstverständlichkeit geworden ist, daß es der ihm eingeordneten ästhetischen Produktion allen Raum zur freiesten Entfaltung gewährt, und es gibt ästhetisierende Verfallskulturen, Degenerationsstadien der meisten großen Reiche seit dem Altertum, die mangels eines ethischen Eigenzentrums ihre Existenzfestigung sich von einer »äußern« oder sonstwie »höheren« ethischen Autorität diktieren lassen mußten. Österreich – unzweifelhaft zu ihnen gehörend – hatte seine Wertorientierung dort zu suchen, wo allein seine Substanz sich befand, d. h. in jener monarchischen Ganzheitsfunktion, die (völlig einzigartig) der österreichischen Krone zukam und sowohl ihre politische wie ihre – von der Einsamkeit des Kaisers und seiner Katholizität gestützte – ethische Autorität in sich schloß: es war soziale Autorität, und als solche, nicht als staatliche, die ins Leere getroffen hätte, beeindruckte sie, ja wurde ihr ethisches Sakrosanktum, schier mystisch, da rational-skeptische Frivolität sich gezwungen fühlte es zu akzeptieren.
Und es war umso mystischer als eigentlich bloß der Blick zum Kaiser hin, wahrhaft ein leerer Blick, den ethischen Gewinn bedeutete. Denn das ethische Substrat, das da vermittelt wurde, war durchaus eklektisch, also recht nichtssagend. Die Epoche war sowohl im Ethischen wie im Ästhetischen eklek-

tisch, und daß – umgekehrt wie bei rein ästhetischer Orientierung – rein ethisch orientierte Gemeinschaften, z. B. die puritanische, die calvinistische, die jüdische, zur Zeit ihrer ethischen Vollkraft ästhetisch unproduktiv waren und diese Werte, soferne sie nicht gänzlich abgelehnt wurden, eklektisch von Außen-Autoritäten akzeptierten, läßt nicht folgern, daß ästhetischer Eklektizismus ethische Hintergründe haben müsse. Und wenn Franz Joseph I. (vor allem infolge seiner menschlichen Kargheit) dem ästhetischen Phänomen in blinder Stumpfheit gegenüberstand und darin der echt ethischen Persönlichkeit ähnelte, so war er, trotz seines Einsamkeits-Ethos, noch keine solche. Ob die ethischen Werte, nach denen er lebte, eklektisch waren, das kümmerte ihn nicht, da er sie dogmatisch akzeptierte, und der ihn umgebende ästhetische Eklektizismus kümmerte ihn noch weniger, da er ihn überhaupt nicht bemerkte. Und doch geschah es, daß der Blick zu solcher Mediokrität hin dem Österreicher den Halt einer sozialen Autorität zu geben vermochte – vermutlich unverständlich für einen Engländer, der damit seine Empfindungen beim Anblick der Queen verglich –, und doch geschah es, daß die eklektischen Werte, und zwar nicht nur die ethischen, nein, auch die ästhetischen durch das bloße Dasein des kaiserlichen Greises eine außerordentliche Stärkung erfuhren: im technischen Bereich der Zivilisation konnte sein Hang zur Unveränderlichkeit das Leben nicht aufhalten, aber in der weit weniger zwingenden ethisch-ästhetischen Sphäre wurde sein Konservatismus richtunggebend, weil ein Gemeinwesen, das sich im Abschied und noch dazu in einem so schönen Abschied befindet, viel eher mystischen denn revolutionären Neigungen folgt.

Der Bevölkerungsteil, bei dem solch ethisch-ästhetische Bindung an die Krone am deutlichsten zum Ausdruck gelangte, war das Wiener Bürgertum, zumindest insoweit als es nicht allzusehr vom Großdeutschen und Christlichsozialen her politisiert war. Der Wiener Gewerbetreibende, der Wiener Industrielle, der Wiener »Hoflieferant«, der Wiener Universitätslehrer, der Wiener Richter und der Wiener Rechtsanwalt, sie alle waren der wohlberühmten Figur des österreichischen »Hofrates« verwandt, und gleichwie dem österreichischen Offizier, der ja auch vielfach ihren Kreisen entstammte, die Politik untersagt war, untersagten sie sich sie selber: ihre politische Überzeugung war »Österreichtreue« schlechthin. Und weil sie solcherart wahrhaft staatsethisch (wenn auch nicht politisch) dachten und wirkten, war ihnen die Staatsspitze, trotz deren Abstraktheit, ein stets lebendig vorhandener Orientierungspunkt, zu dem sie all ihre Werthaltungen hinprojizierten, und von dem sie all ihre Werte bezogen. Sie waren eine glückliche Mischung von ruhiger Arbeitsamkeit und leicht hedonistischer Genießerfreude, nicht ganz ethisch, nicht ganz ästhetisch, innerlich zwar gefestigt, dennoch in ihren Bewertungen bestätigungsbedürftig. Ihrem Wesen nach weder ganz individualistisch noch ganz kollektivistisch, waren sie in erster Linie Publikum, also das der Hoftheater sowie der Hofmuseen sowie der vom Hof protegierten Konzerte und Kunstausstellungen; ihr Kunstverständnis war hochentwickelt, ohne aber von der vorgeschriebenen eklektischen Kunstlinie auch nur um eine Fingersbreite abweichen zu können, und es war daher ausschließlich auf das Virtuosenhafte gerichtet, auf den Schauspieler, nicht auf das Stück, auf den Musiker, nicht auf die Musik, doch gleichviel: sie besaßen im kaiserlichen Burgtheater eine Kunst, in der das Eklektische zur Originalität, das rein Ästhetische ins rein Ethische gehoben wurde. Und das wußten diese Bürger.

Gewiß, auch außerhalb des kaiser- und österreichtreuen Bürgertums, das ja einen nur sehr schmalen Ausschnitt des österreichischen Sozialganzen darstellte, gingen die Dinge nicht viel anders vonstatten. Nur daß hier, wo der Adel allein richtunggebend war, der Respekt vor dem Höfischen fehlte. Denn der Feudalismus, seit dreihundert Jahren schmollend mit der Krone und immer noch auf seinem älteren und besseren und ehrwürdigeren Recht pochend, den Monarchen bestenfalls als einen primus inter pares betrachtend, hatte bloß vor sich selber Respekt. Despektierlichkeit jedoch war nicht minder eine Grundhaltung und sogar eine überaus undeutsche Grundhaltung des Wiener Volkes; sie gehörte wohl zum Erbgut des romanischen und slawischen Einschlages, der das Österreichtum mitkonstituierte, und war vielleicht der letzte, allerdings unpolitisch gewordene Rest eines einstens unzweifelhaft vorhanden gewesenen Revolutionärismus. In der Despektierlichkeit fanden sich Volk und Adel aufs glücklichste zusammen, ja sie bildete geradezu den Kitt ihrer klassenlosen Gesellschaft, die kittende Gallerte ihrer Gallert-Demokratie. Und so hatte Franz Joseph I. immerhin recht, wenn er sie allesamt in den gleichen Topf warf und sie ausnahmslos von sich fernhielt; sie waren allesamt ihm gegenüber voller Aufsässigkeit. Aber solch nörgelnde Aufsässigkeit war auch die einzige, noch irgendwie politisch anmutende Auflehnung in dieser Despektierlichkeit. Darüber reichte die Auflehnung nicht hinaus, nicht einmal im Ästhetischen; es war der Zustand zu unpolitisch, zu substanzlos geworden, als daß noch der geringste revolutionäre Ansatz, und sei es selbst nur der zur Satire, hätte gemacht werden können. Es reichte gerade noch zur Travestierung oder richtiger Frivolisierung der vom Bürgertum übernommenen höfischen Werte und ihres ethisch-ästhetischen Gehaltes, es reichte gerade noch zur Walzerhaftigkeit. Und eben weil die Werte, welche dieser Gesellschaft noch so etwas wie Festigkeit verliehen, jenseits der kaiserlichen Isolierschicht, also im Abstraktum der Krone ihren Ursprung hatten, eben weil sie Hochschätzung und Geringschätzung, Schauern und Vertraulichkeit zugleich erregten, wurden sie nicht ernst genommen, und eben durch solch potenzierte Unernsthaftigkeit erhielt die Wiener Frivolität jene eigentümliche Note, die sie von der jeder andern Großstadt unterschied, die Note der Nicht-Aggressivität, die Note ihrer allesvermischenden Leichtsinns-Liebenswürdigkeit und ihrer »Gemütlichkeit«. Gewiß, auch Weisheit war in alldem enthalten – Gemütlichkeit und Weisheit blühen in naher Nachbarschaft –, die Weisheit einer Seele, die den Untergang ahnt und ihn hinnimmt. Trotzdem aber war es Operetten-Weisheit, und unter dem Schatten des nahenden Unterganges wurde sie geisterhaft, wurde sie zu Wiens fröhlicher Apokalypse.

Was Überdeckung von Armut durch Reichtum letztlich

bedeutet, das wurde in Wien, wurde in seiner geisterhaften letzten Blütezeit klarer denn irgendwo und irgendwann anders: ein Minimum an ethischen Werten sollte durch ein Maximum an ästhetischen, die keine mehr waren, überdeckt werden, und sie konnten keine mehr sein, weil der nicht auf ethischer Basis gewachsene ästhetische Wert sein Gegenteil ist, nämlich Kitsch. Und als Metropole des Kitsches wurde Wien auch die des Wert-Vakuums der Epoche.

Einige Bemerkungen zum Problem des Kitsches
Ein Vortrag

Lassen Sie mich mit einer Warnung beginnen: erwarten Sie bitte nicht, daß ich Ihnen scharfumrissene Definitionen bringe; alles Philosophieren ist ein Jonglieren mit Wolken, und in der Kunstphilosophie ist es sicherlich auch nicht anders bestellt. Wenn ich also gelegentlich behaupten werde, daß die Wolke wie ein Kamel ausschaut, so seien Sie so willig wie Polonius und stimmen Sie mir zu. Ansonsten würden Sie am Schluß allzuviel offengelassene Fragen finden, und vor denen fürchte ich mich, denn ich würde sie nicht beantworten können, außer durch ein dreibändiges Werk über den Kitsch, das ich lieber ungeschrieben lassen möchte.
Weiter, ich spreche eigentlich nicht über Kunst, sondern über eine bestimmte Lebenshaltung. Denn Kitsch könnte weder entstehen noch bestehen, wenn es nicht den Kitsch-Menschen gäbe, der den Kitsch liebt, ihn als Kunstproduzent erzeugen will und als Kunstkonsument bereit ist, ihn zu kaufen und sogar gut zu bezahlen: Kunst ist, wird sie im weitesten Sinn genommen, immer Abbild des jeweiligen Menschen, und wenn der Kitsch Lüge ist – als welche er oft und mit Recht bezeichnet wird –, so fällt der Vorwurf auf den Menschen zurück, der solch Lügen- und Verschönerungsspiegel braucht, um sich darin zu erkennen und mit gewissermaßen ehrlichem Vergnügen sich zu seinen Lügen bekennen. Das ist das Phänomen, mit dem wir uns befassen wollen.
Bei der Betrachtung geistesgeschichtlicher Phänomene soll man sich das Bild der Umgebung vergegenwärtigen, in der sie geboren worden sind und gewirkt haben, nicht zuletzt also auch das Architekturbild, denn dieses ist für jede Epoche paradigmatisch; wenn wir an die asiatischen Kulturen, an Ägypten, an die Gotik, an die Renaissance, an das Barock denken, so sehen wir Architekturbilder vor uns. Welches Architekturbild sehen wir, wenn wir an die Romantik des 19. Jahrhunderts denken? Eigentlich gar keines. Gewiß spielte ein großer Teil der europäischen Romantik noch zwischen

klassizistisch-biedermeierischen Fassaden (die amerikanische zwischen denen des Kolonialstiles), weil ja die Häuser der vorangegangenen Generation noch dastanden, aber die Romantik selber hat nicht einen einzigen Baumeister hervorgebracht, der es an Rang mit irgendeinem klassizistischen, etwa mit dem Berliner Schinkel, hätte aufnehmen können. Ihre erste architekturale Äußerung war furchtbar, war die zinnenbekrönte Tünch- und Rohziegelgotik, die von 1820 bis 1840 das Feld beherrschte, für Bahnhöfe und Nutzbauten ebenso wie für Villen und Arbeiterkolonien verwendet wurde, bis ihr Kitsch – denn das war deutlichster Kitsch – vor dem noch gewaltigeren des neuen Renaissance-Barock zu weichen hatte. Man wende nicht ein, daß bei dem vehementen Tempo der Industrialisierung und der Großstadtentwicklung die Architektur keine Zeit gefunden hätte, sich den neuen Aufgaben anzupassen und daher in ein hilfloses Tasten geraten war. Nein, von Schinkel z. B. lagen Entwürfe für Warenhäuser und Nutzbauten vor, die vollkommen zweckentsprechende, ja geradezu modern anmutende Lösungen boten –, warum mußte man statt dessen kitschig-gotische Bahnhöfe und Arbeiterhäuser bauen? Einfach, weil nicht Schinkel, sondern der Kitsch dem Zeitgeist entsprach, und weil ihm das Zweckgerichtete bei Schinkel nicht schön genug war. Es ging um die Schönheit, um den schönen Effekt, um die Dekoration.

Inmitten dieser ihr völlig inadäquaten, kitschigen Umgebung ist die große Kunst der Romantik entstanden; es war noch nicht die Umgebung Beethovens, Schuberts, Byrons, Shelleys, Keats' und Novalis', aber sie war es bereits für Stendhal, für Delacroix, für Turner, für Berlioz und Chopin, für Eichendorff, Tieck und Brentano. Wie ist so viel Echtheit, so viel echter Glanz und echte Stärke und schließlich (wie in der deutschen Lyrik) so viel Innigkeit mit so viel Dekorationsbombast zu vereinen? Und warum mußte jene Dekoration so kitschig-schal werden, während die sicherlich nicht geringere des Barock – jede Epoche hat ihre Dekorationslust – sogar einem Bach, ganz zu schweigen von Händel und Mozart, die an und für sich schon effektzugekehrter waren, einen adäquaten Rahmen bot? Freilich, für mancherlei in der zeitgenössischen Kunstproduktion bildete der Architekturkitsch einen recht adäquaten Rahmen. Walter Scott z. B. hatte eine nicht ableugbare, recht fatale Verwandtschaft mit jener Neo-Gotik, und für einen Paul de Kock, Balzacs damals hochgeschätzten Zeitgenossen, braucht man sich auch keine andere Umgebung wünschen. Ja, fast ist es als ob die Inadäquatheit bloß für höchste Geniewerke – an denen die Zeit allerdings ganz besonders reich war – gelte, während sie für alles, was nicht jenen allerhöchsten Rang erreichte, etwa für Webers Spielopern (unbeschadet der Schätzung, die sie sonst verdienen), nicht vorhanden war. Ein scharfer Riß scheint durch die Kunstproduktion der Epoche zu gehen und sie schier übergangslos in zwei Hauptgruppen, einerseits in Werke von geradezu kosmischen Aspirationen, andererseits in solche des Kitsches zu spalten. Welcher von den beiden gebührt also die Repräsentanz der Epoche? War es eine Epoche des Kitsches, so daß das große, romantische Kunstwerk als seine Überwindung zu interpretieren ist, oder war es die Epoche der Romantik, der dann freilich auch die Verantwortung für den Kitsch aufzulasten wäre?

Manches spricht für die Prävalenz des Kitsches, vor allem das Fehlen der Mittelwerte. Der Tonus des Epochenstiles wird im allgemeinen zwar vom Geniewerk angegeben, aber er wird vom Durchschnittswerk getragen. Die Kunstgeschichte ist voll solch minderer Werke; die Schulbilder der Gotik und der Renaissance gehören dazu, ebenso die Kompositionen all der vielen Organisten des 17. und 18. Jahrhunderts, die zwar keine Bachs waren, trotzdem aber höchst respektable Arbeit lieferten, und erst recht wußte jeder noch so kleinste Baumeister, worum es in seinem Gewerbe ging. Die Romantik dagegen war außerstande, solche Mittelwerte hervorzubringen. Jedes Abgleiten von der Geniestufe bedeutete ein Abgleiten vom Kosmos schnurstracks in den Kitsch hinein. Nehmen Sie Berlioz als Beispiel, dessen (allerdings sehr französische) Effekt- und Dekorationslust immerzu an der Grenze des gerade noch Erträglichen hinläuft, der nicht nur mit musikfremden Sensationstiteln und -assoziationen operiert, sondern sich auch nicht scheut, Faust nach den Klängen eines virtuos orchestrierten Rákóczimarsches aufmarschieren zu lassen. Aber selbst die Innigkeit der deutschen Romantik steht unaufhörlich an der Kippe solchen Abgleitens, und das kann in der Mitte eines Gedichtes geschehen, nicht etwa aus gewollter Ironie wie bei Heine, sondern einfach aus der Unfähigkeit, die Spannung des Kosmischen aufrechtzuerhalten; es mag manchen von Ihnen blasphemisch erscheinen, daß ich hierzu unsern vielleicht geliebtesten Romantiker – wenigstens für mich ist er es – hernehme, aber ich tue es, eben um zu zeigen, wie jäh und wie gründlich der Absturz erfolgt: betrachten Sie etwa Eichendorffs »Abendlandschaft«, deren erste sechs Zeilen:

Der Hirt bläst seine Weise,
Von fern ein Schuß noch fällt,
Die Wälder rauschen leise
Und Ströme tief im Feld.
Nur hinter jenem Hügel
Noch spielt der Abendschein –

wohl zum Schönsten gehören, was an sparsamer Präzision je in deutscher Lyrik geleistet worden ist, und dieser Vollkommenheit werden zwei Zeilen nachgeschickt, die nichts als sentimental-läppische Volksliednachahmung sind, nämlich

Oh hätt ich, hätt ich Flügel,
Zu fliegen da hinein!

Nur in ganz wenigen Gedichten, so in der »Reisesehnsucht« oder im »Greisenlied« gelingt es Eichendorff, sein kosmisches Niveau durchgängig zu bewahren; die meisten andern scheinen verdammt, an der Sentimentalitäts-Klippe ihrer letzten Zeilen zu scheitern und zur Kitschgrenze abtreiben zu müssen. Und wenn ich demgemäß behaupte, daß es in der Romantik keine Mittelwerte gibt, so mögen Sie, falls Sie Ihre Jugendeindrücke beiseite lassen können, in Chamissos »Frauenliebe« oder seinem »Mateo Falcone« weitere Erhär-

tung hierfür finden. Dagegen gibt es sehr wohl Mittelwerte im Bereich des Kitsches; es gibt schlechten und guten und sogar genialen Kitsch, wobei ich, wiederum blasphemisch, Wagner als seinen bisher höchsterreichten Gipfel betrachte, mag sich auch Tschaikowskij nicht weit davon halten.
Es ist also nicht unberechtigt, das 19. Jahrhundert als das des Kitsches und nicht als das der Romantik aufzufassen. Doch wenn das stimmte, was hat dazu geführt? Der Marxist würde antworten, daß die Bourgeoisie die Kunst zur kitschhaften Ware degradiert habe, und daß daher die Hochblüte des industriellen Kapitalismus notwendigerweise auch die des Kitsches hatte werden müssen. Daß diesem heute in Rußland eine offenbar recht kräftige Nachblüte beschieden ist, wird dabei – der Theorie zuliebe – übersehen. Wir wollen jedoch nicht vor der russischen, sondern vor der eigenen Tür kehren, und um das Resultat dieser Tätigkeit – zwar gleichfalls nur ein Theorem – vorwegzunehmen: so sehr der Kitsch seinen Stempel dem 19. Jahrhundert aufgedrückt hat, er selber stammt zum überwiegenden Teil aus jener Geisteshaltung, die wir als die romantische erkennen.
Das Bürgertum ist als eine im sichern Aufstiege befindliche künftige Herrschaftsklasse in das 19. Jahrhundert getreten, und dieser Bestimmung gemäß hatte es einerseits sich das Traditionserbe der abtretenden höfisch-feudalen Klasse zu assimilieren, andererseits seine eigene einstmals revolutionäre Tradition zu behaupten. Die höfische Tradition war vornehmlich ästhetisierend, d.h. ihre ethische Forderung beschränkte sich auf gewisse mystische Vorstellungen von einer gottgewollten Hierarchie, in die man, unbeschadet aller aufklärerisch-rationalen Skepsis, sich mit amüsiert-stoischer Haltung einzureihen hat, solcherart das eigene Leben zu einem Kunstwerk umgestaltend und zum Lohn dafür das Recht erwerbend, sich in sinnlicher und geistiger Libertinage möglichst viele Genüsse und sogar auch künstlerische zuzuführen, kurzum – das Vorrecht einer jeden herrschenden Klasse – eine großangelegte, überschwenglich schöne Lebensdekoration zu veranstalten, eine umso überschwenglichere als zu alldem das Barock Pate stand. Die bürgerliche

Eigentradition dagegen hatte einen wesentlich ethischeren Charakter: in den protestantischen Ländern war sie ausnahmslos von den puritanisch-calvinistischen Askese-Idealen beeinflußt, und in den katholischen hatte als Parallelbewegung hierzu (und als Demonstration gegen die Libertinage des ancien régime) die Revolution die »vertu« zu einem allgemeinen Leitprinzip gemacht, so daß hier wie dort vom Menschen äußerste Aufopferung verlangt wurde, hier um des Staates, dort um der Religion willen, dabei das eine wie das andere absolut rational, das eine wie das andere kunst- und dekorationsfeindlich, oder zumindest kunstgleichgültig. Die Einhaltung dieser strengen und geradlinigen Tradition war dem Bürgertum strikte Notwendigkeit, wenn es sich als distinkte Klasse gegenüber der abtretenden feudalen erhalten wollte; warum also mußte es sich dem sonderbaren Assimilationsgesetz fügen und die aristokratische Tradition übernehmen, obwohl sie in just antinomisch entgegengesetzter Richtung verlief? war es von Kunstgier dazu getrieben? oder gar nur von Nachahmungseitelkeit? oder war es einfach der Askese müde geworden? All das stimmte, denn man befand sich in der Aufklärung, und die war bekanntlich – sonst hätte sie wohl kaum die Libertinage hervorgebracht – nicht gerade askese-fördernd. Die Aufklärung war aber im Zeitalter der Industrialisierung nicht mehr rückgängig zu machen, die alte Glaubensstärke, die das Movens für die Askese geliefert hatte, ließ sich nicht neu anfachen. Diese Askese nun trotzdem aufrechtzuerhalten, ohne dabei den Rationalismus der Libertinage aufzuheben, das war eine schier unlösbare Aufgabe, und sie mußte trotzdem gelöst werden.
Sie wäre wahrscheinlich unlösbar geblieben, wenn das Bürgertum nicht von allem Anfang an – und dieser Anfang lag in der Renaissance – mit jenen Tendenzen verquickt gewesen wäre, die schließlich zur Romantik geführt haben; es waren die Grundtendenzen der Reformation. Die Reformation ist aus einer großen, teils mystischen, teils rational-theologischen Entdeckung entstanden: sie hat das Absolutheitsbewußtsein, das Unendlichkeitsbewußtsein, das Gottesbewußtsein in der menschlichen Seele gefunden; sie hat den

Offenbarungsakt in jede einzelne menschliche Seele verlegt und hat ihr damit jene Glaubensverantwortung auferlegt, die ehedem für sie von der Kirche getragen worden ist. Die Seele quittierte es mit Übermut und Über-Mut. Sie wurde übermütig, weil ihr solch göttlich-kosmische Aufgabe zugetraut worden war, und sie wurde über-mutig, weil sie genau fühlte, daß ihr damit Unbewältigbares zugemutet wurde. Hier haben wir den Ursprung der Romantik, einerseits den der Überschwenglichkeit, mit der sie unter Anspannung all ihrer Kräfte, nicht zuletzt der künstlerischen, das armselige irdische Alltagsgeschehen in absolute und pseudoabsolute Sphären emporzusteigern sucht, andererseits den Ursprung des Zurückschreckens vor dem übergroßen Wagnis und seiner Unsicherheit, so daß die zaghaft gewordene Seele sich in den Schoß der Kirche, in ihre Absolutheitssicherheit zurückflüchten möchte. Zur Verhütung solchen Rückfalls hat die calvinistisch-puritanische Bewegung den Menschen auf die alleinige Sicherheit des Schriftwortes verwiesen und zu jener nüchternen, jeglichen Überschwang ausschaltenden Askese verpflichtet, die seitdem zur Lebensform des Bürgertums geworden ist. Jetzt aber, da die Askese ihre zwingende Gebotskraft einzubüßen begann, schwand für den Bürger auch das Überschwenglichkeitsverbot: er durchbrach es, paradoxerweise zur Rettung seiner Askese-Tradition.

Jede Askese, jede Lust-Ausmerzung hat ein sexuelles Zentrum. Der Puritanismus verlangte zwar nicht mönchische Keuschheit, wohl aber die einer strengsten Monogamie, und der galt es, eine neue Stütze zu verleihen, umsomehr als hierdurch die Libertinage getroffen werden sollte. Es geschah im Wege der Überschwenglichkeit, eben jener Überschwenglichkeit, die von der Askese verpönt worden war. Die puritanische Frigidität wurde ins Leidenschaftliche transportiert, und vor dem Faktum der Leidenschaft hat auch die Leidenschaft zu schweigen. Jede alltägliche Zufallskopulierung wird zu den Sternensphären emporgehoben, wird ins Absolute oder richtiger Pseudo-Absolute emporgesteigert, wird zu einem unabänderlich ewigen Tristan-und-Isolde-Fall verwandelt. Und weil solcherart Irdisches und Irdischstes ganz unmittelbar in die Ewigkeit und ins Reich der Todesüberwindung introduziert wird, herrscht hier eine geradezu indezent nekrophile Stimmung. Hören Sie, was Novalis in seinem »Gesang der Toten« über diese Art der todesüberwindenden Treue auszusagen hat:

Leiser Wünsche süßes Plaudern,
Hören wir allein und schauen
Immerdar in sel'ge Augen,
Schmecken nichts als Mund und Kuß.
Alles, was wir nur berühren,
Wird zu heißen Balsamfrüchten,
Wird zu weichen, zarten Brüsten,
Opfer kühner Lust.

Immer wächst und blüht Verlangen,
Am Geliebten festzuhangen,
Ihn im Innern zu empfangen,
Eins mit ihm zu sein,
Seinem Durste nicht zu wehren,
Sich im Wechsel zu verzehren,
Voneinander sich zu nähren,
Voneinander nur allein.

So in Lieb' und hoher Wollust
Sind wir immerdar versunken,
Seit der wilde, trübe Funken
Jener Welt erlosch ...

Hier ist die Treue im wahrsten Wortsinn bis zur höchsten Potenz getrieben: die neue Zeit, eben die Zeit des Bürgertums, will die Monogamie, aber sie will damit zugleich auch alle Freuden des Libertins in womöglich noch konzentrierterer Form genießen. Der monogame Geschlechtsakt wird nicht nur zu den Sternen erhoben, es werden auch die Sterne samt allen Ewigkeiten herabbemüht, auf daß hier höchsterreichbare Wollust entstehe. Das Mittel dazu ist die Hochphantasie der Überschwenglichkeit. Im *Werther* wurde die

Überschwenglichkeit erstmalig zur Anwendung gebracht, denn immer ist es das Genie, in dem sich der Zeitgeist zuerst manifestiert, und kein Wunder ist es, daß der Mann der neuen Zeit, Napoleon, den *Werther* als so verwandt zu ihm selber empfand, daß er ihn allerwärts mit sich führte, obwohl seine eigene Lebensführung alles andere denn wertherisch war. Novalis aber zog alle Konsequenzen aus der Werther-Überschwenglichkeit, er radikalisierte sie bis aufs äußerste, und das Resultat war die Hochromantik. Und fast natürlich ist es, daß der in der Romantik entfesselte Überschwang nun auch wieder alle katholisierenden Tendenzen nach sich zog.

Das Bürgertum aber wollte mit der Schein-Überwindung seiner Askese-Tradition, oder vielleicht richtiger mit deren Schein-Wiederinthronisierung, nicht nur seine sexuell-erotischen Probleme lösen, es hatte auch mit seiner puritanischen Kunst-Askese und zugleich mit seiner Dekorationslust ins Reine zu kommen. Mochte ihm auch die höfisch-feudale Dekorationskunst insgeheim gefallen haben, sie war, seiner Askese-Tradition gemäß, ihm trotzdem etwas Verächtliches, und wenn ihm nun erlaubt sein sollte, der eigenen Dekorationslust die Zügel schießen zu lassen, so sollte etwas Ernsteres, etwas Erhabeneres, etwas Kosmischeres als die Kunst seiner Herrschaftsvorgänger zustandekommen. Die Parallelität mit der Liebessituation – der Mensch hat eben in seinen Haltungen und Handlungen keine sehr große Variationsbreite – springt in die Augen: die Kunstfreuden des Libertins werden verachtet, aber man möchte sie trotzdem haben, allerdings auf höherer Ebene. Und so wie dort die Liebe schlechthin für und durch jede Kopulierung aus dem Sternenbereich heruntergeholt werden sollte, so soll hier das nämliche für und durch jedes Kunstwerk mit der Schönheit schlechthin bewerkstelligt werden. Eichendorff hat dies in einem seiner undichterischesten Gedichte, in dem Sonett »Der Dichter« zum Ausdruck gebracht:

> Das Leben hat zum Ritter ihn geschlagen,
> Er soll der Schönheit neid'sche Kerker lichten;

Daß nicht sich alle götterlos vernichten,
Soll er die Götter zu beschwören wagen.

In diesem Rezept – glücklicherweise hat sich Eichendorff in seiner eigenen Dichtung nicht danach gerichtet – ist so ziemlich alles enthalten, was seine Zeit und Generation vom Künstler verlangt hat: er repräsentiert nicht nur den Adel der Menschheit, er ist nicht nur »Ritter« und »Dichterfürst«, sondern er ist auch ihr Hohepriester, dem es obliegt, vermöge seiner schöpferischen Kulthandlungen, also vermöge seiner künstlerischen Produktion den Fortbestand der Götter zu sichern, mit ihnen Umgang zu pflegen und sie zur Freigabe der Schönheit zu veranlassen, auf daß er sie, wie sie da droben lebt und leibt, mit jedem Kunstwerk zu den Sterblichen herunterholen könne. Schiller, der zu dem Thema wahrlich Sinnvolleres zu sagen gehabt hatte, scheint vergessen zu sein. Denn was sich hier vorbereitete, war nichts anderes als eine Art irdischer Schönheitsreligion, nicht unvergleichbar mit der Vernunftreligion, welche die französische Revolution installieren wollte, als sie zur Fundierung ihrer vertu wegen der Entthronung Gottes eine Art der Absolutheit benötigte und hierzu ihre »Göttin der Vernunft« hatte erfinden müssen. Immerhin, im Bereich der Vernunft geht es vernünftig zu, und so war ihre Göttin bald wieder in die Versenkung gefallen. Im Bereich der Kunst jedoch wirkt das Widersinnige weit weniger störend, und so geistert der fürchterliche Schemen der ins Kunstwerk heruntergestiegenen oder heruntergeholten göttlichen Schönheit durch das ganze 19. Jahrhundert hindurch, ja ist sogar noch im 20. ungebrochen am Werke; sie ist das Grundsymbol aller symbolistischen Schulen, und hat in ihnen, sowohl bei den Präraffaeliten wie bei Mallarmé wie bei George immer wieder den Plan einer Schönheitsreligion gezeitigt. Ohne darum die Größe Mallarmés oder die künstlerische Leistung Georges oder die allerdings wesentlich kleinere der Präraffaeliten anzutasten, dürfen wir ruhig sagen: die Göttin der Schönheit in der Kunst ist die Göttin des Kitsches.

Nun mögen Sie mir einwenden: trotz alledem erzeugt Kunst

Schönheit. Natürlich tut sie das, genau so wie von jedem Erkenntnisakt Wahrheit erzeugt wird. Aber hat je ein irdisches Auge schon »die« Schönheit oder »die« Wahrheit erschaut? Sicherlich nicht, denn beide sind – ich brauche hier nicht Schiller zu wiederholen – bloß platonische Zielsetzungen, substantivierte Adjektiva; für den irdischen Menschen sind Schönheit und Wahrheit lediglich in Gestalt schöner und wahrer Einzelphänomene gegeben. Ein Wissenschaftler, der zu seinen Forschungen nichts als Wahrheitswillen beibrächte, würde nicht sehr weit gelangen; was er wirklich braucht, ist absolute Hingabe an das Forschungsobjekt, ist Logik und Intuition, und wenn das Glück, das dabei eine viel wichtigere Rolle als die Idee der Wahrheit spielt, ihm hold ist, so stellt sich diese am Schluß seiner Arbeit oder seiner Experimente ganz von selber ein. Und ebenso verhält es sich mit dem Künstler; auch ihm ist die unbedingte Unterwerfung unter das Objekt aufgetragen, das Belauschen des Objektes (gleichgültig ob dieses sich als äußeres oder inneres präsentiert), das Aufspüren der Objektgesetzlichkeiten – erinnern Sie sich der Perspektivexperimente Dürers, der Lichtexperimente Rembrandts –, doch nicht ist dem Künstler der Wille zur Schönheit aufgetragen, vielmehr ist diese (gleich der Wahrheit für den Wissenschaftler) die reife Frucht, die ihm nach geglücktem Werk in den Schoß fällt. Indes: warum wird der Wissenschaftler, wird der Künstler so unablässig von dieser Sklavenpeitsche der Objektbesessenheit angetrieben? warum diese Forschungslust? ist es die terra incognita des Daseins, die sie so verlockt? Nein, das wirklich Unbekannte ist noch keine Verlockung, erst das Geahnte wird es: wer ein neues Realitätsstück erahnt, muß es zur Formulierung bringen, damit es existent werde. Ob Wissenschaft, ob Kunst, es geht um die Schaffung neuer Realitätsvokabeln, und wäre dieser Prozeß unterbrochen, es gäbe nicht nur keine Wissenschaft und Kunst mehr, es verschwände auch das Menschliche an sich, denn in Entdeckung und Erschaffung des Neuen unterscheidet der Mensch sich vom Tier. Wer für die Kunst bloß neue Schönheitsbereiche suchen will, schafft Sensationen, aber keine Kunst: die Kunst entsteht aus Realitätsahnungen, und

nur durch sie erhebt sie sich über den Kitsch. Wäre es anders, so könnte man sich mit den bereits aufgedeckten Schönheitsbereichen, z. B. mit dem der ägyptischen Skulptur, die ohnehin unübertreffbar ist, vollauf zufrieden geben.
Jetzt endlich sind wir so weit, daß wir zeigen können, warum der Kitsch aus der Romantik und just aus der Romantik hatte entstehen müssen. Denn gleich wie die Erkenntnis und insbesondere die wissenschaftliche Erkenntnis ein unendlich sich weiterentwickelndes logisches System ist, darf auch die Kunst in ihrer Ganzheit als ein solches aufgefaßt werden: dort ist [es] das in unendlicher Ferne schwebende Systemziel der Wahrheit, und hier ist es die Schönheit; da wie dort ist das Ziel platonische Idee. Daß auch die Liebe solch eine platonische Idee sein soll, unerreichbar den vielen Kopulierungen, zu denen der Mensch gezwungen ist, scheint bedauerlich zu sein – wären sonst alle Liebeslieder so traurig? –, doch da man die Liebe kaum als ein System bezeichnen kann, mag es vielleicht da doch noch einige Hoffnung geben. Wo aber die Unerreichbarkeit außer Frage steht, also bei jenen Gebilden, welche nach Art der Wissenschaft und eben auch der Kunst sich einer innern Logik gemäß von Neu-Faktum zu Neu-Faktum schrittweise vorwärtsbewegen, also das Ziel außerhalb des Systems bleibt, darf und soll das System ein offenes genannt werden. Genau das Gegenteil hiervon wünscht die romantische Forderung herzustellen: sie will die platonische Idee der Kunst, sie will die Schönheit zum unmittelbaren, handgreiflichen Ziel eines jeden Kunstwerkes setzen. In gewissem Sinn wird hierdurch der Systemcharakter der Kunst aufgehoben, doch soweit er bestehen bleibt, wird ihm der Stempel der Geschlossenheit aufgedrückt; das unendliche System wird zum endlichen. Wenn in der akademischen Kunst unaufhörlich nach Schönheitsregeln gesucht wird, nach denen sich jede Kunstproduktion zu richten hätte, so wird eine ähnliche Verendlichung vorgenommen. Gewiß sind Romantik und Akademik nicht zu identifizieren, es ist ja nicht einmal der Kitsch – obwohl das Akademische eines seiner fruchtbarsten Betätigungsfelder ist – mit Akademik identisch, aber der gemeinsame Nenner, der in alldem steckt, die Systemverend-

lichung, ist nicht zu übersehen, und da sie die unerläßliche Vorbedingung alles Kitsches bildet, zugleich aber auch der spezifischen Struktur der Romantik, nämlich der Emporhebung des Irdischen ins Ewige, das Dasein verdankt, darf behauptet werden, daß sie, ohne deshalb selber Kitsch sein zu müssen, seine Mutter ist, und daß es Momente gibt, in denen das Kind der Mutter zum Verwechseln ähnlich wird.

Ich weiß, daß ich etwas zu abstrakt geworden bin, und um eine Abstraktheit zu konkretisieren, muß man ihr eine zweite und dritte aufsetzen. Der Kitsch ist nicht etwa »schlechte Kunst«, er bildet ein eigenes, und zwar geschlossenes System, das wie ein Fremdkörper im Gesamtsystem der Kunst sitzt oder, wenn Sie wollen, neben ihm sich befindet: es läßt sich – und das ist keine bloße Metapher – mit dem System des Antichrist in seinem Verhältnis zu dem des Christ vergleichen. Jedes Wertsystem kann, wenn von außen her in seine Autonomie eingegriffen wird, gestört und depraviert werden; eine Christlichkeit, deren Priester genötigt werden, Kanonen und Panzertanks zu segnen, streift genau so an den Kitsch wie eine Dichtung, die das geliebte Herrscherhaus oder den geliebten Führer oder den geliebten Ober-Marschall und Ministerpräsidenten zu verherrlichen sucht. Aber gefährlicher als solche Eingriffe von außen ist der innere Feind: jedes System ist dialektisch fähig, ja sogar gezwungen, sein Anti-System zu entwickeln, und die Gefährlichkeit ist umso größer, als für den ersten Blick System und Anti-System einander aufs Haar gleichen und nicht bemerkt wird, daß jenes offen und dieses geschlossen ist. Der Anti-Christ sieht wie der Christ aus, handelt und spricht wie der Christ und ist trotzdem Luzifer. Woran also wird der Unterschied schließlich doch bemerkt? Ein offenes System wie das christliche ist ein ethisches, d. h. es gibt dem Menschen jene Richtungen an, in denen er menschenmäßig handeln kann; ein geschlossenes System dagegen vermag in seinen Anweisungen, auch wenn sie ethisch gefärbt sind, nicht über gewisse Spielregeln hinauszugelangen, verwandelt also die von ihm umfaßten Teile des Menschenlebens in ein Spiel, das als solches nicht mehr ethisch, sondern nur noch ästhetisch einzuwerten ist. Das ist kein ganz einfacher Gedankengang – ich habe Sie ja gewarnt –, aber er mag einleuchtender werden, wenn Sie sich erinnern, daß innerhalb eines Spieles ein Spieler gut und ethisch handelt, wenn er die Spielregeln gründlich beherrscht und sich danach richtet; was aber daneben vor sich geht, kümmert ihn nicht, und wenn er sein Blatt auszuspielen hat, wird er neben sich einen Menschen ruhig ertrinken lassen. Er befindet sich in einem Symbolsystem reiner Konvenüs, und wenn auch diese Symbole irgendwelchen Realitäten nachgebildet sind, es bleibt dennoch ein Imitationssystem. Wir haben bereits von den grotesken Schönheits- und Vernunftreligionen gesprochen, und jetzt mögen Sie auch noch die politischen Religionen hinzunehmen: sie sind allesamt Imitationssysteme, Imitationsreligionen und tragen daher im letzten den Keim des Bösen in sich. Und ein Imitationssystem ist auch das des Kitsches: es kann dem der Kunst aufs Haar gleichen, und gar wenn es von Meistern wie Wagner, wie den französischen Dramatikern, z.B. Sardou, oder um ein Beispiel aus der Malerei zu nehmen, wie von einem Dali gehandhabt wird, aber das Imitative schlägt durch; das Kitsch-System verlangt von seinen Anhängern »Arbeite schön«, während das System der Kunst das ethische »Arbeite gut« an seine Spitze gestellt hat. Der Kitsch ist das Böse im Wertsystem der Kunst.

Gewiß, auch im ethischen System geht es nicht ganz ohne Konvenüs ab, und weil dem so ist, wird der Mensch, der sich an sie hält, immer gezwungen sein, das ihm Beschiedene bis zu einem gewissen Grad zu ästhetisieren und zu einem konvenüentsprechenden Kunstwerk zu gestalten. Gemäß seinem rein ästhetischen Konvenü macht der Libertin ein sybaritisches Kunstwerk, während das unter ethischem Konvenü stehende Mönchsleben sich als transzendentales Kunstwerk auffassen läßt. Beides jedoch ist eindeutig, ist realitätsangepaßt, das Sybaritische im Sinne der irdischen, das Mönchische im Sinne der himmlischen Realität. Ist Analoges über das Kitsch-Leben auszusagen? Sein ursprüngliches Konvenü ist das der Überschwenglichkeit, oder wie wir jetzt wohl sagen dürfen, der geheuchelten Überschwenglichkeit, da sie

Himmel und Erde in eine durchaus falsche Verbindung zu bringen versucht –, zu welcher Art Kunstwerk, oder richtiger zu welcher Künstlichkeit versucht es, das Menschenleben umzugestalten? Die Antwort ist einfach: zum neurotischen Kunstwerk, d. h. zu einem, das der Realität ein völlig irreales Konvenü auferlegt und sie hineinpreßt. In der Hochromantik wimmelt es nur so von Liebestragödien, von Selbstmorden und Doppelselbstmorden, denn zwischen irrealen Konvenüs wandelnd, die für ihn Symbolwert angenommen haben, merkt der Neurotiker nicht, daß er unaufhörlich die ethische und ästhetische Kategorie miteinander verwechselt und Befehle befolgt, die überhaupt keine sind. Die einzige Kategorie, die da zum Vorschein gekommen ist, ist die des Kitsches und die seiner Bösheit, die eben auch jene Selbstmorde verursacht hat. Es ist die Bösartigkeit einer allgemeinen Lebensheuchelei, verirrt in einem ungeheuren Gefühls- und Konvenügestrüpp. Überflüssig zu betonen, daß das Bürgertum sich einen vollen Sieg seiner Einstellung vorgeheuchelt hat; durch das ganze 19. Jahrhundert hat es so getan, als hätte es die große Kunst ins Leben gerufen und dazu noch die Libertinage ausgemerzt.

Ich glaube, daß der angedeutete Zusammenhang zwischen Neurose und Kitsch zeitgeschichtlich nicht unbedeutsam ist, nicht zuletzt, weil er sich auf des Kitsches Bösheit begründet. Es ist kein Zufall, daß Hitler (gleich seinem Vorgänger Wilhelm II.) ein unbedingter Kitsch-Anhänger war. Er lebte den blutigen und er liebte den Sacharin-Kitsch. Beides fand er »schön«. Auch Nero war solch ein Schönheitsbeflissener, und seine künstlerische Begabung war vielleicht sogar größer als die hitlerische; das Feuerwerk des brennenden Roms und der in den kaiserlichen Gärten aufgestellten lebendigen Christenfackeln hatte sicherlich gewisse künstlerische Valeurs, wenn man kraft Ästhetentums taub gegen die Schmerzensschreie der Opfer sein oder gar sie als ästhetische Begleitmusik einwerten konnte. Und im Zusammenhang damit muß man sich erinnern, daß der moderne Kitsch offenbar noch lange nicht seinen Siegeslauf beendet hat, daß auch er – insbesondere im Film – sowohl blut- wie sacharindurchtränkt ist, und daß das Radio einen Vulkan von Imitationsmusik darstellt. Und wenn Sie sich fragen, wie weit Sie selber davon berührt oder unberührt sind, Sie werden finden – wenigstens ich finde es für meine eigene Person –, daß man gar nicht so selten recht kitschfreundlich ist. Der Rückschluß auf eine ständig weitersteigende Welt-Neurose scheint nicht unberechtigt zu sein, eine schizoide, wenn auch noch nicht schizophrene Spaltung, die jeden von uns erfaßt, und hinter der noch immer die theologische Antinomie des Reformations-Anfangs sichtbar ist. Denn die Struktur der menschlichen Problematik scheint unter allen Verkleidungen konstant zu sein, und letztlich will es scheinen, daß sie theologisch und mythisch bedingt bleibt.

Wie ich eingangs gesagt habe, weiß ich, daß das alles bloß Andeutungen sind. Ich müßte noch über die Oper und den Opernkitsch als die repräsentative Kunst des 19. Jahrhunderts sprechen, und ich müßte zeigen, wie der moderne Roman einen heroischen Versuch gemacht hat, sich gegen die Kitschwelle zu stemmen, und schließlich doch vom Kitsch, sowohl von dem des Ästhetentums wie dem der Amüsierindustrie, übermannt worden ist. Und ich müßte auf die moderne Architektur hinweisen, die zu all dem den Rahmen abgibt und dessenungeachtet sich zu einer sehr echten Kunst entwickelt hat, so daß sich daran immerhin einige Zukunftshoffnungen knüpfen lassen. Und diese Hoffnungen verstärken sich, wenn man an Picasso, an Kafka und an die moderne Musik denkt. Doch gerade in Ansehung solch optimistischeren Ausblickes hätte ich wenigstens den Versuch zur Statuierung der Symptomatik für echte Kunst unternehmen sollen. Ich fürchte aber, daß wir dann die ganze Nacht beisammensitzen und diskutieren müßten. Also will ich Ihnen lieber eine jüdische Legende erzählen:

In eine jüdische Gemeinde Polens kommt ein Wunderrabbi, der die Gabe besitzt, Blinde sehend zu machen. Von allen Seiten strömen die Bresthaften nach Chelowka – das ist der Name der Gemeinde –, und so wandert auch Leib Schekel die staubige Landstraße dahin. Seine Augen sind von einem grünen Schirm beschattet, und in seiner Hand trägt er den

Tappstock des Blinden. Trifft ihn ein Bekannter: »Oi, Leib Schekel, Ihr geht auf Chelowka!« – »Ja, ich geh auf Chelowka zu ihm.« – »Was, nebbich, ist geschehen mit Euren Augen?« – »Mit mei Augen? was soll geschehen sein mit mei Augen?« – »Wenn Eure Augen ünberüfen gesünd sind bis hundert, warum habt Ihr dann zu gehen mit dem Stock auf Chelowka?« Leib Schekel schüttelt den Kopf: »Daß ein Mensch, ünberüfen bis hundert, so bled sein kann. Begreift Ihr denn nicht? Wenn ich werd vor ihm stehen, dem Großen, dem Echten, werd ich blind sein, und er wird mich machen sehend.«

Und so ist es mit dem echten Kunstwerk. Es blendet den Menschen bis zur Blindheit und macht ihn sehend.

Trotzdem: Humane Politik
Verwirklichung einer Utopie

Vom Absoluten in der Staatsstruktur

Macht, welche innerhalb einer sozialen Gemeinschaft ausgeübt wird und nicht nur auf brutaler Gewalt beruhen soll, sondern eine dauernde, das heißt von der Gemeinschaft hingenommene, ja sogar von ihr bestellte sein will, muß eine den Gemeinschaftsmitgliedern einleuchtende, ihnen »natürliche« Legitimation besitzen. Das mag unter Umständen wie eine »freie«, einfach auf Vernunft gegründete Übereinkunft ausschauen, doch selbst noch in der banalsten Übereinkunft wirkt eine bestimmte Vertragsmoral: wenn die Vertragspartner keine sie gemeinsam bindende, »absolute« Moral besitzen, wenn sie nicht »eidfähig« sind, gibt es keinen *contrat social,* gibt es weder eine haltbare soziale Gemeinschaft noch irgendeine verläßliche Funktion in ihr. Wäre dem nicht so, der Eid wäre niemals als »heilig« erklärt und unter schwersten Strafschutz gestellt worden. Eid, Macht und Machtübertragung berufen sich letztlich auf ein »Absolutes«.

Je mehr eine Gemeinschaft auf Dauer (oder gar für die »Ewigkeit«) berechnet ist, desto mehr ist sie bemüßigt, diese ins Über-Irdische zu verlegen, denn im Irdischen scheint sich ja alles fortwährend zu ändern, so daß sich da nichts Absolutes auffinden läßt. Aus diesem Bedürfnis nach überirdischer Absolutheit entstand die Vergottung der orientalischen und römischen Monarchen, entstand im Mittelalter die Theorie des Gottesgnadentums. Aber auch die Theorie der modernen Demokratie stammt aus dieser Quelle, da der von Rousseau verkündete Glaube an die volonté générale und an deren unbedingte Vernunft nichts anderes als eine Übertragung des Gottesgnadentums (und damit der göttlichen Vernunft) auf die zum Machtträger gewordene Volksgemeinschaft darstellt, zu deren Repräsentanten später die Volksmajorität gemacht wurde: die mittelalterliche Staatsmystik hat eine göttliche Selektion in der Verleihung des Herrscheramtes angenommen, die moderne zieht die Wahrscheinlichkeitsrechnung heran und nimmt an, daß die Ebenbildhaftigkeit, kraft der die Menschen allesamt zur »Freiheit« und »Gleichheit« geboren werden, sich am deutlichsten in der großen Zahl ausdrückt, und daß daher diese, und zwar als Majorität, mit dem göttlichen Recht der Machtausübung betraut werden muß.

Der Unterschied zwischen Totalitarismus und Nicht-Totalitarismus

Vom Absoluten, an das die Mitglieder eines Gemeinwesens glauben, hängt die zwischen ihnen gültige Moral ab, und derjenige Teil dieser Moral, der sich unmittelbar auf die Führung der Gemeinschaft bezieht, bildet den Komplex ihrer »regulativen Grundprinzipien«. Zu den regulativen Grundprinzipien des Feudalstaates gehört neben dem unbedingten katholischen Glauben die Annahme der hierarchischen Gesellschaftsordnung als Spiegel der Himmelshierarchie, während für die Demokratie die Freiheit und Gleichheit der Menschen (einschließlich des dazugehörigen Rechts auf pursuit of happiness) als regulative Grundprinzipien gelten.
Sind die regulativen Grundprinzipien Allgemeingut des Volkes, so daß sie in stillschweigender Selbstverständlichkeit von jedermann anerkannt und eingehalten werden, so hat der Staat keinen Anlaß zum Totalitarismus. Wo aber die Prinzipien bloß von einer herrschenden Gruppe vertreten werden, sei es weil das Gesamtvolk mit ihnen noch nicht bekannt oder gar ihnen wieder abtrünnig geworden ist, so daß die Herrschergruppe Bekehrung oder Wiederbekehrung vorzunehmen hat, da tritt Totalitarismus ein, nämlich ein Zustand, in dem der Staat die Einhaltung seiner Grundprinzipien strafrechtlich erzwingt.
Mit anderen Worten: im nicht-totalitären Staat ist das »Absolute«, auf dem seine regulativen Grundprinzipien sich gründen, Gegenstand eines »natürlichen«, also traditionsgetragenen Glaubens, während der Totalitätsstaat diesen Glau-

ben zu erzwingen bemüßigt ist. Solch staatliche Zwangsbekehrungen (die also mit rein religiösem Missionseifer nichts zu tun haben) hat Karl der Große gegenüber den Sachsen geübt, ebenso wurden sie als mehr oder minder inquisitorische Wieder-Gleichschaltungen in den katholischen Staaten der Spätrenaissance von den Jesuiten vorgenommen, und nicht anders verhält es sich mit den modernen Totalitarismen, mit dem marxistischen Glauben in Rußland, mit dem rassistischen in Nazi-Deutschland, mit dem fast abstrakten Staatsglauben der lateinischen Fascismen, die im Gegensatz zu den andern alles Metaphysische dem kirchlichen Alliierten überlassen und für sich bloß die nackte Staatsautorität in Anspruch nehmen: ob so oder so, überall werden die jeweiligen regulativen Prinzipien mithilfe des Einparteien-Systems dem Volke zwangsmäßig auferlegt.

Vom Anti-Totalitarismus der Demokratie

In Auflehnung gegen die (teilweise sogar totalitäre) Monarchie entstanden, glaubte die Demokratie, daß ihr revolutionäres Feuer niemals erlöschen könne und glaubt dies, merkwürdigerweise, auch heute noch. Daß jedermann rückhaltlos für Freiheit und Gleichheit eintreten werde, schien eine Selbstverständlichkeit; wenn es davon Ausnahmen gab, so konnten das (abgesehen von den Tyrannen selber und ihren aristokratischen Anhängern) bloß Narren sein, und da außerhalb von Irrenanstalten Narren-Majoritäten kaum zu finden sind, bedurften die regulativen Prinzipien der Demokratie offenbar keines weitern Schutzes, am allerwenigsten eines totalitären.

Trotzdem blieb das revolutionäre Mißtrauen gegen jegliche Regierungsgewalt wach: hinter jeder witterte die Demokratie die Neigung zum Cäsarenwahn, das Streben zur Wiedererrichtung des einstigen Tyrannentums, und um das zu verhüten, wurde der Staat nicht nur auf die Basis einer »Konstitution« gestellt – das eigentliche Novum der modernen Demokratie –, sondern es wurden diesen Konstitutionen (die an

sich keine sonstigen Schutzklauseln für die Grundprinzipien enthalten) sozusagen außer-konstitutionelle Präambeln, die »Bill of Rights«, die »Déclaration des Droits de l'Homme« und dergleichen vorausgeschickt, welche den tyrannischen Absichten der Regierungen einen Riegel vorschieben sollten.
In Wahrheit ist das Gegenteil eingetreten: in Wahrheit hätten die Volksmajoritäten weit mehr Mißtrauen als die demokratischen Regierungen verdient, denn diese haben oft genug – und dafür ist das deutsche Geschehen ein Musterbeispiel – infolge ihrer Bindung an die Konstitution und an die Vorschriften der Menschenrechte, von denen das der unbedingten freien Meinungsäußerung sich als das gefährlichste erwiesen hat, der wüstesten antidemokratischen Propaganda freien Lauf lassen müssen.

Von den Auflösungstendenzen innerhalb der Demokratie

In mancher Beziehung ein Kind des Kapitalismus – wenn auch, wie die schweizerische Ur-Demokratie zeigt, keineswegs immer solchen Ursprungs –, hat die Demokratie an den kapitalistischen Mängeln, an Ausbeutung, Imperialismus, Kolonialismus mitzutragen; nicht nur die soziale, nein, auch die politische Gerechtigkeit, diese spezifisch demokratische Tugend ist hiedurch vielfach depraviert worden.
Eine derartige Depravierung wäre jedoch kaum möglich gewesen, wenn die Demokratie nicht in die Epoche des schwindenden Gottesglaubens geraten wäre: der Ebenbildhaftigkeit beraubt, scheinen die Menschenrechte ihren innersten Gehalt verloren zu haben; auch das Naturrecht, auf das man sie neu hat gründen wollen, genügt allein nicht, sondern braucht den Hintergrund der göttlichen Ratio, um – es gibt da keinen anderen Weg – als Vernunftrecht zur Sichtbarkeit und Existenz zu gelangen. Die ebenhiefür von der französischen Revolution eingesetzte Göttin der Vernunft war zwar eine Farce, trotzdem eine logisch bedingte, denn ohne

Berufung auf ein Absolutes hängen die Menschenrechte in der Luft, und die Idee der Demokratie tut es dann erst recht.
Der Verlust des Gottesglaubens hat die Menschen in einem Augenblick getroffen, in dem ihnen die Fixierung an einen Zentralwert am notwendigsten gewesen wäre. Die explosionsartige Industrialisierung hatte die jahrhundertealten traditionellen Lebensformen über den Haufen geworfen und einen kalt-technischen Dschungel undurchsichtiger Großgewalten erzeugt, in dem der Mensch jeden seelischen und materiellen Halt verlor. Und da die Demokratie selber religionsabhängig war und keinerlei Möglichkeit besaß, einen Religionsersatz zu bieten, mußten aus ihr die Totalitarismen erwachsen, die politischen Pseudo-Religionen, die den neuen Zentralwert versprachen.

Von der Überzeugungskraft des Marxismus

Marx und Engels, den romantischen Glanz der amerikanischen und der französischen Revolution vor Augen, wollten durch eine zweite, die soziale Revolution, das demokratische Ideal, das Ideal der Gerechtigkeit, der Menschenwürde und der Menschenrechte zur vollen Verwirklichung bringen. Sie gingen wissenschaftlich vor, aber ihrem Gefühl nach waren sie Pazifisten und Gerechtigkeitsapostel, und daß die Weltrevolution dereinst in Gestalt von Weltkriegen vonstatten gehen könnte, kam ihnen nicht in den Sinn.
Lenin verwarf den demokratischen Hintergrund des Marxschen Gedankengebäudes, und er mußte daher auch den (im letzten deistischen) Absolutheitshintergrund Hegels, wie er noch bei Marx sichtbar ist, ein für allemal verwerfen. Anstelle des Marxschen Pazifismus und Evolutionismus wurde die Identität von Weltkrieg und Weltrevolution, beides in totalitärem Sinn, voll anerkannt. Mit dem Sowjetismus hat Lenins politisches Genie eine Totalitätsidee in wissenschaftlicher Fassung als sein ureigenstes Produkt in die Welt gesetzt, und ihre aggressive Dynamik läßt sich hinsichtlich der ihr inne-

wohnenden massensuggestiven Wirkung etwa folgendermaßen zusammenfassen:

a) der Sowjetismus ist seiner marxistischen Grundlage gemäß eine revolutionäre Bewegung, die sich an alle »Ausgebeuteten« wendet, also einerseits an die unter-privilegierten Klassen des ganzen Erdkreises, andererseits an all die Völker, welche mit beleidigtem Nationalstolz bisher die wehrlosen Objekte des europäischen Kolonialsystems gewesen sind;

b) dieser Aufruf zur sozialen und nationalen Revolution segelt – offenbar mit aller Berechtigung – unter der Flagge der »Gerechtigkeit«, also unter einem absoluten moralischen Anspruch;

c) wenn auch Revolutionen sich vor allem gegen die bestehenden Einrichtungen richten, weil eben diese, der Staat an ihrer Spitze, als »ungerecht«, als bedrückend und daher als abänderungsbedürftig empfunden werden, es verlangt der Revolutionsmechanismus außerdem nach Sündenböcken und nach deren »Bestrafung« –, ein Bedürfnis, dem der Marxismus entgegenkommt, indem er mit zwar unerlaubter, dennoch notwendiger Über-Simplifikation »die« Kapitalisten und Bourgeois für sämtliche Weltschäden verantwortlich macht;

d) die »Befreiung vom Kapitalismus« ist nicht gleichbedeutend mit individueller Freiheit, vielmehr wird an die Stelle der kapitalistischen Willkür die sozialistische Disziplin gesetzt, und wenn auch als deren letztes Kampfziel das alte Freiheitsideal zu gelten hat, so wird es doch nicht dem einzelnen (für den es eine viel zu schwere Last ist) unmittelbar aufgebürdet;

e) eben diese straffe Disziplin gibt dem sowjetischen Marxismus die Würde eines Dogmas, dessen totale Geltung (unter Strafandrohung) von niemandem mehr angezweifelt werden darf und daher als neuer Zentralwert durchaus geeignet ist, an die Stelle der alten entschwindenden Glaubenshaltungen zu treten;

f) die Glaubensgrundlage zeigt sich hier als die spezifisch moderne der Wissenschaftlichkeit, da der Marxismus behauptet, daß er die einzig gültige, wissenschaftlich »fundier-

te« und demgemäß von allem Mystizismus gereinigte Geschichtsauslegung sei und infolgedessen auch allein die Fähigkeit besitzt, wissenschaftliche Aussagen über den Kausalgang künftiger Geschichtsereignisse zu machen;
g) auf Grund solch wissenschaftlicher Prophetie wird versprochen, daß in einer voll-sozialisierten Welt eine maximale Gütererzeugung in optimaler Verteilung den maximal-optimalen Wohlstand für »alle« hervorbringen werde, und daß damit die Vorbedingung für das Verschwinden sämtlicher freiheitseinschränkender Einrichtungen einschließlich derjenigen des Staates geschaffen werden würde.
Hinter diesen Maximen steht das an Marx angelehnte makellose Theoriensystem, und so erfüllen sie einen dreifachen Zweck: sie stacheln den Rebellionswillen des Malkontenten an, sie geben dem in Unsicherheit geworfenen Menschen einen Zentralwert, dessen wissenschaftliche Unterbauung anscheinend allen Anfechtungen standhält, und sie befriedigen damit das menschliche Bedürfnis nach dem Absoluten, das Bedürfnis nach einer allumspannenden absoluten Einsichtigkeit. Und ebendarum sind dies auch die Waffen, mit denen die Sowjets ihren stärksten Stoßtrupp für den kommenden Weltrevolutionskrieg ausgerüstet haben, den Stoßtrupp der ›Fünften Kolonnen‹.

Von den Fascismen

Die Fascismen, gleichgültig ob deutscher oder lateinischer Observanz, haben ihren Totalitarismus von Lenin bezogen, ebenso einen großen Teil ihrer Methoden, wie zum Beispiel die Einrichtung der politischen Organisation, das Zellensystem der Verschwörungen, die Aufstellung von Fünften Kolonnen und anderes. Sie unterscheiden sich vom Sowjetismus durch den Mangel an Ideologie und Theorie; die rassische Geschichtsauffassung, die Hitler dem historischen Materialismus entgegensetzen wollte, ist im Vergleich mit diesem ein primitives und kindisches »Ich auch«, nebenbei freilich auch ein politischer Propaganda-Trick ersten Ranges. Ansonsten jedoch ist der Fascismus nichts als leere Macht-Technik, ist nichts als relativistischer Machiavellismus, da – und das ist immerhin eine gewisse zynische Ehrlichkeit – jede absolute Bindung als abgetan gilt und bloß der unmittelbare Vorteil anerkannt wird: alles ist erlaubt, was den Zwecken der Machterweiterung, des Terrors oder auch nur der Triebbefriedigung für die Massen dienen kann, und wenn sich dies auch weitgehend mit der sowjetischen Revolutionsmoral deckt, so nimmt diese doch, zumindest als Utopie, die Wiedereinsetzung der Menschenrechte für die ferne Zukunft der klassenlosen Gesellschaft in Aussicht, während der Fascismus einfach nihilistisch ins Leere hinein steuert. Ob der Sowjetismus infolge seines totalitären Wesens nicht gleichfalls einst dieser Gefahr erliegen wird, ist angesichts seines Totalitärapparates noch keineswegs ausgemacht; für die Demokratie besteht sie, wie es sich an Deutschland und Italien bewies, und sie wird unzweifelhaft weiter wachsen, soferne nicht die Menschenrechte sowohl theoretisch als auch praktisch eine neue Festigung erfahren.

Vom Einfluß der Spekulation auf die Geschichte

Verliert der Mensch sein gläubiges Gottgefühl, weil er sich ketzerischen Spekulationen hingegeben hat, oder gibt er sich den Spekulationen hin, weil er sein Gottgefühl verloren hat? Ist das irrationale Erleben oder die rationale Spekulation das Primäre? Wo ist die Ursache, wo die Wirkung?

Mag man auch geneigt sein, dem irrationalen Erleben stets den Vorrang zu geben, so ist das Gewebe der Ursachen und Wirkungen doch viel zu dicht und zu verkreuzt, als daß es in irgend einer Weise eindeutig aufgelöst werden könnte; aus dem Irrationalen wächst die rationale Überlegung, die wieder aufs irrationale Erleben zurückwirkt, und der zunehmend komplizierter werdende Prozeß hat kein Ende. Trotzdem läßt sich sagen, daß die eigentlich geschichtsbildende Kraft in der Spekulation liegt; das Tier spekuliert nicht und ist demnach geschichtslos.

Gewiß, das Rationale ist im Irrationalen vorgebildet; das wird von den an sich stets »logischen« Instinkt- und Reflexreaktionen der Tiere dargetan. Aber während die tierische Logik eine rein improvisatorische ist, das heißt eine Logik, die über die jeweilige reale Situation und deren inhaltliche Impulse nicht hinausreicht, also auch in ihrem Ablauftempo sich mit dem der äußeren Geschehnisse deckt, vermag sich das menschliche Denken in jedem Augenblick von der impuls-gebenden äußeren Realität abzulösen, um zu einem im Tempo schier unbeschränkten, »autonomen« Spekulieren zu werden: lassen sich die Resultate der Spekulation in die Realität zurückprojizieren, so bilden sie hier das »Neue«, das »Vorher-noch-nicht-Dagewesene«, ohne dessen Auftreten es keine Geschichte gäbe.

In der Rückprojizierbarkeit zeigt sich zwar die geschichtsbildende Kraft des Spekulierens, das vermöge seiner »logischen Richtigkeit« das »Neue« in der Realität hervorbringt, aber es besteht die Geschichte dennoch aus »Irrtümern«, d. h. aus Situationen, welche von der Spekulation – fern von deren »Verifizierung« – zu äußerster Verwirrung gebracht worden sind, so daß man da recht wohl von »Fehlprojektionen« sprechen darf, deren Sammelort die Geschichte ist. Logische Richtigkeit nämlich ist etwas Formales; bei vollkommener Inhaltsleere wie in der Mathematik wird sie eindeutig verläßlich, doch wo mit Inhalten operiert wird, da wird sie trotz anscheinend richtiger Ableitung dubios und liefert bloß hypothetische Resultate. So sind zum Beispiel die theologischen Spekulationen über die Existenz des Teufels und der Hexen einwandfrei »richtig«, und trotzdem hat ihre Rückprojektion in die Realität den fürchterlichen Massenwahn der Hexenverbrennungen hervorgebracht. Kurzum, das »Inhaltliche«, die »inhaltliche Spekulation« führt zu »Fehlsituationen«, für die man nicht einfach die »Mangelhaftigkeit des menschlichen Verstandes« – in der Mathematik gibt es ungeachtet der gleichen Mangelhaftigkeit kaum solche Fehlsituationen – verantwortlich machen kann. Und so gelangt man zu der allerdings sehr vereinfachten Faustformel: Das »Neue« in der Geschichte erweist sich dann und nur dann als

»Fortschritt« und nicht als Fehlsituation, wenn es stets aufs neue den Impuls zu neuen und wiederum neu projizierbaren Spekulationen zu geben fähig ist; so geschieht es im unendlichen Prozeß der wissenschaftlichen Erkenntnis, während der Hexenglaube nach seinem Erlöschen keinerlei Konsequenzen mehr nach sich gezogen hat.

Vom Einfluß des Rechts und der Rechtsspekulation auf die Geschichte

Zu den die Geschichte durchsetzenden, ihre Fehlsituationen erzeugenden Irrtümern gehören auch die der Rechtsauffassung – das Hexenrecht ist offenbar einer von ihnen –, und gleich jenen sind auch diese inhaltlich bedingt. Außerhalb der Mathematik gibt es eben keine Inhaltslosigkeit, gibt es keine eindeutige Deduktion, und wenn das Recht meint, sich in seinen letzten Grundlagen als ›reines‹, inhaltsentblößtes Abstraktum konstituieren zu können, als ein »Recht an sich«, das in seiner »Inhalts-Neutralität« eine geradezu logisch-mathematische Absolutheit der Form beanspruchen dürfe, so ist das gleichfalls schon ein Rechtsirrtum und sogar ein recht folgenschwerer.

Gewiß, das abstrakte formale Recht ist ein System, das durch rein logische Deduktionen zu durchaus inhaltsneutralen Rechtssätzen gelangt, etwa zu den folgenden:

»Die Gesetze werden gegen Übertretungen durch Strafsanktionen geschützt«, oder

»Vor dem Gesetz sind alle gleich«, oder

»Unkenntnis des Gesetzes schützt nicht vor Strafe«, oder

»Je schwerer die Gesetzesübertretung, desto schwerer die Strafe«, und dergleichen. Und gewiß sind das inhalts-neutrale Sätze, also solche Sätze, welche sich weder um die Inhalte der Gesetze noch der Strafen kümmern; sie gelten ebensowohl für eine milde wie für eine drakonische Gesetzgebung.

Trotzdem ist diese radikale Absolutheit der Form bloß scheinbar, und damit fällt auch ihr radikaler Inhalts-Relativismus. Denn selbst wenn alle in dem System noch enthalte-

nen Spuren des göttlichen Rechts, das – entsprechend den Zehn Geboten – ein inhaltlich absolutes Recht ist, ausgetilgt werden könnten, so bleibt das Recht noch immer auf den Menschen bezogen: ohne Kenntnis der physischen und psychischen Leistungsfähigkeit des Menschen können an ihn keine sinnvollen Gesetzesforderungen gestellt werden, und ohne Kenntnis seiner Furcht-Komplexe lassen sich keine wirksamen Strafandrohungen an ihn richten; der Mensch ist für das Recht »irdische Absolutheit« und damit stete inhaltliche Bedingung.
Das wird insbesondere an der Struktur der Strafe klar. Denn wie immer Skalen der Strafe aufgebaut werden, sie gipfeln in der (einfachen oder verschärften) Todesstrafe, also einem »irdischen Absolutum« kat' exochen, und wie immer sie aufgebaut werden, ja selbst wenn sie die Todesstrafe ausschließen, so ist jede einzelne Strafe in der Skala doch ein Symbol der Todesstrafe. Bei den Körperstrafen ist das evident, aber auch bei den anderen Strafen ist es durchsichtig genug, denn Einkerkerung und Zwangsarbeit »versklaven« den Menschen, das heißt sie »versachlichen« ihn und machen ihn zum lebenden Leichnam.
Durch die Bindung des Rechts an die »irdische Absolutheit« des Menschen wird sowohl die ungebundene Rechtsspekulation wie vor allem ihre Inhalts-Neutralität erheblich eingeschränkt, also jener geradezu verruchte Inhalts-Relativismus, der dem jeweiligen Gesetzgeber, »alles erlaubt«, soferne nur der Gesetzgebungsakt keine formalen Fehler aufweist: die Projizierung dieser verwerflichen Gesetzes-Auffassung in die Wirklichkeit hat nicht wenig zur heutigen Barbarei beigetragen, denn sie ist die Handhabe zur scheinbar legitimen Aufhebung der Menschenrechte.

Von der Neubegründung der Menschenrechte

Kein formaler Rechts-Relativismus ist im Laufe der Jahrtausende imstande gewesen, ein inhaltliches menschenrechtliches Gebot wie das »Du sollst nicht töten« zu entkräften, und wie immer die Entkräftung begründet wäre, das naive Rechtsgefühl spürt, daß sich dahinter eine Antinomie verbirgt. Aber zur Beseitigung dieser Antinomie braucht man das Absolute, die »irdische Absolutheit«, an die das Recht formal gebunden ist.

Menschenrecht ist nicht – wie bisher merkwürdigerweise angenommen worden ist – eine Forderung an die Regierungen, sondern eine an die Gesetzgeber, und eben daran wird es zu einer spezifisch politischen Forderung: das Menschenrecht ist die Meta-Politik schlechthin, und es verlangt im Grunde nichts anderes als daß der Grundsatz »Du sollst nicht töten« auch für die Gesetzgebung gelte. Noch vor dreißig Jahren wäre das eine banale Forderung gewesen; heute ist sie keineswegs mehr banal, und sie ist es umsoweniger als die Menschenrechte in ihrer klassischen Gestalt immer das gemeint hatten: sie wollten verhüten, daß der Bürger, der sich gegen kein Gesetz seines Landes vergangen hat, den Versklavungsabsichten einer wiedererwachten Tyrannis verfalle und dadurch in einen straf-ähnlichen, also die Todesstrafe symbolisierenden Zustand versetzt werde. Und eben das ist heute unter dem Terror der Diktaturen zur Wirklichkeit geworden.

Tyrannis wie Terror arbeiten mit der »Unvermeidlichkeit« des strafähnlichen Zustandes; wer für ihn bestimmt ist, muß ihn über sich ergehen lassen, und kein noch so wohlgesittetes, kein noch so tyrannen-treues Betragen kann ihn davor retten. Wenn aber das Recht meint, daß es durch seine »Inhalts-Neutralität« gezwungen sei, sich zum Sachwalter solcher Vorgänge zu machen, so gerät es ebenso unvermeidlich in Widersprüche, ins Antinomische, und zwar aus verschiedenen Gründen. Daß ein jeder, der unschuldig eine Strafe und gar die Todesstrafe erleiden soll, formal sozusagen »verbrechensbefugt« wird, mag hierbei noch am wenigsten ins Gewicht fallen, nicht etwa deswegen, weil er praktisch an der ihm ›zustehenden‹ Begehung eines Verbrechens verhindert werden kann – auch die Sklavenkriminalität, für die ähnliches gilt, war erstaunlich gering –, sondern deswegen, weil schon bei der »normalen« Todesstrafe derartige Antinomien auftreten, nämlich als Problem der Straf-Maximalität (einer alten Verlegenheit der praktischen Justiz), derzufolge der einfache Mörder ebensogut Massenmorde hätte begehen dürfen. Schwerwiegender dagegen ist die Antinomie der »rechtlich legitimierten Rechtsunsicherheit«, wie sie vom Terror-Staat stets angestrebt wird, und zu der ihm die Inhalts-Neutralität des Rechtes verhilft. Und am schwerwiegendsten wohl ist die in alldem steckende Rechts-Tautologie, deren Schema sich beiläufig folgendermaßen formulieren läßt:

»Es ist verboten, das fünfzigste Lebensjahr zu überschreiten, und wer dagegen handelt, wird mit dem Tode bestraft.«

Klingt das zu absurd? Nun, bis zum Jahre 1863 hieß es, wenn auch unter einigen anderen gesetzlichen Verkappungen, im gesamten amerikanischen Süden:

»Es ist verboten, mit einer schwarzen Haut geboren zu werden, und wer dagegen handelt, wird mit lebenslänglicher Zwangsarbeit bestraft.«

Und nicht anders waren die »Gesetze« beschaffen, durch welche die deutschen Juden-Morde dekretiert worden sind; sie sind samt und sonders Tautologien, denn das ist die formale Grundlage des Terrors.

Nur dort, wo absolute Inhaltslosigkeit herrscht, also in der Mathematik, ist die Tautologie legitim; ein Rechtsaufbau, der sich inhaltsfrei wie die Mathematik wähnt, also auch die Tautologie gestatten will, wird mörderisch. Aber er wird auch widerspruchsvoll. Denn wie soll sich der Begriff »Gesetz« von dem der»Strafe« unterscheiden, wenn beide das nämliche meinen dürfen? Und eben darum läßt sich aus dem formalen Rechtsbegriff selber ein Satz ableiten, der dem ganzen Spuk ein Ende bereitet:

»Gesetzesbestimmungen dürfen mit den für ihre Übertretung festgesetzten Strafen nie identisch sein.«

Zu dieser formalen Bestimmung muß aber – eben wegen des inhaltlichen Charakters des Rechts – noch eine inhaltliche treten, und diese ist aus der Definition der Strafe als »Versachlichung« zu gewinnen, so daß sich der Satz folgendermaßen erweitert:

»Gesetze dürfen dem Bürger keinen straf-ähnlichen Zustand auferlegen, das heißt ihn seiner spezifisch menschlichen Attribute der Freiheit, Gleichheit und des Rechts auf Streben nach Glück berauben, vielmehr ist eine solche Versachlichung des Menschen ausschließlich der Strafe bei Gesetzes-*übertretungen* vorbehalten.« Von Ausnahmefällen wie dem Krieg kann hier abgesehen werden.
Daß das Formalrecht solcherart imstande ist, den Menschenrechten eine systematische Begründung zu geben, hat eine politische Bedeutung, die nicht unterschätzt werden darf, denn es bietet ein Kriterium zur Unterscheidung von legitimer und illegitimer oder verbrecherischer Politik.

Vom irdisch Absoluten

Die Menschenrechte sind *moralische* Forderungen, sind moralisches Gebot und sollen *politisches* werden, und wie hinter jedem moralischen Gebot steht auch hier die Form »Du sollst nicht.« Das heißt, sie richten sich gegen das radikal Böse, und als solches enthüllt sich die »Versklavung«, die »Versachlichung« des Menschen. Das ist das »irdisch Absolute«, an dem die Menschenrechte sich fundieren und definieren: es ist eine Wendung vom Über-Irdischen (der Ebenbildhaftigkeit) zum Irdischen (des Konzentrationslager-Grauens), eine Wendung von der bloß logischen Spekulation zum inhaltlichen, dennoch nicht minder absoluten Faktum, und die Notwendigkeit dieser Wendung hat sich aus der Erfahrung der totalitären Schrecknisse ergeben.
Aber die totalitären Systeme sind bloß ein äußerer Anlaß. In Wahrheit ist die gesamte Erkenntnis in solch radikaler, man darf wohl sagen kopernikanischer Wendung begriffen. Insbesondere die Physik hat gezeigt, daß die sogenannten »logischen Notwendigkeiten«, mit denen man bisher absolute Aussagen über die Natur und ihre Strukturen (Räumlichkeit, Äther, Teilbarkeit) gemacht hat, allesamt Fehl-Feststellungen ergeben haben, und daß sie durch empirische, also »irdische« Absolutheiten (wie zum Beispiel durch die mit dem Licht

gegebene Höchstgeschwindigkeit) ersetzt werden müssen: die logische Spekulation ist für die menschliche Erkenntnis zwar das »absolut« unerläßliche Vehikel, aber was sie inhaltlich zutage fördert, ist verdächtig, ist trotz »richtiger« Deduktion noch keineswegs absolut, muß vielmehr unaufhörlich vom Empirischen her überprüft und eingeschränkt werden.
Die Fehl-Aussagen in den Naturwissenschaften und die »Fehl-Situationen« in der Geschichte weisen solcherart eine gewisse Verwandtschaft miteinander auf; beide sind Produkte der spekulativen »oberen« Absolutheit, welche in die Wirklichkeit projiziert worden ist, und beide können nur durch Aufdeckung der jeweiligen »unteren«, der irdischen Absolutheit berichtigt werden. Im Gebiet der Geschichte aber bedeutet diese Berichtigung nichts anderes als »richtige« Politik.

Die Menschenrechte im Aufbau eines demokratischen Theoriensystems

Wäre Demokratie lediglich, wie Churchill sie definierte, Abgabe des Stimmzettels am Wahltag, so wäre sie bestenfalls Interessenvertretung. Doch sie ist mehr: sie ist – und das naive Rechtsempfinden bezeugt dies – noch immer wie von Anfang an eine an den Menschenrechten orientierte Politik.
Der pursuit of happiness, das Streben nach Glück, bedeutet letztlich Überwindung des Menschenleides. Das Leid ist wider-vernünftig, aber die Geschichte mit ihren Fehl-Situationen besteht aus Leid. Augustinus hat darin den Läuterungsprozeß zur Erreichung der Civitas Dei gesehen; für Hegel war es der schmerzliche Prozeß der Selbstbewußtwerdung des Weltgeistes, und für Marx war damit die Aufforderung zur Erlösung vom materiellen Leid des Hungers verbunden. Betrachtet man jedoch bloß das Wider-Vernünftige des Leids, seine »Abnormität« und sein Entstehen aus Abnormalität, so zeigen sich in den Entwicklungen der verschiedenen Menschengruppen gewisse Pendelbewegungen, deren Aus-

schläge – cum grano salis genommen – sich als zwei verschiedene »Abnormalitätsperioden« darstellen, während die Mittellage das Bild einer Art »Normalität« ergibt, freilich sehr oft bis zur Unmerklichkeit verwischt, da bei der Unzahl der menschlichen Gruppenkonstellationen nur in ganz seltenen Fällen die Schwingungsphasen übereinstimmen, und sich daher fortwährend Konfliktsituationen einstellen, welche zur »Abnormität« beitragen. Entsteht aber trotzdem irgendwo eine Normalitätsperiode der Leidbefreiung, so enthält sie auch annäherungsweise eine Verwirklichung der Menschenrechte, und das hat die Demokratie schier instinktiv begriffen.

Der Marxismus, zumindest der sowjetische, hat die Verwirklichung der Menschenrechte, allerdings eine hundertprozentige, bis zur Vollsozialisierung der Welt verschoben, und da dies, dem Dogma gemäß, bloß revolutionär und ja nicht evolutionistisch, also ausschließlich durch Ausrottung ganzer Bevölkerungsschichten und überdies durch Krieg angestrebt werden darf, so hat sich die Menschheit vorderhand mit einer ständigen Zunahme ihrer Leiden abzufinden. Die Demokratie dagegen, weniger dogmatisch, dafür aber, zumindest der Idee nach, den Menschenrechten ehrlicher hingegeben, rechnet nicht mit deren hundertprozentiger Verwirklichung; sie wünscht bloß, daß in jedem Weltaugenblick, also nicht erst in legendärer Zukunft, sondern sofort, ein Maximum von pursuit of happiness »für alle« sich verwirkliche oder – vorsichtiger ausgedrückt –, daß in jedem Weltaugenblick das Menschenleid auf ein Minimum reduziert werde.

Ein Theoriensystem der Demokratie, von den Menschenrechten ausgehend, kann demnach bloß eines des *Pazifismus* und des *Evolutionismus* sein. Und da nicht mit einem definitiven Heilszustand gerechnet wird, sind das bescheidenere Ziele als die des Marxismus. Gewiß hat auch eine Theorie der Demokratie die Geschichte zu analysieren, um aus ihr die politischen (oder metapolitischen) Anweisungen zu ihrer Lenkung zu gewinnen, aber im Gegensatz zum Marxismus geht es hier vor allem ums Präventive, das heißt um die *Verhütung* des Abnormalen, um die Verhütung von Massenwahn-Ausbrüchen, nicht um deren Hervorrufung zugunsten eines Dogmas. Nur so kann an der pazifistisch-evolutionären Linie festgehalten werden, und mag man das auch eine psychiatrisch-medizinische Haltung nennen – sie ist trotzdem oder ebendarum eine, die sich, wenn es nottut, gegen Massenwahn-Ausbrüche auch mit Gewalt zur Wehr zu setzen hat. Kurzum, demokratische Metapolitik hat eine Präventivaufgabe, die Prävention der »Fehl-Situationen« im sozialen Leben.

»Totalitäre Humanität«

Kriegerische und totalitäre Maßnahmen sind miteinander verschwistert, und da die Theorie der Demokratie, trotz Pazifismus, jene gestattet, darf sie – für den Alt-Demokraten noch widersinniger – auch diese gestatten: der moderne Mensch in seiner Unsicherheit braucht das Totalitäre, und da dieses die Menschenrechte gefährdet, hat die Demokratie sie mit totalitären Mitteln zu schützen.
Denn die Fascismen entstanden, als der Mensch dem Nebenmenschen, der Bürger dem Nebenbürger die Achtung zu versagen begann, als er in ihm nicht mehr die Menschenwürde achtete, als er ihn nicht mehr als Gottes Ebenbild zu sehen vermochte, als er den Bourgeois, den Juden, den Farbigen zum Untermenschen erklärte. Nicht die Regierung, wie man bei Gründung der Demokratie befürchtet hatte, bedrohte die Menschenrechte, nein, die Bürger taten es und taten es gründlich.
Die totalitären Staaten schützen die Einhaltung ihrer regulativen Grundprinzipien durch schärfste strafrechtliche Bestimmungen. Die Menschenrechte als die regulativen Grundprinzipien der Demokratie bedürfen heute des gleichen Schutzes. Mit anderen Worten: es genügt nicht mehr, die Regierungen durch eine »Bill of Rights« auf die Menschenrechte festzulegen, es muß jeder einzelne Bürger dazu angehalten werden, auf daß er – der Ur-Wähler und Ur-Gesetzgeber in der Demokratie, der eigentliche Träger ihrer Politik – die Menschenrechte, die Menschenfreiheit, die Menschen-

würde des Nebenbürgers unverbrüchlich achte. Hiezu gehört eine »Bill of Duties«, ein Verzeichnis der Pflichten als Ergänzung und zugleich als Einschränkung der »Bill of Rights«. Beispielsweise zeigt sich dies an der freien Meinungsäußerung, da jede ›Meinung‹, welche zu Haß und Verachtung gegenüber bestimmten Bevölkerungsgruppen auffordert, unter Strafe gestellt zu werden hätte. Kurzum, es ergibt sich ein Strafkodex mit einem »Gesetz zum Schutze der Menschenwürde« als Mittelpunkt.

Aus dem Königtum ist als seine Antithesis die revolutionäre Republik hervorgegangen, und dort, wo, durchaus im Hegelschen Sinn, sodann die konstitutionelle Monarchie als ihrer beider Synthese entstanden ist, war es nicht die schlechteste Lösung. Für die »totalitäre Demokratie« könnte ähnliches gelten. Gewiß würde sich hiebei die heutige demokratische Struktur mannigfach ändern, und deshalb scheint es richtiger zu sein, von einer »totalitären Humanität« zu reden.

Wirtschaft gegen »totalitäre Humanität«

Doppelte Einwendung ist zu erwarten. Die Marxisten werden in der »totalitären Humanität« selbstverständlich nichts anderes als eine Fortsetzung der Klassengesellschaft und ihrer Scheinfreiheit sehen, während für den Liberalen und insbesondere für den Wirtschaftsliberalen jede an Totalitarismus gemahnende Maßnahme schlechthin ›Kommunismus‹ bedeutet. Und da sie einander – beide mit einiger Berechtigung – Versklavungstendenzen vorwerfen, mag dieser Vorwurf von beiden Seiten auch auf die »totalitäre Humanität« übertragen werden.

Und da beide Parteien offenbar recht haben, haben sie offenbar auch beide unrecht. Wenn Adam Smith glaubte, daß der Eigennutz des Individuums schließlich auch für die Gesamtheit den größten Nutzen und die größte Freiheit hervorbringen müsse – die Sklavenwirtschaft seiner amerikanischen Zeitgenossen war ihm eine unbeachtliche Nebenerscheinung –, so irrte er damit, aber nicht weniger irrte Marx, der das nämliche Glück vom Sozialismus erwartete. Sie mußten beide irren, da sie beide Wirtschafts-Mystiker waren, überwältigt von der neuen technischen Entwicklung, beide pan-ökonomisch glaubend, daß die Wirtschaft den Menschen und nicht der Mensch die Wirtschaft mache: hier begann jener Wirtschafts-Totalitarismus, der im Kapitalismus versteckt, aber doch mit zunehmender Schärfe, ja stets fascistisch ausbruchsbereit unter der Oberfläche schwelt, dagegen im Sowjetismus zur anerkannten Institution geworden ist.

Die nächstverwandten Sekten sind stets die feindlichsten Widersacher, und ebenso verhält es sich mit Wirtschafts-Liberalismus und Marxismus, sie beide Kinder des ökonomischen Fatalismus, der bei jenem die gläubig-passive Form »Laß nur die Wirtschaft walten« angenommen hat, bei diesem hingegen unter der aktivistischen Devise »Was fallen soll, muß gestoßen werden« seinen Weg nimmt. Die »totalitäre Humanität« ist sicherlich nicht in der Lage, die Wirtschafts-Versklavung kurzerhand aus der Welt zu schaffen, denn der Mensch muß essen, aber als außer-wirtschaftlicher Standpunkt kann sie verhindern, daß das Abstrakt-Ökonomische zum einzigen Wert-Maßstab der Welt gemacht werde. Und insbesondere mag es möglich werden, von hieraus die Tatbestände nüchterner zu betrachten:

1. Wirtschaft ist nicht Sache von »Überzeugungen«, sondern eine technische Angelegenheit, ist weitgehend technokratisch aufzufassen; auch über die Art einer Betonkonstruktion entscheidet man nicht mit Überzeugungen;

2. die technische Auffassung von der Wirtschaft ist keine fatalistische, sondern eine sozusagen opportunistische; wenn vom Marxismus eingewendet wird, daß auch technokratische Maßnahmen, soferne sie antikapitalistisch sind, bloß revolutionär erzwungen werden können, so darf auf England verwiesen werden, das als gut funktionierende Demokratie seine Sozialisierungen (mag man ihnen zustimmen oder nicht) in aller Ruhe und mit traditioneller fairness abwickelt;

3. die sogenannten ökonomischen Gesetze sind nämlich psychologische, sie sagen etwas über das psychische Gehaben

des Menschen aus, das er unter bestimmten ökonomischen Verhältnissen einnimmt oder einnehmen soll; doch bloß für den Wirtschaftsmystiker ist das Psychologische ausschließlich ökonomisch bedingt, nur er will nicht sehen, daß es seine Eigengesetzlichkeiten besitzt (von denen die des ökonomischen Verhaltens nur ein Ausschnitt sind), und daß es demnach umgekehrt – sogar schon beim Tier ist dies feststellbar – auch sehr vielen außer-ökonomischen Bedingungen folgt;

4. die sogenannten ökonomischen Überzeugungen – die marxistische sowohl wie die liberalistische, jene freilich die vehementere – sind demnach Scheinüberzeugungen, nicht nur weil es eigentlich nur eine einzige, nämlich die *ethische* Überzeugung gibt, sondern noch mehr darum, weil sie beide, trotz logischer »Richtigkeit« ihrer Spekulation (oder gerade deswegen) den Gesamtsachverhalt in unerlaubter Weise vereinfachen und verengen und ebenhiedurch in der Realität »Fehl-Situationen« erzeugen, also das Menschenleid, gerade in der Form von »Versklavungen«, unendlich vergrößert haben und weiter vergrößern.

Die »totalitäre Humanität« ist kraft ihrer Begründung auf die Menschenrechte eine Haltung ethischen Anspruches (darf also sogar wirklich »Überzeugung« sein), während ihre Beziehung zur äußeren Realität vom Psychologischen her geregelt wird. Und wissend, daß die Wirtschaftsformen nicht vom Ethischen her bedingt sind, daß sie aber trotz solcher Autonomie sich ethisch regulieren lassen – die Bibel tut dies sogar hinsichtlich der Sklaverei –, kann und muß die »totalitäre Humanität« auf eigene ökonomische Zielsetzungen verzichten. Vielmehr sucht sie bloß eine psychologische Situation zu schaffen, in der es unerlaubt und »unnatürlich« wird, daß die jeweilige Wirtschaftsform die Menschenrechte verletzte.

Das Zeitalter der Versklavung

Der Mensch hat sich der Wirtschaft als solcher versklavt und hat sie zu einem zwar abstrakten, aber ebendarum besonders harten absoluten Herrn über sich gesetzt. Damit ist eine

»Absolutierung« einer Teileinstellung (eben der ökonomischen) vorgenommen worden, und überall wo derartige Teileinstellungen empirischen Ursprunges die Führung des menschlichen Lebens beanspruchen, überall wo sie ihre Teilwerte zum Zentrum des ganzen menschlichen Wertsystems machen wollen oder gar machen, da entsteht Versklavung. Denn ein Teilsystem, das nach *Allein*-Herrschaft strebt, muß alle anderen unterjochen, die das nämliche anstreben, das heißt es geht auf die totalitäre Unterjochung des Menschen, auf daß er keinen andern Herrn sich wähle.
So sind die Mächte, denen der moderne Mensch sich ausgeliefert fühlt, nicht nur übergroß, sondern auch überzahlreich. Ihre auf den Menschen gerichteten Versklavungstendenzen überkreuzen sich allenthalben, und je komplizierter die Konfliktsituation wird, desto mehr müssen jene sich verschärfen.
Die Staatsmacht als solche, infolge ihrer Ursprungs-Struktur und ihrer Tradition vielfach aus strategischen Gründen handelnd, die manchmal, aber keineswegs immer den ökonomischen Interessen entsprechen, oftmals sogar ihnen zuwiderlaufen, setzt gleich diesen Interessen den Menschen andauernd unter einen von tausend Hebeln (wie dem der Presse) ausgeübten ideologischen Druck, und solche beinahe unbemerkbare ideologische Versklavung muß unausweichlich in volle politische Versklavung umschlagen, wenn – wie es jetzt geschieht – die Gefahr eines die Staatsexistenz bedrohenden Krieges heranrückt.
Es ließe sich sagen, daß der Mensch all diese Versklavungen, die ökonomische, die politische, die ideologische und so viele andere, unter deren gemeinsamem Druck er steht, nicht spürt; von seiner Unsicherheit getrieben, hat er sich auf seiner Flucht vor der Freiheit ins Totalitäre und in die Sklaverei führen lassen, und er erträgt sie. In Wahrheit jedoch hat er die Unsicherheit gegen die nicht minder komplexe des Terrors und demgemäß gegen Stumpfheit eingetauscht. Er tut, was man ihm jeweils vorschreibt, und er denkt, was man ihm jeweils vorschreibt, und daß es Konzentrationslager gibt, in denen sein Bruder zu Tode gefoltert wird, ist aus seinem Be-

wußtsein ausgelöscht, obwohl er weiß, daß jede Nacht die Polizei an seine eigene Tür klopfen kann, um ihn dem gleichen Lose zu überantworten. Solange der Mensch noch Freiheits-Furcht empfindet, die fürchterliche Unsicherheit, in der er zwischen den auf ihn einstürmenden Teil-Wertsystemen zu entscheiden hat, gibt es für ihn noch das ethische »Was soll ich tun?«, doch wenn er eines von ihnen zum absolut-totalitären Herrn ernennt, bleibt ihm nur noch die Sklaven-Stumpfheit übrig, die Gleichgültigkeit des Nicht-Ethos, das Wider-Ethos, die vollkommene Gleichgültigkeit gegen den Nebenmenschen und schließlich gegen das eigene Menschentum.

Das ist der Weltzustand, der sich, deutlich genug, allüberall abzeichnet, und ob bolschewistisch oder kapitalistisch, es ist das Teil-Wertsystem des Pan-Ökonomismus, das – allerdings unterstützt von den Staatstraditionen – ihn eingeleitet und ins Anti-Ethische entwickelt hat. Einstens war es Aufgabe der Religionen, die einzelnen partiellen Wertsysteme in ethischer Balance zu halten: daß dies heute wenigstens ansatzweise durch die auf den Menschenrechten basierte »totalitäre Humanität« geleistet werden könnte, ist ein Hoffnungsschimmer, der ihre Aufstellung legitimiert.

Die »totalitäre Humanität« im heutigen Weltkonflikt

Die Gegenspieler im heutigen Weltkonflikt sind Rußland und die Westmächte, *nicht* Bolschewismus und Kapitalismus.

Rußland hat sich seit jeher als der Nachfolger von Byzanz, ja als das eigentliche neue Rom gefühlt, es hat seit jeher den Ausgang zum »warmen Meer« in den Dardanellen, in Persien, in Afghanistan gesucht, und es hat, obwohl ökonomisch noch unentwickelt, sich als die künftige asiatische Vormacht betrachtet, der die chinesischen und indischen Märkte als natürliches Absatzgebiet zustehen. Die heutige strategische Lage würde Rußland den Versuch zur militärischen Erreichung dieser Ziele gestatten, ja sie würde ihm, da keinerlei interkontinentale Grenze einen befriedigenden Schutz gegen Vernichtungsbomben gewährt, geradezu vorschreiben, eine unumschränkte Beherrschung ganz Eurasiens einschließlich Nordafrikas anzustreben: an die Stelle der militärisch ohnehin unpraktikablen Jalta-Linie Hamburg–Mukden (jetzt Hamburg–Hongkong), der längsten, die auf dem festen Lande des Erdballs zu ziehen ist, würde eine der kürzesten treten, nämlich quer durch das unwegsame äquatoriale Afrika, und solcherart aufs äußerste separiert, könnten die beiden Weltblöcke in Frieden ihren beiderseitigen Isolationismus pflegen.

Amerika hat alle Tendenzen zum Isolationismus, und es ist keineswegs die Sorge um die preiszugebenden Alt-Kulturen West-Europas, die es von der Annahme eines solchen Weltteilungs-Planes zurückhält. Doch Dakar unter russischer Kontrolle würde eine unmittelbare Gefährdung der Vereinigten Staaten bedeuten, umsomehr, als der panamerikanische Block durchaus nicht festgefügt ist, und so müßte die Äquator-Linie durch eine wesentlich längere und daher militärisch ungünstigere Sahara-Linie ersetzt werden. Und sogar dann wäre die Teilung unannehmbar: Eurasien beherbergt mehr als zwei Drittel der gesamten Erdbevölkerung, und damit wäre die balance of power nicht nur ökonomisch, sondern auch militärisch völlig aufgehoben. Demzufolge stellt trotz ihrer Länge die Balkan-Kaukasus-Himalaya-Linie die letzte Rückzugslinie für Amerika und die Westmächte dar: sie muß gehalten werden, selbst wenn späterhin die technische Verwertbarkeit der Atom-Energie das asiatische Öl militärisch entbehrlich machen sollte.

Indes, so unüberbrückbar der Gegensatz zu sein scheint, und so sehr beiderseits für den Krieg gerüstet werden muß, – es ist der groteske Fall eingetreten, daß beide Parteien den Sieg zu fürchten haben; wäre es ein rascher Sieg, so wäre er noch erträglich, doch da er sich voraussichtlich bloß langsam auf einer ganzen Reihe von Kriegsschauplätzen herauskristallisieren würde, wird er von einer Weltverelendung begleitet sein, welche die Siegermacht, das heißt die von ihr einzurichtende Weltregierung vor schlechterdings unlösbare Aufgaben

stellen würde. Die Arbeiterschaft eines geschlagenen und daher kommunisierten Amerikas hätte noch immer den höchsten Lebensstandard der Welt, und wenn sie diesen auf Geheiß der Moskauer Zentralregierung zugunsten der anderen Länder reduzieren müßte, käme eine Rebellionsbewegung in Gang, die nur durch dauernde fremde Besetzung niedergehalten werden könnte. Umgekehrt würde eine von Washington installierte demokratische Weltregierung dem Elends-Kommunismus der Welt schier machtlos gegenüberstehen, denn weder ließe sich (ausgenommen vielleicht beim kleinbäuerlichen Besitz in Ost-Europa) eine praktikable Rück-Kapitalisierung der kollektivierten Industrien vornehmen (am allerwenigsten durch die Übergabe an amerikanische Konzerne), noch sind die Mittel für einen neuen Marshall-Plan aufzubringen, noch ist eine antikommunistische Dauer-Überwachung des gesamten Erdkreises möglich.
Der »kalte Krieg« ist daher für beide Parteien die vorderhand noch günstigste Lösung.
Solcherart ergibt sich – womöglich noch grotesker als die Furcht vor dem Sieg! – das erstaunliche Faktum eines politisch-imperialistischen Widerstreites, der ungeachtet seiner Schärfe und der bereitgestellten militärischen Mittel fast ausschließlich als Ideenkrieg geführt wird, wobei beide Parteien unentwegt an der sogenannten »Weltanschauungs-Differenz« hängen. Alles, was sich Moskau nicht bedingungslos fügt, ist kapitalistisch, ja mehr noch: der kapitalistische Feind wird geradezu gebraucht, nur soll er tunlichst krisendurchschüttelt sein und sich in steigender Verarmung befinden; das sozialistische England wurde zum verkappten Plutokratismus umgelogen, und der gleiche Vorwurf würde gegen ein plötzlich kommunistisch gewordenes Amerika erhoben werden. Umgekehrt (und sogar ohne derart grobe Entstellungen) liefert der Bolschewismus die beste Folie für jede anti-russische Propaganda. Und eben auf Propaganda und Antipropaganda kommt es im »kalten Krieg« an. Denn die russische Aggression wie die westliche Verteidigung vollziehen sich nun als ein Ringen um die von den Sowjets politisch noch nicht erfaßten Gebiete, als ein Werben um ihre

öffentliche Meinung. Die Vorteile der Sowjets sind hiebei offenkundig. Nicht nur, daß sie ihr eigenes Gebiet mittels des Eisernen Vorhangs von vorneherein störungsfrei gemacht haben, und nicht nur, daß sie überhaupt die Vorteile des Angreifers genießen, – sie führen den Angriff mit den bestausgebildeten Truppen aus, mit der Elite ihrer ideologisch überzeugten Fünften Kolonnen, revolutionsmutigen, bürgerkriegs-willigen Soldaten, den Leitern der kommunistischen Parteien in den verschiedenen Ländern. Was hat der Westen dem entgegenzusetzen? durch welche Parteischule sind seine Agenten gegangen? Nichts von alldem existiert; es gibt bloß den durch die amerikanische Finanzkapazität kurz limitierten Marshall-Plan – und Rußland hat Zeit, ihn abzuwarten –, aber es gibt keine Ideologie, und der Idealismus der kleinen Schar von Abenteurer-Spionen reicht sicherlich nicht aus, um eine so überdimensionierte Weltaufgabe zu bewältigen: wenn es nicht gelingt, dem ideologischen Angriff des Kommunismus mithilfe einer ebenso festgefügten Ideologie zu begegnen, muß er letztlich unaufhaltsam werden; die Gegenwaffe mag so oder so beschaffen sein, sicher ist, daß sie in der Konstruktion der »totalitären Humanität« ziemlich ähnlich sehen wird.

Die »totalitäre Humanität« eine internationale Partei?

Daß es überhaupt internationale Parteien abendländischer Prägung geben soll, bezeugt eine ziemliche Überheblichkeit des weißen Mannes. Ist er, weil er das Unheil der Technik erfunden hat, auch zum Heilsverkünder für alle Völker berufen? Hat nicht Asien seine eigenen besseren Gemeinschaftstraditionen? Und doch hat der kommunistische Gedanke in ganz Asien gezündet. Denn auch in ihm noch sind die Menschenrechte, mag er noch so sehr in der Praxis gegen sie verstoßen, als Gerechtigkeits-Idee in ihrer Absolutheit enthalten: das Absolute wäre nicht absolut, wenn es nicht allenthalben gälte.

Die Westmächte hatten während des Krieges ein weitaus größeres Prestige als Rußland bei den Völkern, nicht zuletzt den asiatischen erworben; sie verdankten dies vor allem Roosevelt. Die Bereitschaft zum Eintritt in ein west-demokratisches Commonwealth war überall vorhanden; was man erwartete, war ein striktes, auf der (inzwischen vergessenen) *Atlantic Charter* gegründetes Programm und unmittelbare Schritte der Westmächte zu seiner Erfüllung. Nichts dergleichen geschah. Gewiß gab es vielerlei Gründe hiefür, und sie lagen nicht zuletzt bei Rußland, das seine eurasischen Pläne eigentlich schon offen enthüllt hatte: Der alte Anspruch auf Korea und Port Arthur war angemeldet; die kommunistische Armee Nord-Chinas wurde offen von den Sowjets unterstützt; die russische Infiltration in Nord-Iran war vorhanden; das spanische Volk erinnerte sich nach wie vor dankbar der russischen Hilfe gegen die Franco-Usurpation (die, nicht zuletzt wegen des amerikanischen Waffen-Embargos, doch gelungen war); der französische und italienische Widerstand gegen die Nazis hatte zu einem großen Teil unter kommunistischer Führung gestanden; der Balkan war durch das Hochkommen Titos für den Westen verloren; und das Baltikum sowie Polen samt Schlesien hatte den Sowjets ausgeliefert werden müssen. Unter solchem Druck wagte man kaum Experimente anzustellen; es war ja auch nichts hiefür vorbereitet, und man war daher zu raschen Improvisationen gezwungen. So kamen auf der ganzen Linie die sonderbaren und unwürdigen Bündnisse mit suspekten und vielfach sogar unfähigen Diktatoren und politischen Intriganten zustande, eine weitgehend unaufrichtige schwankende Status-quo-Politik, an der man auch im Kolonialen – hier allerdings die überfällig gewordene Befreiung Indiens ausgenommen – unbedingt festhalten wollte. Das Resultat war der Verlust des demokratischen Prestiges: Es war eben das Prestige eines einzelnen Mannes gewesen, nicht das eines Programms.

Und so versteht es sich, daß statt dessen das russische Prestige stieg. Das war der Preis, mit dem man hatte rechnen müssen, nicht zuletzt in Südasien. Insbesondere für Holland, aber bis zu einem gewissen Grad auch für Frankreich, wäre der

Verlust des Kolonial-Imperiums ein Verarmungsfaktor, und da ein solcher immer auch die Gefahr des Kommunismus enthält, schien es richtiger, diese Gefahr im eigenen Land zu vermeiden und sie dafür in den Kolonien, wo ihr leichter mit Waffengewalt begegnet werden kann, auf sich zu nehmen. Zudem heißt es ja ohnehin, Südasien zu einem der künftigen militärischen Hauptstützpunkte auszugestalten. Umgekehrt muß eben dies von den Sowjets womöglich verhindert werden, und so sind sie nicht nur geradezu gezwungen, sondern auch durch ihren Prestigegewinn aufs äußerste begünstigt, den Haß gegen die Kolonialmächte zu schüren und deren Pläne mittels Einrichtung und Unterstützung nationalistischer Lokalparteien (die fürs erste nicht einmal kommunistisch zu sein brauchen) empfindlich zu stören.
Historisch gesehen, gibt es vier Haupttypen von Partei-Entstehungen: erstens das langsame Heranwachsen aus der Tradition, wie es bei den beiden alten Parteien im englischen Parlament stattgefunden hat; zweitens reine Interessenvertretungen verhältnismäßig kleiner Gruppen, die etwa nach Art der landwirtschaftlichen beruflich zusammengebunden sind; drittens die Organisierung großer Volksteile, halb vom Interessen-, halb von einem ideologischen Standpunkt aus, wofür die Sozialdemokratie und späterhin, ihrem Muster folgend, die katholischen Parteien als Beispiele anzuführen wären; schließlich die Parteibildungen, die von einem bestehenden Machtapparat aus inauguriert werden, kurzum die totalitären Parteien jeder Färbung. Ob wirkliche Massenbewegungen ohne Mithilfe eines solchen Machtapparates heute überhaupt noch zu bewerkstelligen sind, ist fast fraglich geworden. Doch ob so oder so, wenn einer totalitären Weltpartei, wie sie die kommunistische heute ist, eine neue allgemeine Volksbewegung entgegengesetzt werden soll, so kann das gleichfalls nur – alles andere wäre Dilettantismus – von einem Machtapparat größten Stiles aus geschehen und müßte demnach gleichfalls zur totalitären Weltpartei führen, allerdings einer anti-totalitären, denn sonst wäre sie ja kein Gegensatz, sondern eine Nachahmung (wie sie von den Fascismen versucht worden ist), und diese contradictio in

adjecto bedarf zu ihrer Auflösung einer Konstruktion nach Art der »totalitären Humanität«.
Ohne eine solche Konstruktion ist der fascistischen Schande, die den antikommunistischen Block belastet, überhaupt nicht Herr zu werden. Wie ist gegen Rußland ein Propaganda-Feldzug zu führen, solange es ein Terror-Spanien mit den gleichen Konzentrationslagern wie den russischen gibt? Wer soll Deutschland für die West-Demokratie gewinnen, wenn die Alliierten, wahllos in ihren Bundesgenossen, sich zu antikommunistischen Zwecken (gleich den Russen, die es zu antidemokratischen tun) der diensteifrigen Nazis bedienen? Gewiß, Francos überaus geschicktes Doppelspiel hat ihn heute für die Westmächte unentbehrlich gemacht; trotzdem wäre es ihnen ein Leichtes, ihn zu einer Humanisierung seines Systems zu zwingen. Und würden sie der gelähmten und zersplitterten deutschen Demokratie ein einigendes Programm liefern, mit dem sie sowohl gegen Nazismus wie gegen Kommunismus auftreten und eine wahrhafte Wiedererziehung des (nun durch die Besatzung doppelt verwirrten) Landes aufnehmen könnten – nichts ist in dieser Nach-Hitlerperiode so dringend nötig wie ein »Gesetz zum Schutze der Menschenwürde« –, es würde allen Beteiligten zum Segen gereichen.
Und eben weil die »totalitäre Humanität« an keine bestimmte Staats- und Regierungsform gebunden, sondern weit eher eine »Gesinnung« ist, die bei aller Unnachgiebigkeit im Gesinnungsmäßigen sich gegenüber den Formallösungen elastisch verhält, vermöchte sie die Grundlage für eine Welt-Partei abzugeben; man würde sie mit Fug als eine Welt-Partei der Anständigkeit bezeichnen können.

Von den Schwierigkeiten und Widerständen

Der Kommunismus hat die Welt an das Schlagwort »Expropriiert die Expropriateure!« gewöhnt, hat also seiner Partei von allem Anfang an einen klar bezeichneten »Feind« gegeben, hat für die Massen ein konkretes Teufelsbild kreiert, das

sie bekämpfen dürfen, bekämpfen müssen. Die Verarmung der »Kapitalisten« ist ihnen fast wichtiger als die eigene Bereicherung. Und Hitler hat die für alle Weltübel verantwortliche Teufelsgestalt auf »All-Juda« übertragen, wissend, daß man Massen eine gemeinsame Gegnerschaft geben muß, wenn man sie zusammenhalten und aktionsfähig und dirigierbar machen will. Nichts dergleichen kann eine auf »totalitäre Humanität« gegründete Partei bieten; sie hat evolutionär und pazifistisch zu sein, und sie kennt keine generellen »Feinde«, am allerwenigsten »die Russen«. Wie also soll eine Partei ohne ökonomische, ohne nationale, ohne rassische Aggression die Phantasie der Massen erregen? was bedeutet ihnen die nüchterne Auffassung der Ökonomie als eines evolutionistisch-technischen Problems? was sollen die asiatischen Kolonialvölker mit einer »Vernunft« und »Anständigkeit« anfangen, mit deren Hilfe offenbar die alte Plantagenwirtschaft vertreten werden soll? Kurzum, wie können die Westmächte mit der Propagierung einer derartigen Ideologie ihr so gründlich verlorenes Prestige wiederherstellen und dem Kommunismus standhalten?
Nur eine eindrucksvoll-konkrete Aktion wäre imstande, über dieses Dilemma hinwegzuhelfen. Und wahrscheinlich hätte sich das in dem so strittigen Gebiet der Staatssouveränität abzuspielen. Denn selbst vorausgesetzt, daß die von einer »Bill of Duties« gestützte »totalitäre Humanität« durch eine Welt-Partei oder durch die UN zu internationaler Geltung gelangt wäre, wie dies mit der internationalen »Bill of Rights« geschehen ist, – sie wäre trotzdem gleich dieser nicht viel anderes als eine platonische Geste. Die UN hat heute noch keine Exekutive, welche gegen einen Menschenrechte verletzenden Staat vorzugehen vermöchte, ja sogar im Fall von Genocidium (Völkermord) ist nichts hiefür vorgesehen. Doch welche Sanktionen auch immer gegen einen schuldigen Staat vorgesehen werden könnten, es muß Krieg gegen ihn geführt werden, und das bedeutet im letzten wiederum Weltkrieg, also ein ungeheures Risiko, vor dem schon der Völkerbund zurückgescheut ist, als er seine so klaren Verpflichtungen im Fall der Vergewaltigung Abessiniens hätte

erfüllen sollen. Prinzipiell wäre dies bei einer Annahme der »Bill of Duties« auch nicht anders; nichtsdestoweniger würde sie präzisere internationale Einrichtungen als jene Sanktionen erlauben, bei denen die Entscheidung sofort um Krieg und Frieden geht. Denn da wäre ein Pflichtenkodex gegeben, der *Individuen* und nicht Staaten zur Respektierung der Menschenrechte verpflichtet, und er tut dies mit strafgerichtlichen Bestimmungen, so daß der internationale Schutz hier in einem für derartige Fälle zuständigen, außerstaatlichen, etwa der UN angegliederten Gericht liegen würde, zu dem der Instanzenzug hinzuführen hätte, das aber auch befugt sein müßte, durch eine internationale Staatsanwaltschaft Anklagen zu erheben und die Beschuldigten unmittelbar vorzuladen. Mit anderen Worten: die Staaten, welche sich zur Propagierung der »totalitären Humanität« zusammenschließen, haben ihre souveräne Gerichtsbarkeit hinsichtlich aller die Menschenrechte berührenden Fälle aufzugeben und sich einem *internationalen Gerichtshof* unterzuordnen. (Nebenbei: es wäre dies auch der Weg zur Abstrafung, zur *legalen* Abstrafung von Kriegsverbrechen.)

Rußland ist heute der unbedingteste Verfechter der Staatssouveränität, und solchen Standpunkt wird es am allerwenigsten zugunsten der Menschenrechte und ihrer Behandlung ändern. Das hindert aber sicherlich nicht, daß andere Staaten gerade diesen Teil ihrer Souveränitätsrechte zusammenlegen. Ob das innerhalb oder außerhalb der UN geschieht, ist ziemlich gleichgültig; wichtig allein ist eine vollkommen ehrliche Durchführung: nur durch einen derart konkreten Schritt läßt sich die russische Haltung entkräften, nur hiedurch ist die Ideologie der »totalitären Humanität« als eine der kommunistischen gleichwertige zu propagieren, und nur hiedurch mag es den Westmächten möglich werden, das Vertrauen der Völker wiederzugewinnen, nicht zuletzt wohl deswegen, weil jedes Aufgeben von Souveränitäten, und möge es in noch so begrenztem Maße geschehen, eine Vorskizze für das Funktionieren einer auf die Menschenrechte gegründeten Weltregierung gibt.

Das ist sozusagen ein Minimalprogramm, aber darum noch

keines mit baldigen Erfolgsaussichten. Eine Reglementierung der Menschenrechte durch das Strafgesetz kann der englischen öffentlichen Meinung, die ihre (allerdings aufs Innenpolitische eingeschränkte) Fairness ausschließlich aus der Tradition bezieht und infolgedessen sogar die Bindung durch eine Verfassung als zu starr empfindet, nur wider den Strich gehen. Und welche Aufnahme eine »totalitäre Humanität« bei den Senatoren und Kongreßmännern des amerikanischen Südens finden würde, läßt sich immerhin ausdenken. Ohne stärkste außenpolitische Dringlichkeit sind diese sozusagen demokratischen Widerstände, deren Reihe sich beliebig fortsetzen läßt, kaum zu überwinden; die Drohung jener Dringlichkeit ist allerdings schon recht nahe gerückt.

Weltregierung und UN

Man mag mit dem gut-, jedoch nicht klargesinnten Einwand rechnen, daß die Westmächte bloß rückhaltlos für eine Weltregierung einzutreten brauchten, um ihr Prestige, besser als durch irgend ein anderes Mittel, im ganzen Erdenrund wiederherzustellen; eine demokratische Weltkonstitution wäre, gemäß diesem Einwand, das wirkungsvollste Propagandamittel. Daß der russischen Gegenpropaganda damit die schönsten Anhaltspunkte gegeben werden, wird sonderbarerweise hiebei nicht berücksichtigt. Die Russen haben – mit Erfolg – den Marshall-Plan als Ansatz zu einer Wall-Street-Kolonisierung Europas denunziert, und sie werden – mit womöglich noch besserem Erfolg – eine Weltregierung, die auf einer Art erweiterter amerikanischer Konstitution den Völkern angeboten werden sollte, als Beweis für die kapitalistischen Weltdominierungspläne annageln. Indes, würde der Westen anders reagieren, wenn die Sowjets einen Weltstaat-Plan nach dem Muster ihrer »Volks-Demokratien« produzierten?

Realpolitisch steht heute der Weltstaat außer jeder Diskussion zwischen Ost und West. Er ist eine Phantasie, zwar eine »vernünftige Phantasie«, aber nicht nur, daß sich nichts so

schwer verwirklichen läßt als das Vernünftige, es wäre der Weltstaat, käme er heute wider alles Erwarten plötzlich zustande, schon im ersten Augenblick seines Bestandes von der Gefahr bedroht, zersprengt zu werden. Allzugroß sind die zentrifugalen Kräfte. Auf die Zügelung dieser Zentrifugalkräfte kommt es heute an, auf ihre Bindung im Rahmen einer haltbaren Vertragsgemeinschaft, und Kräfte lassen sich bloß dann binden, wenn sie im Gleichgewicht stehen. Kurzum, es geht fürs erste um die Herstellung einer Welt-Vertragsgemeinschaft, und eben dies hat Roosevelt erkannt, als er zur Gründung der UN drängte: gewiß, ohne Kräftegleichgewicht gibt es keine Vertragshaltbarkeit, doch ist diese Vorbedingung halbwegs geschaffen, so ist ein Welt-Plenum, wie es die UN ist, das weitaus geeignetste Instrument, um zu den dann notwendigen vertraglichen Kompromissen zu gelangen. Ein Weltstaat wäre kein Instrument; er wäre das letzte Ziel der Vertragsgemeinschaft und vielleicht sogar – wenn sie tatsächlich klaglos funktionierte – ein überflüssiges.
Vieles, was noch vor wenigen Jahren vollkommen utopisch ausgesehen hat, ist es heute nicht mehr. Glückt es den Demokratien, einen sowohl militärisch wie ideologisch festgefügten Westblock zustandezubringen, so hat das Weltgleichgewicht und mit ihm auch die diplomatische Weltsituation eine ungeheuere Vereinfachung erfahren. Zwei große Konzerne vermögen sich leichter zu verständigen als einige Dutzend Einzelfirmen, nur müssen die beiden Hauptpartner (oder Gegner) hiebei wirklich gleichstark sein und Disziplin unter ihren Teilhabern und deren Separatwünschen halten können, und das ist für die Weststaaten schwieriger als für Rußland. Gewiß sind es nicht moralische Gründe, welche die beiden zur Verständigung bewegen, vielmehr geschieht das aus jenen »Vernunftgründen«, die – fern von einer gemeinsamen Anerkennung allgemein gültiger regulativer Grundprinzipien – in Wahrheit von wechselseitiger Bedrohung und Furcht bedingt sind. Von einer »Welt-Anständigkeit«, auf die auch der Schwächere sich verlassen darf, kann da noch keine Rede sein. Dagegen mag sie wohl angebahnt werden, wenn sie im Bereich des Westblocks mithilfe der »totalitären

Humanität« fest und dauernd etabliert wird. Denn da der Marxismus sich letztlich gleichfalls auf die Menschenrechte stützt, wäre es immerhin möglich, ihn zu überzeugen, daß ihre Verwirklichung nicht bis zum utopischen Zeitpunkt der Weltrevolution hinausgeschoben zu werden braucht: hat Rußland an der Stärke der westlichen Kriegsvorbereitung gelernt, daß ein Versuch zur Durchbrechung der Balkan-Kaukasus-Himalaya-Linie zu riskant werden würde, so wird voraussichtlich eine Abrüstungs-Verständigung (unter UN-Kontrolle) erzielbar sein, und ist einmal dem Rüstungs-Irrsinn ein Ende bereitet, der umso ärger ist, als um der Abrüstung willen erst aufgerüstet werden muß, so gibt es auch wohlbegründete Aussicht auf Lockerung der sowjetischen Diktatorialmethoden. Dem rigorosen Kapitalismus wäre das freilich nicht so überaus erwünscht; eine tatsächlich nicht aggressive Sowjet-Union, die neben der Hebung des Lebensstandards ihrer Völker ihnen auch wahrhafte Freiheit gewährte, würde nämlich – ganz ohne fifth columns – eine weit einschneidendere Massenbeeinflussung als jetzt in den Weltländern ausüben und hier das soziale Entwicklungstempo entscheidend beschleunigen.
Dies ist der sozusagen optimistischste Prospekt, und um seinetwillen ist die UN mit allen Mitteln zu stärken; sie ist nicht Zweck an sich, aber das immerhin noch geeignetste Instrument für solchen Optimismus. Ob er recht behalten wird, ist freilich eine andere Frage; allzuviel unbekannte Imponderabilien können ihn zunichte machen.

»Totale Humanität« und Religion

Etwas paradox ausgedrückt, handelt es sich bei alldem um die Wiedergewinnung politischer Moral durch realpolitische Mittel. Das mag dem Realpolitiker wider den Strich gehen (einfach weil er nicht weit genug denkt), doch noch unangenehmer dürfte wohl der wahrhaft Gläubige davon berührt werden: das »irdisch Absolute«, auf dem hier die Menschenrechte und damit die Prinzipien der Metapolitik basiert sind, ist ihm kurzerhand »Ersatz«, und so nahe ihm jede Rückkehr zur Moralität ist, für ihn gibt es bloß einen einzigen Zugang hiezu, nämlich durch eine allgemeine Wiedererweckung der Religiosität; alles andere ist ihm ein überflüssiger und komplizierter Umweg.

Viele Christen denken so und merken nichts von der dabei mitschwingenden Blasphemie. Glaube, der aus dem »ignoramus« entspringt, ist billig; der echte erfordert, um legitim zu werden (selbst für die Einfalt) ein Maximum an »scimus«. Und billig ist desgleichen einer, der als politisches faute de mieux entsteht: ein Glaubenswille, der sich zur Rettung der sonst an ihren politischen Sünden zugrundegehenden Welt einstellt, ist blasphemisch; solches Weltenlos kann durch Hinzufügung einer allgemeinen Glaubenssünde, wie eben die Erniedrigung des Glaubens zur politischen Rettungsaktion, nur besiegelt werden. Beten, das von der Not gelehrt wird, führt – der katholische Austro-Fascismus mitsamt seinen »guten« anti-hitlerischen Absichten war ein Beispiel hiefür – zumeist zu noch größerer Not. Die Kirche aber in ihrer grundsätzlichen Gleichgültigkeit gegenüber den weltlichen Dingen hat sich politisch teils mißbrauchen lassen, teils hat sie mit (freilich oft unzureichendem) Abscheu die politischen Weltsünden und die aus ihnen erwachsenen »Fehlsituationen« einfach hingenommen, und alles übrige hat sie dem göttlichen Richter überlassen. Wie also wäre, ob mit oder ohne Blasphemie, heute mehr von ihr zu erwarten?

Gnade wird nicht auf Bestellung geliefert. Der Mensch kann bloß auf sie hoffen und bleibt ansonsten auf sich selbst angewiesen. Aber indem er das auf sich nimmt und das Irdische, die irdische Absolutheit, welche die seiner spezifisch menschlichen Eigenstruktur ist, voll akzeptiert, schafft er sich jenes »scimus«, das die Vorbedingung für jede künftige religiöse Erfahrung bildet. Ohne irdische Frömmigkeit gibt es keine himmlische, und ohne das irdisch Absolute gibt es nicht das metaphysische, nach dem der Mensch sich sehnt. Religion ist höchste Einsichtigkeit, und sie schwindet dahin – das ist das Wesen jeder Aufklärung –, sooft ihre Überzeugungskraft fadenscheinig wird; zu ihrer Wiederbelebung genügt nicht einfach Umformung, also Sektenbildung, vielmehr bedarf es hiezu der Aufdeckung einer neuen Realitätsschicht. Denn wenn auch die Massen in ihrem unbewußten, gefühlsmäßigen Handeln sehr leicht falschen Propheten folgen, die Erleuchtung, die immer wieder über sie kommt, ihr dem echten Propheten zugekehrtes Lauschen ist ein Mitspüren der von ihm entdeckten neuen Realität. Das Christentum überflügelte all die vielen Sekten seiner Zeit und wurde zur Weltreligion nicht zuletzt deswegen, weil die Predigt, von der es weitergetragen wurde, geradezu bewußt die mystische Aufpeitschung vermied, eine Absage an alles Zungenreden war, dafür aber – im paulinischen Sinne – mit aller Stärke die neue Plausibilität, die irdische Realität der Seele und ihrer Fähigkeit, die große irdische Entdeckung des Gottessohnes hervorhob.

Die moderne Überzeugungskraft ist »wissenschaftlich«, und – sonderbar genug – anders könnte sie nicht zu den breiten Massen sprechen, obwohl diese nicht aus Wissenschaftlern zusammengesetzt sind. Der Marxismus durfte dank seiner von den Massen erspürten Wissenschaftlichkeit, mit der er dem Menschen (und seinen Rechten) das goldene Zeitalter verspricht, sich als Religionsersatz empfehlen. Trotzdem ist er damit, selbst wenn er noch plausibler wäre als er ist, über seine materialistischen Befugnisse hinausgegangen. Denn Überzeugungskraft allein ist noch nicht Religion, und noch weniger ist eine partielle Einsichtigkeit – und die Wissenschaft besteht aus solchen – hiezu fähig. Gewiß, die Marxsche Entdeckung von der materialistisch funktionierenden Seelenstruktur wird kaum mehr beiseitegestellt werden können, doch das nämliche gilt auch für alle andern Aussagen, welche mit mehr oder minder wissenschaftlicher Sicherheit über die Struktur des Menschen und seine Erkenntnis gemacht worden sind und noch zu machen sein werden, sie allesamt Annäherungen an jenen Bezugspunkt, von dem aus der Mensch das Universum erfaßt und ihm den Stempel seiner intelligiblen Existenz aufdrückt; das Universum ist Ganzheit und Einheit, weil und nur weil es von der irdischen Absolutheit des Menschen her erfaßt wird. Das ist das

»scimus«, zu dem der Mensch, bewußt als einzelner, unbewußt als Masse vordringt, und es wird ihm umsomehr zu eigen, je mehr seine sozialen Einrichtungen – nicht zuletzt also die des Rechtes – von diesem absoluten Bezugspunkt her sich werden formen lassen. Und darum ist eben auch hiefür die »totalitäre Humanität« notwendig, wissenschaftlich als Theorie, aber als überzeugende Formel den Massen zugekehrt.

Freilich, Überzeugungskraft ist noch nicht Religion, und der Wissenschaftler ist kein Glaubensprophet; bestenfalls ist er ein Heiliger. Doch zur Wiederbelebung von Religiosität bedarf es des Erleuchteten. Wann der kommen wird, ob er überhaupt kommen wird, vermag die Wissenschaft nicht vorauszusagen; sie hat sich damit zu begnügen, ihm den Weg zu bereiten, indem sie nüchtern ihre nüchterne Wahrheitsaufgabe erfüllt und dem Menschen das irdisch Absolute vor Augen führt, auf daß er in Erwartung des Kommenden gleich ihr das irdische Haus mit Anstand bestelle.

Die Intellektuellen und der Kampf um die Menschenrechte

Gestatten Sie mir vor allem zu sagen, wie sehr ich es bedaure, an Ihren Besprechungen nicht persönlich teilnehmen zu können. Ferner bitte ich Sie um Entschuldigung, wenn ich, eben wegen dieser Abwesenheit, im Folgenden vielleicht Dinge vorbringe, die während der Kongreßsitzungen bereits behandelt worden sind.

Es ist ein Kongreß geistiger Arbeiter, ein Kongreß von Intellektuellen, oder wie der Praktiker, sofern er höflich ist, sich ausdrücken würde, ein Kongreß utopisch weltfremder Idealisten, höflichkeitshalber, denn in Wahrheit meint er Dummköpfe.

Nun haben wir ja tatsächlich einen heftigen Hang zum Utopischen. Wir verlangen von der Realität mehr als sie gemeinhin herzugeben bereit ist; wir sind voller »wishful thinking«. Aber vergessen wir nicht: »wishful thinking« in billionenhafter Vielfalt, anonym und kaum artikuliert, erfüllt jeden Weltaugenblick, greift in jedem Weltaugenblick die jeweilige Weltrealität an, trachtet sie zu verändern, und hiedurch, gerade hiedurch wird das Leben vorwärtsgetragen. Billionen anonymer Klein-Utopien bilden das Vehikel des Fortschrittes, und ihre Verdichtungsstellen nennen wir Revolution.

Der Intellektuelle ist ein Utopist, weil er der geborene Revolutionär ist. Denn im Gegensatz zu den materiellen Interessen des Bürgers (auch des proletarischen Bürgers) kennt der geistige Mensch nur ein einziges Interesse, und das heißt Erkenntnis und Menschlichkeit. Alle Revolutionen sind von der utopischen Menschlichkeit des Intellektuellen entfacht worden, haben sich unter seiner Führung gegen die Unmenschlichkeit erstarrter Institutionen gewandt, und jede siegreich gewordene Revolution hat ihn und die Menschlichkeit letztlich wieder verraten, hat in neuen Interessenvertretungen, in neuen Institutionalismen versanden müssen. So war es immer, so wird es wohl immer wieder sein, unweiger-

lich, und darum wird der Intellektuelle immer wieder zu seinem endlosen Kampf aufgerufen werden, ewig besiegt, trotzdem der ewige Sieger.
Der geistige Arbeiter, an sich der unpolitischste Mensch, ist demzufolge dauernd gezwungen, Politik zu wollen und zu betreiben, und er, der utopischste aller Menschen, erweist sich am Ende doch als Realpolitiker par excellence. Die initialen Immediaterfolge seiner politischen und geistigen Revolutionen sind, ungeachtet fürchterlichster Rückschläge, als Menschlichkeits-Fortschritt, als Verwirklichung von Menschenrecht in der Geschichte geblieben. Fortschritt beruht auf unmittelbarer Verringerung von Menschenleid, und gerade weil dieses zu einer geradezu unerahnbaren Gräßlichkeit angewachsen ist, muß aufs neue die Forderung nach Immediataktionen erhoben werden. Mit dem Versprechen einer Verwirklichung von Menschenrechten in fünfzig oder zwanzig, ja selbst nur in zwanzig Jahren ist uns nicht gedient; Wechsel auf lange Sicht sind in der Politik pure Augenwischerei: hier gilt nur das hic et nunc, die sofortige Barzahlung. Unsere Utopien sind immediat und müssen es sein.
Es gibt Real- und Irrealutopien; wer von einem Zahlungsunfähigen Barzahlungen verlangt, befindet sich in einer Irrealutopie. Realutopien dagegen haben die Logik der Dinge zu berücksichtigen; sie sind an Tatsachen gebunden. Wenn wir heute Verwirklichung von Menschlichkeit suchen, so dürfen wir vor den Machtfaktoren der heutigen Weltpolitik nicht die Augen schließen. Und wir müssen uns klar sein, daß jede unserer noch so bescheidenen Humanitätsforderungen eine Bresche in das gegenwärtige unmenschliche Machtsystem legt, also im Grunde höchst unbescheiden ist, dies nicht zu verbergen vermag und daher mit schärfsten Widerständen zu rechnen haben wird.
Wir könnten z. B. auf eine weltweite Abschaffung der Todesstrafe dringen, damit die gespenstische Menge der Galgen, die da in der ganzen Welt errichtet werden, endlich verschwände. Doch selbst wenn ein solcher Schritt, etwa mit Hilfe der UN gelänge, den inoffiziellen und noch schreck-

licheren Morden in den Konzentrationslagern wäre hiedurch kein Einhalt geboten.

Wir können bescheidener sein und bloß verlangen, daß jedes in der Welt gefällte Todesurteil einem ständigen Begnadigungssenat der UN vorgelegt werde. Doch was soll dann mit den Begnadigten geschehen, wenn man vermeiden will, daß sie auf der Flucht erschossen werden? Die UN müßten die Leute sofort übernehmen und in eigenen neutralen Anstalten unterbringen.

Wir könnten sogar die ganze Frage der Todesstrafe beiseitestellen, dafür aber verlangen, daß die blutige Farce der Hochverrats-, Spionage- und Aufruhrprozesse, die sich allenthalben seuchenhaft vermehren, dem Einzelstaat – der eben niemals Ankläger und Richter zugleich in eigener Sache sein dürfte – entzogen und einem übernationalen Spezialgerichtshof der UN überantwortet werde. Doch da ist mit dem Einwand zu rechnen, daß die UN bloß ein Machtinstrument ihrer Majorität sei, und daß jedes in ihrem Rahmen etablierte internationale Gericht gleichfalls den Majoritätsinteressen dienen würde.

Wo also ist für unsere Immediat-Forderungen die Grenze zwischen Real- und Irrealutopie?

Während der letzten Wochen ist in der Ostzone mit zunehmender Dringlichkeit das höchst begrüßenswerte Verlangen nach Atom-Abrüstung laut geworden. David Rousset hingegen verlangt hier eine internationale Kontrolle der Konzentrationslager. Worin besteht der Unterschied? Handelt es sich nicht in beiden Fällen um Kriegsmaßnahmen und deren Abstellung? Gegen den äußeren Feind braucht der Staat Atombomben und gegen den inneren die Konzentrationslager, und wenn der gegenwärtige Kriegszustand, ob heiß oder kalt, nicht bald aufhört, werden desgleichen die Weststaaten sich zu Lagererrichtungen bequemen müssen. Trotzdem ist ein grundlegender Unterschied vorhanden: so wünschenswert die Atom-Abrüstung wäre (u. a. als ein erstes positives Verhandlungsergebnis der beiden Antagonisten), sie wäre weit weniger ein Humanitäts- als ein Furchtprodukt, da die Atom- und Hydrogenbomben auch für den Angreifer ruinös werden könnten. Und da wir militärische Mentalität immerhin kennengelernt haben, müssen wir uns fragen, ob nach Ausschaltung dieser Bedrohung und Selbstbedrohung nicht mit umso größerer Sorglosigkeit der Krieg unter Anwendung der restlichen Waffen – es bleiben deren wahrlich übergenug – entfesselt werden mag, besonders wenn man das russische Übergewicht an Landtruppen in Betracht zieht. Vergleicht man nun damit den Roussetschen Vorschlag, so wird klar, daß mit diesem kein Krieg erleichtert wird. Im Gegenteil: wir fürchten den Krieg, weil er unsere Freiheiten vernichtet und uns dafür mit Konzentrationslagern beschenkt, und wir wollen überall in der Welt die Konzentrationslager vernichtet wissen, damit durch eine allgemein herrschende Freiheit und Menschlichkeit die Kriegsgefahr sich verringere.

Denn hinter alldem steht das Problem der staatlichen Souveränitäten. Die Staatsinstitution ist in erster Linie aus strategischen Schutz-Notwendigkeiten hervorgegangen, und diese Tradition ist heute noch derart stark, daß von ihr die ganze staatliche Mechanik bedingt wird. Absolute Autarkie und die Erreichung optimaler strategischer Grenzen sind die seit Roms Zeiten unverändert gebliebenen Ziele, und es wird heute der Bürger umsomehr verpflichtet, sich ihnen bedingungslos unter Aufopferung seiner Menschenrechte unterzuordnen, als der Staat zum Machthaber von Waffen geworden ist, die den Charakter von Naturgewalten gewonnen haben. Kein Wunder also, daß die Staatsmaschinisten – auch die Staatskunst ist maschinell geworden – in den äußern und innern Grenzsicherungen (zu denen eben auch die terrorgelenkte Gesinnungsdisziplin der Bürger gehört) ihre einzige Aufgabe sehen und sich höchstens zu gewissen Kriegsregeln, wie etwa zur Ausschaltung bestimmter Waffen, doch sicherlich zu keiner Dauereinschränkung der Souveränität und der Rüstungshoheit verstehen wollen. In Rußland hat das Souveränitätsprinzip seinen gegenwärtig rückhaltslosesten Verfechter gefunden, nicht zuletzt weil es für den marxistischen Vertreter bloß eine einzige Aufhebung der Souveränitäten gibt, nämlich die klassenlose Gesellschaft, die nach erfolgter Weltrevolution die Staatsinstitutionen ersetzen wird: dem bis dahin währenden transitorischen Zustand und seinem erhöhten Menschenleid, mag dieses noch so schauerlich werden, mag es noch so lange andauern, muß man sich abfinden; es geht um das Glück künftiger Generationen.

Wir aber, die wir auf sofortige Linderung des Menschenleides dringen, wir dürfen uns nicht daran halten. Und auch wenn wir darob als bezahlte oder unbezahlte Knechte des Kapitalismus verschrien werden mögen, wir können und wollen die Galgen nicht mehr sehen. Wir stehen unter der Pflicht, unser revolutionäres Erbe – die antiinstitutionelle, antipolitische Humanpolitik des geistigen Arbeiters – wiederaufzunehmen und zu erneuern: wir haben unsere Realutopie zu verfolgen und unseren Angriff auf die Staatssouveränitäten zu richten. Gewiß, unser oberstes Ziel, die Verwandlung der Staaten in bloße Verwaltungskörper, ist derzeit unerreichbar; rasend gewordene Maschinen lassen sich nicht durch Resolutionen und Deklarationen zum Stillstand bringen, und selbst wenn wir selber am Schaltbrett säßen, wir vermöchten einer so ungeheuren Dynamik, wie es die der in Bewegung geratenen Staatsmechanismen ist, kaum Einhalt zu gebieten: all das fällt ins Gebiet der Irrealutopie. Doch wir dürfen uns erinnern, daß Rechtsstaaten, allerdings nur Rechtsstaaten, gerade aus ihrem Rechtsbegriff heraus eine gewisse, man möchte sagen, interne Durchbrechung der Staatssouveränität fördern: überall, wo an der Unabhängigkeit des Richters festgehalten wird, bildet das Gericht eine außerhalb des Staatsbereiches lokalisierte autonome Instanz, und die Gerechtigkeit, ja wenn man will die juristische Gerechtigkeit wird der Staatssouveränität übergeordnet. Hier haben wir anzuknüpfen, und genau das kommt auch in den Roussetschen Vorschlägen zum Ausdruck. Der Staat darf nicht über dem Recht stehen, denn jede administrative Jurisdiktion ist gebeugtes Recht und daher gebeugte Menschenwürde. Ebendarum habe ich das juristische Anliegen, das der Todesstrafe sowie das der Spionage- und Hochverratsprozesse vorangestellt, um eben mit diesem Anliegen an alle – der UN angeschlossenen – Rechtsstaaten heranzutreten, auf daß mit ihrer Zustimmung ein internatio-

naler Souveränitätsabbau in den juristischen Belangen eingeleitet werde. Ich stelle also den folgenden Antrag:
Der »Kongreß für kulturelle Freiheit« möge bei der UN anregen, daß diese eine Studienkommission bestelle, welche mit nachstehenden Aufgaben zu betrauen wäre, nämlich
1. Errichtung eines internationalen Begnadigungssenates, dem sämtliche in den Mitgliedsstaaten – soweit diese einem solchen Abkommen beitreten – erfließenden Todesurteile zwecks Überprüfung vorgelegt werden sollen,
2. Errichtung eines internationalen Gerichtshofes für alle Hochverrats- und Spionagedelikte, welche im Hoheitsgebiet der Mitgliedstaaten geschehen und gegen welche diese – soweit sie einem solchen Abkommen beitreten – Anklage zu erheben wünschen,
3. Vorbereitung eines entsprechenden Abkommens, das dem Plenum der UN vorzulegen wäre, also bei Annahme für sämtliche Mitgliedstaaten bindend zu werden hätte, jedoch bei Nichtannahme den individuellen freiwilligen Beitritt der Einzelstaaten erlaubt.
Es ließe sich einwenden, daß eine an die UN gerichtete Eingabe weder ein sehr radikaler noch ein sehr revolutionärer Schritt sei. Indes, kann ein solcher heute schon geplant werden? Wir wissen nichts über die Form künftiger Revolutionen; wir wissen nicht einmal, ob sie wie ihre Vorgänger mit einem Appell an die Herrschenden beginnen werden. Wird der überraschende Putsch einer Elite sie einleiten? Wird eine sorgsame Durchorganisierung der Massen ihnen den Boden bereiten müssen? Werden sie angesichts einer Staatsmacht, die mit zunehmend schwerer Bewaffnung sich eine zunehmend härtere und totalitärere Struktur gibt, überhaupt möglich sein? Oder werden sie ihren Kampf gegen sie nach Gandhischem Muster im zivilen Widerstand aufnehmen? Das sind für uns lauter unbeantwortbare Fragen; wir können zur künftigen Form der Revolution bloß eine negative Feststellung beibringen: sofern es überhaupt noch Revolutionen im bisherigen Sinn geben wird, so werden sie sich nicht mehr als romantische Barrikadenkämpfe mit fliegenden Fahnen abspielen.

Nichtsdestoweniger: mag auch, an revolutionären Maßstäben gemessen, die Wendung zur UN als ein geringfügiger Schritt erscheinen, ja darüber hinaus, mag damit fürs erste dort nicht einmal ein unmittelbares positives Resultat zu erzielen sein, er ist dennoch ein konkreter Schritt, und er liegt in einer Wegrichtung, die sehr bald wird begangen werden müssen; er führt zur Realität hin, und mag er auch nur ein erster Versuch hiezu sein, er bleibt dennoch wichtig, da nur auf diese Weise das Weltgewissen sich aufrütteln läßt: nur sichtbar konkrete Handlungen können dem Menschen im Erdenrund den Wert und das Schutzbedürfnis des individuellen Menschenlebens so eindringlich vor Augen führen, daß er aus seiner derzeitigen Gleichgültigkeit erwache und selber nach Abstellung der Barbarei verlangt. Und bedenken Sie: ohne Erfüllung dieser Grundbedingung gibt es auch keine kulturelle Freiheit.

Quellennachweise

Die Texte dieses Lesebuches wurden entnommen der »Kommentierten Werkausgabe Hermann Broch«, herausgegeben von Paul Michael Lützeler, 13 Bände (Frankfurt am Main: Suhrkamp, 1974–1981). Diese Bände werden in der Folge mit »KW« gekennzeichnet.

Die Schlafwandler: Pasenow
Entnommen: KW 1: Die Schlafwandler. Eine Romantrilogie (1978), S. 11–53. Es handelt sich um das erste Kapitel des ersten Romans »1888. Pasenow oder die Romantik« der Trilogie. Broch schrieb die Romantrilogie zwischen 1928 und 1932. Der erste Roman (»Pasenow«) erschien erstmals 1930 im Rhein-Verlag, München–Zürich.

Die Verzauberung: Barbara
Entnommen: KW 3: Die Verzauberung. Roman (1976), S. 187–202. Es handelt sich um die in diesen Roman eingebaute »Barbara«-Novelle. Broch schrieb diese uns bekannte erste Fassung des Romans 1935; die »Barbara«-Novelle entstand gegen Ende jenes Jahres. »Die Verzauberung« erschien erstmals unter dem Titel »Bergroman. Erste Fassung«, hrsg. v. Frank Kress und Hans Albert Maier 1969 im Suhrkamp Verlag, Frankfurt am Main.

Der Tod des Vergil: Äther – Die Heimkehr
Entnommen: KW 4: Der Tod des Vergil. Roman (1976), S. 413–454. Es handelt sich um das vierte, d. h. das letzte Kapitel dieses Buches. Broch arbeitete am Vergil-Roman zwischen 1937 und 1945. »Der Tod des Vergil« erschien erstmals 1945 bei Pantheon Books in New York.

Die Schuldlosen: Die Erzählung der Magd Zerline
Entnommen: KW 5: Die Schuldlosen. Roman in elf Erzählungen (1974), S. 94–122. Es handelt sich um die fünfte Erzählung des Romans. Broch arbeitete an den »Schuldlosen« in den Jahren 1949 und 1950. Eine erste Fassung der »Zerline«-Novelle entstand Mitte 1949. »Die Schuldlosen« erschienen erstmals 1950 gleichzeitig im Willi Weismann Verlag in München und im Rhein-Verlag, Zürich.

Eine leichte Enttäuschung
Entnommen: KW 6: Novellen. Prosa. Fragmente (1980), S. 127–144. »Eine leichte Enttäuschung« entstand Ende 1932/Anfang 1933. Sie erschien erstmals in: Neue Rundschau, Jg. 44, Bd. 1 (April 1933), S. 502–517.

Esperance
Entnommen: KW 6: Novellen, a. a. O., S. 205–221. »Esperance« entstand gegen Ende 1933 und erschien erstmals in: Hermann Broch, Barbara und andere Novellen, hrsg. und eingel. v. Paul Michael Lützeler (Frankfurt am Main: Suhrkamp, 1973), S. 188–206.

Die Heimkehr des Vergil
Entnommen: KW 6: Novellen, a. a. O., S. 248–259. »Die Heimkehr des Vergil« entstand im Frühjahr 1937 und erschien erstmals in: Neue Rundschau, Jg. 64, Bd. 1 (1953), S. 45–55.

Schattenhaftes Liebeslied
Entnommen: KW 8: Gedichte (1980), S. 23. »Schattenhaftes Liebeslied« entstand im Juli 1932 und erschien erstmals in: Hermann Broch, Gedichte, hrsg. v. Erich Kahler (Zürich: Rhein-Verlag, 1953), S. 136.

Helle Sommernacht
Entnommen: KW 8: Gedichte, a. a. O., S. 25. »Helle Sommernacht« entstand im September 1933 und erschien erstmals in: Patmos. Zwölf Lyriker, hrsg. v. Ernst Schönwiese (Wien: Johannes-Presse, 1935), S. 59.

Eh ich erwacht
Entnommen: KW 8: Gedichte, a. a. O., S. 33. »Eh ich erwacht« entstand im Juni 1934 und erschien erstmals in: Patmos, a. a. O., S. 57.

Die Waldlichtung
Entnommen: KW 8: Gedichte, a. a. O., S. 35. »Die Waldlichtung« entstand im Juli 1934 und erschien erstmals in: Patmos, a. a. O., S. 62.

Jeder wandert
Entnommen: KW 8: Gedichte, a. a. O., S. 45. »Jeder wandert« entstand Ende 1939 und erschien (unter dem nicht von Broch stammenden Titel »Für ein Gästebuch«) erstmals in: Gedichte (1953), S. 113.

Wo suchst du hin
Entnommen: KW 8: Gedichte, a.a.O., S. 53. »Wo suchst du hin« entstand um 1940 und erschien erstmals in: Gedichte (1953), S. 142.

Der Urgefährte
Entnommen: KW 8: Gedichte, a.a.O., S. 66. »Der Urgefährte« entstand 1946 und erschien erstmals in: Merkur, 5. Jg., 7. Heft (Juli 1951), S. 642.

Nacht-Terzinen
Entnommen: KW 8: Gedichte, a.a.O., S. 68. »Nacht-Terzinen« entstand im Mai 1947 und erschien erstmals in: Gedichte (1953), S. 98.

Milder Herbstmorgen
Entnommen: KW 8: Gedichte, a.a.O., S. 69. »Milder Herbstmorgen« entstand im Oktober 1947 und erschien erstmals in: Agathon. Almanach auf das Jahr 1948 (Wien: Agathon-Verlag, o. J.), S. 163.

Vom Altern
Entnommen: KW 8: Gedichte, a.a.O., S. 72. »Vom Altern« entstand im März 1949 und erschien erstmals in: Frank Thiess. Werk und Dichter, hrsg. v. Rolf Italiaander (Hamburg: Wolfgang Krüger, 1950), S. 9.

Die mythische Erbschaft der Dichtung
Entnommen: KW 9/2: Schriften zur Literatur 2: Theorie (1975), S. 202–211. »Die mythische Erbschaft der Dichtung« entstand Anfang 1945 und erschien erstmals in: Neue Rundschau (Sonderausgabe zu Thomas Manns 70. Geburtstag am 6. 6. 1945), S. 68–75.

Hofmannsthal und seine Zeit: Die fröhliche Apokalypse Wiens um 1880
Entnommen: KW 9/1: Schriften zur Literatur 1: Kritik (1975), S. 145–175. Brochs Hofmannsthal-Studie entstand zwischen Mitte 1947 und Ende 1948 und wurde erstmals veröffentlicht in: Dichten und Erkennen. Essays. Band I, hrsg. v. Hannah Arendt (Zürich: Rhein-Verlag, 1955), S. 43–149. Bei »Die fröhliche Apokalypse Wiens um 1880« handelt es sich um das vierte Kapitel der Studie.

Einige Bemerkungen zum Problem des Kitsches
Entnommen: KW 9/2: Schriften zur Literatur 2, a.a.O., S. 158–173. Der Aufsatz entstand im Frühjahr 1950 und erschien erstmals in: Dichten und Erkennen, a.a.O., S. 295–310.

Trotzdem: Humane Politik. Verwirklichung einer Utopie
Entnommen: KW 11: Politische Schriften (1978), S. 364–396). Der Essay entstand 1949 und wurde erstmals veröffentlicht in: Neue Rundschau, 61. Jg., Bd. 1 (1950), S. 1–31.

Die Intellektuellen und der Kampf um die Menschenrechte
Entnommen: KW 11: Politische Schriften, a.a.O., S. 453–458. Der Vortrag entstand im Frühjahr 1950 und wurde erstmals veröffentlicht in: Literatur und Kritik, Nr. 54/55 (Mai/Juni 1971), S. 193–197.

Von Hermann Broch
erschienen im Suhrkamp Verlag
(Stand März 1987)

Kommentierte Werkausgabe
Herausgegeben von Paul Michael Lützeler

I. Das dichterische Werk
Band 1: Die Schlafwandler. Eine Romantrilogie. *st 472*
Band 2: Die Unbekannte Größe. Roman. *st 393*
Band 3: Die Verzauberung. Roman. *st 350*
Band 4: Der Tod des Vergil. *st 296*
Band 5: Die Schuldlosen. Roman in elf Erzählungen. *st 209*
Band 6: Novellen. *st 621*
Band 7: Dramen. *st 538*
Band 8: Gedichte. *st 572*

II. Das essayistische Werk
Band 9/1: Schriften zur Literatur. Kritik. *st 246*
Band 9/2: Schriften zur Literatur. Theorie. *st 247*
Band 10/1: Philosophische Schriften. Kritik. *st 375*
Band 10/2: Philosophische Schriften. Theorie. *st 375*
Band 11: Politische Schriften. *st 445*
Band 12: Massenwahntheorie. *st 503*

III. Briefe
Band 13/1: Briefe 1913–1938. *st 710*
Band 13/2: Briefe 1938–1945. *st 711*
Band 13/3: Briefe 1945–1951. *st 712*

Kommentierte Werkausgabe
Leinenausgabe, textidentisch mit der Taschenbuchausgabe.
In limitierter Auflage

Lieferbare Titel in Einzelausgaben:

Briefe von 1929–1951. 1957. *Ln.*

Die Entsühnung. 1961. *Pp.*

Der Dichter. 1964. *Ln.*

Demeter. 1967. *BS 199*

Die Erzählung der Magd Zerline. 1967. *BS 204*

Gedanken zur Politik.
Ausgewählt von Dieter Hildebrandt. 1970. *BS 245*

James Joyce und die Gegenwart. Essay. 1971. *BS 306*

Hofmannsthal und seine Zeit. Eine Studie. 1974. *BS 385*

Menschenrecht und Demokratie. Politische Schriften.
Herausgegeben von Paul Michael Lützeler. 1978. *BS 588*

Der Tod des Vergil. Roman.
Herausgegeben von Paul Michael Lützeler. 1986.
Sonderausgabe

Briefe über Deutschland 1945–1949. Die Korrespondenz mit Volkmar von Zühlsdorff.
Herausgegeben von Paul Michael Lützeler. 1986. *Ln.* und *st 1369*

Die Schlafwandler. Eine Romantrilogie.
Herausgegeben von Paul Michael Lützeler. 1987.
Werke des Jahrhunderts in einem Band. Ln.

›Die Schlafwandler‹ in der *Bibliothek Suhrkamp:*

Pasenow oder die Romantik. 1962. *BS 92*

Esch oder die Anarchie. 1969. *BS 157*

Huguenau oder die Sachlichkeit. 1970. *BS 187*

Über Hermann Broch:

Materialien zu Hermann Brochs ›Die Schlafwandler‹.
Herausgegeben von Gisela Brude-Firnau. 1972. *es 571*

Brochs ›Verzauberung‹.
Herausgegeben von Paul Michael Lützeler. 1983. *stm.*
st 2039

Paul Michael Lützeler, Hermann Broch. Eine Biographie. 1985. *Ln.*

Hermann Broch (Neue Studien zum 100. Geburtstag des Dichters)
Herausgegeben von Paul Michael Lützeler. 1986. *stm.*
st 2065